全国本科计算机应用创新型人才培养规划教材

数据结构与算法

主　编　佟伟光

北京大学出版社
PEKING UNIVERSITY PRESS

内 容 简 介

本书系统地介绍了数据结构的基本概念和基本算法，主要内容包括：绪论，线性表，栈与队列，串，数组、特殊矩阵和广义表，树，图，排序，查找，算法的分析与设计，实验与上机指导。

本书特别注重突出应用性和实践性，实例和习题丰富，并在附录中给出了各章习题的答案。

本书适合作为应用型本科院校和成人教育计算机专业数据结构课程的教材，也可作为数据结构培训班的教材以及软件从业人员的自学参考书。

图书在版编目(CIP)数据

数据结构与算法/佟伟光主编. —北京：北京大学出版社，2009.8

(全国本科计算机应用创新型人才培养规划教材)

ISBN 978-7-301-15584-4

Ⅰ. 数…　Ⅱ. 佟…　Ⅲ. ①数据结构—高等学校—教材②算法分析—高等学校—教材　Ⅳ. TP311.12

中国版本图书馆 CIP 数据核字(2009)第 128034 号

书　　　　名：	数据结构与算法
著作责任者：	佟伟光　主编
策 划 编 辑：	乐和琴
责 任 编 辑：	程志强
标 准 书 号：	ISBN 978-7-301-15584-4/TP・1044
出　版　者：	北京大学出版社
地　　　址：	北京市海淀区成府路 205 号　100871
网　　　址：	http://www.pup.cn　http://www.pup6.com
电　　　话：	邮购部 62752015　发行部 62750672　编辑部 62750667　出版部 62754962
电 子 邮 箱：	pup_6@163.com
印　刷　者：	三河市欣欣印刷有限公司
发　行　者：	北京大学出版社
经　销　者：	新华书店
	787mm×1092mm　16 开本　20.25 印张　470 千字
	2009 年 8 月第 1 版　2009 年 8 月第 1 次印刷
定　　　价：	32.00 元

序

本套教材经过全国几十所高等学校老师一年多的努力，终于与广大读者见面了。我相信，它一定会受到全国高等学校计算机界老师和同学们的热烈欢迎。

随着信息技术的飞速发展，单一培养模式已经不能满足社会对计算机专业人才多样化的需求。应对这一变化的最佳办法，就是采用多种模式的培养方式。当前，高等学校的计算机教育正处于从过去的单一培养模式向多种培养模式的转变过程中，多种模式的培养方式将是必然的发展方向。

多种模式的培养方式包括：培养人才的类型不同(研究型，应用型)；专业方向不同(计算机软件，计算机网络，信息安全，信息系统，计算机应用技术等)；课程设置的多样性等。

同时，高等教育对科技人才培养的要求是：不但要培养研究型科技人才，还要为国家培养更多的应用型科技人才(或称工程型科技人才)。也就是说，培养应用型科技人才是百分之九十以上的普通高等学校的主要任务。

本套教材正是为适应多种模式培养方式的要求，并且着重于培养计算机领域高级应用型科技人才的需求，而组识编写的。

本套教材具有如下特点。

1. 基础理论够用

计算机专业所需的基础理论知识以够用为准，不是盲目扩张。如数字系统的基础知识，计算机的基本组成原理和体系结构的基础知识，离散数学的基础知识，数据结构和算法的基础知识，操作系统的基础知识，程序设计的基础知识等，都进行了必要的讲解介绍。

2. 强调理论联系实际，学以致用

每本教材的编写都将"理论联系实际，学以致用"的原则贯彻始终。例如，《计算机组成原理和体系结构》结合现代的计算机讲解，使学生学完之后，确切掌握现代计算机的组成、结构和工作原理；又如，《程序设计》结合实例讲解，使学生学完之后，真正能够动手编写程序。

3. 强调教材的配套性

根据多年组织教材的经验，只有配套性好的教材才最受教师和学生们的欢迎。我们这套教材，尽量做到了课堂教材、实训教材和教学课件完全配套，以方便教学使用。

另外，本套教材提供的是一套应用创新型计算机教育系列教材，可供不同类型学校依照自己的教学计划，根据自身的需要进行选用。

现在把这套教材奉献给全国计算机界的朋友们，真诚希望大家能够喜欢。本套教材难免会有诸多缺点或不到之处，还希望得到大家的批评和指正。

全国高等学校计算机教育研究会课程与教材建设委员会主任

李大友

2009 年 3 月

前　　言

数据结构和算法在计算机学科中的地位十分重要，是设计系统程序和大型应用程序的重要基础。数据结构与算法课程是计算机科学及其相关专业的一门核心课程，本课程的学习将为学生后续的操作系统、软件工程、数据库概论、编译技术等专业基础课和专业课程的学习，以及软件设计水平的提高打下良好的基础。

数据结构与算法是一门理论与实际密切结合的课程，本课程的教学目的是教会学生将数据结构的算法理论与编程实践相结合，并能够灵活地应用在工程实践中。为了满足应用型本科院校的教学需要和社会对计算机应用人才的广泛需求，作者以热忱的工作态度投入了大量的精力和时间进行数据结构与算法课程的教学研究，尽力完善各个教学环节，力求建立针对应用型本科教学的全新课程体系，并在此基础上编写了本书。

本书内容宽泛、重点突出，既涵盖了数据结构的所有基本知识点，又考虑到应用型本科计算机专业学生学习的特点，更突出了最重要、最基本的内容，便于学生牢固掌握，灵活应用数据结构的知识解决实际问题。

本书特别注重实用性和实践性。本书在讲述每一种典型的数据结构之后，都介绍了此数据结构在计算机科学领域和软件设计中的相关应用；每一章都在应用示例与分析环节中给出大量的例题，并详细进行了解答；每章后均给出了大量的各类习题，并在书后对所有习题给出了答案，方便学生练习和参考。

本书概要地介绍了算法分析和一些常用的、经典的算法设计技术。在教学中可根据学时选讲或安排学生自学此部分内容，使学生进一步巩固所学的知识，以提高程序设计的质量，奠定扎实的软件开发基础。

本书针对各个典型数据结构问题，精心设计了实验与上机指导。每个实验都包括了【基础实验】、【提升实验】、【综合应用实验】三个部分，遵循循序渐进、由易到难的原则，旨在逐步引导学生，不断深入地学习，掌握基本数据结构的具体实现技术，学以致用，灵活地解决一些实际问题，提高程序设计的能力。

本书简明、生动、通俗易懂，在讲述上深入浅出，对学生学习中的难点均给出了较为浅显和易于理解的解释，使那些晦涩难懂的概念和算法更加清晰，便于学生接受和掌握。

本书所有算法都以 C 语言的函数形式表示。为了有效地提高编程的效率和质量，书中所有算法均在 Visual C++环境下编辑、运行。这样，既避免了 DOS 界面单一、编辑不方便等缺点，也尽量回避了 C 语言中关于指针等学生难于理解的知识。

书中的所有算法，均在 Visual C++下运行通过，无须做任何修改，学生可直接上机运行，验证这些算法。

本书的编写参考了国内外数据结构的最新教材和研究成果。例如，在树的应用中增加了关于等价类的问题，并将排序二叉树、平衡树等内容前移到树的这一章中，这样，更突出了树、图这两个学习难点的重要性，便于学生更深入地学习、理解、掌握这些知识。

本书由佟伟光任主编、杨政任副主编，参加本书大纲讨论和部分章节编写的还有费雅洁、史江萍、谢爽爽、赵忠诚、柴军等。李大友教授及应用型本科教材编委会、部分应用型本科院校的老师对本书的编写大纲提出了宝贵的修改意见。本书在编写过程中，得到了北京大学出版社有关同志的关心和大力支持，谨此一并表示衷心的感谢。

由于编者水平有限，加之时间仓促，书中难免存在不妥之处，请读者不吝指正。

如果读者有建议或要求，可与编者联系。编者 E-mail 地址：Weiguangt@sina.com。

编　者

2009 年 5 月

目　　录

第1章 绪 论

本章导读

在计算机中如何有效地组织数据及处理数据是计算机科学的基本研究内容。本章主要讲述了数据结构中常用的基本概念、算法描述和分析方法，这些内容将贯穿数据结构课程的整个学习过程，掌握这些基本概念和方法，将有利于较好地学习以后章节的内容。

本章主要知识点

➢ 数据结构中常用的基本概念和术语
➢ 算法描述和分析方法
➢ Visual C++集成化开发环境

1.1 数据结构的基本概念

在计算机发展的初期，人们使用计算机的目的主要是处理数值计算问题，当时所涉及的运算对象主要是简单的整型、实型或布尔类型数据。随着计算机应用领域的扩大和软、硬件的发展，非数值处理问题显得越来越重要，据统计，当今非数值处理问题占用了 90%以上的机器时间。这类问题解决的关键不再是数学分析和计算方法，而是必须研究数据间的相互关系及其对应的存储表示，并利用这些特性和关系设计出相应的算法和程序，以便有效地解决实际问题。

数据(Data)：一切能够由计算机接收和处理的对象。随着计算机技术的发展，数据这一概念的含义越来越广泛。不仅整数、实数、复数等是数据，字符、表格、声音、图形、图像等也都能够由计算机接收和处理，也都是数据。

数据元素(Data Element)：数据的基本单位，在程序中作为一个整体加以考虑和处理。换句话说，数据元素被当做运算的基本单位，并且通常具有完整、确定的实际意义。在数据结构中，根据需要，数据元素又被称为元素、顶点或记录。

数据项(Data Item)：数据的不可分割的最小单位。在有些场合下，数据项又称为字段或域。例如，将一个学生的自然情况信息作为一个数据元素，而学生信息中的每一项如学号、姓名、出生年月等为一个数据项。

数据结构(Data Structure)：数据之间的相互关系，即数据的组织形式。研究数据结构，是指研究数据的逻辑结构和物理结构。所谓数据的逻辑结构，是指数据元素之间的逻辑关系，如数组中各元素的先后次序、关系等；而数据的物理结构，是研究数据元素在计算机存储器中如何存储，如一个二维数组在内存中是如何安排的等。数据的物理结构又称为存储结构。

研究数据结构，除了要定义数据元素之间的相互关系，更重要的是要定义一组有关数据元素的运算。例如，对于数组数据结构，除了要定义每个数组元素的类型和元素个数以外，还要定义有关数组的一些运算，如向数组中插入新元素或删除某个数组元素等。

算法(Algorithm)：对特定问题求解步骤的一种描述。它是一个有穷的规则序列，这些规则决定了解决某一特定问题的一系列运算。计算机依照这些规则对与此问题相关的一定输入，进行计算和处理，经过有限的计算步骤后得到一定的输出。

算法有以下特性。

(1) 有穷性。一个算法必须在有穷步之后结束，即必须在有限时间内完成。

(2) 确定性。算法的每一步必须有确切的定义，无二义性。算法的执行对应着的相同的输入仅有唯一的一条路经。

(3) 可行性。算法中的每一步都可以通过已经实现的基本运算的有限次执行得以实现。

(4) 输入。一个算法具有零个或多个输入，这些输入取自特定的数据对象集合。

(5) 输出。一个算法具有一个或多个输出，这些输出与输入之间存在着某种特定的关系。

算法的含义与程序十分相似，但又有区别。一个程序不一定满足有穷性。例如，操作系统，只要整个系统不遭破坏，它就永远不会停止，即使没有作业需要处理，它仍处于动态等待中。可见，操作系统不是一个算法。另外，程序中的指令必须是机器可执行的，而算法中的指令则无此限制。算法代表了对问题的解，而程序则是算法在计算机上的特定的实现。一个算法若用程序设计语言来描述，则它就是一个程序。

算法与数据结构的关系紧密，在算法设计时先要确定相应的数据结构，而在讨论某一种数据结构时也必然会涉及相应的算法。

进行计算机程序设计，掌握数据结构知识和算法设计的有关知识是十分重要的。有人称数据结构和算法是计算机程序设计的两个支柱，瑞士著名的计算机科学家 N. 沃斯教授更是提出了"算法+数据结构=程序"的著名公式，并以此公式作为他所著的一本书的书名，由此可以看出算法和数据结构二者之间的密切关系。

1.2　算法的描述

算法需要用一种语言来描述，通常可有各种描述方法以满足不同的需要。例如，可以直接用某种高级程序设计语言(如 Pascal、C 语言等)来描述算法，也可以用框图、自然语言或类高级语言来描述算法。

- 框图描述算法：这种描述方法简单、直观、易懂，在算法研究的早期曾流行过。但使用框图来描述比较复杂的算法，有时就显得不够方便，甚至难于把算法清晰、简洁地描述出来。
- 自然语言描述算法：用中文、英文等语言直接来描述算法。这种描述方法直观、易懂，但描述比较复杂的算法，有时就显得不够简洁、清晰。
- 类高级语言描述算法：用类似高级语言，或称为伪高级语言来描述算法。类高级语言与程序设计语言相仿，包括了高级语言中的基本语言成分，但较为简单。用类高级语言描述的算法，虽不能在计算机上直接运行，但简明清晰，不拘泥于高级程序设计语言的细节，容易编写和阅读。如果需要也容易改写为对应的高级语言程序。
- 高级程序设计语言描述算法：应用某种高级语言直接来描述算法(如 Pascal、C 语言、C++、Java 等)。这种描述方法必须严格按照所使用的高级语言的语法规则来描述算法，通常这种算法也称程序，可直接在计算机上被调用运行，并获得结果。

考虑到目前许多学校以 C 语言作为基本的教学语言，学生对 C 语言较为了解，同时用 C 语言描述的算法易于上机运行并直接得到验证，本书将采用 C 语言描述算法，所有算法都以 C 语言的函数形式表示：

函数类型 函数名(参数表列)

{

　　函数内部数据说明；

　　　　语句序列；

　　　　　}

C++是 C 的扩展，是 C 的超集，完全兼容 C，为了方便对算法的描述，书中同时运用了 C++对 C 的部分扩展功能。

为了能够避免由于特殊的语法知识而增加的算法的理解难度，本书在算法的实现中引入了 C++中的"引用"作为函数的一种参数传递方式。所谓"引用"也可以理解为变量的别名，它和变量名指的是同一个存储空间，那么通过引用所做的修改也将会影响所引用的变量。下面简要介绍"引用"的定义和使用。

```
int a=10;
int ra=&a;   //定义 ra 作为 a 的引用
ra=20;       //通过 ra 来修改 a 的数据，此时 a 的值是 20
```

引用定义的一般形式：

数据类型 引用名 =&变量名；

在函数的调用中，如果希望通过参数返回值，可以通过传"地址"进行调用，也可以通过传"引用"进行调用。例如：

```
void swap(int &ra , &rb)
{
    int temp;
    temp=ra;
    ra=rb;
    rb=temp
}
void main()
{
    int a=5,b=7;
    swap(a,b);
    printf("a=%d,b=%d",a,b);//输出的结果 a=7,b=5
}
```

在此例中，通过"引用"作为参数，在 swap( )函数中对 ra 和 rb 进行了交换，也就是对 a 和 b 进行了交换。

常用的 C 语言，通常在 DOS 环境的 Turbo C 下编译运行，很不方便。Microsoft 公司推出的 Windows 环境下的 Visual C++集成化开发工具，集程序代码的编辑、编译、连接、运行和调试等功能为一体，为编程提供了完整、方便的开发界面，有效地提高了编程的效率和质量。

为了加深对所学理论知识的理解，同时顺利地应用到实践中，书中所有算法均在 Visual C++ 环境下编辑、编译、运行。对书中的所有算法，无须做任何修改，只需要自行编写主函数，直接上机运行调用本书中的函数，就可以获得运算结果，验证这些算法。

1.3　VC++ 6.0 开发工具简介

1.　Visual C++ 6.0 的工作环境

打开 Visual C++，其工作环境如图 1.1 所示。

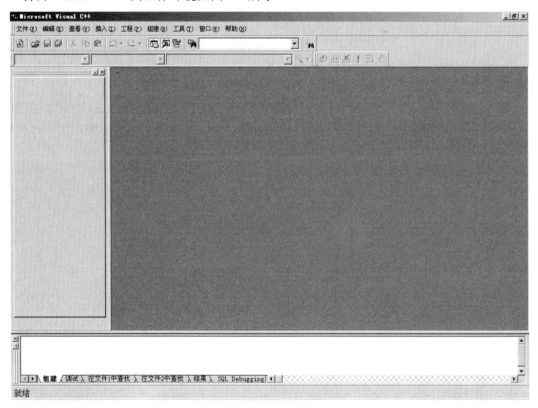

图 1.1　Visual C++ 6.0 的工作环境

　　Visual C++ 6.0 的工作环境可以划分为 3 块区域，最左边的区域是工作区，最下面的区域是输出区，最右面的区域是编辑区。

　　编辑区用来对源文件进行编辑，现在的编辑区是灰色的，表示还没有源文件在进行编辑。

　　输出区的作用是对程序进行编译和连接后，如果程序有错误或警告，则显示在输出区，可以对照错误或警告提示进行程序修改。

　　工作区的作用是用来管理各种源程序文件，在它的管理下，可以有条不紊地进行各种源文件的编辑。

　　可以单击工作区或输出区的关闭按钮关闭这两个区域，图 1.1 示意了输出区的关闭按钮。这两个区域关闭后能增加编辑区的面积，当对某个源程序进行编辑时，可以关闭这两个区域，需要时再打开。

打开方法：选择菜单命令"查看"→"工作空间"或"查看"→"输出"，如图 1.2 所示，分别打开这两个区域。

图 1.2　工作区和输出区的打开

2．源程序的建立与编译、连接

由于本教材只是借助 Visual C++的开发环境来运行基于 C 语言编写的程序，所以不对其他功能做详细的介绍。下面用一个简单的 C 语言程序为例，来介绍如何在 Visual C++的开发环境下建立文件、编辑、编译和运行程序。例如，对于下面程序段：

```c
#include <stdio.h>
void main()
{
    printf("使用VC++开发环境！");
}
```

(1) 建立 C++源程序文件。建立方法：选择菜单命令"文件"→"新建"，显示"新建"对话框，选择"文件"选项→"C++ Source File"，输入文件名及存储路径，如图1.3所示。

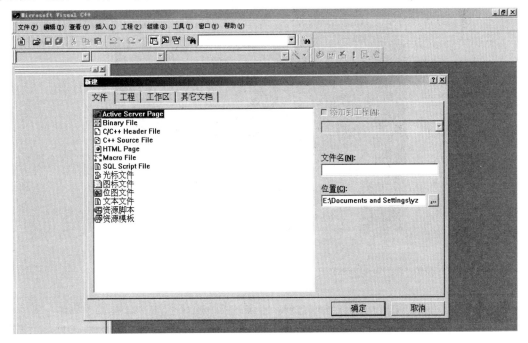

图 1.3　建立 C++源程序文件

(2) 程序的编辑与编译。编辑完成后，选择菜单命令"组建"→"编译"对源程序进行编译，编译完成后会生成以.bj 为后缀的目标文件，然后选择菜单命令"组建"→"组建"对源程序进行连接，连接完成后生成可执行文件。也可使用工具栏上的 build 工具，一次性完成编译和连接。

当输出区显示"0 errors，0 warnings"时，表示没有错误和警告，反之，则会按序号列出错误和警告。双击错误或警告，编辑标志会出现在源文件可能出错的位置，当然有时提示位置不一定很准确。

(3) 程序的执行。如图 1.4 所示的 5 行程序段称为程序的源代码，单击工具栏上的按钮可将源代码存储到文件中保存起来。然后按 Ctrl+F5 组合键，或者单击工具栏上的"红色感叹号"按钮，即可执行刚编写的程序。这时屏幕上会显示如下文字：

图 1.4　对源程序进行编译

使用 VC++开发环境！Press any Key to continue

如图 1.5 所示为执行编写的程序。

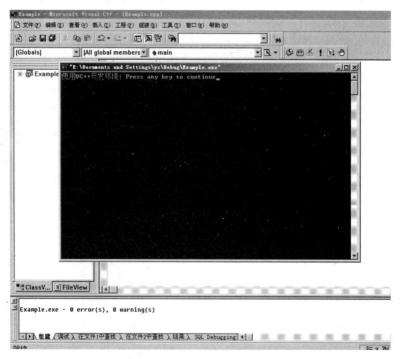

图 1.5　执行编写的程序

此时，按任何一个键都可以从输出界面返回到编辑界面。

1.4 算法的评价

通常，对于同一种问题可以有求解它的多种不同的算法，这就产生了如何评价这些算法的问题。通过对算法的评价，一方面可以从解决同一问题的不同种算法中区分相对优劣，选出较为适用的一种，另一方面也有助于设计人员考虑对现有算法进行改进或设计出新的算法。

1.4.1 评价算法的一般原则

一般来说，设计一个"好"的算法主要应考虑以下几个方面。

(1) 正确性：算法应能正确地实现处理要求，即该算法在合理的输入数据下，能在有限的时间内得出正确的结果。分析算法的正确性，对于较复杂的问题，可以将其算法分成一些局部的过程来分析，只有每个局部过程都是正确的，才能保证整个算法的正确性。

(2) 易读性：算法易读性有助于对算法的理解，便于纠正和扩充。

(3) 简单性：算法的简单性使得证明其正确性比较容易，对算法进行修改也比较方便。

(4) 高效率：达到所需的时、空性能。一个算法的时、空性能是指该算法的时间性能和空间性能。解决同一问题如果有多个算法，执行时间短的算法时间效率高，而占用存储容量小的算法空间效率高。

1.4.2 算法复杂性的分析

算法复杂性是算法运行所需要的计算机资源的量，在评价算法性能时，复杂性是一个重要的依据。计算机的资源，最重要的是运算所需的时间和存储程序和数据所需的空间资源。由于不同的计算机千差万别，运算速度和字长可以相差很大，因此，不可能以算法在某一台计算机上计算所需要的实际时间和存储单元(空间)去衡量这个算法，而一般以算法的时间复杂性与空间复杂性来评价算法的优劣。

1. 时间复杂性

算法需要时间资源的量称为时间复杂性。一个算法所需的运算时间通常与所解决问题的规模大小有关。我们用 n 作为表示问题规模的量，例如，树的问题中 n 是树的顶点数；排序问题中 n 为需排序元素的个数等。我们经常把算法运行所需的时间 T 表示为 n 的函数，记为 $T(n)$。评价一个算法时，增长率的概念是非常重要的，不同的 $T(n)$ 算法，当 n 增长时，运算时间增长的快慢很不相同。凡是 $T(n)$ 为 n 的对数函数、线性函数或多项式的(包括幂函数，幂函数是多项式的特例)，我们称这种算法为"好"的算法，而 $T(n)$ 为指数函数或阶乘函数的算法，因 $T(n)$ 随 n 的增长而增长得太快，当 n 较大时是不适用的，故称为"坏"的算法。

一个算法所消耗的时间，应该是该算法中每条语句的执行时间之和，而每条语句的执行时间是该语句的执行次数(也称为频度 Frequency count)与该语句执行一次所需时间的乘积。但是，当算法转换为程序之后，每条语句执行一次所需的时间取决于机器的指令性能、速度以及编译所产生代码的质量，这是很难确定的。为此，我们在研究时间复杂性时，假设每条语句执行一次所需的时间均是单位时间，一个算法所需的执行时间就是该算法中所有语句执行次数之和。

讨论时间复杂性时，我们往往研究所谓的"渐进时间复杂性"，即当 n 逐渐增大时 $T(n)$ 的极限情况。一般把算法的渐进时间复杂性简称为时间复杂性。为了分析方便，时间复杂性常用数量级的形式来表示，记为：$T(n)=O(f(n))$，其中，大写字母 O 为 Order(数量级)的字头，$f(n)$ 为函数形式，如 $T(n)=O(n^2)$。用数量级的形式表示 $T(n)$，当 $T(n)$ 为多项式时，可只取其最高次幂项，且它的系数也可略去不写，因为当 n 大到一定程度时，总是最高次幂占 $T(n)$ 的主要部分。例如：

$$T(n)=8n^3+150n+32$$

则 $T(n)=(n^3)$。

一般来说，对于足够大的 n，常用的时间复杂性存在以下顺序：

$$O(1)<O(\log_2 n)<O(n)<O(n\log_2 n)<O(n^2)<O(n^3)\ldots<O(2^n)<O(3^n)<\ldots<O(n!)$$

其中，$O(1)$ 为常数数量级，即算法的时间复杂性与输入规模 n 无关。

一个算法的运行时间除与问题的规模 n 有关外，往往还与具体输入的数据有关。例如，在一个一维数组中欲查找某一数据，若采用从头到尾顺序查找的算法，当碰巧待查找的数据在数组的第一个单元时，只需比较一次即可查找到，而最坏的情况，当待查找的数据在数组的最后一个单元时，则比较 n 次才可查找到。因此，在分析算法的时间复杂性时，通常用两种方法来确定一个算法的运算时间：一种是平均时间复杂性，即研究同样的 n 值时各种可能的输入，取它们运算时间的平均值；另一种是最坏时间复杂性，即研究各种输入中运算最慢的一种情况下的运算时间。采用取平均的办法似乎较好，但在很多情况下，由于各种输入数据出现的概率很难确定，分析起来比较困难，有时甚至是不可能做到的，所以一般情况下，我们是研究最坏情况下的时间复杂性。在本书中讨论的时间复杂性，除特别指明外，均指最坏情况下的时间复杂性。

2. 空间复杂性

算法需要的空间资源的量称为空间复杂性。记为

$$S(n)=O(f(n))$$

其中 n 是问题的规模(输入大小)。根据算法执行过程中对存储空间的使用方式，可以把对算法的空间代价分析分成两种：静态空间和动态空间。

(1) 静态空间。一个算法静态使用的存储空间，称为静态空间。静态空间分析的方法比较容易，只要求出算法中使用的所有变量的空间，再折合成多少空间存储单位即可。

(2) 动态空间。一个算法在执行过程中，必须以动态方式分配的存储空间是指在算法执行过程中才能分配的空间。

随着计算机硬件技术的飞速发展，扩展内存与外存的容量已并不困难，所以现在研究的算法的复杂性，重点指的是时间复杂性。

1.5　应用示例及分析

【例 1.1】　计算下面交换 i 和 j 内容程序段的时间复杂性。

```
temp=i;
i=j;
j=temp;
```

以上 3 条单个语句均执行 1 次，该程序段的执行时间是一个与问题 n 无关的常数，因此，算法的时间复杂性为常数阶，记为 $T(n)=O(1)$。

【例 1.2】 计算下面求累加和程序段的时间复杂性。

(1) sum=0;

(2) for(i=1;i<=n;i++)

(3) for(j=1;j<=n;j++)

(4) sum++;

其中，语句(1)执行 1 次。语句(2)的循环变量 i 要增加到 n，故它执行 n 次。语句(3)作为语句(2)的循环体内的语句应该执行 n 次，所以语句(3)是执行 n^2 次。而语句(4)作为语句(3)的循环体也要执行 n^2 次。所以，该程序段所有语句执行的次数为

$$T(n)=2n^2+n+1$$

故其时间复杂性为

$$T(n)=O(n^2)$$

【例 1.3】 分析下面程序段的时间复杂性。

```
i=1;
while (i<=n)
    i=i*3;
```

算法中的基本操作为 while 语句，设 while 循环语句执行 $T(n)$ 次，有

$$3^{T(n)}<=n \ 即 \ T(n)<=\log_3 n=O(\log_3 n)$$

故算法时间复杂性为

$$T(n)=O(\log_3 n)$$

【例 1.4】分析下面程序段的时间复杂性。

```
s=0;
for(i=0;i<=n;i++)
  for(j=0;j<=n;j++)
    for(i=0;k<i+j;k++)
        s++;
```

这是一个 3 重循环的程序段，其算法时间复杂性为 $O(n^3)$。

小 结

本章介绍了贯穿全书的基本概念和基本思想。数据是一切能够由计算机接受和处理的对象。"数据结构"主要是描述数据中各种元素间的相互关系，往往是给出有关这些数据元素的一组运算。数据结构包括数据的逻辑结构和物理结构。数据的逻辑结构指数据元素之间的逻辑关系，数据的物理结构指数据元素在计算机存储器中的表示和安排。一般前者称为数据结构，而后者称为存储结构。

算法是个有穷的规则序列，这些规则决定了解决某一特定问题的一系列运算。本书采用 C 语言来描述算法，必须熟悉这种语言，并能将本书中讲述的算法上机运行。

评价一个算法主要是研究算法的时间复杂性。为了分析方便，算法复杂性通常用数量级的形式来表示，当 $T(n)$ 为多项式时，只需取其最高幂项，且此项的系数也可略去不写。

C++是 C 的扩展，完全兼容 C，为了方便对算法的描述，书中在算法设计时引入了 C++中的"引用"作为函数的一种参数传递方式。

Visual C++是 Windows 环境下的集成化开发工具，为编程提供了完整、方便的开发界面，应熟练掌握在 Visual C++集成化开发环境下程序编辑、编译、连接、运行和调试等功能和技巧。

习题与练习一

一、选择题

1. 一个算法应该是(　　)。
    A. 程序　　　　　　　　　　　　　B. 问题求解步骤的描述
    C. 要满足 5 个基本特性　　　　　　D. A 和 C

2. 在数据结构中，从逻辑上可以把数据结构分为(　　)。
    A. 动态结构和静态结构　　　　　　B. 紧凑结构和非紧凑结构
    C. 线性结构和非线性结构　　　　　D. 内部结构和外部结构

3. 以下属于逻辑结构的是(　　)。
    A. 顺序表　　　　B. 哈希表　　　　C. 有序表　　　　　D. 单链表

4. 下面算法的时间复杂度为(　　)。

```
int f(int n)
{
  if (n==0)
    return 1;
  else
    return n*f(n-1);
}
```

    A. $O(1)$　　　　B. $O(n)$　　　　C. $O(n^2)$　　　　D. $O(n!)$

5. 算法分析的目的是(　　)。
    A. 找出数据结构的合理性　　　　　B. 分析算法的效率以求改进
    C. 研究算法中的输入和输出的关系　D. 分析算法的易懂性和文档性

6. 程序段

```
for(i=n-1;i>=1;i--)
    for(j=1;j<=i;j++)
      if A[j]>A[j+1]
        then { temp=A[j];
               A[j]=A[j+1];
               A[j+1]=temp;}
```

其中 n 为正整数，则最后一行的语句频度在最坏情况下是(　　)。
    A. $O(n)$　　　　B. $O(n\log_2 n)$　　　　C. $O(n^3)$　　　　D. $O(n^2)$

7. 下面程序段的时间复杂度为( )。

```
for(int i=0; i<m; i++)
    for(int j=0; j<n; j++)
        A[i][j]=i*j;
```

  A. $O(m^2)$ B. $O(n^2)$ C. $O(m*n)$ D. $O(m+n)$

二、基本知识题

1. 解释下列名词：
   数据、数据项、数据元素、数据结构、数据逻辑结构、数据物理结构、算法、算法的时间复杂性

2. 算法分析的目的是什么？

3. 什么是算法的最坏和平均时间复杂性？

4. 评价一个好的算法，是从哪几方面来考虑的？

5. 有实现同一功能的两个算法 A1 和 A2，其中，A1 的时间复杂度为 $T1=O(2^n)$，A2 的时间复杂度为 $T2=O(n^2)$，仅就时间复杂度而言，请具体分析这两个算法哪一个好？

三、分析下列算法的时间复杂性

1. sum=0;

```
for (i=1;i<=n;i++)
{
    sum=sum+i;
}
```

2. i=1;

```
while(i<=n)
i=i*10;
```

3. sum=0;

```
for(i=0;i<n;i++)
    for(j=0;j<n;j++)
        sum=sum+Array[i][j];
```

4. i=s=0;

```
while(s<n)
{
    i++;
    s+=1;
}
```

第2章 线 性 表

本章导读

　　线性表是一种最基本、最常用的数据结构。线性结构特点是：除第一个外，集合中的每个数据元素均只有一个前驱；除最后一个外，集合中的每个数据元素均只有一个后继。本章主要应掌握线性表的定义和基本操作及线性表的实现。在线性表实现方面，要掌握的是线性表的存储结构，包括顺序存储结构和链式存储结构，特别是链式存储结构。另外，还要掌握线性表的基本应用。

本章主要知识点

　　➢　线性数据结构的基本特征和基本运算
　　➢　线性表的顺序存储及运算实现
　　➢　线性表的链式存储及运算实现
　　➢　顺序表和链表的比较
　　➢　顺序表和链表的应用

2.1　线性表基本特征和基本运算

1. 线性表的定义

线性表是具有相同数据类型的 $n(n>=0)$ 个数据元素的有限序列，通常记为

$$(a_1, a_2, \cdots, a_{i-1}, a_i, a_{i+1}, \cdots, a_n)$$

其中 n 为表长，$n=0$ 时称为空表。

线性表的逻辑结构特征是

(1) 有且仅有一个开始节点 a_1，没有直接前趋，有且仅有一个直接后继 a_2；

(2) 有且仅有一个终结节点 a_n，没有直接后继，有且仅有一个直接前趋 a_{n-1}；

(3) 其余的内部节点 $a_i(2 \leqslant i \leqslant n-1)$ 都有且仅有一个直接前趋 a_{i-1} 和一个 a_{i+1}。

　　由此可知，线性表是一种线性结构。线性结构的特点是数据元素之间为一种线性关系，相邻元素只有前后的关系而无更复杂的邻接关系。在一个线性表中数据元素的类型是相同的，或者说线性表是由同一类型的数据元素构成的线性结构。

　　在实际问题中线性表的例子是很多的，例如，英文字母表(A，B，…，Z)是线性表，表中每个字母是一个数据元素。学生情况信息表是一个线性表，表中每个数据元素是由学号、姓名、成绩等数据项组成的。

　　在计算机内，线性表有两种基本的存储结构：一种是顺序存储，称为顺序表；另一种是

链式存储，称为链表。

2. 线性表的基本运算

对于给定的线性表，可进行如下的基本运算：

(1) 求线性表的长度 n；

(2) 在第 i 个数据元素前面插入一个新的数据元素；

(3) 删除第 i 个数据元素；

(4) 存取或更新线性表第 i 个元素；

(5) 将两个或两个以上的线性表合并成一个线性表；

(6) 将一个线性表拆成多个线性表；

(7) 将线性表中各数据元素按某个域值(如关键字)递增或递减的顺序重新排列；

(8) 在线性表中查找满足某种条件的数据元素。

这些运算的具体实现依赖于线性表的存储结构，由于某些运算比较简单，本节将重点介绍(2)、(3)两种运算，对于较复杂的(7)、(8)两种运算，将分别在第 7 章、第 8 章详细讨论。

2.2 线性表的顺序存储及运算实现

2.2.1 顺序表

线性表的顺序存储结构是指用一块地址连续的存储空间依次存储线性表的数据元素。这种存储结构称为向量，也称为顺序表。每个表元素称为这个向量或顺序表的一个分量。

线性表顺序存储的特点是：

(1) 在顺序表上，逻辑关系相邻的两个元素在物理位置上也相邻；

(2) 在顺序表上可以随机存取表中的元素。

如果已知顺序表第一个元素的地址和每个元素占用的存储单元数，由任一元素的序号就可以计算出该元素在内存中的地址。

设 a_1 的存储地址为 $Loc(a_1)$，每个数据元素占 d 个存储地址，则第 i 个数据元素的地址为

$$Loc(a_i)=Loc(a_1)+(i-1) \times d \qquad 1<=i<=n$$

这就是说，只要知道顺序表首地址和每个数据元素所占地址单元的个数就可求出第 i 个数据元素的地址来，可见，顺序表具有按数据元素的序号随机存取的性质。

在程序设计语言中，一维数组在内存中占用的存储空间就是一组连续的存储区域，可见，用一维数组来表示顺序表的数据存储区域是再合适不过的。考虑到线性表的运算有插入、删除等运算，即表长是可变的。因此，数组的容量需设计得足够大，设用 data[MAXSIZE]来表示，其中 MAXSIZE 是一个根据实际问题定义的足够大的整数，线性表中的数据从 data[0]开始依次顺序存放，但当前线性表中的实际元素个数可能未达到 MAXSIZE 多个，需用一个变量 n 记录当前线性表中最后一个元素在数组中的位置，即 n 起一个指针的作用，始终指向线性表中最后一个元素，因此，表空时 n=-1。这种存储具体描述是：

```
int  data[MAXSIZE];
int  n;
```

其顺序表如图 2.1 所示。

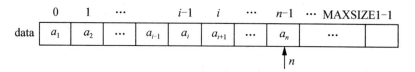

图 2.1　线性表的顺序存储示意图

从结构性上考虑，通常将 data 和 n 封装成一个结构作为顺序表的类型：

```
typedef  struct
      {   int  data[MAXSIZE];
           int  n;
      } SeqList;
```

定义一个顺序表：SeqList L；

2.2.2　顺序表上基本运算的实现

1.　线性表中数据元素的插入(Insert)

若要求在第 i 个元素前面插入一个新的数据元素，元素值为 x，因原来线性表的数据元素是连续排列的，中间并未给待插入的新元素留着空单元，所以第 i 个元素及其后面的各元素均需向后移动一个单元位置，这样才能将 x 插入到 i 位置，且元素总数由 n 增加为 $(n+1)$，如图 2.2 所示。

算法执行步骤描述：

(1) 检验插入元素位置是否合法；

(2) 数组元素后移，为插入元素空出位置；

(3) 插入数据元素；

(4) 数组元素个数加 1。

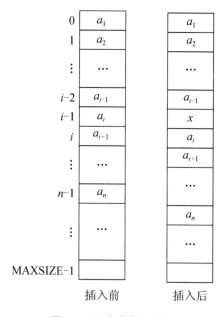

图 2.2　顺序表中的插入

算法实现源程序：

算法 2.1　在线性表中插入一个数据元素。

```
/*参数说明：A[]数组地址(可修改)，n线性表长度(可修改)，i指定插入元素位置，x待插入数据元
素值*/
void Insert(int A[],int &n,int i,int x)
{
    int j;
    //(1)检验插入元素位置是否合法
    if (i<1||i> n+1)
        printf("i值错!\n");
    else
        {
            //(2)数组元素后移，为插入元素空出位置
            for (j=n-1;j>=i-1;j--)
                A[j+1]=A[j];
            //(3)插入数据元素
            A[i-1]=x;
            //(4)数组元素个数加 1
            n++;
        }
}
```

在循环语句中，当 $i=1$ 时，须循环 n 次，表示元素插入线性表头的前面，则原线性表中 n 个元素均须向后移动一个单元，这是最不利的情况。而当 $i=n+1$ 时，则循环一次也不进行，这时元素直接"插入"到线性表尾的后面，所以线性表的所有 n 个元素均不移动，这是最好的情况。

2. 线性表中数据元素的删除(Delete)

假设要求删除第 i 个数据元素，由于线性表元素在数组中必须连续排列，中间不能有空单元，故将此元素删除后，它后面的所有元素都需要向前移动一个单元，且数据元素总数由原来的 n 减少到 $(n-1)$，如图 2.3 所示。

算法执行步骤描述：

(1) 检验删除元素位置是否合法；

(2) 数组元素前移，覆盖待删除元素；

(3) 数组元素个数减 1。

算法实现源程序：

算法 2.2　线性表中删除一个数据元素。

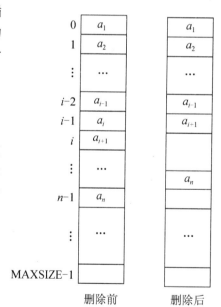

图 2.3　顺序表中的删除

```
/*参数说明：
A[]数组地址(可修改)，n线性表长度(可修改)，i指定删除元素位置*/
void Delete(int A[],int &n,int i)
{

    int j;
    //(1)检验删除元素位置是否合法
```

```
    if(i<1||i>n)
        printf("i 值错! \n");
    else
    {
        //(2)数组元素前移，覆盖待删除元素
        for (j=i;j<n;j++)
            A[j-1]=A[j];
        //(3)数组元素个数减 1
        n--;
    }
}
```

在循环语句中，当 $i=1$ 时，需循环 $(n-1)$ 次，这是要删除线性表表头元素，是最不利的情况；当 $i=n$ 时，则循环一次也不执行，只是将元素数目 n 比原来减少一个，而第 n 个数据元素不必再考虑，其余的各单元的元素均维持不变，这是最好的情况。

无论是插入还是删除运算，运算时间的长短都是由数据元素的移动次数决定的，而数据元素的移动次数取决于插入、删除的位置 i，因此主要运算量都在循环语句中，可以用数据元素的移动次数来度量这两个算法的时间复杂性。插入时，最少循环 0 次，最多循环 n 次，如 i 的各种取值概率相同，则平均循环次数为 $n/2$；删除时最少的循环次数为 0 次，最多为 $n-1$ 次，当 i 取值概率相同时，平均循环次数为 $(n-1)/2$。用数量级的形式表示线性表插入、删除运算的时间复杂性均为 $O(n)$。

2.3　线性表的链式存储及运算实现

由于顺序表的存储特点是用物理上的相邻实现了逻辑上的相邻，它要求用连续的存储单元顺序存储线性表中各元素，因此，对顺序表插入、删除时需要通过移动数据元素来实现，影响了运行效率。本节介绍线性表链式存储结构，它不需要用地址连续的存储单元来实现，而是通过"链"建立起数据元素之间的逻辑关系，显然，对线性表的插入、删除不需要移动数据元素。

2.3.1　单链表

链表是通过一组任意的存储单元来存储线性表中的数据元素的，那么怎样表示出数据元素之间的线性关系呢？为建立起数据元素之间的线性关系，对每个数据元素 a_i，除了存放数据元素的自身的信息 a_i 之外，还需要和 a_i 一起存放其后继 a_{i+1} 所在的存储单元的地址，这两部分信息组成一个"节点"，单链表节点的结构如图 2.4 所示，每个数据元素都如此。存放数据元素信息的称为数据域，存放其后继地址的称为指针域。显然 n 个元素的线性表通过每个节点的指针域拉成了一个"链"，称为链表。因为每个节点中只有一个指向后继的指针，所以称其为单链表，如图 2.5 所示。

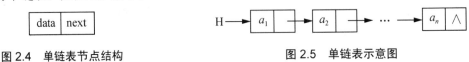

图 2.4　单链表节点结构　　　　　　图 2.5　单链表示意图

链表是由一个个节点构成的，节点定义如下：

```
typedef struct node
        {   int data;
            struct node *next;
  } LNode, *LinkList;
```

定义头指针变量：

LinkList　H;

通常我们用"头指针"来标识一个单链表，如单链表 L、单链表 H 等，是指某链表的第一个节点的地址放在了指针变量 L、H 中，头指针为"NULL"则表示一个空表。

指针的概念是链式存储结构的核心。假设 p 是一个 LinkList 类型，应正确区分指针型变量、指针、指针所指的节点和节点的内容这 4 个密切相关的不同概念：

(1) p 的值(如果有的话)是一个指针，即一个所指节点的地址。它无法显示，也不能用输出语句打印输出。

(2) 该指针(若不是 NULL)指向的某个 node 型节点用*p 来标识，p 所指向的节点变量是在程序执行过程中，当需要时动态产生的，故称为动态变量。一旦 p 所指向的节点变量不再需要了，就可通过函数 free(p)释放 p 所指向的节点变量空间，这种动态节点变量只能通过指向它的指针 p 来访问它，即用*p 作为该节点变量的名字来访问。因此在单链表中的任何节点只能用指向它的指针的变量来标识。

(3) 节点*p 是由两个域组成的记录，这两个域分别用 p→data 域和 p→next 域来标识，它们各有自己的值，p→data 的值是一个数据元素，p→next 的值是一个指针。

在用指针构造链式存储结构时，为了叙述方便，常将"指针型变量"简称为指针。例如，将"头指针变量"称为"头指针"，将"修改某指针型变量的值"称为"修改某指针"等。

需要进一步指出：上面定义的 LNode 是节点的类型，LinkList 是指向 Lnode 类型节点的指针类型。为了增强程序的可读性，通常将标识一个链表的头指针说明为 LinkList 类型的变量如 LinkList L；当 L 有定义时，值要么为 NULL，则表示一个空表；要么为第 1 个节点的地址，即链表的头指针；将操作中用到指向某节点的指针变量说明为 LNode　*类型，如 LNode *p；则语句：

p=(LNode　*)malloc(sizeof(LNode));

则完成了申请一块 Lnode 类型的存储单元的操作，并将其地址赋值给变量 p。P 所指的节点为*p，*p 的类型为 LNode 型，显然该节点的数据域为(*p).data 或 p→data，指针域为(*p).next 或 p→next。free(p)则表示释放 p 所指的节点。

2.3.2　单链表的基本运算

单链表与顺序线性表不同，顺序线性表在建立时，已定义好此顺序线性表的界限，并分配给它一块连续的存储单元，而单链表的节点数在定义前是不确定的，单链表中的元素也不一定是顺序安排的，而是由指针域来表示各元素的前后邻接关系，故单链表的运算操作与顺序线性表一般有所不同。单链表的常用运算主要有遍历、插入和删除等。

1. 遍历

所谓遍历(Traversal)，就是根据已给的表头指针，按由前向后的次序访问单链表的各个节点。在实际应用中遍历是对单链表的最基本运算，例如，当要打印或显示出各个节点的数值域值、计算单链表的长度(即节点数目)或寻找某一个节点时都需要遍历单链表。

假设 head 是单链表的头指针，计算一个已建立好的单链表的节点个数。

算法执行步骤描述：

(1) 设一个移动指针 p 和计数器 j；

(2) 初始化后，p 所指节点后面若还有节点，p 向后移动；

(3) 计数器加 1。

算法实现源程序：

算法 2.3　求单链表 head 的长度。

```
/*参数说明:
   head 为单链表的头指针*/
int Length(LinkList head)
{
   int count=0;              //初始化计数器
   LinkList  p=head;         //初始化移动指针 p
   while (p!=NULL)
   {
      p=p->next;
      count++;
   }
   return(count);            //返回表长
}
```

此算法的关键是 while 循环语句，开始时 p 指针指向头节点，每一循环都修改指针值，让它指向下一个节点，同时将计数链表长度的变量 count 加 1。这样每循环一次就向后推移一个节点，直到 p 所指节点*p 的链域值为 NULL 为止。空指针 NULL 起标志的作用，若无此标志，尾节点链域的值为"无定义"，上述算法中的 while 语句在做最后一次判断时将出现"运行错"，这是应予避免的。

2. 插入一个节点

在实际应用中常常要将新的节点加入到单链表中，这将通过插入运算来实现。所谓插入是指在单链表中第 i 个节点($i \geq 0$)之后插入一个元素为 x 的节点，如图 2.6 所示。

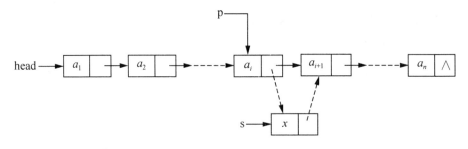

图 2.6　向单链表中插入一个节点

算法执行步骤描述：

(1) 在单链表上找到插入位置，即找到第 i 个节点；

(2) 生成一个以 x 为值的新节点；

(3) 将新节点链入单链表中。

假设指针 p 指向单链表中的第 *i* 个节点，指针 s 指向已生成的新节点，链入新节点的操作如下：将新节点*s 的链域指向节点*p 的后继节点(即 s->next=p->next)；将节点*p 的链域指向新节点(即 p->next=s)。

算法实现源程序：

算法 2.4　在单链表中插入一个新节点。

```
/*参数说明:
    head 为单链表的头指针，i 为插入位置，x 为插入节点的值*/
void Insert (LinkList head,int i, int x)
{
    LinkList s,p;
    int j;
    s=(LinkList)malloc(sizeof(LNode));          //生成一个新节点
    s->data=x;
    if(i==0)                                     //如果 i=0,则将 s 所指节点插入到表头
    {
        s->next=head->next;
        head=s;
    }
    else
    {
        p=head;
        j=1;                                     //j 用来记录节点个数
                                                 //在单链表上查找第 i 个节点,由 p 所指向
        while(p!=NULL && j<i)
        {
            j++;
            p=p->next;
        }
        if(p!=NULL)                              //找到插入位置,则把新节点插入其后
        {
            s->next=p->next;
            p->next=s;
        }
        else
            printf("没有对应位置! \n");
    }
}
```

应注意的是，插入操作的两条语句的执行顺序不能颠倒，否则节点 *i* 链域的指针将丢失。

3. 删除一个节点

当需要从单链表上删除节点时，就要通过删除运算来完成。删除单链表上一个其值为 *x* 的节点的主要操作：首先用遍历的方法在单链表上找到该节点，然后从单链表上删除该节点。欲从单链表上删除一个节点，需修改该节点的前一个节点的指针，如图 2.7 所示。

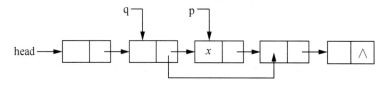

图 2.7　从单链表上删除一个节点

算法执行步骤描述：

(1) 找到值为 x 的节点；若存在继续 2，否则结束；

(2) 判断是否是首节点；

(3) 删除此节点，结束。

假设指针 q 指向待删除节点的前一个节点，指针 p 指向要删除的节点，删除该节点的操作：将该节点的前一个节点 q 的链域指向 p 的后继节点(即 q->next=p->next)。

算法实现源程序：

算法 2.5　在单链表中删除一个值为 x 的节点。

```
    /*参数说明：
    head 为单链表的头指针，x 为删除节点的值*/
void Delete(LinkList head,int x)
{
  LinkList p, q;
  if(head==NULL)
      printf("链表下溢！\n"); //如果单链表为空，则下溢处理
  if(head->data==x)           //如果表头节点值等于 x 值，则删除
  {
    p=head;
    head=head->next;
    free(p);
  }
  else
  {
    q=head;                   //从第 2 个节点开始查找其值为 x 的节点
    p=head->next;
    while(p!=NULL && p->data!=x)
    {
      q=p;                    //查找时，p 指向链表上的一个节点，q 指向该节点之前一个节点
      p=p->next;
    }
    if(p!=NULL)               //若找到该节点，则进行删除处理*/
    {
      q->next=p->next;
      free(p);
    }
    else
      printf("未找到！\n");
  }
}
```

free 是 C 的库函数，头文件为"malloc.h"，执行 free(p)的结果是释放 p 所指节点占用的

内存空间，同时 p 的值变成"无定义"。

从以上讨论可以看出，在单链表上进行插入与删除运算时，无须移动节点，只需修改指针。

2.3.3　循环链表

循环链表(Circular Linked List)是一种首尾相接的链表，将单链表表尾节点原来的空指针改为指向表头节点，就成为循环链表，如图 2.8 所示。

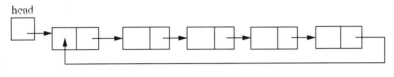

图 2.8　循环链表

循环链表并不多占存储单元，但从循环链表的任一个节点出发都可以访问到此链表的每一个节点，因为当访问到表尾节点后又能返回到头节点。

循环链表的各个节点虽然链接成为一个环形，但仍有表头表尾之分。通常在循环链表的表头节点前面再加一个空节点(Dummy Node)，也称为空表头节点。有了这个空表头节点，可以避免遍历时循环不止。此外，当插入或删除的是链表中第一个节点时，运算步骤与插入或删除别的节点一样，不需特别处理。当删除了唯一的一个元素使链表成为空表时，或向空表中插入第一个元素时，也都是采用一般的算法，无须特别处理。因为即使是"空表"，也还有那个空表头节点，只不过这时此空表头节点的指针指向其本身。如图 2.9 所示则为循环链表是空表时的情况。

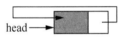

图 2.9　空循环链表

空表头节点除指针以外的数据域是没有用的，但为了与一般节点相区别，常常是赋给此节点一个特别的数据，以此与一般节点相区别，当访问到某个节点发现它的数据域值等于这个特别的数据时，即知道到达了此空节点。对循环链表的另一种改进的方法是不设头指针而改设尾指针，如图 2.10 所示。

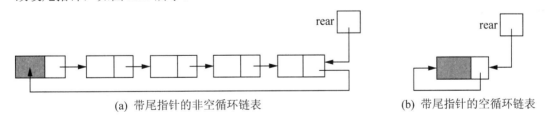

(a) 带尾指针的非空循环链表　　　　　　　　(b) 带尾指针的空循环链表

图 2.10　带尾指针的循环链表

无论是找头节点还是尾节点都很方便。因为尾节点由尾指针 rear 来指示，则头节点的存储位置是 rear→next→next。在某些应用中链表的头节点和尾节点使用频繁时，使用这种带尾指针的循环链表比较方便。

2.3.4　双链表

对单链表进行改进的另一种方法是构成双向链表。双向链表中每个节点除了有向后指针外，还有指向其前一个节点的指针，这样形成的链表中有两条不同方向的链，因此，从某一节点均可向两个方向访问。这样构成的链表有两个方向不同的链，称为双链表。双链表的节点形式如图 2.11 所示。

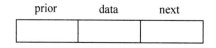

图 2.11　双向循环链表节点结构

其中链域 prior 和 next 分别指向本节点的直接前趋和直接后继节点。

如果循环链表的节点再采用双向指针，就成为双向循环链表也称为双链表。图 2.12 是一个具有空表头节点的双向循环链表，其表尾节点的向右指针指向空表头节点，空表头节点的向左指针指向表尾节点。

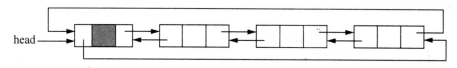

图 2.12　双向循环链表

双链表较单链表虽然要多占用一些存储单元，但对其插入和删除操作以及查找节点的前趋和后继都非常方便。在链表较长，插入、删除较频繁或需要经常查找节点的前趋和后继的情况下使用双链表比较合适。双链表结构是一种对称结构，设指针 p 指向双链表的某一节点，则双链表的对称性可用下式来表示：

$$p=(p\text{->}prior)\text{->}next=(p\text{->}next)\text{->}prior$$

亦即节点*p 的地址既存放在其前趋节点*(p->prior)的后继指针域中，又存放在它的后继节点*(p->next)的前趋指针域中。

下面给出双链表的插入和删除运算的主要步骤。

1.　插入

如果要在 p 所指节点的前面插入一个新节点*q，则需要修改 4 个指针，如图 2.13 所示。

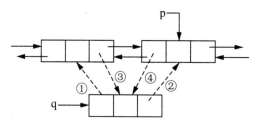

图 2.13　双链表上节点的插入

(1) q->prior=p->prior;

(2) q->next=p;

(3) (p->prior)->next=q;

(4) p->prior=q;

如果要在 p 所指节点的后面插入一个新节点*q，则其运算步骤与前插入很相似，只是前后指针互换了。

2.　删除

设 p 指向待删除的节点，则删除该节点可通过下面两个语句实现：

(1) (p->prior) ->next=p->next;

(2) (p->next) ->prior=p->prior;

这两个语句的执行顺序可以颠倒，如图 2.14 所示。

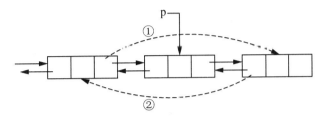

图 2.14　双链表上节点的删除

执行这两个语句之后，可调用 free(p)，将*p 节点释放。

2.3.5　静态链表

在图 2.15 中，规模较大的结构数组 sd[MAXSIZE]中有两个链表：链表 SL 是一个带头节点的单链表，表示了线性表$(a_1, a_2, a_3, a_4, a_5)$，而另一个单链表 AV 是将当前 sd 中的空节点组成的链表。

		data	next
SL=0	0		4
	1	a_4	5
	2	a_2	3
	3	a_3	1
	4	a_1	2
	5	a_5	−1
AV=6	6		7
	7		8
	8		9
	9		10
	10		11
	11		−1

图 2.15　静态链表

数组 sd 的定义如下：

```
#define  MAXSIZE  …          /*足够大的数*/
typedef  struct
  {int  data;
   int  next;
  }SNode;                    /*节点类型*/
SNode  sd[MAXSIZE];
int  SL,AV;                  /*两个头指针变量*/
```

这种链表的节点中也有数据域 data 和指针域 next，与前面所讲的链表中的指针不同的是，这里的指针是节点的相对地址(数组的下标)，称为静态指针，这种链表称之为静态链表，空指针用-1 表示，因为上面定义的数组中没有下标为-1 的单元。

在图 2.15 中，SL 是用户的线性表，AV 模拟的是由系统存储池中空闲节点组成的链表，当用户需要节点时，例如，向线性表中插入一个元素，需自己向 AV 申请，而不能用系统函数 malloc 来申请，相关的语句为

```
if(AV!=-1)
  { t=AV;
   AV=sd[AV].next;
  }
```

所得到的节点地址(下标)存入了 t 中；不难看出当 AV 表非空时，摘下了第 1 个节点给用户。当用户不再需要某个节点时，需通过该节点的相对地址 t 将它还给 AV，相关语句为

```
sd[t].next=AV;
 AV=t;
```

该节点连在了 AV 的头部，这里不能调用系统的 free 函数。

2.4　顺序表和链表的比较

1. 两种存储结构的优点

本章介绍了线性表的逻辑结构及它的两种存储结构：顺序表和链表。通过对它们的讨论可知它们各有优缺点。顺序存储有 3 个优点。

(1) 方法简单，各种高级语言中都有数组，容易实现；

(2) 不用为表示节点间的逻辑关系而增加额外的存储开销；

(3) 顺序表具有按元素序号随机访问的特点。

链表的优点恰好与顺序表相反。

2. 两种存储结构的缺点

(1) 在顺序表中做插入删除操作时，平均移动大约表中一半的元素，对 n 较大的顺序表效率低；

(2) 需要预先分配足够大的存储空间，估计过大，可能会导致顺序表后部大量闲置；预先分配过小，又会造成溢出。

链表的缺点恰好与顺序表相反。

3. 存储结构的选取

在实际中怎样选取存储结构呢？通常有以下几点考虑。

(1) 基于存储的考虑。顺序表的存储空间是静态分配的，在程序执行之前必须明确规定它的存储规模，也就是说，事先对"MAXSIZE"要有合适的设定，过大造成浪费，过小造成溢出。可见对线性表的长度或存储规模难以估计时，不宜采用顺序表；链表不用事先估计存储规模，但链表的存储密度较低。存储密度是指一个节点中数据元素所占的存储单元和整个节点所占的存储单元之比。显然链式存储结构的存储密度是小于 1 的。

(2) 基于运算的考虑。在顺序表中按序号访问 a_i 的时间性能是 $O(1)$，而链表中按序号访问的时间性能是 $O(n)$，可见如果经常做的运算是按序号访问数据元素，显然顺序表优于链表；而在顺序表中做插入、删除时平均移动表中一半的元素，当数据元素的信息量较大且表较长时，这一点是不应忽视的；在链表中做插入、删除，虽然也要找插入位置，但主要还是比较操作，从这个角度考虑显然后者优于前者。

(3) 基于环境的考虑。顺序表容易实现，因为任何高级语言中都有数组类型；链表的操作是基于指针的，一些高级语言中没有提供指针的功能，因此，这也是用户考虑的一个因素。

总之，两种存储结构各有长短，选择哪一种由实际问题中的主要因素决定。通常"较稳定"的线性表选择顺序存储，而频繁做插入删除的(即动态性较强的)线性表宜选择链式存储。

2.5　线性表的应用

线性表是一种最基本、最常用的数据结构，在软件开发设计中应用非常广泛，这里仅介绍 2 个顺序表和链表应用的实例。

2.5.1　顺序表的应用

在开发大型应用程序时，常常要声明大量的变量与常量来保存程序内部可能使用到的数据。由于大量重复地定义操作，将浪费许多不必要的时间和空间，因此可以考虑将相同性质的数据，以顺序表形式加以声明保存。

例如，从键盘输入某班学生程序设计课程考试成绩，评定每个学生成绩等级。如果高于平均分 10 分，则等级为优秀；如果低于平均分 10 分，则等级为一般；否则等级为中等。

为了记录学生的成绩，就可以用顺序表来处理，在计算机算法中会经常用到顺序表。

利用顺序表来处理该问题的算法如下：

```c
#include <stdio.h>
#define N 50
void main()
{
  int i;
  float average,a[N],sum=0;
  for(i=0;i<N;i++)
  {
      printf("请输入第%d 个同学高级语言程序设计的成绩:",i+1);
      scanf("%f",&a[i]);
      sum+=a[i];
  }
  average=sum/N;
  printf("\n 全班同学的平均分为:%f\n",average);
  for(i=0;i<N;i++)
  {
    if(a[i]>average+10)
      printf("a[%d]=%f 为优秀\n",i,a[i]);
    else if(a[i]< average-10)
        printf("a[%d]=%f 为一般\n",i,a[i]);
      else
```

```
        printf("a[%d]=%f 为中等\n",i,a[i]);
    }
}
```

2.5.2 一元多项式的算术运算

一元多项式的算术运算，是线性表应用的典型方法。处理一元多项式的运算，首先要考虑采用何种数据结构来表示一元多项式。设一个一元多项式为

$$8x^6+7x^5+6x^4-4x^3+x-9$$

0	1	2	3	4	5	6
-9	1	0	-4	6	7	8

图 2.16 用数组表示一元多项式

如果用数组来表示一元多项式，以各项的指数作为下标，将各个系数存入一维数组中，如图 2.16 所示，可使一元多项式的算术运算很容易实现。但是，若系数为零的项较多，采取这种存储方式既浪费存储单元，零元素参加运算也太浪费时间。例如，一元多项式 $4x^{1000}-5$，就要用长度为 1001 的数组来表示，但表中仅有 2 个元素，大量存放的是零元素，采用这种数据结构显然是不合适的。

可采用单链表表示一元多项式，其运算较用数组表示方便得多。将单链表的每个节点对应着一元多项式中的一个非零项，它由 3 个域组成，分别表示非零项的系数、指数和指向下一个节点的指针。现以两个一元多项式相加为例，来说明单链表在一元多项式的算术运算中的应用。

两个一元多项式相加的运算规则：将两个一元多项式中所有指数相同项的系数相加，相加后，若和不为零，则构成"和一元多项式"中的一项；若和为零，则"和一元多项式"中无此项；所有指数不相同的项均抄到"和一元多项式"中。设两个一元多项式为

$$A(x) = 4x^{12} + 5x^8 + 6x^4 + 4$$

$$B(x) = 3x^{12} + 6x^7 + 2x^3$$

求此两个一元多项式之和 $C(x)=A(x)+B(x)$。

用单链表表示这 3 个一元多项式，如图 2.17 所示。

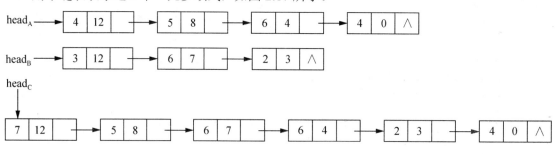

图 2.17 一元多项式相加

进行 $A(x)$ 和 $B(x)$ 两个一元多项式相加时，需对表示 $A(x)$ 和 $B(x)$ 的两个单链表从表头起向后逐节点遍历。表示 $C(x)$ 的单链表初始为空表，以后每得到 $C(x)$ 的一项，即在此单链表的末尾增添一个节点。为了运算方便，除了表头指针外，再给每个单链表设置一个逐节点向后移动的指针。$A(x)$ 和 $B(x)$ 单链表的指针 P_A 和 P_B 分别指向该单链表当前正在处理的节点；$C(x)$ 单链表的指针 P_C 则指向刚刚得到的节点(即此单链表当前的末尾节点)。运算开始时，令 P_A、P_B 和 P_C 分别等于 $head_A$、$head_B$、$head_C$，故 P_A 和 P_B 指向 $A(x)$ 和 $B(x)$ 的两个单链表的表头节点，P_C 则为"空指针"(不指向任何节点)。按前面给出的两个一元多项式相加的运算规则，具体

运算如下。

(1) 当 P_A 和 P_B 均不是空指针且所指的两个节点指数域相等时，则在表示 $C(x)$ 的单链表末尾插入一个新节点，其指数域等于 P_A、P_B 所指节点的指数域，系数域等于此二节点系数域之和(特殊情况下，如此二节点系数域之和恰好为零，则 $C(x)$ 单链表上不再插入新节点)，然后令 P_A、P_B 和 P_C 分别向后移动一个节点。

(2) 当 P_A 和 P_B 均不是空指针且所指的两个节点指数域不相等时，则在表示 $C(x)$ 的单链表末尾插入一个新节点，若 P_A 所指节点的指数较大，则使新节点的指数域、系数域等于 P_A 所指节点的指数域、系数域，然后令 P_A 和 P_C 向后移一个节点；反之，若 P_B 所指节点的指数较大，则使新节点的指数域、系数域等于 P_B 所指节点的指数域、系数域，然后令 P_B 和 P_C 向后移一个节点。

(3) 当 P_A 和 P_B 中只有一个是非空指针时，则在表示 $C(x)$ 的单链表末尾插入一个新节点，其指数域、系数域均与此非空指针所指节点相同，然后令此非空指针和 P_C 各向后移一个节点。

(4) 当 P_A 和 P_B 均是空指针时，运算结束。

如图 2.17 所示，开始时，P_C 为空指针，P_A 和 P_B 分别指向对应 $A(x)$ 和 $B(x)$ 第 1 项的节点，因为此二节点的指数域都是 12，按照原则(1)在表示 $C(x)$ 的单链表中插入一个指数域亦为 12 的节点，其系数域等于该二节点系数域之和 7，然后令 P_C 指向此新节点，而 P_A 和 P_B 则分别移向各自单链表的第 2 个节点；第 2 步，因 P_A 和 P_B 所指节点的指数域不相等，按照原则(2)取指数域较大的节点的数据给表示 $C(x)$ 的单链表插入新节点，然后令 P_C 和 P_B 各自向后移一个节点；依次做下去，到 $B(x)$ 中 $2x^3$ 项相对应的节点处理完以后，P_B 即变成空指针，按照原则(3)将对应 $A(x)$ 中后两项的节点陆续插入到表示 $C(x)$ 的单链表末尾，直至与 $A(x)$ 各项相对应的节点也都处理完毕，P_A 和 P_B 都变为空指针了，按照(4)运算结束，最后得到的结果为

$$C(x) = 7x^{12} + 5x^8 + 6x^7 + 6x^4 + 2x^3 + 4$$

2.6　应用示例及分析

【例 2.1】　用顺序表表示集合，实现集合的求交集运算。

解：求 $C = A \cap B$，C 中元素是 A、B 中的公共元素，扫描 A 中的元素 A.data[i]，若它与 B 中某个元素相同，表示是交集元素，将其放到 C 中。算法如下：

```
void InterSection(SeqList A,SeqList B,SeqList &C)
{
    int i,j,k=0;
    for(i=0;i<A.n;i++)
    {
        j=0;
        while(j<B.n && B.data[j]!=A.data[i])
            j++;
        if(j<B.n)
            C.data[k++]=A.data[i];
    }
    C.n=k;
}
```

【例 2.2】 将两个递增的顺序表合并成一个递增的顺序表。

有顺序表 A 和 B，其元素均按从小到大的升序排列，编写一个算法将它们合并成一个顺序表 C，要求 C 的元素也是从小到大的升序排列。依次扫描 A 和 B 的元素，比较线性表 A 和 B 当前元素的值，将较小值的元素赋给 C，如此直到一个线性表扫描完毕，然后将未完的那个顺序表中余下部分赋给 C 即可。要求线性表 C 的容量要大于线性表 A 和 B 长度之和。

算法实现源程序如下：

```c
#include "stdio.h"
#define MAXSIZE 100
typedef  struct
{
  int  data[MAXSIZE];
    int  n;
}SeqList;
int Merge_SeqList (SeqList A, SeqList B, SeqList &C)
{
 int i,j,k;
 i=j=k=0;
 if (A.n+B.n>=MAXSIZE)
 {
    printf("C 表空间不足");
    return(0);
 }
 while ( i<A.n && j<B.n )
 {
    if (A.data[i] <B.data[j])
       C.data[k++]=A.data[i++];
    else
       C.data[k++]=B.data[j++];
 }
 while (i<A.n )      //B 已扫描完，则将 A 的余下部分复制到 C 中
    C.data[k++]= A.data[i++];
 while (j<B.n )      //A 已扫描完，则将 B 的余下部分复制到 C 中*/
    C.data[k++]= B.data[j++];
 C.n=k;
 return(1);          //合并成功
}

void Init_SeqList(SeqList &S,int n)
{
 int i;
 for(i=0;i<n;i++)
 {
    scanf("%d",&S.data[i]);
 }
 S.n=n;
}
void Desplay_SeqList(SeqList S)
{
  int i;
```

```
    for(i=0;i<S.n;i++)
    {
        printf("%d ",S.data[i]);
    }
    printf("\n");
}
void main()
{
    SeqList A,B,C;
    Init_SeqList(A,10);
    Desplay_SeqList(A);
    Init_SeqList(B,5);
    Desplay_SeqList(B);
    Merge_SeqList(A,B,C);
    printf("合并后: ");
    Desplay_SeqList(C);

}
```

其中：入口参数是指向 3 个顺序表的指针，返回标志：0 表示失败，1 表示成功。m 是线性表 A 的表长，n 是线性表 B 的表长。

【例 2.3】　有一个单链表 L(至少有一个节点)，其头节点指针为 head，编写一个函数将 L 逆置，即最后一个节点变成第 1 个节点，原来倒数第 2 个节点变成第 2 个节点……依此类推。

解：本题采用的算法是，从头到尾遍历单链表 L，并设置 3 个附加指针 p、q、r。p 指向当前处理的节点，q 指向 p 的下一个节点，r 指向 q 的下一个节点，q、r 的作用是为了防止倒置指针时，下一个节点的丢失而设置的。有了这 3 个指针，就可以方便地实现指针的倒置。最后将第 1 个节点的 next 域置为 NULL，并将头指针指向最后一个节点，于是达到本题的要求。

```
void Invert(LinkList *&L)
{
    LinkList *p,*q,*r;
    p=L;
    q=p->next;
    while(q!=NULL)          /*当没有后继节点时停止*/
      {
        r=q->next;
        q->next=p;
        p=q;
        q=r;
      }
    L->next=NULL;
    L=p;                   /*p 指向 L 的最后一个节点,现改为头节点*/
}
```

【例 2.4】　有两个循环单链表，链表头指针分别为 $head_1$ 和 $head_2$，如图 2.18 所示。编写一个函数将链表 $head_2$ 链接到链表 $head_1$ 之后，链接后的链表仍保持是循环链表的形式。

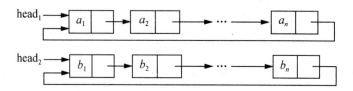

图 2.18　两个循环链表

解：本题的算法思想是，先分别找到两个链表的表尾，将 $head_2$ 放入 $head_1$ 链表的表尾，将两个链表链接起来，然后将 $head_1$ 放入原 $head_2$ 链表的表尾，构成新的循环链表。

```
void Link(LinkList *&head1,LinkList *head2)
{
  LinkList *p,*q;
  p=head1;
  while(p->next!=head1)
       p=p->next;              /*找到表尾,用 p 指向它*/
  q=head2;
  while(q->next!=head2)
       q=q->next;              /*找到表尾, 用 q 指向它*/
  p->next=head2;               /*将链表链接到链表之后*/
  q->next=head1;               /*仍保持是循环链表*/

}
```

【例 2.5】　给出在双链表中第 i 个节点($i \geqslant 0$)之后插入一个元素为 x 的节点的函数。

解：在前面双链表一节中，已经给出了在一个节点之前插入一个新节点的方法，在一个节点之后插入一个新节点的思想与前面是一样的，实现该算法的具体函数如下：

```
void Insert(DLinkList *head,int i,int x)
{
  DLinkList *s, *p;
  int j;
  s=(DLinkList *)malloc(sizeof(DLinkList)); /*建立一个待插入的节点,由 s 指向*/
  s->data=x;
  if(i==0)                     /*如果 i=0,则将 s 所指节点插入到表头后返回*/
    {
      s->next=head;
      head->prior=s;
      head=s;
    }
  else
    {
      p=head;                  /*在双链表中查找第 i 个节点,由 p 指向*/
      j=1;
      while(p->next!=head && j<i)
        {
          j++;
          p=p->next;
        }
      if(p->next!=head)        /*若查找成功,则把 s 插入到 p 之后*/
        if(p->next==head)      /*若 p 是最后一个节点,则直接把 s 节点链入双链表*/
```

```
        {
            p->next=s;
            s->next=head;
            s->prior=p;
        }
        else
        {
            s->next=p->next;
            p->next->prior=s;
            p->next=s;
            s->prior=p;
        }
    else
        printf("未找到!\n");
    }
}
```

小　　结

本章主要介绍了线性表及实现各种基本运算的算法。

线性表是有限个相同类型元素组成的序列，相邻元素之间只有前后关系而无更复杂的邻接关系。线性表常用一维数组表示，这是一种顺序存储结构，是经常用的。对于给定的线性表可进行各种不同的运算，其中最重要的是插入和删除元素的运算。

链表是用链接方式存储的线性表。链表中节点的逻辑次序和物理次序不一定相同，用附加的指针表示节点间的逻辑关系。

本章重点讲述了单链表的遍历、插入、删除等几种运算，应理解和熟练地掌握这几种运算的算法，其他一些运算可由此修改、推广而得出。

将单链表加以改进，又可得到循环链表和双向链表。由于循环链表的表尾节点指向表头节点，所以从任一节点开始遍历都可以访问此表的各个节点。各节点既有向右指针又有向左指针的链表称为双向链表，双向链表与循环链表的特点相结合，就得到双向循环链表。双向循环链表的插入、删除运算非常简单，应熟练掌握其运算的算法。

两种存储结构各有长短，选择哪一种由实际问题中的主要因素决定。

习题与练习二

一、选择题

1. 若某线性表最常用的操作是存取任一指定序号的元素和在最后进行插入和删除运算，
   则利用(　　)存储方式最节省时间。
   A．顺序表　　　　　B．双链表　　　　　C．带头节点的双循环链表　　　　D．单循环链表
2. 链表不具有的特点是(　　)。
   A．插入、删除不需要移动元素　　　　　B．可随机访问任一元素
   C．不必事先估计存储空间　　　　　　　D．所需空间与线性长度成正比

3. 在一个长度为 n 的顺序存储线性表中，向第 i 个元素($1 \leqslant i \leqslant n+1$)之前插入一个新元素时，需要从后向前依次后移( )个元素。

    A．$n-i$ B．$n-i+1$ C．$n-i-1$ D．i

4. 在单链表指针为 p 的节点之后插入指针为 s 的节点，正确的操作是( )。

    A．p->next=s;s->next=p->next;   B．s->next=p->next;p->next=s;

    C．p->next=s;p->next=s->next;   D．p->next=s->next;p->next=s;

5. 在双向链表指针 p 的节点前插入一个指针 q 的节点，正确的操作是( )。

    A．p->prior=q;q->next=p;p->prior->next=q;q->prior=q;

    B．p->prior=q;p->prior->next=q;q->next=p;q->prior=p->prior;

    C．q->next=p;q->prior=p->prior;p->prior->next=q;p->prior=q;

    D．q->prior=p->prior;q->next=q;p->prior=q;p->prior=q;

6. 在一个以 h 为头的单循环链中，p 指针指向链尾的条件是( )。

    A．p->next==h   B．p->next==NULL

    C．p->next->next==h   D．p->data==-1

7. 用链接方式存储的队列，在进行删除运算时( )。

    A．仅修改头指针   B．仅修改尾指针

    C．头、尾指针都要修改   D．头、尾指针可能都要修改

8. 在一个单链表 HL 中，若要删除由指针 q 所指向节点的后继节点，则执行( )。

    A．p = q->next;p->next = q->next;   B．p = q->next ;q->next = p->next;

    C．p = q->next ;q->next = p;   D．q->next = q->next->next;q->next = q;

9. 静态链表中指针表示的是( )。

    A．内存地址   B．数组下标   C．下一元素地址   D．左、右孩子地址

10. 对于一个头指针为 head 的带头节点的单链表，判定该表为空表的条件是( )。

    A．head==NULL   B．head->next==NULL

    C．head->next==head   D．head!=NULL

二、基本知识题

1. 线性表的顺序存储结构具有 3 个弱点：其一，在做插入或删除操作时，需移动大量元素；其二，由于难以估计，必须预先分配较大的空间，往往使存储空间不能得到充分利用；其三，表的容量难以扩充。线性表的链式存储结构是否一定都能够克服上述 3 个弱点，试讨论之。

2. 若较频繁地对一个线性表进行插入和删除操作，该线性表宜采用何种存储结构？为什么？

3. 试比较顺序表(Sequential List)与链表(Linked List)的优缺点。

4. 试分析单链表与双链表的优缺点。

5. 为什么在单循环链表中设置尾指针比设置头指针更好？

6. 写出在循环双链表中的 p 所指节点之后插入一个 s 所指节点的操作。

7. 链表中的 p 所指节点之前插入一个 s 所指节点的操作。

8. 请利用链表来表示一元多项式：$A(x) = 4x^{11} + 9x^8 + 11x^3 + 8x + 7$

三、算法设计题

1. 设有一个包含 n 个元素的线性表,用一维数组 A[n]表示。试设计一个算法,使此线性表元素的排队次序颠倒过来但仍存储于原数组中。

2. 编写一个算法,将一个顺序表 A(有 n 个元素)分拆成两个顺序表,使 A 中大于 0 的元素存放在 B 中,小于等于 0 的元素存放在 C 中。

3. 设 A 为顺序表,试编写删除 A 中第 i 个元素起的 k 个元素的算法。

4. 已知在一维数组 A[1:$m+n$]中依次存放着两个顺序表$(a_1,a_2,\cdots,a_m)$和$(b_1,b_2,\cdots,b_n)$,编写一个函数,将两个顺序表的位置互换,即把$(b_1,b_2,\cdots,b_n)$放到$(u_1,u_2,\cdots,u_m)$的前面。

5. 有一个包含 n 个节点的单链表,设计一个函数将第 i-1 个节点与第 i 个节点互换,但指针不变。

6. 试设计一个函数,查找单链表中数值为 x 的节点。

7. 已知一个单链表,编写一个删除其值为 x 的节点的前趋节点的算法。

8. 已知一个单链表,编写一个函数从此单链表中删除自第 i 个元素起的 length 个元素。

9. 设计算法,将一个带头节点的单链表 A 分解为两个具有相同结构的链表 B 和 C,其中 B 表的节点为 A 表中值小于零的节点,而 C 表的节点为 A 表中值大于零的节点(链表 A 的元素类型为整型,要求 B、C 表利用 A 表的节点)。

10. 已知一个单链表,编写一个函数将此单链表进行复制。

11. 有一个 10 个节点的单链表,试设计一个函数将此单链表分为两个节点数相等的单链表。

12. 与上题相同的单链表,设计一个函数,将此单链表分成两个单链表,要求其中一个仍以原表头指针 head$_1$ 作表头指针,表中顺序包括原线性表的第 1、3 等奇数号节点;另一个链表以 head$_2$ 为表头指针,表中顺序包括原单链表第 2、4 等号节点。

13. 已知一个指针 p 指向单循环链表中的一个节点,编写一个对此单循环链表进行遍历的算法。

14. 已知一个单循环链表,编写一个函数,将所有箭头方向取反。

15. 在双链表中,若仅知道指针 p 指向某个节点,不知头指针,能否根据 p 遍历整个链表?若能,试设计算法实现。

16. 试编写一个在循环双向链表中进行删除操作的算法,要求删除的节点是指定节点 p 的前趋节点。

17. 已知非空线性链表第 1 个节点由 List 指出,请写一算法,交换 p 所指的节点与其下一个节点在链表中的位置(设 p 指向的不是链表最后那个节点)。

18. 设有一个由正整数组成的无序(向后)单链表,编写完成下列功能的算法:

(1) 找出最小值节点,且打印该数值;

(2) 若该数值是奇数,则将其与直接后继节点的数值交换;

(3) 若该数值是偶数,则将其直接后继节点删除。

19. 已知一个递增有序的单链表,编写一个函数向该单链表中插入一个元素为 x 的节点,使插入后该链表仍然递增有序。

第3章 栈与队列

本章导读

栈与队列是在软件设计中常用的两种数据结构，它们的逻辑结构和线性表相同，属于特殊的线性表。其特点在于运算受到了限制：栈按"后进先出"的规则进行操作，队列按"先进先出"的规则进行操作，故称运算受限制的线性表。

本章主要知识点

> ➤ 堆栈的定义和基本运算
> ➤ 队列的定义和基本运算
> ➤ 循环队列的特征、运算及与普通队列的差别
> ➤ 递归
> ➤ 堆栈、队列的简单应用

3.1 栈

3.1.1 栈的定义

堆栈(Stack)也简称为栈，是限定在表的一端进行插入或删除操作的线性表。通常将进行插入或删除操作的一段称为栈顶(Top)，另一端称为栈底(Bottom)。插入元素又称为入栈(Push)，删除元素操作称为出栈(Pop)。不含元素的栈称为空栈。数据结构堆栈，无论在系统软件还是应用软件设计中都是经常要用到的。

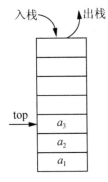

图 3.1 栈示意图

因为堆栈元素的插入和删除只是在栈顶进行的，总是后进去的元素先出来，所以堆栈又称为后进先出线性表或 LIFO(Last In First Out)表。堆栈在日常生活中也常见到，如将乒乓球放入一个圆柱形的筒中，筒的一端是封闭的，乒乓球的放入和取出都是从筒的一端进行的，那它就是一个堆栈。

与普通线性表相同，堆栈最简单的表示方法是采用一维数组。为形象起见，一般在图中是将堆栈画成竖直的，如图 3.1 所示。

在日常生活中，有很多后进先出的例子，读者可以列举。在程序设计中，常常需要栈这样的数据结构，以与保存数据时相反的顺序来使用这些数据，这时就需要用一个栈来实现。

3.1.2 栈的存储实现和运算实现

由于栈是运算受限的线性表，因此线性表的存储结构对栈也是适用的，只是操作不同而已。

1. 顺序栈

利用顺序存储方式实现的栈称为顺序栈。类似于顺序表的定义，栈中的数据元素用一个预设的足够长度的一维数组来实现：int data[MaxSize]，栈底位置可以设置在数组的任一个端点，栈顶是随着插入和删除而变化的，用一个 int top 来作为栈顶的指针，指明当前栈顶的位置，同样将 data 和 top 封装在一个结构中，顺序栈的类型描述如下：

```
#define MaxSize 1024
typedef struct
 {int data[MaxSize];
   int top;
  }SeqStack;
SeqStack s;
```

通常 0 下标端设为栈底，这样空栈时栈顶指针 top=-1；入栈时，栈顶指针加 1，即 s.top++；出栈时，栈顶指针减 1，即 s.top--。栈操作的示意图如图 3.2 所示。

图 3.2 (a)是空栈，图 3.2 (d)是在图 3.2 (c) A、B、C、D、E 5 个元素依次入栈之后，E、D 相继出栈，此时栈中还有 3 个元素，或许最近出栈的元素 D、E 仍然在原先的单元存储着，但 top 指针已经指向了新的栈顶，则元素 D、E 已不在栈中了，通过这个示意图要深刻理解栈顶指针的作用。

在上述存储结构上基本操作的实现如下。

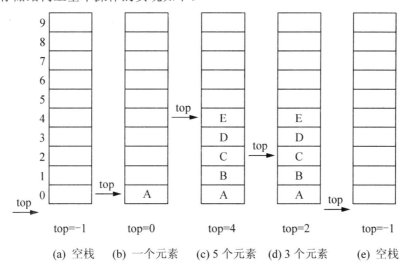

图 3.2 栈顶指针 top 与栈中数据元素的关系

(1) 入栈。算法执行步骤描述：

① 判断栈是否已满；

② 如果栈没满，则让栈顶指针上移；

③ 数据元素入栈。

算法实现源程序如下。

算法 3.1　一个数据元素入栈。

```
/*参数说明:
S栈(可修改),x入栈数据元素值*/
void Push (SeqStack &S,int x)
{
    //(1)判断栈是否已满
    if (S.top== MaxSize-1)
        printf("栈已满, 不能入栈!\n");
    else
    {
        //(2)如果栈没满, 则让栈顶指针上移
        S.top++;
        //(3)数据元素入栈
        S.data[S.top]=x;
    }
}
```

(2) 出栈。算法执行步骤描述:

① 判断栈是否为空;

② 如果栈不为空, 则取出栈顶元素值;

③ 栈顶指针下移。

算法实现源程序如下。

算法 3.2　一个数据元素出栈。

```
/*参数说明:
S栈(可修改),top栈顶指针(可修改)*/
int Pop (SeqStack &S)
{
    int x;
    //(1)判断栈是否为空
    if(S.top==-1)
        printf("栈为空, 不能出栈!\n");
    else
    {
        //(2)如果栈不为空, 则取出栈顶元素值
        x=S.data[S.top];
        //(3)栈顶指针下移
        S.top--;
    }
    return x;
}
```

比较入栈和出栈的过程, 可以看出, 入栈先移动栈顶指针而后插入元素, 出栈是先取出原栈顶元素后才移动栈顶指针。

2. 链栈

用一维数组来实现堆栈时, 由于数组的大小必须在程序中事先规定, 以便为其分配一定的存储单元。这样, 在程序执行中, 如果数组的某些单元没有被用到, 相应的存储单元因已

经为其分配，不可能再改作他用。此外，即使数组规定得较大也不能排除在某种情况下溢出的可能。若两个堆栈共用一个数组，虽然可以充分利用数组单元，但是对这两个堆栈的进栈、出栈的运算略有不同。采用链堆栈可以避免这些缺点。链堆栈是栈的链接存储表示，它是只允许在表头进行插入和删除运算的单链表。图 3.3 是一个链堆栈的示意图。虽然为了形象将它画成了竖直的形式，但它与普通的单链表没有什么不同，只是将头指针 head 改称为栈顶指针 top。

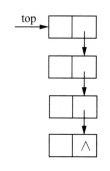

图 3.3　链堆栈示意图

用链式存储结构实现的栈称为链栈。通常链栈用单链表表示，其节点结构与单链表的结构相同，在此用 LinkStack 表示，即

```
    typedef  struct node
{ int  data;
  struct node *next;
}StackNode, * LinkStack;
```

说明 top 为栈顶指针的语句：　　　LinkStack top;

因为堆栈元素的插入和删除只是在栈顶一端进行，所以，链堆栈的运算比普通单链表更简单。下面给出链堆栈的入栈和出栈的算法。

(1) 入栈。算法执行步骤描述：

① 分配一个节点；

② 把节点插入链栈头；

③ 返回栈顶指针 top。

算法实现源程序如下。

算法 3.3　一个数据元素入栈。

```
/*参数说明:
top 栈顶指针, x 入栈元素值*/
LinkStack Push (LinkStack top,int x)
{
    LinkStack s;
    s=( LinkStack)malloc(sizeof(StackNode));  //建立一个节点指针
    s->data=x;
    s->next=top;
    top=s;
    return top;
}
```

(2) 出栈。算法执行步骤描述：

① 判断栈是否为空；

② 如果栈不为空，则取出栈顶元素值；

③ 栈顶指针下移,释放栈顶节点。

算法实现源程序如下。

算法 3.4　一个数据元素出栈。

```
/*参数说明:
top 栈顶指针, x 用于存储出栈元素值*/
LinkStack Pop(LinkStack top,int &x)
```

```
{
  LinkStack p;
  if(top==NULL)
    printf("栈为空!\n");
  else
   {
    x=top->data;
    p=top;
    top=top->next;
    free(p);
    return top;
   }
}
```

3.1.3 堆栈的应用

堆栈是一种应用广泛的数据结构，对于各种具有"后进先出"性质的问题都可以应用堆栈来解决。下面仅举两个软件设计中的问题说明堆栈在解决实际问题中的应用。

1. 堆栈在函数调用中的应用

设有 3 个函数 A1，A2，A3，这 3 个函数有如下的调用关系：函数 A1 在其函数体的某处 r 调用函数 A2，函数 A2 又在其函数体某处 t 调用函数 A3，函数 A3 不调用其他函数。这 3 个函数之间的调用及返回关系如图 3.4 所示。

从图 3.4 中可知，A2 调用函数 A3，当 A3 执行完成后，应自动返回 A2 的 t 处继续执行；A1 调用函数 A2，当 A2 执行后，应自动返回函数 A1 的 r 处继续执行。这些返回地址 r，t 都必须在各层调用时被记住。由于多层嵌套调用时总是后调用的函数先返回，所以返回地址需要一个"后进先出"的数据结构，恰好可应用堆栈来存储返回地址。图 3.5 是上面函数嵌套调用的情况，其中 A1 调用 A2，A2 调用 A3 时的返回地址在堆栈中。当 A3 执行完成后，从堆栈栈顶弹出返回地址 t，函数 A2 继续执行；A2 执行完成后，从堆栈栈顶弹出返回地址 r，函数 A1 继续执行。当用户应用高级语言编写具有上述调用关系的 3 个函数并上机运行时，编译系统将自动完成有关返回地址入栈和出栈的控制。可是用户若应用汇编语言编写函数嵌套调用的程序时，就须自行设计堆栈，并在程序中设计调用子函数时，进行入栈处理以及从子函数返回时，进行出栈处理，以保证函数的正确调用和返回关系。

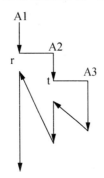

图 3.4 多重嵌套函数的调用及返回关系

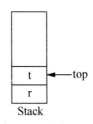

图 3.5 函数嵌套调用堆栈

2. 堆栈在表达式计算中的应用

一个算术表达式，例如，$A+B$，其中加号"+"称为运算符，而 A，B 称为运算数。对于由两个运算数和一个运算符组成的表达式，习惯上是将运算符写在两个运算数中间，这称做中缀形式。而计算机处理表达式时，常把运算符放在两个运算数的后面或前面，这样计算机处理更方便。把运算符放在两个运算数的后面，例如，$AB+$，称为后缀形式，也称做波兰式，这是为了纪念首先提出这种形式的波兰学者而命名的；把运算符放在两个运算数的前面，例如 $+AB$，则称做前缀形式，也称做逆波兰表达式。

此外，算术表达式的不同运算符有不同的运算优先顺序，如在没有括号时，乘除运算(*或/)要比加减运算(+或-)优先进行。在计算算术表达式时，不一定是先出现的运算符就先进行计算。下面只用一个简单的例子说明编译系统在处理算术表达式时，是如何运用堆栈这种数据结构的。假定表达式的运算数都是使用单个字母表示的，式中无括号且只有加、减、乘、除 4 种运算，而没有更复杂的运算，例如，表达式 $X+Y*Z$。为了实现运算符优先计算，在这里用了 S1 和 S2 两个堆栈，S1 用于存储运算数，S2 用于存储运算符，编译系统处理此表达式时，先将此表达式从左向右逐个扫视一遍，并根据不同情况按以下几条原则处理。

(1) 若是运算数，则将其压入 S1 栈；

(2) 若是运算符且 S2 栈是空栈，则将其压入 S2 栈；

(3) 若是运算符且 S2 栈为非空栈，且此运算符的级别高于 S2 栈顶运算符的级别，则将此运算符压入 S2 栈；

(4) 凡不属于上面 3 条的情况，则将 S2 的栈顶运算符与 S1 栈最上面的两个运算数出栈进行运算，并将运算结果压入 S1 栈。

如图 3.6 所示，就是上述表达式按这几条原则处理过程中，两个堆栈 S1 和 S2 中数据的变化情况。图中每一步上面括号中的数字表示该步是按哪一条原则处理的。图 3.6(a)~(d)是由左向右将运算数与运算符分别进栈，然后按第(4)条原则将一个运算符"*"与两个运算数出栈进行运算，结果压入 S1 栈，以后再将运算符"+"与两个运算数出栈进行计算得到最后结果。

在实际应用中，表达式中还可能有括号和其他更复杂的运算符，此外关系表达式或逻辑表达式的运算也是应用堆栈进行处理的，这些虽略有不同，但编译程序处理的过程都是类似的。

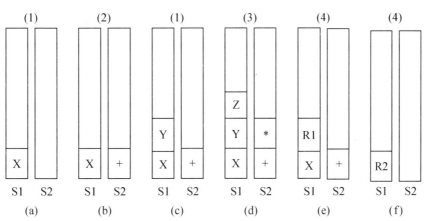

图 3.6　算术表达式的计算

3.2 队　　列

3.2.1 队列的定义

队列(Queue)又是一种运算受限制的线性表，它与堆栈的不同之处在于元素的添加在表的一端进行，而元素的删除在表的另一端进行。允许添加元素的一端称为队尾(Rear)；允许删除元素的一端称为队头(Front)。向队列添加元素称为入队，从队列中删除元素称为出队。由于新入队的元素只能添加在队尾，出队的元素只能是删除队头的元素，所以队列的特点是先进入队列的元素先出队，故队列也称为先进先出表或 FIFO(First In First Out)表。在日常生活中队列的例子很多，如排队到食堂打饭，排头的买完后走掉，新来的排在队尾。

如图 3.7 所示是一个有 5 个元素的队列。入队的顺序依次为 a_1、a_2、a_3、a_4、a_5，出队时的顺序将依然是 a_1、a_2、a_3、a_4、a_5。

与堆栈类似，队列的最简单的表示方法是采用一维数组，如图 3.8 所示。设该数组名为 data，其下标下界为 0，上界为 MaxSize-1。用整型变量 rear 指示队尾的下标值，叫做队尾指针；用整型变量 front 指示队头的下标值，称为队头指针。

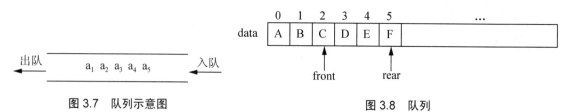

图 3.7　队列示意图　　　　　　　　　　图 3.8　队列

在此例中，假定有 A～F 6 个元素先后进入队列，但 A、B 两个元素已陆续出队了，故队尾指针 rear=5，而队头指针 front=2。如果队列中元素的数目等于 0，则称其为空队列，并规定此时队头指针和队尾指针均为-1，即 front=rear=-1。

队列的基本运算主要是入队和出队。

3.2.2 队列的存储实现及运算实现

与线性表、栈类似，队列也有顺序存储和链式存储两种存储方法。

1. 顺序队列

顺序存储的队称为顺序队列。因为队的队头和队尾都是活动的，因此，除了队列的数据区外还有队头、队尾两个指针。

队列的基本运算主要是入队和出队。

```
#define MaxSize 30              /*队列的空间大小*/
typedef struct Queue
{ int data[MaxSize];           /*用来存放数据元素*/
  int front;                   /*队头指针*/
  int rear;                    /*队尾指针*/
}SeQueue;
```

(1) 入队(InQueue)。设用 sq 表示一个队列结构体变量，若已知待添加的元素在变量 x 中，在不考虑溢出的情况下，入队操作队尾指针加 1，指向新位置后，元素入队。

操作如下：

```
sq.rear++;
sq.data[sq.rear]=x;    /*原队头元素送 x 中*/
```

但有一个情况例外，即当向空队列插入第 1 个元素时，队头指针与队尾指针同时由-1 变为 0。入队的函数如下。

算法 3.5　一个数据元素入队。

```
/*参数说明:
sq 表示顺序队列(可修改), x 表示数据元素*/
void InQueue(SeQueue &sq,int x)
{
    if(sq.rear== MaxSize -1)
        printf("溢出!\n");          //判断是否已达到数组末端
    else
    {
        (sq.rear)++;
        sq.data[sq.rear]=x;         //插入元素
        if (sq.front==-1)           //判断原来是否为空队列
            sq.front=0;
    }
}
```

(2) 出队(OutQueue)。当从队列删除元素时，队头指针 front 后移而队尾指针 rear 不动，做出队运算时，假设要求将出队的元素值赋给变量 *x*。在不考虑队空的情况下，出队操作队头指针加 1，表明队头元素出队。

操作如下：

```
sq.front++;
x=sq.data[sq.front];
```

但也有一个情况例外，即当删除了最后一个元素，队列成为了空队列时，队头指针与队尾指针同时变为-1。出队的函数如下。

算法 3.6　一个数据元素出队。

```
/*参数说明:
sq 表示顺序队列(可修改)*/
int OutQueue (SeQueue &sq)
{
    int x;
    if (sq.front==-1)
        printf("下溢出!\n");         //判断是否为空队列
    else
    {
        x=sq.data[sq.front];        //取队头元素给 x 赋值
        if (sq.front==sq.rear)
        {
            sq.front=sq.rear=-1;    //若出队的是最后一个元素,则变成空队列
        }
        else
```

```
        (sq.front)++;                    //队头指针后移
    }
    return x;
}
```

比较入队和出队的过程可以看出，入队是先移动队尾指针而后插入新元素；出队则是取出队头元素赋给变量 *x* 后才移动队头指针。在这一点上与堆栈的入栈和出栈过程类似。但是，堆栈有一端是固定的，指向另一端的栈顶指针随着元素的入栈和出栈而移动；队列则没有固定端，指向队列两端的队头、队尾指针都向后移动。

2. 循环队列

从图 3.9 中可以看到，随着入队、出队的进行，会使整个队列整体向后移动，这样就出现了图 3.9(d)中的现象：队尾指针已经移到了最后，再有元素入队就会出现溢出，而事实上此时队中并未真正"满员"，这种现象为"假溢出"，这是由于"队尾入头出"这种受限制的操作所造成的。解决假溢出的方法之一是将队列的数据区 data[MaxSize]看做头尾相接的循环结构，头尾指针的关系不变，将其称为"循环队列"，循环队列的示意图如图 3.10 所示。

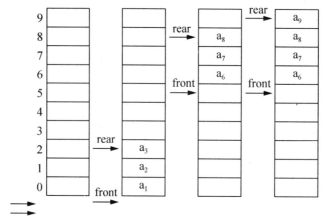

front=rear=-1   front=-1 rear=2   front=5   rear=8   front=5 rear=9

(a) 空队   (b) 有 3 个元素   (c) 一般情况   (d) 假溢出现象

图 3.9　队列操作示意图

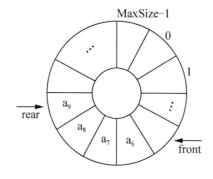

图 3.10　循环队列示意图

因为是头尾相接的循环结构，入队时的队尾指针加 1 操作修改为

```
sq.rear=(sq.rear+1) % MaxSize;
```

出队时的队头指针加 1 操作修改为

```
sq.front=(sq.front+1) % MaxSize;
```

设 MaxSize=10，图 3.11 是循环队列操作示意图。

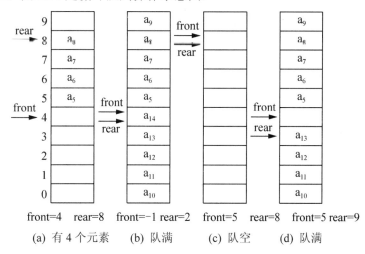

front=4　rear=8　　front=-1 rear=2　　front=5　　rear=8　　front=5 rear=9

(a) 有 4 个元素　(b) 队满　　(c) 队空　　(d) 队满

图 3.11　循环队列操作示意图

从如图 3.11 所示的循环队可以看出，图 3.11(a)中具有 a_5、a_6、a_7、a_8 4 个元素，此时 front=4，rear=8；随着 $a_9 \sim a_{14}$ 相继入队，队中具有了 10 个元素——队满，此时 front=4，rear=4，如图 3.11(b)所示，可见在队满情况下有：front==rear。若在图 3.11(a)情况下，$a_5 \sim a_8$ 相继出队，此时队空，front=4，rear=4，如图 3.11(c)所示，即在队空情况下也有：front==rear。就是说"队满"和"队空"的条件是相同的了。这显然是必须要解决的一个问题。

一种方法是附设一个存储队中元素个数的变量如 num，当 num==0 时队空，当 num==MaxSize 时为队满。

另一种方法是少用一个元素空间，把如图 3.11(d)所示的情况就视为队满，此时的状态是队尾指针加 1 就会从后面赶上队头指针，这种情况下队满的条件：(rear+1) % MaxSize==front，也能和空队区别开。

下面的循环队列及操作按第 1 种方法实现。

循环队列的类型定义及基本运算如下：

```
typedef  struct
  {
   int  data[MaxSize];          /*数据的存储区*/
   int front,rear;              /*队头队尾指针*/
   int num;                     /*队中元素的个数*/
  }c_SeQueue;                   /*循环队*/
```

(1) 入队算法。

算法 3.7　一个数据元素入队。

```
/*参数说明：
cq 表示循环队列(可修改)，x 表示数据元素*/
```

```
void In_cSeQueue( c_SeQueue &cq, int  x)
{
    if (cq.num==MaxSize)
    {
        printf("队满");              //队满不能入队
    }
    else
    {
        cq.rear=(cq.rear+1) % MaxSize;
        cq.data[cq.rear]=x;
        cq.num++;                    //入队完成
    }
}
```

(2) 出队算法。

算法 3.8   一个数据元素出队。

```
/*参数说明:
cq 表示循环队列(可修改),x 表示数据元素(可修改)*/
int Out_cSeQueue(c_SeQueue &cq,int &x)
{
    if(cq.num==0)
    {
        printf("队空");              //队空不能出队
        return 0;
    }
    else
    {
        cq.front=(cq.front+1) %MaxSize;
        x=cq.data[cq.front];         //读出队头元素
        cq.num--;
        return 1;                    //出队完成
    }
}
```

3. 链队列

链式存储的队称为链队。和链栈类似,用单链表来实现链队,根据队的 FIFO 原则,为了操作上的方便,分别需要一个头指针和一个尾指针,如图 3.12 所示。

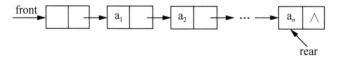

图 3.12   链队示意图

图 3.12 中头指针 front 和尾指针 rear 是两个独立的指针变量,从结构性上考虑,通常将二者封装在一个结构中。

链队的描述如下:

```
typedef struct node
  { int  data;
```

```
     struct  node *next;
  } QNode;     /*链队节点的类型*/
typedef struct
{ QNnode  *front,*rear;
}LQueue;     /*将头尾指针封装在一起的链队*/
```

定义一个指向链队的指针：

```
LQueue  *q;
```

按这种思想建立的带头节点的链队如图 3.13 所示。

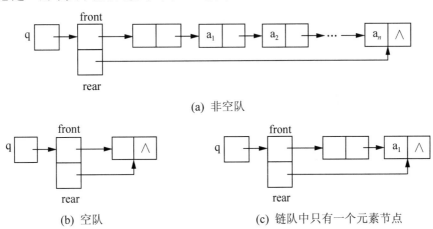

(a) 非空队

(b) 空队　　　　　　　　　　(c) 链队中只有一个元素节点

图 3.13　头尾指针封装在一起的链队

链队的基本运算如下。

算法 3.9　创建一个带头节点的空队。

```
LQueue  *Init_LQueue()
{ LQueue *q,*p;
  q=malloc(sizeof(LQueue));     //申请头尾指针节点
  p=malloc(sizeof(QNode));      //申请链队头节点
  p->next=NULL;
  q->front=q->rear=p;
  return q;
}
```

算法 3.10　入队。

```
   void In_LQueue(LQueue *q , int x)
{ QNode *p;
  p=malloc(sizeof(QNnode));     //申请新节点
  p->data=x;
  p->next=NULL;
  q->rear->next=p;
  q->rear=p;
}
```

算法 3.11　判队空。

```
int  Empty_LQueue( LQueue *q)
    { if (q->front==q->rear)
```

```
return 0;
  else
return 1;
 }
```

算法 3.12　出队。

```
int Out_LQueue(LQueue *q , int &x)
{  QNnode *p;
    if (Empty_LQueue(q) )
           {
           printf ("队空");
           return 0;
           }                     //队空，出队失败
    else
      {
           p=q->front->neat;
           q->front->next=p->next;
           x=p->data;          //队头元素放 x 中
           free(p);
           if (q->front->next==NULL)
               q->rear=q->front;
                       //只有一个元素时，出队后队空，此时还要修改队尾指针
               return 1;
      }
}
```

3.2.3　队列的应用

队列也是一种应用很广泛的数据结构，对于各种具有"先进先出"需排队处理的问题，都可以应用队列来解决。例如，操作系统的一个重要的功能是管理和分配系统资源，但由于资源有限，或主机与外设的处理速度相差很大，操作系统在管理和分配系统资源时，大量地应用了队列这种数据结构。下面仅举两个例子来说明队列在解决实际问题中的应用。

1. 队列在输入/输出管理中的应用

当计算机需进行输入/输出数据时，由于外部设备的速度较慢，远远跟不上 CPU 处理数据的速度，这时可设定一个"队列缓冲区"加以缓冲。例如，当计算机要输出数据时，将计算机输出的数据逐个块(每个块通常为 512 字节或 1024 字节)地添加到"队列缓冲区"的尾端，而外部设备再按其输出速度从队列首端逐个取出数据块输出，这样，虽然输出数据比较慢一些，但仍能保证与计算机输出的数据有完全相同的次序，不会丢失数据或造成输出的次序发生混乱。

2. 对 CPU 的分配管理

在计算机系统中通常只有一个中央处理器(CPU)。如果在系统中有多个程序都满足运行条件，就需要一个就绪队列加以管理。当某一个程序需要运行时，它的名字或代号就被插入到就绪队列的尾端。如果此队列中没有其他程序在它前面(CPU 是空闲的)，CPU 就立即执行它，否则它需要在队列中等待。CPU 总是为排在队首的程序服务，一个程序分配的一段时间执行完了，又将其插入队列尾等待，CPU 转为下一个出现在队首的程序服务。如此，按"先来先服务"的原则一直进行下去，直至执行完的程序从队列中逐个删除掉。

3.3　递　　归

1. 递归的概念

递归是计算机科学的一个重要概念,是一种常用的算法设计技术。如果在一个函数、过程或数据结构的定义中又应用了它自身(作为定义项之一),那么这个函数、过程或数据结构称为是递归定义的,简称递归(Recursive)。若一个算法直接或间接调用自己本身,则称这个算法是递归算法。

简单地说,递归就是一个过程或函数直接或间接调用自身的一种方法,它通常把一个大型复杂的问题层层转化为一个与原问题相似的规模较小的问题来求解,递归策略只需少量的程序就可描述出解题过程所需要的多次重复计算,大大地减少了程序的代码量。

如果函数 funA 在执行过程中又调用函数 funA 自己,则称函数 funA 为直接递归。如果函数 funA 在执行过程中先调用函数 funB,函数 funB 在执行过程中又调用函数 funA,则称函数 funA 为间接递归。程序设计中常用的是直接递归。

例如,以下的算法就是递归:

```
main()
{
  int num=5;
  a(num);
}

void  a(int  num)
{
if(num==0)  return;
printf(%d,num);
a(--num);
}
```

在函数 a()里面又调用了自己,也就是自己调用本身,即是递归。

递归算法一般用于解决以下 3 类问题。

(1) 数据的定义是按递归定义的(如求数的阶乘、Fibonacci 函数等)。

(2) 问题解法按递归算法实现(如迷宫搜索问题等)。

(3) 数据的结构形式是按递归定义的(如树的遍历等)。

在使用递归策略时,必须有一个明确的递归结束条件,称为递归出口。

递归调用的优点:

(1) 算法自然、容易理解;

(2) 采用递归算法的程序简单;

(3) 可解决用其他方法无法解决的问题。

递归调用的缺点:

常驻内存的数据比较多,计算机资源耗费大,所以效率比较低。

在使用递归策略时,必须有一个明确的递归结束条件,称为递归出口。

2. 递归算法的执行过程

递归算法是通过层层自身调用来实现的。一般来说，递归需要有边界条件。当边界条件不满足时，函数先由上向下调用；当边界条件满足时，再将函数值层层向上返回(如此递下去，归回来，所以称为递归)。

例如，编写计算斐波那契(Fibonacci)数列的第 n 项函数 fib(n)。

斐波那契数列为 0、1、1、2、3、…，即

```
fib(0)=0;
fib(1)=1;
fib(n)=fib(n-1)+fib(n-2)  (当n>1 时)。
```

写成递归函数如下：

```
int fib(int n)
{ if (n==0) return 0;
  if (n==1) return 1;
  if (n>1) return fib(n-1)+fib(n-2);
}
```

递归算法的执行过程分为递推和回归两个阶段。在自身调用阶段，把较复杂的问题(规模为 n)的求解推到比原问题简单一些的问题(规模小于 n)的求解。例如上例中，求解 fib(n)，把它分解为分别求解 fib(n-1)和 fib(n-02)。也就是说，为计算 fib(n)，必须先计算 fib(n-1)和 fib(n-2)，而计算 fib(n-1)和 fib(n-2)，又必须先计算 fib(n-3)和 fib(n-4)。依此类推，直至计算 fib(1)和 fib(0)，分别能立即得到结果 1 和 0。在自身调用阶段，必须要有终止条件，例如，在函数 fib 中，当 n 为 1 和 0 的情况。

在回归阶段，当获得最简单情况的解后，逐级返回，依次得到稍复杂问题的解，例如，得到 fib(1)和 fib(0)后，返回得到 fib(2)的结果，……，在得到了 fib(n-1)和 fib(n-2)的结果后，返回得到 fib(n)的结果。

又如，求 $n!==1\times2\times3\times\cdots\times n$

$$n! = \begin{cases} 1 & n = 0 \\ n(n-1)! & n > 0 \end{cases}$$

写成递归函数如下：

```
long  fact(int  n)                    /*定义递归函数*/
{ if(n==0) return  1;
  else  return (n*fact(n-1));         /*实现递归调用*/
}
```

$n!$ 的实际执行情况如图 3.14 所示。

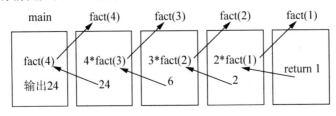

图 3.14 $n!$ 的执行情况

3．栈在递归算法的内部实现中的作用

为了保证递归过程每次调用和返回的正确执行，必须解决调用时的参数传递和返回地址保存问题，系统设立一个"递归工作栈"作为整个递归函数运行期间使用的数据存储区。每一层递归所需信息构成一个"工作记录"，通常包括如下内容：

● 　本次函数调用时的实在参数；

● 　返回地址(即上层中本次调用语句的下一条语句或指令地址)；

● 　本层的局部变量。

在每进入一层递归时，就建立一个新的工作记录压入栈顶。每返回一层递归，就从栈顶弹出一个工作记录，则递归工作栈栈顶的工作记录总是当前执行层的工作记录，又称之为"活动记录"，活动记录形成了一个可供被调函数使用的活动结构。

4．递归算法转换为非递归算法

递归算法是一种自然且合乎逻辑的解决问题的方式，但是递归算法的执行效率通常比较差。另外，有些程序设计语言不支持递归，就需要把递归算法转换为非递归算法。

将递归算法转换为非递归算法有两种方法，一种是直接求值，不需要回溯；另一种是不能直接求值，需要回溯。前者使用一些变量保存中间结果，称为直接转换法；后者使用栈保存中间结果，称为间接转换法，下面分别讨论这两种方法。

(1) 直接转换法。直接转换法通常用来消除尾递归和单向递归，将递归结构用循环结构来替代。

尾递归是指在递归算法中，递归调用语句只有一个，而且是处在算法的最后。例如，求阶乘的递归算法：

```
long fact(int n)
{
if (n==0) return 1;
else return n*fact(n-1);
}
```

当递归调用返回时，是返回到上一层递归调用的下一条语句，而这个返回位置正好是算法的结束处，不必利用栈来保存返回信息。对于尾递归形式的递归算法，可以利用循环结构来替代。例如，求阶乘的递归算法可以写成如下循环结构的非递归算法：

```
long fact(int n)
{
int s=0;
for (int i=1; i
s=s*i; //用 s 保存中间结果
return s;
}
```

单向递归是指递归算法中虽然有多处递归调用语句，但各递归调用语句的参数之间没有关系，并且这些递归调用语句都处在递归算法的最后。显然，尾递归是单向递归的特例。例如，求斐波那契数列的递归算法如下：

```
int f(int n)
{
```

```
page: 2
The Home of jetmambo - 递归算法转换为非递归算法
    if (n= =1 | | n= =0) return 1;
    else return f(n-1)+f(n-2);
    }
```

对于单向递归，可以设置一些变量保存中间结构，将递归结构用循环结构来替代。例如，求斐波那契数列的算法中用 s1 和 s2 保存中间的计算结果，非递归函数如下：

```
int f(int n)
{
int i, s;
int s1=1, s2=1;
for (i=3; i<n;i++)
{ s=s1+s2;
  s2=s1;          // 保存 f(n-2)的值
  s1=s;           //保存 f(n-1)的值
}
return s;
}
```

(2) 间接转换法。间接转换法使用栈保存中间结果，一般需根据递归函数在执行过程中栈的变化得到。其一般过程如下：

```
将初始状态 s0 进栈
while （栈不为空）
{
退栈，将栈顶元素赋给 s;
if （s 是要找的结果）返回;
else {
寻找到 s 的相关状态 s1;
将 s1 进栈
}
}
```

间接转换法在数据结构中有较多实例，如二叉树遍历算法的非递归实现、图的深度优先遍历算法的非递归实现等，请参考本教材中相关内容。

3.4 应用示例及分析

【例 3.1】假设以带头节点的循环链表表示队列，并且只设一个指针指向队尾节点，但不设头指针，请写出相应的入队列和出队列算法。

```
void EnQueue (LinkedList rear, ElemType x)
/* rear 是带头节点的循环链队列的尾指针，本算法将元素 x 插入到队尾。*/
{ LinkedList s;
s= (LinkedList) malloc (sizeof(LNode));        //申请节点空间
  s->data=x;
  s->next=rear->next;                          //将 s 节点链入队尾
  rear->next=s;
  rear=s;                                      //rear 指向新队尾
```

```
    }
    void DeQueue (LinkedList  rear)
    /* rear 是带头节点的循环链队列的尾指针，本算法执行出队操作，操作成功输出队头元素；否
则给出出错信息。*/
    { if (rear->next==rear)
    { printf("队空\n"); exit(0);}
      s=rear->next->next;                   //s 指向队头元素
      rear->next->next=s->next;             //队头元素出队
      printf ("出队元素是"，s->data);
      if (s==rear)
      rear=rear->next;                       //空队列
      free(s);
    }
```

【例 3.2】　一个双向栈，是将两个栈用一个数组构成，它们的栈底分别设在数组的两端，如图 3.15 所示。这样的双向栈可以充分利用空间。当一个栈中元素的数目小于 $n/2$ 时，另一个栈相应的可以大于 $n/2$。试写出以数组高端为底的栈的入栈和出栈的算法。

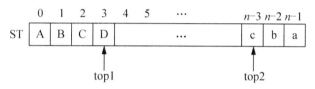

图 3.15　双向堆栈

解：这个栈的栈顶指针 top2 是按相反的方向移动的，因此算法有所不同。

入栈时为 top2=top2-1

出栈时为 top2=top2+1

除此之外，两个栈在进栈过程中防止溢出的条件是 top1+1==top2

而出栈过程中防止下溢出及判断空栈的条件分别为 top1==-1，top2==n

```
#define MaxSize 30                /*栈的空间大小*/
typedef struct stack
{
    int data[MaxSize];            /*用来存放数据元素*/
    int top1;
    int top2;                     /*栈顶指针*/
}SeqStack;
//入栈的算法如下：
void Dpush (SeqStack &s,int x)
{
  if(s.top1+1==s.top2)
   printf("溢出!\n");
  else
   {
    (s.top2)--;
    s.data[s.top2]=x;            /*插入新元素*/
   }
}
//出栈的算法如下：
```

```
int Dpop (SeqStack &s)
{
    int x;
    if(s.top2==MaxSize)
        printf("下溢出!\n");
    else
    {
        x=s.data[s.top2];
        (s.top2)++;
    }
    return x;
}
```

【例3.3】 对于循环队列，试写出求解队列长度的算法。

解： 设队列的最大元素个数为 n，设一个计数器，将其初始值设为 0。从队首开始，沿着队列顺序搜索，每走过一个元素，计数器加 1，直到队尾，则计数器的最终值即为队列的长度，算法如下：

```
int Que_Length(c_SeQueue cq,int n)
{
  int length,k;
  length=0;
  k=cq.front;
  if(k==-1)
    return (length);
  while(k!=cq.rear)
  {
   length++;
   k=(k+1)%n;
  }
  return(length+1);
}
```

另外，利用队头指针与队尾指针也可求出队列的长度：

当 rear≥front 时，length=rear-front+1；

当 rear<front 时，length=(rear+n+1)-front。

则算法如下：

```
int Que_length(c_SeQueue cq,int n)
{
  int length=0;
  if(cq.rear==-1)
    return (length);
  if(cq.rear>=cq.front)
    length=cq.rear-cq.front+1;
  else
    length=cq.rear+n+1-cq.front;
  return(length);
}
```

【**例 3.4**】　假设一个算术表达式中包含圆括号、方括号和花括号 3 种类型的括号，编写一个算法判断其中的括号是否匹配。

　　解：本题使用一个运算符栈 st，当遇到'('、'['或'{'时进栈，当遇到'}'、']'或')'时判断栈顶是否为相应的括号，若是则退栈继续执行；否则算法结束。

```
int Empty(SeqStack &s)
{
if (s.top==-1)
return 1;
else
return 0
}

int Correct(SeqStack &str, SeqStack &st)     /*str 存放表达式，st 作为运算符栈*/
{
  char x;
  int i,OK=1;
  for(i=0;str.data[i]!='\0';i++)
   {
    switch(str.data[i])
     {
            case'(':Push(st,'(');break;     /*Push()是入栈函数*/
            case'[':Push(st,'[');break;
            case'{':Push(st,'{');break;
            case')':
                    x=Pop(st);
                 if(!(x=='('))            /*Pop()是出栈函数*/
                    OK=0;
                 break;
            case']':
                    x=Pop(st);
                 if(!(x=='['))
                    OK=0;
                 break;
            case'}':
                    x=Pop(st);
                 if(!(x=='{'))
                    OK=0;
                 break;
     }
    if(!OK) break;
   }
  if(Empty(st)&&OK)              /*Empty()判断栈是否为空，若为空返回 1，否则为 0*/
    return 1;
  else
    return 0;
}
```

【**例 3.5**】　双端队列(deque)是一个可以在任何一端进行插入和删除的线性表，现采用一个一维数组作为双端队列的数据存储结构，算法描述如下：

```
#define MaxSize 6
typedef char elemtype;
typedef struct
{
  elemtype data[MaxSize];
  int end1,end2;
}DeQue;
```

试编写两个算法：Add(DeQue &qu,char x,int tag)和Delete(DeQue &qu,char &x,int tag)用以在此双端队列的任一端进行插入和删除。当tag=1时在左端end1端操作，当tag=2时在右端end2端操作。

解：双端队列的初始状态(空队列)为 qu.end1+1=qu.end2，其队列满的条件为qu.end1=qu.end2。本程序的双端队列初始状态如图3.16所示。

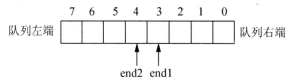

图 3.16　双端队列

```
int Add(DeQue &qu,elemtype x,int tag)
{
  switch(tag)
   {
    case 1:
        if(qu.end1!=qu.end2)
          {
            qu.data[qu.end1]=x;
            qu.end1=(qu.end1-1)%MaxSize;
            return 1;
          }
      else return 0;
  case 2:
        if(qu.end2!=qu.end1)
          {
            qu.data[qu.end2]=x;
            qu.end1=(qu.end2+1)%MaxSize;
            return 1;
          }
        else return 0;
    }
  return 0;
}
int Delete(DeQue &qu,elemtype &x,int tag)
{
  switch(tag)
    {
      case 1:
          if(((qu.end1+1)%MaxSize)!=qu.end2)
            {
```

```
            qu.end1=(qu.end1+1)%MaxSize;
            x=qu.data[qu.end1];
            return 1;
          }
        else return 0;
    case 2:
        if(((qu.end2-1)%MaxSize)!=qu.end1)
          {
            qu.end2=(qu.end2-1)%MaxSize;
            x=qu.data[qu.end2];
            return 1;
          }
        else return 0;
    }
  return 0;
}
```

小　　结

本章主要介绍了栈和队列这两种常用的特殊线性表，以及实现各种基本运算的算法。

堆栈是一种加了一定限制条件的线性表，其元素的插入和删除仅在堆栈的顶端进行，它是一种"后进先出"线性表，随着元素的进栈和出栈，用栈顶指针指示栈顶的变化。应熟悉进栈、出栈的运算算法和栈溢出的条件。堆栈在软件设计中是要经常用到的，本章给出了过程的多层嵌套调用和计算算术表达式两个堆栈应用实例。

队列是另一种施加了限制条件的线性表，它的元素添加在队尾一端，而元素删除在队首一端，所以队列是一种"先进先出"的线性表，要熟悉队列中元素的插入、删除运算的算法及其溢出的条件。用一维数组表示的队列，当元素不断插入、删除时，会很快移到数组末端而造成溢出，用循环队列是一个好的解决办法。循环队列的运算过程和判断溢出的条件与普通队列有所不同。凡属于按"先来先服务"的原则的任务，都可利用队列进行管理，本章给出了在操作系统中应用队列管理的两个实例。

递归是计算机科学的一个重要概念。递归是通过层层自身调用实现的，一般来说，递归需要有边界条件。当边界条件不满足时，先由上向下自身调用；当边界条件满足时，再将函数值层层向上返回。这样递下去，归回来，称为递归。

习题与练习三

一、选择题

1. 链栈与顺序栈相比，比较明显的优点是(　　　)。
   A．插入操作更加方便　　　　　　　　　B．通常不会出现栈满的情况
   C．不会出现栈空的情况　　　　　　　　D．删除操作更加方便
2. 栈的插入和删除操作在(　　)进行。
   A．栈顶　　　　　　　　　　　　　　　B．栈底
   C．任意位置　　　　　　　　　　　　　C．指定位置

3. 设栈的输入序列是 1，2，3，4，则(   )不可能是其出栈序列。

    A. 1，2，4，3   B. 2，1，3，4   C. 1，4，3，2

    D. 4，3，1，2   E. 3，2，1，4

4. 输入序列为 ABC，可以变为 CBA 时，经过的栈操作为(   )。

    A. push,pop,push,pop,push,pop   B. push,push,push,pop,pop,pop

    C. push,push,pop,pop,push,pop   D. push,pop,push,push,pop,pop

5. 假设以数组 A[m]存放循环队列的元素，其头尾指针分别为 front 和 rear，则当前队列中的元素个数为(   )。

    A. (rear−front+m)%m   B. rear−front+1

    C. (front−rear+m)%m   D. (rear−front)%m

6. 栈和队列的共同点是(   )。

    A. 都是先进先出   B. 都是先进后出

    C. 只允许在端点处插入和删除元素   D. 没有共同点

7. 设栈 S 和队列 Q 的初始状态为空，元素 e1，e2，e3，e4，e5 和 e6 依次通过栈 S，一个元素出栈后即进队列 Q，若 6 个元素出队的序列是 e2，e4，e3，e6，e5，e1，则栈 S 的容量至少应该是(   )。

    A. 6   B. 4   C. 3   D. 2

8. 用链接方式存储的队列，在进行删除运算时(   )。

    A. 仅修改头指针   B. 仅修改尾指针

    C. 头、尾指针都要修改   D. 头、尾指针可能都要修改

9. 递归函数调用时，处理参数及返回地址，要用一种称为(   )的数据结构。

    A. 队列   B. 多维数组   C. 栈   D. 线性表

10. 用单链表表示的链式队列的队头在链表的(   )位置。

    A. 链头   B. 链尾   C. 链中

11. 当利用大小为 N 的一维数组顺序存储一个栈时，假定用 top==N 表示栈空，则向这个栈插入一个元素时，首先应执行(   )语句修改 top 指针。

    A. top++   B. top−−   C. top=0   D. top

二、基本知识题

1. 什么是栈？什么是队列？它们各自的特点是什么？

2. 线性表、栈、队列有什么异同？

3. 简述栈的入栈、出栈操作的过程。

4. 在循环队列中简述入队、出队操作的过程。

5. 在什么情况下，才能使用栈、队列等数据结构？

三、算法设计题

1. 设用一维数组 stack[n]表示一个堆栈，若堆栈中一个元素需占用 length 个数组单元(length >1)，试写出其入栈、出栈操作的算法。

2. 设计算法能判断一个算术表达式中的圆括号配对是否正确。(提示：对表达式进行扫描，凡遇到"("就进栈，遇到")"就退出栈顶的"("，表达式扫描完毕时栈若为空则圆括号配对正确。)

3. 试编写一个遍历及显示队列中元素的算法。

4. 设一循环队列 Queue，只有头指针 front，不设尾指针，另设一个内含元素个数的计数器，试写出相应的入队、出队算法。

5. 编写一个算法，利用栈的基本运算函数返回指定栈中栈底元素。

6. 假设称正读和反读都相同的字符序列为"回文"，例如：'abba'和'abcba'是回文，'abcde'和'ababab'则不是回文。试写一个算法判别读入的一个以'\0'为结束符的字符序列是否是"回文"。

7. 已知求两个正整数 m 与 n 的最大公因子的讨程用自然语言可以表述为反复执行如下动作：第 1 步，若 n 等于零，则返回 m；第 2 步，若 m 小于 n，则 m 与 n 相互交换；否则，保存 m，然后将 n 送 m，将保存的 m 除以 n 的余数送 n。写出求解该递归函数并改写为非递归的算法。

第4章 串

本章导读

计算机上的非数值处理的对象基本上是字符串数据。字符串也是一种特殊的线性表，字符串的元素仅由字符组成，因此串的存储方法也就是线性表的一般方法，常见的有顺序存储和链接存储两种方法。本章讨论字符串的基本概念、存储方法和串的基本操作。模式匹配运算字符串最重要的操作，也是本章学习的难点。

本章主要知识点

- ➢ 串的有关概念和术语
- ➢ 串的顺序存储方法和链接存储方法
- ➢ 串的基本运算功能
- ➢ 串的匹配运算

4.1 串的定义及其基本运算

串(String)是由有限个字符组成的序列，又称为字符串(Character String)，一般记为

$$s='a_1 a_2 a_3 \ldots a_n'$$

其中，s 是串名，用单引号括起来的字符序列是串的值。$a_i(1 \leqslant i \leqslant n)$可以是字母、数字或其他字符；$n$ 为串中字符的个数，称为串的长度。一个长度为零的串称为空串，表示为 s =' '，应注意，空格也是合法字符，它可以出现在较长的字符串中，也可以单独出现，例如

$$A='abc def'$$

就是长度为 7 的字符串，因为 abc 和 def 中间有一个空格字符。又如

$$B=' '$$

是长度为 1 的字符串，其唯一的字符是一个空格，它与前述的空串不同，空串的长度等于 0。

对于串的基本运算，很多高级语言中均提供了相应的运算符或标准的库函数来实现。在各种程序设计语言中，有关串的基本运算主要有以下 7 种。

(1) 求串的长度 Len(s)：一个整数类型的函数。当将某串作为实际参数代入时，此函数即给出串的长度 n 值来。

(2) 判断两个串是否相等 Equal(s,t)：一个布尔型函数，当将两个串 s、t 作为实际参数代入时，若 s 和 t 相等，则函数返回值为 true，否则函数返回值为 false。

(3) 两个串的连接 Concat(s，t)：即将一个已知串 s 的末尾再连接一个已知串 t。例如，已知两个串为

A='Data'

B='structure'

执行 concat(A，B)后，将串 B 连接到串 A 末尾得到新串：

A='Datastructure'

(4) 求某串的子串 Sub(s，start，ln，t)：求子串的运算是已知某串和两个正整数 start 与 ln，其运算结果 t 是在串 s 中从第 start 个字符开始，由连续 ln 个字符组成的子串。例如：

s='Datastructure'

则执行 Sub(s，6，5，t) 后得

t='truct'

(5) 插入子串 Insert(s1，i，s2)：一种加工型运算，就是在一个已知串 s1 中间某处第 i 个字符之后插入另一个给定的串 s2，从而产生一个新串。

(6) 删除子串 Delete(s，i，j)：一种加工型运算，它从已知串 s 中删去从第 i 个字符开始的长度为 j 的子串。

(7) 置换 Replace(s，t，r)：所谓置换就是在已知串 s 中，以串 r 替换与串 t 相同的所有子串。例如，Replace('ABBAABABB'，'AB'，'C')='CBACCB'。

上述运算是对串的基本运算，在一般的程序设计语言中，一般都作为基本的内部函数或过程来提供。

4.2 串的存储结构

由于串实际上是一种特殊的线性表，它的节点仅由一个字符组成，因此串的存储方法也就是线性表的一般方法，常见的有顺序存储和链接存储两种方法。

4.2.1 串的顺序存储结构

和线性表的顺序存储一样，串的顺序存储结构就是采用与其逻辑结构相对应的存储结构，即将串的各个字符按顺序存入连续的存储单元中去，逻辑上相邻的字符在内存中也是相邻的，有时称为顺序串。

串的最简单顺序存储是采用非紧缩格式，即每个存储单元中存放一个字符，所占存储单元数目即为串的长度。这种存储结构，随机读/写串中指定的第 i 个字符最为方便，存取的速度最快。但一般每个存储单元本可以放得下多个字符，只放一个字符不能充分利用存储空间。

为了充分利用存储空间，也可以采用紧缩格式的顺序存储结构，即根据存储单元的容量给每个单元存入多个字符，最末一个单元如果没有占满，可填充空格符。这种存储结构从所占存储单元的数目不能求出准确的串长度(末尾单元可能空余空间)，故需要将串的长度在串前面显式给出。如图 4.1 所示是每个单元能放 4 个字符的情况，该串共有 17 个字符，加上表示串长的两个字符，共占用 5 个存储单元，且空余 1 个字符空间，在串较长而每个存储单元能放得下多个字符的情况下，紧缩格式显然较非紧缩格式更节省空间。

| 1 | 7 | c | h | a | r | a | c | t | e | r | | s | t | r | i | n | g | s | |

图 4.1 紧缩格式

通常，一些计算机是以字节(byte)为存取单位的。因为一般采用的 ASCII 码制规定了字符代码的标准长度也是 8 个二进制位，即等于 1 字节的长度，所以在这种计算机中每个字符恰好占用一个存储单元，既便于随机存取，又充分利用了空间。这种存储方式也不必将串的长度以显式给出，一般只是在串的末尾加上一个串尾分界符，可规定一个特殊的字符作为此分界符。

在 C 语言中，每个字符在内存中占用 1 字节，C 语言还规定了"字符串结束标志"用'\0'表示，也就是说遇到了'\0'时，表示字符串结束。

串的顺序存储结构一般采用与顺序线性表类似的结构来定义串的类型：

```
typedef struct
{ char data[MAXSIZE];
  int  len;
} SqString;
```

其中，data 域用来存储字符串，len 域用来存储字符串的当前长度。

定义一个串变量：SqString s;

这种存储方式可以直接得到串的长度：s.len+1，如图 4.2 所示。

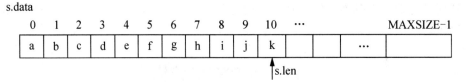

图 4.2 串的顺序存储方式 1

在串尾存储一个不会在串中出现的特殊字符作为串的终结符，以此表示串的结尾。如图 4.3 所示，在 C 语言中处理定长串的方法就是这样的，它是用'\0'来表示串的结束。这种存储方法不能直接得到串的长度，是用判断当前字符是否是'\0'来确定串是否结束，从而求得串的长度。

char s[MAXSIZE];

0	1	2	3	4	5	6	7	8	9	10	⋯		MAXSIZE−1
a	b	c	d	e	f	g	h	i	j	k	\0		⋯	

图 4.3 串的顺序存储方式 2

设定长串存储空间：char s[MAXSIZE+1]；用 s[0]存放串的实际长度，串值存放在 s[1]～s[MAXSIZE]，字符的序号和存储位置一致，应用更为方便。

串的顺序存储结构比较简单，但是对串进行插入或删除运算不太方便，故不适于需要较多改变串长度运算的情况。

4.2.2 串的链接存储结构

串的链接存储结构有时称为链串。链串的存储形式与一般的链表类似，是将存储区分成许多"节点"，每个节点有一个存放字符的域和一个存放指向下一个节点的指针域。链串中的一个存储节点可以存储 1 个或多个字符，通常将链串中每个存储节点所存储的字符个数称为节点大小。如果每个存储节点只有一个字符，即每个字符对应链接表的一个节点，则有关串的运算最容易实现，运算速度也最快，其缺点是每个字符都需要一个指针域，且通常指针域所占空间较一个字符占空间要多，存储空间利用很低，故这种表示法适用于串不太长，但需频繁运算的情况。如图 4.4 所示就是每个节点存放一个字符的情况。图 4.5 的链接结构，则是每个节点存放 4 个字符的情况。串的长度不一定是 4 的整数倍，最末一个节点如有空闲空间要用空格符填满。这种链接表示法的空间利用率较高，但运算速度较单字符节点的链接存储结构要慢一些。

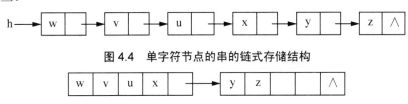

图 4.4　单字符节点的串的链式存储结构

图 4.5　多字符节点的串的链式存储结构

链串的类型定义为

```
typedef  struct NODE
{
    char ch;
    struct NODE *link;
}LinkString;
```

正如线性链接表较之用数组表示的顺序线性表进行插入、删除、连接等运算要方便得多，用链接方式表示串比顺序存储表示法更便于进行串的许多运算，但是它占用的存储空间较大。

4.3　串的匹配运算

串的模式匹配即子串定位是一种重要的串运算。设 s 和 t 是给定的两个串，在主串 s 中找到等于子串 t 的过程称为模式匹配，如果在 s 中找到等于 t 的子串，则称匹配成功，函数返回 t 在 s 中的首次出现的存储位置(或序号)，否则匹配失败，返回-1。t 也称为模式。为了运算方便，设字符串的长度存放在 0 号单元，串值从 1 号单元存放，这样字符序号与存储位置一致。

算法思想如下：首先将 s_1 与 t_1 进行比较，若不同，就将 s_2 与 t_1 进行比较，……，直到 s 的某一个字符 s_i 和 t_1 相同，再将它们之后的字符进行比较，若也相同，则如此继续往下比较，当 s 的某一个字符 s_i 与 t 的字符 t_j 不同时，则 s 返回到本趟开始字符的下一个字符，即 s_{i-j+2}，t 返回到 t_1，继续开始下一趟的比较，重复上述过程。若 t 中的字符全部比完，则说明本趟匹配成功，本趟的起始位置是 i-j+1 或 i-t[0]，否则，匹配失败。

设主串 s= " ababcabcacbab "，模式 t= " abcac "，匹配过程如图 4.6 所示。

算法执行步骤描述：

(1) 判断匹配位置是否到串的末尾；

(2) 如果主串与模式串对应字符相同，继续匹配下一个字符；

(3) 否则主串、子串指针回溯重新开始下一次匹配数据元素；

(4) 判断是否匹配成功。

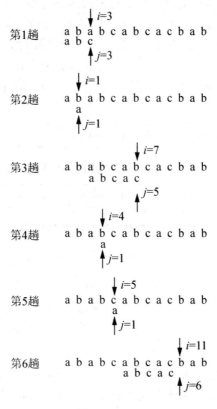

图4.6 模式匹配的匹配过程

算法实现源程序：

算法 4.1 串的模式匹配。

```
/*参数说明：
s 指主串，t 指模式串*/
int index(SqString s,SqString t)
{
    int i=0,j=0;
    while (i<s.len && j<t.len)      //(1)判断匹配位置是否到串的末尾
    {
        if (s.data[i]==t.data[j])   //(2)主串与模式串对应字符相同,继续匹配下一个字符
        {
            i++;                    //主串和子串依次匹配下一个字符
            j++;
        }
        else                        //(3)否则主串、子串指针回溯重新开始下一次匹配
        {
            i=i-j+1;                //主串从下一个位置开始匹配
            j=0;                    //子串从头开始匹配
        }
    }
    if (j>=t.len)                   //(4)判断是否匹配成功
        return(i-t.len);            //返回匹配的第 1 个字符的下标
    else
```

```
        return(-1);                              //模式匹配不成功
    }
```

下面分析它的时间复杂度，设串 s 长度为 n，串 t 长度为 m。

匹配成功的情况下，考虑两种极端情况：

在最好情况下，每趟不成功的匹配都发生在第 1 对字符比较时。

例如：s= " aaaaaaaaaabc "

t= " bc "

设匹配成功发生在 s_i 处，则字符比较次数在前面 $i-1$ 趟匹配中共比较了 $i-1$ 次，第 i 趟成功的匹配共比较了 m 次，所以总共比较了 $i-1+m$ 次，所有匹配成功的可能共有 $n-m+1$ 种，设从 s_i 开始与 t 串匹配成功的概率为 p_i，在等概率情况下 $p_i=1/(n-m+1)$，因此最好情况下平均比较的次数是

$$\sum_{i=1}^{n-m+1} p_i \times (i-1+m) = \sum_{i=1}^{n-m+1} \frac{1}{n-m+1} \times (i-1+m) = \frac{(n+m)}{2}$$

即最好情况下的时间复杂度是 $O(n+m)$。

在最坏情况下，每趟不成功的匹配都发生在 t 的最后一个字符。

例如：s="aaaaaaaaaaab"

t="aaab"

设匹配成功发生在 s_i 处，则在前面 $i-1$ 趟匹配中共比较了 $(i-1)\times m$ 次，第 i 趟成功的匹配共比较了 m 次，所以总共比较了 $i\times m$ 次，因此最坏情况下平均比较的次数是

$$\sum_{i=1}^{n-m+1} p_i \times (i \times m) = \sum_{i=1}^{n-m+1} \frac{1}{n-m+1} \times (i \times m) = \frac{m \times (n-m+2)}{2}$$

即最坏情况下的时间复杂度是 $O(n \times m)$。还有其他一些较复杂但速度更快的匹配算法，在此不做介绍。

4.4 应用示例及分析

【例 4.1】 把顺序存储的两个串 str1 和 str2 首尾相连成一个串 str，其中 str1 在前，str2 在后。

解：在顺序存储结构中，实现串的连接操作，只要进行相应的"串复制"操作即可，只是如果在操作中出现两串长度之和大于上界 maxlen 时，做溢出处理。

```
int Concat(SqString str1, SqString str2, SqString &str,int maxlen)
  {
    int  i;
    for(i=0;i<str1.len;i++)
    printf("str1=%c \n",str1.data[i]);
    for(i=0;i<str2.len;i++)
    printf("str2=%c \n",str2.data[i]);
    if (str1.len + str2.len > maxlen)
      return 0;                               //若两串长度之和大于maxlen，则溢出处理
    else
    {
     for(i=0;i<str1.len;i++)
      str.data[i]=str1.data[i];              //将str1串传给str
```

```
        for(i=0;i<str2.len;i++)
         str.data[str1.len+i]=str2.data[i];  //将 str2 串传给 str
        str.len=str1.len+str2.len;
       }
      return 1;
    }
```

【例4.2】 采用顺序存储方式存储串，编写一个置换函数，将串 s1 中的第 i 个字符开始的 j 个字符(包括第 i 个字符)构成的子串用 s2 串进行替换，函数名为 Replace(s1,i,j,s2,s)。

例如：Replace("bacd",1,3, "xyz")返回"xyzd"

解：先提取 s1 中位置 i 之前的所有字符构成的子串 str1，再提取位置 $i+j-1$ 及之后的所有字符构成的子串 str2，最后将 str1，s2，str2 连接起来便构成了结果串。

```
void Replace(SqString s1,int i,int j, SqString s2, SqString &s)
{
  int m,n;
  if(i+j-1<=s1.len)
    {
      for(m=0;m<i-1;m++)
        s.data[m]=s1.data[m];
      for(m=0;m<s2.len;m++)
        s.data[i+m-1]=s2.data[m];
      s.len=i+s2.len-1;
      for(m=s.len,n=i+j-1;n<s1.len;m++,n++)
        s.data[m]=s1.data[n];
      s.len=m;
    }
  else
    {
      s.len=0;
    }
}
```

【例4.3】 把两个以链接方式存储的串 r1 和 r2 首尾连成一个串 r，其中 r1 在前，r2 在后。

```
typedef  struct NODE
{
     char ch;
     struct NODE *link;
  }LinkString;
void Concat(LinkString *r1,LinkString *r2)
{
    LinkString *p;
    p=r1;
    while(p->link!=NULL)
        p=p->link;
    p->link=r2;
}
```

【例4.4】 从链接存储的串 r1 中的第 i 个字符开始，把连续 j 个字符组成的子串赋给 r。

```
typedef  struct NODE
{
```

```
        char· ch;
        struct NODE *link;
}LinkString;
LinkString *Substring(LinkString *r1,int i,int j)
{
    int k;
    LinkString *p,*q,*s,*r;
    p=r1;
    k=1;
    while(k<i && p!=NULL)
    {
        p=p->link;
        k++;
    }
    if(p==NULL)
        printf("出错\n");
    else
    {
        r=(LinkString *) malloc(sizeof(struct NODE));
        q=r;
        k=1;
        while(k<=j&&p!=NULL)              /* 复制 j 个节点 */
        {
            s=(LinkString *) malloc(sizeof(struct NODE));
            s->ch=p->ch;
            q->link=s;                   /* q 总是指向 r 的最后一个节点 */
            q=s;
            p=p->link;
            k++;
        }
        q->link=NULL;
        q=r;
        r=r->link;
        free(q);
    }
    return (r);
}
```

小　　结

　　串是由有限个字符组成的序列，一个串的字符个数称为此串的长度，长度为 0 的串称为空串。应注意空格符也是合法的字符，只有空格符的串并不是空串。

　　串的存储结构主要有顺序存储结构和链接存储结构两种。顺序存储结构的缺点是进行串的插入、删除运算很不方便。对于插入、删除运算较多的情况采用链接存储结构更好些。

　　串的匹配运算就是判断某串是否是另一已知串的子串，如是其子串，则给出该串的起始点。该运算在文本编辑程序中经常用到，解决此问题的有效算法能大大地提高编辑程序的响应性能。

习题与练习四

一、选择题

1. 如下陈述中正确的是(　　)。
   - A. 串是一种特殊的线性表
   - B. 串的长度必须大于 0
   - C. 串中元素只能是字母
   - D. 空串就是空格串

2. 串的长度是指(　　)。
   - A. 串中所含不同字母的个数
   - B. 串中所含字符的个数
   - C. 串中所含不同字符的个数
   - D. 串中所含非空格字符的个数

3. 设有两个串 p 和 q,其中 q 是 p 的子串,求 q 在 p 中首次出现的位置的算法称为(　　)。
   - A. 求子串
   - B. 连接
   - C. 匹配
   - D. 求串长

4. (　　)是 C 语言中"abcd321ABCD"的子串。
   - A. abcd
   - B. 321AB
   - C. "abcABC"
   - D. "21AB"

5. 若串 S= 'software',其子串的数目是(　　)。
   - A. 8
   - B. 37
   - C. 36
   - D. 9

6. 下面关于串的叙述中,哪一个是不正确的? (　　)。
   - A. 串是字符的有限序列
   - B. 空串是由空格构成的串
   - C. 模式匹配是串的一种重要运算
   - D. 串既可以采用顺序存储,也可以采用链式存储

二、基本知识题

1. 空串与空格串有何区别?

2. 已知两个串为

$$A='ac\ cab\ cabcbbca'$$
$$B='abc'$$

判断 B 串是否是 A 串的子串,如果是其子串,说明起始点是 A 串的第几个字符。

3. 串是一种特殊的线性表,其特殊性体现在什么地方?

4. 串的两种最基本的存储方式是什么?

5. 两个串相等的充分必要条件是什么?

三、算法设计题

1. 对于采用顺序结构存储的串 r,编写一个函数删除其值等于 ch 的所有字符。

2. 对于采用顺序结构存储的串 r,编写一个函数删除 r 中第 i 个字符开始的 j 个字符。

3. 对于采用顺序结构存储的串 r,设计一算法将串逆置。

4. 采用单链表结构存储的串 r,编写一个函数将其中所有的'c'字符替换成's'字符。

5. 已知两个采用单链表结构存储的串 A 和 B。试编写一个函数将串 B 插入到串 A 中第 k 个字符之后。

6. 采用顺序结构存储串，编写一个实现串比较运算的函数 Strcmp(s,t)，串比较以词典方式进行，当 s 大于 t 时返回 1，s 与 t 相等时返回 0，s 小于 t 时返回-1。

7. 采用顺序结构存储串，编写一个实现串通配符匹配的函数 Pattern_index()，其中的通配符只有'?'，它可以和任一个字符匹配成功，例如，Pattern_index("?re","there are")返回的结果是 3。

8. 如果字符串的一个子串(其长度大于 1)的各个字符均相同，则称为等值子串。试设计一算法，输入字符串 S，以"！"作为结束标志。如果串 S 中不存在等值子串，则输出信息"无等值子串"，否则求出(输出)一个长度最大的等值子串。

例如：若 S="abc123abc123!"，则输出"无等值子串"；若 S="abceebccadddddaaadd!"，则输出"ddddd"。

第 5 章　数组、特殊矩阵和广义表

 本章导读

  数组与广义表可视为线性表的推广。数组是一种常用的数据结构，高级语言都提供支持数组的基本方法，多维数组的特点是，数据元素仍然是一个数组。矩阵一般采用二维数组存储，对于特殊矩阵和稀疏矩阵可采用一些特殊的方法减少存储单元，一般称为压缩存储。广义表也是线性表的推广，其元素既可以是单元素，也可以是有结构的表。

 本章主要知识点

  ➢　数组的定义、维数组的逻辑结构和寻址方式
  ➢　特殊矩阵的压缩存储
  ➢　稀疏矩阵的三元组表存储和运算
  ➢　稀疏矩阵的十字链表存储
  ➢　广义表

5.1　多　维　数　组

5.1.1　数组的定义和操作

  数组是一种常用的数据结构。数组是一个由若干同类型数据组成的集合，引用这些数据时可用同一名字。数组均由连续的存储单元组成，最低地址对应于数组的第一个元素，最高地址对应于最后一个元素。数组可分为一维数组、二维数组和多维数组。一维数组是一个线性表，二维数组和多维数组可看做一维数组的推广。例如，二维数组可以看做"数据元素是一维数组"的一维数组，三维数组可以看做"数据元素是二维数组"的一维数组，依此类推。图 5.1 是一个 m 行 n 列的二维数组：

$$A = \begin{bmatrix} a_{11} & a_{12} & \cdots & a_{1n} \\ a_{21} & a_{22} & \cdots & a_{2n} \\ \vdots & \vdots & \vdots & \vdots \\ a_{m1} & a_{m2} & \cdots & a_{mn} \end{bmatrix}$$

图 5.1　m 行 n 列的二维数组

二维数组的每个元素均由一个(组)值及一组(两个)下标构成。任何有定义的下标组(i, j)，只要$1 \leqslant i \leqslant m$，$1 \leqslant j \leqslant n$，均有一个元素$a_i$与之对应。该数组元素的个数为$m \times n$个。

同理，n维数组是由$\prod b_i$个元素组成的，所有元素都属于同一数据类型，每个元素受着n个关系的约束，每个元素$a_{j1/2 \cdots jn}(0 \leqslant j_i \leqslant b_{i-2})$都对应一组下标$(j_1, j_2, \cdots, j_n)$。

数组的操作：对于数组，通常只有两种操作，即存取元素、修改元素值。

5.1.2　多维数组的存储表示和寻址

1. 数组在计算机中的存储表示

由于计算机内存是一维的，多维数组的元素应排成线性序列后存入存储器。数组一般不做插入和删除操作，即结构中元素个数和元素间关系不变化，而是采用顺序存储方法表示数组。

对多维数组分配时，要把它的元素映像存储在一维存储器中，一般有两种存储方式：一是以行为主序(或先行后列)的顺序存放，如 BASIC、Pascal、COBOL、C 等程序设计语言中用的是以行为主的顺序分配，即一行分配完了接着分配下一行。另一种是以列为主序(先列后行)的顺序存放，如 Fortran 语言中，用的是以列为主序的分配顺序，即一列一列地分配。以行为主序的分配规律：最右边的下标先变化，即最右下标从小到大，循环一遍后，右边第 2 个下标再变，……，从右向左，最后是左下标。以列为主序分配的规律恰好相反：最左边的下标先变化，即最左下标从小到大，循环一遍后，左边第 2 个下标再变，……，从左向右，最后是右下标。

例如，一个 2×3 二维数组，逻辑结构可以用图 5.2 表示。以行为主序的内存映像如图 5.3(a)所示。分配顺序：a_{11}，a_{12}，a_{13}，a_{21}，a_{22}，a_{23}；以列为主序的分配顺序：a_{11}，a_{21}，a_{12}，a_{22}，a_{13}，a_{23}，它的内存映像如图 5.3(b)所示。

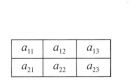

a_{11}	a_{12}	a_{13}
a_{21}	a_{22}	a_{23}

图 5.2　2×3 数组的逻辑状态

(a) 以行为主序　　(b) 以列为主序

图 5.3　2×3 数组的物理状态

如图 5.4 所示是一个 3×4×2 的三维数组的示意图。

2. 多维数组的寻址计算

设有 $m \times n$ 二维数组 A_{mn}，下面按元素的下标求其地址的计算。

以"以行为主序"的分配为例：设数组的基址为 $\text{LOC}(a_{11})$，每个数组元素占据 1 个地址单元，那么 a_{ij} 的物理地址可用一线性寻址函数计算：

$$\text{LOC}(a_{ij}) = \text{LOC}(a_{11}) + ((i-1) \times n + j-1) \times 1$$

这是因为数组元素 a_{ij} 的前面有 $i-1$ 行，每一行的元素个数为 n，在第 i 行中它的前面还有 $j-1$ 个数组元素。

在 C 语言中，数组中每一维的下界定义为 0，则

$$\mathrm{LOC}(a_{ij}) = \mathrm{LOC}(a_{00}) + (i \times n + j) \times 1$$

推广到一般的二维数组：$A[c_1..d_1][c_2..d_2]$，则 a_{ij} 的物理地址计算函数为

$$\mathrm{LOC}(a_{ij}) = \mathrm{LOC}(a_{c_1 c_2}) + ((i - c_1) \times (d_2 - c_2 + 1) + (j - c_2)) \times 1$$

同理，对于三维数组 A_{mnp}，即 $m \times n \times p$ 数组，对于数组元素 a_{ijk} 其物理地址为

$$\mathrm{LOC}(a_{ijk}) = \mathrm{LOC}(a_{111}) + ((i-1) \times n \times p + (j-1) \times p + k-1) \times 1$$

推广到一般的三维数组：$A[c_1..d_1][c_2..d_2][c_3..d_3]$，则 a_{ijk} 的物理地址为

$$\mathrm{LOC}(i,j) = \mathrm{LOC}(a_{c_1 c_2 c_3}) + ((i - c_1) \times (d_2 - c_2 + 1) \times (d_3 - c_3 + 1) + (j - c_2) \times (d_3 - c_3 + 1) + (k - c_3)) \times 1$$

三维数组的逻辑结构和以行为主序的分配示意图如图 5.4 所示。

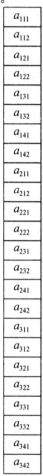

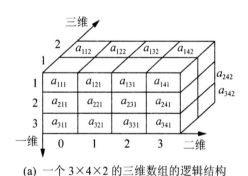

(a) 一个 3×4×2 的三维数组的逻辑结构　　　　　(b) 以行为主序的三维数组内存映像

图 5.4　三维数组示意图

5.2　特殊矩阵的压缩存储

对于一个矩阵结构显然用一个二维数组来表示是非常恰当的，但在有些情况下，比如常见的一些特殊矩阵，如三角矩阵、对称矩阵、带状矩阵、稀疏矩阵等，从节约存储空间的角度考虑，这种存储是不太合适的。下面从这一角度来考虑这些特殊矩阵的存储方法。

5.2.1 对称矩阵

对称矩阵的特点：在一个 n 阶方阵中，有 $a_{ij}=a_{ji}$，其中 $1{\leqslant}i$，$j{\leqslant}n$，如图 5.5 所示是一个 5 阶对称矩阵。对称矩阵关于主对角线对称，因此只需存储上三角或下三角部分即可，比如，我们只存储下三角中的元素 a_{ij}，其特点是 $j{\leqslant}i$ 且 $1{\leqslant}i{\leqslant}n$，对于上三角中的元素 a_{ij}，它和对应的 a_{ji} 相等，因此当访问的元素在上三角时，直接去访问和它对应的下三角元素即可，这样，原来需要 $n{\times}n$ 个存储单元，现在只需要 $\dfrac{n(n+1)}{2}$ 个存储单元了，节约了 $\dfrac{n(n-1)}{2}$ 个存储单元，当 n 较大时，这是可观的一部分存储资源。

$$A=\begin{bmatrix} 3 & 6 & 4 & 7 & 8 \\ 6 & 2 & 8 & 4 & 2 \\ 4 & 8 & 1 & 6 & 9 \\ 7 & 4 & 6 & 0 & 5 \\ 8 & 2 & 9 & 5 & 7 \end{bmatrix}$$

3	6	2	4	8	1	7	4	6	0	8	2	9	5	7

图 5.5　5 阶对称方阵及它的压缩存储

如何只存储下三角部分呢？对下三角部分以行为主序顺序存储到一个向量中去，在下三角中共有 $\dfrac{n{\times}(n+1)}{2}$ 个元素，因此，不失一般性，设存储到向量 $\boldsymbol{SA}\dfrac{[n(n+1)]}{2}$ 中，存储顺序可用图 5.6 示意，这样，原矩阵下三角中的某一个元素 a_{ij} 则具体对应一个 sa_k，下面的问题是要找到 k 与 i、j 之间的关系。

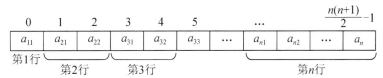

对于下三角中的元素 a_{ij}，其特点：$i{\geqslant}j$ 且 $1{\leqslant}i{\leqslant}n$，存储到 $\boldsymbol{SA}$ 中后，根据存储原则，

图 5.6　一般对称矩阵的压缩存储

它前面有 $i-1$ 行，共有 $1+2+\cdots+i-1=i{\times}(i-1)/2$ 个元素，而 a_{ij} 又是它所在的行中的第 j 个，所以在上面的排列顺序中，a_{ij} 是第 $i{\times}(i-1)/2+j$ 个元素，因此它在 $\boldsymbol{SA}$ 中的下标 k 与 i、j 的关系为

$$k=i{\times}(i-1)/2+j-1 \qquad (0{\leqslant}k<n{\times}(n+1)/2)$$

若 $i<j$，则 a_{ij} 是上三角中的元素，因为 $a_{ij}=a_{ji}$，这样，访问上三角中的元素 a_{ij} 时则去访问和它对应的下三角中的 a_{ji} 即可，因此将上式中的行列下标交换就是上三角中的元素在 $\boldsymbol{SA}$ 中的对应关系：

$$k=j{\times}(j-1)/2+i-1 \qquad (0{\leqslant}k<n{\times}(n+1)/2)$$

综上所述，对于对称矩阵中的任意元素 a_{ij}，若令 $I=\max(i,j)$，$J=\min(i,j)$，则将上面两个式子综合起来得到：$k=I{\times}(I-1)/2+J-1$。

5.2.2 三角矩阵

如图 5.7 所示的矩阵称为三角矩阵，其中 c 为某个常数。图 5.7(a)为下三角矩阵：主对角线以上均为同一个常数；图 5.7(b)为上三角矩阵，主对角线以下均为同一个常数；下面讨论它们的压缩存储方法。

$$\begin{bmatrix} 3 & c & c & c & c \\ 6 & 2 & c & c & c \\ 4 & 8 & 1 & c & c \\ 7 & 4 & 6 & 0 & c \\ 8 & 2 & 9 & 5 & 7 \end{bmatrix} \qquad \begin{bmatrix} 3 & 4 & 8 & 1 & 0 \\ c & 2 & 9 & 4 & 6 \\ c & c & 1 & 5 & 7 \\ c & c & c & 0 & 8 \\ c & c & c & c & 7 \end{bmatrix}$$

(a) 下三角矩阵   (b) 上三角矩阵

图 5.7　三角矩阵

1. 下三角矩阵

从三角矩阵的压缩存储见图 5.8。与对称矩阵类似，不同之处在于存储完下三角中的元素之后，紧接着存储对角线上方的常量，因为是同一个常数，所以存一个即可，这样一共存储了 $n\times(n+1)+1$ 个元素，设存入向量 $\boldsymbol{SA}[n\times(n+1)+1]$ 中，这种存储方式可节约 $n\times(n-1)-1$ 个存储单元，sa_k 与 a_{ji} 的对应关系为

$$k=\begin{cases} i\times(i-1)/2+j-1 & \text{当 } i\geqslant j \\ n\times(n+1)/2-1 & \text{当 } i<j \end{cases}$$

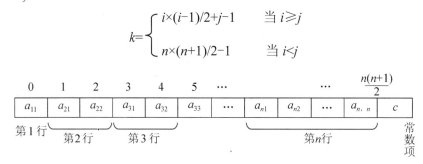

图 5.8　下三角矩阵的压缩存储

2. 上三角矩阵

对于上三角矩阵，存储思想与下三角矩阵类似，以行为主序顺序存储上三角部分，最后存储对角线下方的常量。对于第 1 行，存储 n 个元素，第 2 行存储 $n-1$ 个元素，…，第 p 行存储 $(n-p+1)$ 个元素，a_{ij} 的前面有 $i-1$ 行，共存储 $n+(n-1)+\cdots+(n-i+1)=\sum\limits_{p=1}^{i-1}(n-p)+$ $1=\dfrac{(i-1)\times(2n-i+2)}{2}$ 个元素，而 a_{ij} 是它所在的行中要存储的第 $(j-i+1)$ 个；可见，它是上三角存储顺序中的第 $(i-1)\times(2n-i+2)/2+(j-i+1)$ 个，因此它在 SA 中的下标为 $k=(i-1)\times(2n-i+2)/2+j-i$。

综上所述，sa_k 与 a_{ji} 的对应关系为

$$k=\begin{cases} (i-1)\times(2n-i+2)/2+j-i & \text{当 } i\leqslant j \\ n\times(n+1)/2 & \text{当 } i>j \end{cases}$$

上三角矩阵的压缩存储见图 5.9。

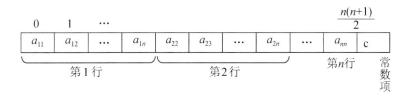

图 5.9 上三角矩阵的压缩存储

5.2.3 带状矩阵

n 阶矩阵 A 称为带状矩阵,如果存在最小止数 m ,满足当 $|i-j| \geq m$ 时, $a_{ij}=0$,这时称 $w=2n-1$ 为矩阵 A 的带宽。如图 5.10(a)所示是一个 $w=3(m=2)$ 的带状矩阵。带状矩阵也称为对角矩阵。由图 5.10(a)可看出,在这种矩阵中,所有非零元素都集中在以主对角线为中心的带状区域中,即除了主对角线和它的上下方若干条对角线的元素外,所有其他元素都为零(或同一个常数 c)。

带状矩阵 A 也可以采用压缩存储。一种压缩方法是将 A 压缩到一个 n 行 w 列的二维数组 B 中,如图 5.10(b)所示,当某行非零元素的个数小于带宽 w 时,先存放非零元素后补零。那么 a_{ij} 映射为 $b_{i'j'}$,映射关系为

$$i'=i \qquad j'= \begin{cases} j & \text{当 } i \leq m \\ j-i+m & \text{当 } i>m \end{cases}$$

另一种压缩方法是将带状矩阵压缩到向量 C 中去,按以行为主序,顺序的存储其非零元素,如图 5.10(c)所示,按其压缩规律,找到相应的映像函数。

如当 $w=3$ 时,映像函数为

$$k=2 \times i+j-3$$

$$A= \begin{bmatrix} a_{11} & a_{12} & 0 & 0 & 0 \\ a_{21} & a_{22} & a_{23} & 0 & 0 \\ 0 & a_{32} & a_{33} & a_{34} & 0 \\ 0 & 0 & a_{43} & a_{44} & a_{45} \\ 0 & 0 & 0 & a_{54} & a_{55} \end{bmatrix} \qquad B= \begin{bmatrix} a_{11} & a_{12} & 0 \\ a_{21} & a_{22} & a_{23} \\ a_{32} & a_{33} & a_{34} \\ a_{43} & a_{44} & a_{45} \\ a_{54} & a_{55} & 0 \end{bmatrix}$$

(a) $w=3$ 的 5 阶带状矩阵 　　　　(b) 压缩为 5×3 的矩阵

0	1	2	3	4	5	6	7	8	9	10	11	12
a_{11}	a_{12}	a_{21}	a_{22}	a_{23}	a_{32}	a_{33}	a_{34}	a_{43}	a_{44}	a_{45}	a_{54}	a_{55}

$C=$

(c) 压缩为向量

图 5.10 带状矩阵及压缩存储

5.3 稀 疏 矩 阵

设 $m \times n$ 矩阵中有 t 个非零元素且 $t \ll m \times n$,这样的矩阵称为稀疏矩阵。很多科学管理及工程计算中,常会遇到阶数很高的大型稀疏矩阵。如果按常规分配方法,顺序分配在计算机内,那将是相当浪费内存的。为此提出另外一种存储方法,仅仅存放非零元素。但对于这类矩阵,通常零元素分布没有规律,为了能找到相应的元素,仅存储非零元素的值是不够的,

还要记下它所在的行和列。于是采取如下方法：将非零元素所在的行、列以及它的值构成一个三元组(i,j,v)，然后再按某种规律存储这些三元组，这种方法可以节约存储空间。下面讨论稀疏矩阵的压缩存储方法。

5.3.1 稀疏矩阵的三元组表存储

将三元组按行优先的顺序，以同一行中列号从小到大的规律排列成一个线性表，称为三元组表，采用顺序存储方法存储该表。如图 5.11 所示的稀疏矩阵对应的三元组表见图 5.12。

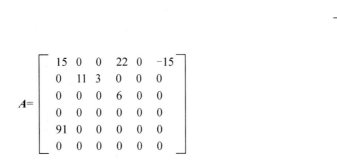

图 5.11 稀疏矩阵   图 5.12 三元组表

显然，要唯一地表示一个稀疏矩阵，还需要在存储三元组表的同时存储该矩阵的行、列，为了运算方便，矩阵的非零元素的个数也同时存储。这种存储的思想实现如下：

```
#define SMAX 1024          /*一个足够大的数*/
typedef  struct
{
    int i,j;               /*非零元素的行、列*/
    int  v;                /*非零元素值*/
}SPNode;                   /*三元组类型*/
typedef  struct
{
    int mu,nu,tu;          /*矩阵的行、列及非零元素的个数*/
    SPNode  data[SMAX];    /*三元组表*/
 } SPMatrix;               /*三元组表的存储类型*/
```

这样的存储方法确实节约了存储空间，但矩阵的运算从算法上可能变得复杂些。下面讨论这种存储方式下的稀疏矩阵的转置运算。

设 SPMatrix A；表示一 $m×n$ 的稀疏矩阵，其转置 B 则是一个 $n×m$ 的稀疏矩阵，因此也有 SPMatrix B；由 A 求 B 需要：

(1) A 的行、列转化成 B 的列、行；

(2) 将 A.data 中每一三元组的行列交换后转化到 B.data 中；

看上去以上两点完成之后，似乎完成了 B，实际上却没有。因为我们前面规定三元组的是按一行一行且每行中的元素是按列号从小到大的规律顺序存放的，因此 B 也必须按此规律实现，A 的转置 B 如图 5.13 所示，图 5.14 中的表是它对应的三元组存储，就是说，在 A 的三元组存储基础上得到 B 的三元组表存储(为了运算方便，矩阵的行列都从 1 算起，三元组表 data 也从 1 单元用起)。

	i	j	v
1	1	1	15
2	1	5	91
3	2	2	11
4	3	2	3
5	4	1	22
6	4	3	6
7	6	1	−15

$$B=\begin{bmatrix} 15 & 0 & 0 & 0 & 91 & 0 \\ 0 & 11 & 0 & 0 & 0 & 0 \\ 0 & 3 & 0 & 0 & 0 & 0 \\ 22 & 0 & 6 & 0 & 0 & 0 \\ 0 & 0 & 0 & 0 & 0 & 0 \\ -15 & 0 & 0 & 0 & 0 & 0 \end{bmatrix}$$

图 5.13 A 的转置 B 图 5.14 B 的三元组表

算法执行步骤描述：

(1) A 的行、列转化成 B 的列、行；

(2) 在 A.data 中依次找第 1 列的、第 2 列的、直到最后一列，并将找到的每个三元组的行、列交换后顺序存储到 B.data 中即可。

算法实现源程序如下。

算法 5.1 稀疏矩阵转置。

```
/*参数说明：A 原三元组，B 转置后的三元组(可修改)*/
void TransM(SPMatrix  A,SPMatrix &B)
{
    int p,q,col;
    B.mu=A.nu;  B.nu=A.mu;  B.tu=A.tu;        //稀疏矩阵的行、列、元素个数
    if (B.tu>0)                                //有非零元素则转换
    {
        q=0;
        for (col=1; col<=(A.nu); col++)        //按 A 的列序转换
            for (p=0; p<= (A.tu); p++)         //扫描整个三元组表
                if (A.data[p].j==col )
                {
                    B.data[q].i= A.data[p].j ;
                    B.data[q].j= A.data[p].i ;
                    B.data[q].v= A.data[p].v;
                    q++;
                }
    }
}
```

分析该算法，其时间主要耗费在 col 和 p 的二重循环上，所以时间复杂性为 $O(n{\times}t)$，(设 m、n 是原矩阵的行、列，t 是稀疏矩阵的非零元素个数)，显然当非零元素的个数 t 和 $m{\times}n$ 同数量级时，算法的时间复杂度为 $O(m{\times}n^2)$，和通常存储方式下矩阵转置算法相比，可能节约了一定量的存储空间，但算法的时间性能更差一些。

5.3.2 稀疏矩阵的十字链表存储

三元组表可以看做稀疏矩阵顺序存储，但是在做一些操作(如加法、乘法)时，非零项数目及非零元素的位置会发生变化，这时这种表示就十分不便。在这节中，我们介绍稀疏矩阵的一种链式存储结构——十字链表，它同样具备链式存储的特点，在某些情况下，采用十字链

表表示稀疏矩阵是很方便的。

如图 5.15 所示是一个稀疏矩阵的十字链表。

$$A = \begin{pmatrix} 3 & 0 & 0 & 7 \\ 0 & 0 & -1 & 0 \\ 2 & 0 & 0 & 0 \\ 0 & 0 & 0 & 0 \\ 0 & 0 & 0 & -8 \end{pmatrix}$$

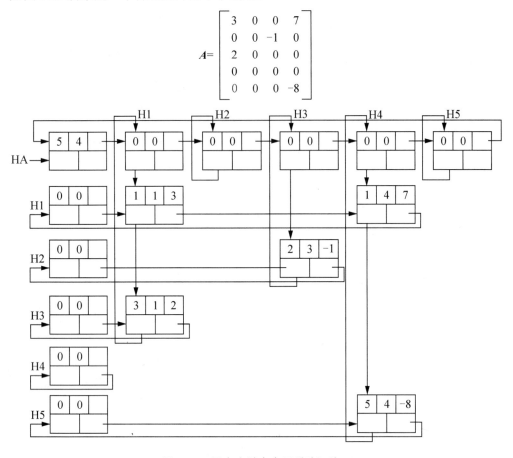

图 5.15　用十字链表表示稀疏矩阵 A

用十字链表表示稀疏矩阵的基本思想：将每个非零元素存储为一个节点，节点由 5 个域组成，其结构如图 5.16 表示，其中：row 域存储非零元素的行号，col 域存储非零元素的列号，v 域存储本元素的值，right，down 是两个指针域。

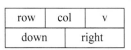

图 5.16　十字链表的节点结构

稀疏矩阵中每一行的非零元素节点按其列号从小到大顺序由 right 域链成一个带表头节点的循环行链表。同样，每一列中的非零元素按其行号从小到大顺序由 down 域也链成一个带表头节点的循环列链表。即每个非零元素 a_{ij} 既是第 i 行循环链表中的一个节点，又是第 j 列循环链表中的一个节点。行链表、列链表的头节点的 row 域和 col 域置 0。每一列链表的表头节点的 down 域指向该列链表的第 1 个元素节点，每一行链表的表头节点的 right 域指向该行表的第 1 个元素节点。由于各行、列链表头节点的 row 域、col 域和 v 域均为 0，行链表头节点只用 right 指针域，列链表头节点只用 right 指针域，故这两组表头节点可以合用，也就是说对于第 i 行的链表和第 i 列的链表可以共用同一个头节点。为了方便地找到每一行或每一列，将每行(列)的这些头节点链接起来，因为头节点的值域空闲，所以用头节点的值域作为连接各头节点的链域，即第 i 行(列)的头节点的值域指向第 $i+1$ 行(列)的头节点，……，形成一个循环表。这个循环表又有一个头节点，这就是最后的总头节点，指针 HA 指向它。

总头节点的 row 域和 col 域存储原矩阵的行数和列数。

因为非零元素节点的值域是 datatype 类型，在表头节点中需要一个指针类型，为了使整个结构的节点一致，规定表头节点和其他节点有同样的结构，因此该域用一个联合来表示；改进后的节点结构如图 5.17 所示。

row	col	v/next
down		right

图 5.17　十字链表中非零元素和表头共用的节点结构

下面给出建立稀疏矩阵 **A** 的十字链表的算法执行步骤简单描述：

(1) 建立每行(每列)只有头节点的空链表；

(2) 输入一个三元组，将其节点按其列号的大小插入到第 i 个行链表中去，同时也按其行号的大小将该节点插入到第 j 个列链表中。

5.4　广　义　表

1. 广义表的定义和性质

广义表又称为列表，是线性表的推广。即广义表中放松对表元素的原子限制，允许它们具有其自身结构。广义表定义如下：

广义表(Generalized Lists)是 $n(n \geq 0)$ 个数据元素 a_1, a_2, …, a_i, …, a_n 的有序序列，一般记做

$$ls = (a_1, a_2, \cdots, a_i, \cdots, a_n)$$

其中：ls 是广义表的名称，n 是它的长度。每个 $a_i(1 \leq i \leq n)$ 是 ls 的成员，它可以是单个元素，也可以是一个广义表，分别称为广义表 ls 的单元素和子表。当广义表 ls 非空时，称第 1 个元素 a_1 为 ls 的表头(head)，称其余元素组成的表 $(a_2, \cdots, a_i, \cdots, a_n)$ 为 ls 的表尾(tail)。

因为在描述广义表时又用到了广义表的概念，因此，广义表的定义是递归的。

为书写清楚起见，通常用大写字母表示广义表，用小写字母表示单个数据元素，广义表用括号括起来，括号内的数据元素用逗号分隔开。下面是一些广义表的例子：

A ＝()

B ＝(e)

C ＝(a, (b, c, d))

D ＝(A, B, C)

E ＝(a, E)

F ＝(())

2. 广义表基本运算

广义表有两个重要的基本操作，即取头操作(Head)和取尾操作(Tail)。

根据广义表的表头、表尾的定义可知，对于任意一个非空的列表，其表头可能是单元素，也可能是列表，而表尾必为列表。例如：

Head(B)＝e　　　Tail(B)＝()

Head(C)＝a　　　Tail(C)＝((b, c, d))

Head(D)＝A　　　Tail(D)＝(B, C)

Head(E)＝a　　　Tail(E)＝(E)

Head(F)=()　Tail(F)=()

由于广义表中的数据元素可以具有不同的结构，因此难以用顺序的存储结构来表示。而链式的存储结构分配较为灵活，易于解决广义表的共享与递归问题，所以通常都采用链式的存储结构来存储广义表。

5.5　应用示例与分析

【例 5.1】　数组 A 为 8×6 的矩阵，以行为主序存储，设第 1 个元素的首地址是 78，每个元素的长度为 4，试求元素 A[4][2]的存储首地址。

答：$LOC(a_{ij})=LOC(a_{c_1 c_2})+((i-c_1) \times (d_2-c_2+1)+ (j-c_2))\times l$

代入公式：$LOC(A[4][2]) = 78+(4\times6+2)\times4 = 182$

【例 5.2】　以三元组表存储的稀疏矩阵 A、B 非零元素个数分别为 m 和 n。编写时间复杂度为 $O(m+n)$ 的算法将矩阵 B 加到矩阵 A 上去。A 的空间足够大，不另加辅助空间。要求描述所用结构。

设稀疏矩阵的非零元素的三元组以行序为主存储在三元组表中。矩阵的相加是对应元素的相加。对两非零元素相加，若行号不等，则行号大者是结果矩阵中的非零元素。若行号相同，则列号大者是结果中一非零元素；行号、列号相同时，若对应元素值之和为 0，不予存储，否则，作为新三元组存储到三元组表中。题目中要求时间复杂度为 $O(m+n)$。因此，需从两个三元组表的最后一个元素开始相加。第 1 个非零元素放在 A 矩阵三元组表的第 $m+n$ 位置上。结果的三元组至多是 $m+n$ 个非零元素。最后若发生对应元素相加和为 0 的情况，对三元组表中元素要进行整理，以便使第 1 个三元组存放在下标 1 的位置上。

```
#define SMAX  1024          /*一个足够大的数*/
typedef  struct
  {
    int i,j;                /*非零元素的行、列*/
    int  v;                 /*非零元素值*/
  }SPNode;                  /*三元组类型*/
typedef  struct
  {
    int mu,nu,tu;           /*矩阵的行、列及非零元素的个数*/
    SPNode  data[SMAX];     /*三元组表*/
  } SPMatrix;               /*三元组表的存储类型*/
void AddMatrix(SPMatrix &A,SPMatrix B)
// 稀疏矩阵 A 和 B 各有 m 和 n 个非零元素，以三元组表存储。A 的空间足够大，本算法实现两个稀疏
矩阵相加，结果放到 A 中。
{
    int L,p,k;
    L=A.tu;p=B.tu;k=A.tu+B.tu; //L,p 为 A,B 三元组表指针,k 为结果三元组表指针(下标)
    while(L>=1 && p>=1)
    {                               // 行号不等时，行号大者的三元组为结果三元组表中一项
        if(A.data[L].i>B.data[p].i)
        {
            A.data[k]=A.data[L];L--;
        }                           // A 中当前项为结果项
        else if(A.data[L].i<B.data[p].i)
```

```
            {
                A.data[k]=B.data[p];p--;
            }                           //B 中当前项为结果项
        else                           //行号相等时,比较列号
            if(A.data[L].j>B.data[p].j)
            {
                A.data[k]=A.data[L];L--;
            }
            else if(A.data[L].j<B.data[p].j)
            {
                A.data[k]=B.data[p];p--;
            }
            else
                if((A.data[L].v+B.data[p].v)!=0)
                {
                    A.data[L].v=A.data[L].v+ B.data[p].v;
                    A.data[k]= A.data[L];
                    L--;p--;
                }
                else
                {
                    L--;p--;k++;
                }
        k--;                           //结果三元组表的指针前移(减 1)
    }                                  //结束 WHILE 循环
    while(p>1)
    {
      A.data[k]=B.data[p];k--;p--;
    }                                  //处理 B 的剩余部分
    while(L>1)
    {
      A.data[k]=A.data[L];k--;L--;
    }                                  //处理 A 的剩余部分
    if(k>1)                            //稀疏矩阵相应元素相加时,有和为零的元素,因而元素总数<m+n
    {
      for(p=k+1 ;p<=A.tu+B.tu;p++)
        {
          A.data[p-k]=A.data[p];       // 三元组前移,使第 1 个三元组的下标为 1
        }
      A.tu=A.tu+B.tu-k;
    }                                  // 修改结果三元组表中非零元素个数
}
```

【例 5.3】 利用广义表的 Head 和 Tail 运算,把原子 d 分别从下列广义表中分离出来,
L1=(((((a),b),d),e)); L2=(a,(b,((d)),e))。

答:Head(Tail(Head(Head(L1))))

　　Head(Head(Head(Tail(Head(Tail(L2))))))

小　　结

　　数组是由一组名字相同、下标不同的同类型元素组成的,其有两个特点:一是数据元素具有相同的类型,二是数组元素都是顺序存储的。

线性表是数组结构的一个特例，而数组结构是线性表结构的扩展。由于计算机内存是一维的，多维数组的元素应排成线性序列后存入存储器，数组在存储中的地址计算方法的实质是，求任意维数组中任一元素的地址均为起始地址加上该元素的前元素个数，然后乘以元素单元量。

把值相同的元素或零元素在矩阵中分布有一定规律的矩阵称为特殊矩阵。常见的特殊矩阵有对称矩阵、三角矩阵、对角矩阵等。特殊矩阵在压缩存储时主要进行下标变换。

稀疏矩阵采用三元组表和十字链表法实现压缩存储，应了解三元组表实现稀疏矩阵的运算方式及算法。

广义表(Lists，又称列表)是线性表的推广，即广义表中放松对表元素的原子限制，允许它们具有其自身结构。

习题与练习五

一、选择题

1. 设有一个 10 阶的对称矩阵 A，采用压缩存储方式，以行序为主存储，a_{11} 为第 1 元素，其存储地址为 1，每个元素占一个地址空间，则 a_{85} 的地址为(　　)。
   A. 13　　　　　　B. 33　　　　　　C. 18　　　　　　D. 40

2. 数组 A[0..5,0..6]的每个元素占 5 字节，将其按列优先次序存储在起始地址为 1000 的内存单元中，则元素 A[5，5]的地址是(　　)。
   A. 1175　　　　　　B. 1180　　　　　　C. 1205　　　　　　D. 1210

3. 若对 n 阶对称矩阵 A 以行序为主序方式将其下三角形的元素(包括主对角线上所有元素)依次存放于一维数组 B [1..($n(n+1)$)/2] 中，则在 B 中确定 $a_{ij}(i<j)$ 的位置 k 的关系为(　　)。
   A. $i×(i-1)/2+j$　　　B. $j×(j-1)/2+i$　　　C. $i×(i+1)/2+j$　　　D. $j×(j+1)/2+i$

4. 对稀疏矩阵进行压缩存储的目的是(　　)。
   A. 便于进行矩阵运算　　　　　　　　　B. 便于输入和输出
   C. 节省存储空间　　　　　　　　　　　D. 降低运算的时间复杂度

5. 已知广义表 $L=((x,y,z)$, a, $(u$, t, $w))$，从 L 表中取出原子项 t 的运算是(　　)。
   A. head(tail(tail(L)))　　　　　　　　B. tail(head(head(tail(L))))
   C. head(tail(head(tail(L))))　　　　　D. head(tail(head(tail(tail(L)))))

6. 下面说法不正确的是(　　)。
   A. 广义表的表头总是一个广义表　　　　B. 广义表的表尾总是一个广义表
   C. 广义表难以用顺序存储结构　　　　　D. 广义表可以是一个多层次的结构

7. 设广义表 $L=((a,b,c))$，则 L 的长度和深度分别为(　　)。
   A. 1 和 1　　　　B. 1 和 3　　　　C. 1 和 2　　　　D. 2 和 3

二、基本知识题

1. 利用三元组存储任意稀疏数组时，在什么条件下才能节省存储空间？
2. 特殊矩阵和稀疏矩阵哪一种压缩存储后失去随机存取的功能？为什么？
3. 数组、广义表与线性表之间有什么样的关系？

4. 什么是广义表？请简述广义表和线性表的主要区别。

三 、算法设计题

1. 试编写算法，以一维数组作为存储结构，实现线性表的就地逆置，即在原表的存储空间内将线性表$(a_0, a_1, \cdots, a_{n-1})$逆置为$(a_{n-1}, \cdots, a_1, a_0)$。

2. 编写一个算法，计算一个三元组表表示的稀疏矩阵的对角线元素之和。

3. 写一个在十字链表中删除非零元素a_{ij}的算法。

第6章　树

本章导读

　　树状结构简称为树(Tree)，是一种以分支关系进行定义的层次结构，是十分重要的非线性数据结构，在计算机软件设计方面，有着广泛的应用。在这一章里，先介绍树和二叉树的基本概念、表示方法，以及遍历等有关操作，然后介绍线索二叉树、二叉排序树和平衡树等特殊的二叉树，最后以等价类和哈夫曼树为例讨论树的应用问题。

本章主要知识点

- ➢ 树的基本概念
- ➢ 二叉树及二叉树的存储结构
- ➢ 二叉树的遍历
- ➢ 树和森林
- ➢ 二叉排序树
- ➢ 平衡树
- ➢ 等价类
- ➢ 哈夫曼树

6.1　树的定义和基本术语

　　在现实生活中，很多分层次的关系都可以表示成树的形式。例如，人类的家族关系、动植物的分类、一些行政隶属关系等，都可以按照层次表示成树。树的定义如下：

　　树是 n 个节点的有限集合 T，在一棵树中($n>0$)有且仅有一个称为根的节点；其余节点可分为 m 个($m \geq 0$)互不相交的集合 T_1，T_2，…，T_m，其中，每一个集合本身又是一棵树，并称为根的子树。

　　这是一种递归形式的定义，即在定义中又用到树这个概念本身，树的这种定义为树的递归处理带来了很大的方便，树是一种递归数据结构，树的各个节点有不同层次的关系，这种关系通常用图形表示，但与自然界的树木相反，习惯上将整棵树的根画在最上层。图 6.1 是一棵有 13 个节点的树，其中节点 A 是整个树的根，它有 3 棵子树 T_1={B, E, F, K, L}，T_2={C, G}和 T_3={D, H, I, J, M}。T_1、T_2 和 T_3 本身又都是树，它们互不相交，且处于平等的地位。对于子树 T_1，其根节点为 B，它又有两棵子树 T_{11}={E, K, L}和 T_{12}={F}。在 T_{11} 中 E 又是根节点，它的子树为{K}和{L}。子树 T_{12} 和{K}、{L}本身也仍然都是子树，不过这 3 棵树只有一个节点——根节点，而不再有其子树。T_2 和 T_3 的根节点和它们的子树均在图中画出了，与 T_1

类似，可看出各节点间的层次关系。

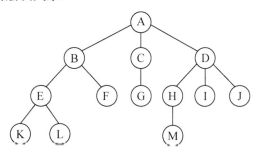

图 6.1　树的表示法

需注意，按树的定义，有限集合 T_1，T_2，…，T_m 应该"互不相交"，即任意两个集合不能有相重的节点。如果同一节点的子树间有相重的节点，就不能称为树了。

下面介绍树结构中常用的术语。

节点的度：树中每个节点具有的子树数或者后继节点数称为该节点的度(Degree)。如图 6.1 所示节点 A 的度数为 3，节点 B 的度数为 2，节点 C 的度数为 1，节点 F 的度数为 0等。度数为 0 的节点，即没有子树的节点称为终端节点或叶子节点，图中 K、L、F、G、M、I 和 J 都是叶子节点。一棵树中各个节点度数的最大值称为这个树的度。图 6.1 中的树以节点 A 和节点 D 的度数最大，都等于 3，故该树的度数为 3。

儿子节点和父亲节点：一个节点的子树的根或者后继节点称为该节点的儿子节点，反之，该节点则称为其后继节点的父亲节点。例如，图 6.1 中节点 B、C 和 D 都是节点 A 的儿子节点，节点 A 则是它们的父亲节点。实际上，一个节点的度数也就是它的儿子节点的数目。

兄弟节点：同一个节点的儿子节点之间互称为兄弟节点。例如，图 6.1 中节点 B、C 和 D 互为兄弟节点，节点 H、I、J 之间互为兄弟节点等。

子孙节点和祖先节点：一个节点的子树中所有节点均称为该节点的子孙节点。例如，节点 B 的子孙节点有 E、F、K 和 L 节点，节点 D 的子孙节点有 H、I、J 和 M 节点。显然，除整个树的根节点以外的所有节点都是根节点的子孙节点。图 6.1 中节点 A 共有 12 个子孙节点。反之，从根节点到达一个节点的路径上的所有节点，都称为该节点的祖先节点。例如，图中从 A 到 M 的路径上有 A、D、H 3 个节点，故这 3 个节点都是 M 节点的祖先节点。

上述的父子节点、兄弟节点、子孙节点、祖先节点等都是仿照人的家族关系来定义的，但所谓的祖先节点和子孙节点并不考虑"旁系"的节点。例如，图 6.1 中对 E 和 F 节点来说，C 节点是它们父节点 B 的兄弟节点，按说也是它们的前辈了，但在此 C 节点不作为 E 和 F 节点的祖先看待。同理，E、F 节点也不算做 C 节点的子孙节点。

树的深度：树是一种层次结构，树中节点的层次(Level)是从根节点算起的。根节点为第 1层，其儿子节点为第 2 层。其余各节点的层数逐层由上而下计算。若某节点在第 K 层，则其儿子节点在第(K+1)层。由此可知某节点的祖先数等于它的层数减 1。例如，图 6.1 中节点 M 在第 4 层，它有 3 个祖先，又如节点 B 在第 2 层，它只有 1 个祖先，根节点在第 1 层，它没有祖先。一棵树中节点的最大层数称为此树的深度或高度。图 6.1 中的树，其深度等于 4。

森林：n 个树的集合称为森林(Forest)。若一棵树原有 n 个子树，将其根节点去掉，那么，这 n 个子树就成为森林。如图 6.1 中所示的树，将根节点 A 去掉就变成有 3 棵树的森林。

树状结构的逻辑特征可用树中节点之间的父子关系来描述：树中任一节点都可以有 0 个

或多个直接后继节点(即儿子节点),但至多只能有一个直接前趋节点(即父亲节点)。树中只有根节点无前趋,则是开始节点;叶节点无后继,则是终端节点。显然,树中节点之间的关系是非线性的,树状结构是非线性结构。

6.2 二 叉 树

二叉树(Binary tree)是树状结构的一种最常见的类型,许多实际问题抽象出来的数据结构往往是二叉树的形式。二叉树的存储结构及其算法都较为简单,并且一般的树也能简单地转换为二叉树,因此,二叉树显得特别重要。

6.2.1 二叉树的基本概念

二叉树(Binary Tree)是个有限元素的集合,该集合或者为空、或者由一个称为根(Root)的元素及两个不相交的、被分别称为左子树和右子树的二叉树组成。当集合为空时,称该二叉树为空二叉树。在二叉树中,一个元素也称为一个节点。

二叉树是有序的,即若将其左、右子树颠倒,就成为另一棵不同的二叉树。即使树中节点只有一棵子树,也要区分它是左子树还是右子树。二叉树具有 5 种基本形态,如图 6.2 所示。

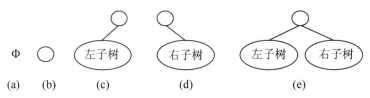

Φ

(a)　　(b)　　(c)　　　　(d)　　　　　(e)

图 6.2　二叉树的 5 种基本形态

请注意,树和二叉树定义之间的差别。首先,没有空树,却可以有空二叉树。其次,一般来说,树的子树之间是无序的,其子树不分次序,而二叉树中节点的子树要区分左、右子树,即使在一棵子树的情况下也要指明是左子树还是右子树。最后,树中节点的度可以大于 2,但二叉树的每个节点最多只有两棵子树。除此之外,6.1 节中引入的关于树的术语对二叉树同样适用。一棵二叉树的例子如图 6.3 所示。

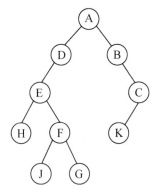

图 6.3　一棵二叉树的例子

在一棵二叉树中，如果所有分支节点都存在左子树和右子树，并且所有叶子节点都在同一层上，这样的一棵二叉树称为满二叉树。如图 6.4 所示，其中图 6.4(a)是一棵满二叉树，图 6.4(b)则不是满二叉树，虽然其所有节点要么是含有左右子树的分支节点，要么是叶子节点，但由于其叶子未在同一层上，故不是满二叉树。

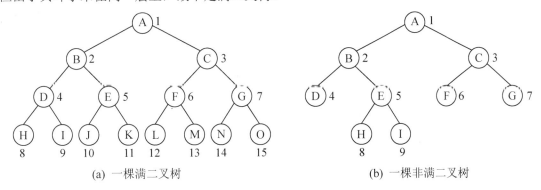

(a) 一棵满二叉树   (b) 一棵非满二叉树

图 6.4　满二叉树和非满二叉树示意图

一棵深度为 k 的有 n 个节点的二叉树，对树中的节点按从上至下、从左到右的顺序进行编号，如果编号为 $i(1 \leq i \leq n)$ 的节点与满二叉树中编号为 i 的节点在二叉树中的位置相同，则这棵二叉树称为完全二叉树。完全二叉树的特点是，叶子节点只能出现在最下层和次下层，且最下层的叶子节点集中在树的左部。显然，一棵满二叉树必定是一棵完全二叉树，而完全二叉树未必是满二叉树。如图 6.5 所示，图 6.5(a)为一棵完全二叉树，图 6.5(b)和图 6.4(b)都不是完全二叉树。

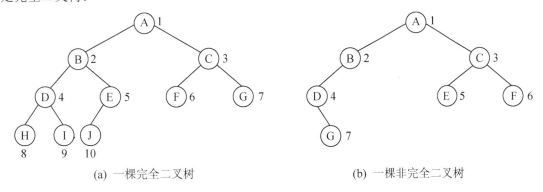

(a) 一棵完全二叉树   (b) 一棵非完全二叉树

图 6.5　完全二叉树和非完全二叉树示意图

6.2.2　二叉树的主要性质

性质 1　一棵非空二叉树的第 i 层上最多有 2^{i-1} 个节点($i \geq 1$)。

该性质可由数学归纳法证明。证明略。

性质 2　一棵深度为 k 的二叉树中，最多具有 2^k-1 个节点($k \geq 1$)。

证明　设第 i 层的节点数为 $x_i(1 \leq i \leq k)$，深度为 k 的二叉树的节点数为 M，x_i 最多为 2^{i-1}，则有

$$M = \sum_{i=1}^{k} x_i \leq \sum_{i=1}^{k} 2^{i-1} = 2^k - 1$$

性质 3 对于一棵非空的二叉树，如果叶子节点数为 n_0，度为 2 的节点数为 n_2，则有

$$n_0=n_2+1$$

证明 设 n 为二叉树的节点总数，$n1$ 为二叉树中度为 1 的节点数，则有

$$n=n_0+n_1+n_2 \qquad (6\text{-}1)$$

在二叉树中，除根节点外，其余节点都有唯一的一个进入分支。设 B 为二叉树中的分支数，那么有

$$B=n-1 \qquad (6\text{-}2)$$

这些分支是由度为 1 和度为 2 的节点发出的，一个度为 1 的节点发出一个分支，一个度为 2 的节点发出两个分支，所以有

$$B=n_1+2n_2 \qquad (6\text{-}3)$$

综合式(6-1)、式(6-2)、式(6-3)可以得到

$$n_0=n_2+1$$

性质 4 具有 n 个节点的完全二叉树的深度 k 为 $[\log_2 n]+1$。

证明 根据完全二叉树的定义和性质 2 可知，当一棵完全二叉树的深度为 k、节点个数为 n 时，有

$$2^{k-1}-1<n\leqslant 2^k-1$$

即

$$2^{k-1}\leqslant n<2^k$$

对不等式取对数，有

$$k-1\leqslant \log_2 n<k$$

由于 k 是整数，所以有 $k=[\log_2 n]+1$。

性质 5 对于具有 n 个节点的完全二叉树，如果按照从上至下和从左到右的顺序对二叉树中的所有节点从 1 开始顺序编号，则对于任意的序号为 i 的节点，有：

(1) 如果 $i>1$，则序号为 i 的节点的双亲节点的序号为 $i/2$("/"表示整除)；如果 $i=1$，则序号为 i 的节点是根节点，无双亲节点。

(2) 如果 $2i\leqslant n$，则序号为 i 的节点的左孩子节点的序号为 $2i$；如果 $2i>n$，则序号为 i 的节点无左孩子。

(3) 如果 $2i+1\leqslant n$，则序号为 i 的节点的右孩子节点的序号为 $2i+1$；如果 $2i+1>n$，则序号为 i 的节点无右孩子。

此外，若对二叉树的根节点从 0 开始编号，则相应的 i 号节点的双亲节点的编号为 $(i-1)/2$，左孩子的编号为 $2i+1$，右孩子的编号为 $2i+2$。

此性质可采用数学归纳法证明。证明略。

6.2.3 二叉树的存储结构

二叉树通常有两种存储结构：顺序存储结构和链式存储结构。

1. 二叉树的顺序存储结构

所谓二叉树的顺序存储，就是用一组连续的存储单元存放二叉树中的节点。一般是按照二叉树节点从上至下、从左到右的顺序存储。这样节点在存储位置上的前驱后继关系并不一定就是它们在逻辑上的邻接关系，然而只有通过一些方法确定某节点在逻辑上的前驱节点和后继节点，这种存储才有意义。因此，依据二叉树的性质，完全二叉树和满二叉树采用顺序

存储比较合适，树中节点的序号可以唯一地反映出节点之间的逻辑关系，这样既能够最大可能地节省存储空间，又可以利用数组元素的下标值确定节点在二叉树中的位置，以及节点之间的关系。图 6.7(a)给出了如图 6.6 所示的完全二叉树的顺序存储示意。

对于一般的二叉树，如果仍按从上至下和从左到右的顺序将树中的节点顺序存储在一维数组中，则数组元素下标之间的关系不能够反映二叉树中节点之间的逻辑关系，只有增添一些并不存在的空节点，使之成为一棵完全二叉树的形式，然后再用一维数组顺序存储。如图 6.8 所示给出了一棵一般二叉树改造后的完全二叉树形态和其顺序存储状态示意图。显然，这种存储对于需增加许多空节点才能将一棵二叉树改造成为一棵完全二叉树的存储时，会造成空间的大量浪费，不宜用顺序存储结构。最坏的情况是右单支树，如图 6.8 所示，一棵深度为 k 的右单支树，只有 k 个节点，却需分配 2^k-1 个存储单元。

图 6.6　完全二叉树的顺序存储示意图

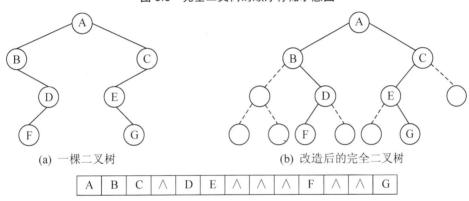

图 6.7　一般二叉树及其顺序存储示意图

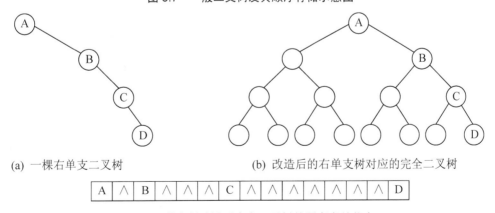

图 6.8　右单支二叉树及其顺序存储示意图

二叉树的顺序存储表示可描述为

```
#define MAXNODE                        /*二叉树的最大节点数*/
typedef char SqBiTree[MAXNODE]         /*0 号单元存放根节点*/
SqBiTree bt;
```

即将 bt 定义为含有 MAXNODE 个 char 类型元素的一维数组。

2. 二叉树的链式存储结构

对于这种非完全二叉树，采用链式存储结构更合适。所谓二叉树的链式存储结构是指用链表来表示一棵二叉树，即用链来指示着元素的逻辑关系。

链表中每个节点由 3 个域组成，除了数据域外，还有两个指针域，分别用来给出该节点左孩子和右孩子所在的链节点的存储地址。节点的存储结构为

lchild	data	rchild

其中，data 域存放某节点的数据信息；lchild 与 rchild 分别存放指向左孩子和右孩子的指针，当左孩子或右孩子不存在时，相应指针域值为空(用符号∧或 NULL 表示)。

图 6.9 给出了如图 6.4(b)所示的一棵二叉树的二叉链表示。二叉链表也可以带头节点的方式存放，如图 6.10 所示。

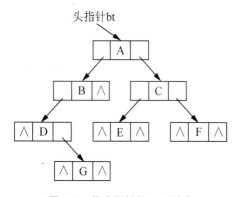

图 6.9　带头指针的二叉链表

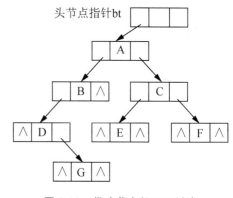

图 6.10　带头节点的二叉链表

二叉树的二叉链表存储表示可描述为

```
typedef struct BiTNode
    {
    char data;
    struct BiTNode *lchild;*rchild;     /*左右孩子指针*/
    }BiTNode,*BiTree;
```

即将 BiTree 定义为指向二叉链表节点结构的指针类型。

6.3　二叉树的遍历

6.3.1　二叉树的递归遍历

前面曾介绍过对于线性表的遍历，就是按一定的顺序访问线性表的各个节点。对于二叉树来说，在许多应用中也需要依次访问二叉树的节点，即遍历二叉树。例如，要打印节点的数据、修改节点的数据或将节点的数据同某一已给定数据进行比较等。所谓二叉树的遍历

(Traversal)是指按一定的规律访问二叉树的每个节点，且每个节点只被访问一次的过程。遍历是二叉树最重要的一种运算，它是二叉树上进行其他运算的基础。

遍历一个线性表中的节点是十分容易的操作，只需从开始节点出发，依次访问当前节点的后继节点，直至终端节点为止。线性结构里前趋和后继节点的惟一性决定了遍历路线只有一条。而二叉树是非线性结构，二叉树中每个节点可能有两个后继节点，这将导致存在多条遍历路线，因此二叉树确定其遍历的规律要复杂得多。对二叉树的遍历过程实际上是将非线性结构的二叉树中的节点排列成一个线性序列的过程。对于用顺序法表示的二叉树，各节点在数组中的编号很有规律，其遍历较容易进行，但对于用链式存储结构表示的二叉树，进行遍历就复杂一些，故本节仅讨论链式存储形式的二叉树遍历过程。

从二叉树的递归定义可知，一个非空的二叉树由根节点及左、右子树这 3 个基本部分组成，因此若能依次遍历这 3 部分，便是遍历了整个二叉树。在任一给定节点上，可以按某种次序执行 3 个操作：访问节点本身，遍历该节点的左子树，遍历该节点的右子树，显然这 3 种操作共有 6 种排列次序：① 左、根、右；　② 右、根、左；　③ 根、左、右；　④ 根、右、左；　⑤ 左、右、根；　⑥ 右、左、根。

由于实际问题一般都是要求左子树较右子树先遍历，故只采用其中①、③、⑤ 3 种遍历次序，分别称为中序遍历、先序遍历和后序遍历。

下面给出这 3 种遍历次序的定义。我们已经知道，二叉树的定义是以递归的形式给出的，所以这 3 种遍历次序也是以递归的形式定义。

(1) 中序(Inorder)遍历。若遍历的二叉树为空，则执行空操作；否则依次执行下列操作：

① 中序遍历左子树；

② 访问根节点；

③ 中序遍历右子树。

(2) 先序(Preorder)遍历。若遍历的二叉树为空，则执行空操作；否则依次执行下列操作：

① 访问根节点；

② 先序遍历左子树；

③ 先序遍历右子树。

(3) 后序(Postorder)遍历。若遍历的二叉树为空，则执行空操作；否则依次执行下列操作：

① 后序遍历左子树；

② 后序遍历右子树；

③ 访问根节点。

以如图 6.11 所示的二叉树为例，说明进行这 3 种次序的遍历时节点的访问次序。

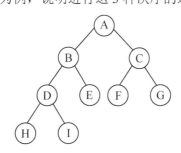

图 6.11　二叉树遍历

此树的根节点为 A，它的左、右子树分别为 $T_1 = \{B, D, H, I, E\}$ 和 $T_2 = \{C, F, G\}$。T_1 的根节点为 B，它又有 $T_{11} = \{D, H, I\}$ 和 $T_{12} = \{E\}$ 两个子树。T_2 的根节点为 C，它的左、右子树均只有一个节点，分别为 F 和 G。与此类似，T_{11} 的根节点为 D，它的左、右子树也均是只有一个节点，分别为 H 和 I。

中序遍历是按左子树 T_1—根节点—右子树 T_2 的次序进行的；遍历左子树 T_1 也须按中序，即按 T_{11}—B—T_{12} 的次序进行；T_{11} 又按中序 H—D—I 的次序遍历，T_{12} 只有一个节点 E；同理，T_2 是按 F—C—G 的次序遍历。因此，对该树进行中序遍历时，遍历各节点的顺序为

H, D, I, B, E, A, F, C, G。

若是先序遍历，则是按根节点 A—左子树 T_1—右子树 T_2 的次序进行；T_1 和 T_2 也都分别按先序遍历，遍历各节点的顺序为

A, B, D, H, I, E, C, F, G。

依此类推，后序遍历的节点顺序为

H, I, D, E, B, F, G, C, A。

中序递归遍历算法执行步骤描述：

(1) 判断当前指针是否为空；

(2) 如果非空，则继续沿左子树进行中序递归遍历；

(3) 输出当前子树的根节点值；

(4) 沿右子树进行中序递归遍历。

算法实现源程序如下。

算法 6.1　二叉树进行中序递归遍历。

```
/*参数说明：
t 指向将要中序遍历二叉树根节点的指针*/
void Inorder(BiTree bt)
{
        //(1)判断当前指针是否为空
    if (bt!=NULL)
    {
        //(2)如果非空，则继续沿左子树进行中序递归遍历
        Inorder(bt->lchild);
        //(3)输出当前子树的根节点值
        printf("%d",bt->data);
        //(4)沿右子树进行中序递归遍历
        Inorder(bt->rchild);
    }
}
```

遍历算法中的递归终止条件是二叉树为空。采用递归形式的遍历算法，其优点是简单、易读，也不容易出错误，缺点是将算法转换成具体程序时，运算速度略慢一些。

6.3.2　二叉树的非递归遍历

如果所用的程序设计语言不支持递归，或者是希望较高的运算速度，可利用堆栈将上述的递归算法改写成非递归的形式。下面以先序遍历为例，具体说明如何利用堆栈实现二叉树的非递归遍历。

如图 6.12 所示为二叉树上的任一节点 X，以及它的左子树 X_L 和右子树 X_R。假设 t 是指向节点 X 的指针。

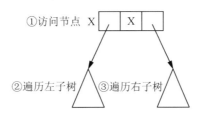

图 6.12　先序遍历的分析

由先序遍历的定义可知，当遍历到节点 X 时，需顺序完成 3 项工作：①访问(子树的根)节点 X；②遍历左子树 X_L；③遍历右子树 X_R。其中第 1 步与第 2 步之间的连接没有问题，因为访问完节点 X 后，根据其左指针域的指针即可遍历其左子树。但是第 2 步与第 3 步之间如何连接需要考虑。为了访问 X 节点的右子树 X_R，必须知道 X_R 的根指针，即节点 X 的右指针 t→rchild，可是 X 的左子树 X_L 上并没有这个指针。因此在第 2 步之前，即访问其左子树之前，应将右指针 t→rchild 保存起来，并当访问 X 的左子树后，"取出"该指针，以便访问 X 的右子树。对于先序遍历来说，访问完 X 的右子树后，也就完成了对以 X 为根的整个子树的遍历，可以直接退回到 X 的父节点。

根据以上分析，先序遍历的非递归算法须引入堆栈以保存每个节点的右指针。

值得注意的是，在执行沿 X 的左指针遍历其左子树 X_L 的过程中，X_L 上一些节点的右指针也须逐步进栈保存。但当 X_L 的遍历结束时，这些指针都已退栈；此时的栈顶元素恰好是 X 的右指针。

另一点需要考虑的是，对二叉树上任一节点 X 的任何操作都必须借助于指向它的指针才能进行，而这一指针存在于 X 的父节点的某个指针域中。唯一的例外是根节点，指向它的指针是根指针。为了统一处理这两种情况，可在算法的初始化中先将根指针进栈，而在循环体的开头做取栈顶操作。这样，第一次从栈中取出的正是根指针；而以后栈中存储(并取出)的是各个节点的右指针。

图 6.13　二叉树

对于图 6.13 所示的二叉树，用该算法进行遍历过程中，栈 stack 和当前指针 s 的变化情况以及树中各节点的访问次序如表 6-1 所示，栈 stack 和 s 中所放内容为所示节点的地址。

表 6-1　二叉树先序非递归遍历过程

步　骤	指　针　s	栈 stack 内容	访问节点值
初态		A	
1	A	C	A
2	B	C,∧	B
3	D	C,∧,G	D
4	∧	C,∧,G	
5	G	C,∧,∧	G
6	∧	C,∧,∧	

步　骤	指　针 s	栈 stack 内容	访问节点值
7	∧	C,∧	
8	∧	C	
9	C	F	C
10	E	F,∧	E
11	∧	F,∧	
12	∧	F	
13	F	∧	F
14	∧	∧	
15	∧	空	

先序遍历的非递归算法执行步骤描述：

(1) 将根指针进栈；

(2) 当栈为空时遍历结束，否则弹出栈顶元素进行遍历；

　　(2.1) 弹出栈顶元素到 s 中；

　　(2.2) 当前指针 s 不为空时，沿左支进行遍历；

　　　　(2.2.1) 输出当前节点元素值

　　　　(2.2.2) 当前指针所指节点的右指针进栈

　　　　(2.2.3) 沿当前指针 s 所指节点左子树遍历

算法实现源程序如下。

算法 6.2　二叉树进行先序非递归遍历

```
/*参数说明:
t 指向将要先序非递归遍历二叉树根节点的指针*/
void NRPreorder (BiTree t)
{
    BiTree s;                    //定义指针 s 指向当前访问节点
    BiTree stack[MAXNODE];       //定义栈
    int top=-1;                  //初始化栈顶指针
    //(1)将根指针进栈
    stack[++top]=t;
    //(2)当栈为空时遍历结束,否则弹出栈顶元素进行遍历
    while (top!=-1)
    {
        //(2.1)弹出栈顶元素到 s 中
        s=stack[top--];
        //(2.2)当前指针 s 不为空时,沿左支进行遍历
        while(s!=NULL)
        {
            //(2.2.1)输出当前节点元素值
            printf(" %d ",s->data);
            //(2.2.2)当前指针所指节点的右指针进栈
            stack[++top]=s->right;
            //(2.2.3)沿当前指针 s 所指节点左子树遍历
            s=s->left;
```

```
        }
    }
}
```

在上述算法中，内循环条件"s!=NULL"统一处理了 3 种不同的情况。第 1 种情况：第 1 次执行内循环语句时，s 的值为根指针。此时"s!=NULL"意味着二叉树非空，接下去的操作是执行内循环体：访问根节点、根节点的右指针进栈保存、修改 s 为根节点的左指针。第 2 种情况：s 的值由内循环中的最后一个语句所赋值。这时 s 指向某节点的左儿子节点。若 s!=NULL 成立，接下去是执行循环体遍历左子树。第 3 种情况是当退出内循环时，由外循环中的读栈顶元素语句读出一个节点的右指针送入 s，接下去执行的内循坏语句实际上是遍历右子树。

6.4 树和森林

6.4.1 树、森林与二叉树的转换

如果树和森林能够用二叉树表示，那么前面对二叉树的讨论成果便可应用于一般树和森林。事实上，森林(或树)和二叉树之间有着一种自然的对应关系，可以容易地将任何森林惟一地表示成一棵二叉树。

具体方法如下：

(1) 将森林中的各树的根用线连起来；

(2) 在树中将所有兄弟节点之间加一连线；

(3) 对每个节点，除了保留与其左儿子节点的连线外，去掉该节点与其他儿子节点的连线。

(4) 以根为轴，平面向下顺时针方向旋转一定的角度。旋转只是使得转化后的二叉树看起来比较直观、规整。

使用上述转换方法，图 6.14 所示的森林就变换为一棵二叉树。

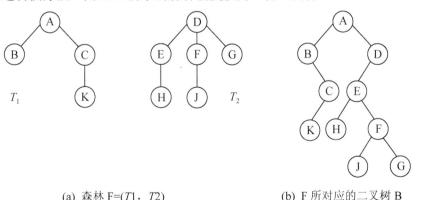

(a) 森林 F=($T1$，$T2$)　　　　　　　(b) F 所对应的二叉树 B

图 6.14　森林与二叉树的转换

在树所对应的二叉树中，一个节点的左孩子是它在原树中的第 1 个孩子，而右孩子则是它在原树中的位于其右侧的兄弟。单独一棵树所对应的二叉树的根节点的右子树总是空的，参看图 6.14(a)中 T_1 或 T_2 所分别对应的那部分树状。

6.4.2 树和森林的存储表示

由于树是非线性数据结构，大多采用链接方式存储它们。如果树结构的大小和形状改变不大时，也可采取顺序方式存储。树和森林有多种存储方法，这里仅介绍 4 种主要的存储方法。

1. 多重链表表示法

在计算机内表示一棵树的最直接的方法是多重链表表示法，即每个节点中包含多个指针域，存放每个孩子节点的地址。由于一棵树中每个节点的子树数不尽相同，每个节点的指针域数应设定为树的度数 m，即树中孩子数最多的节点的度。因而，每个节点的结构如下：

Element	Child$_1$	Child$_2$	$\cdots$	Child$_m$

采用这种有多个指针域且节点长度固定的链表称为多重链表。设度为 m 的树中有 n 个节点，每个节点有 m 个指针，总共有 $n \times m$ 个指针域，其中，只有 $n-1$ 个非空指针域，其余 $n \times m-(n-1)=n(m-1)+1$ 个指针域均为空。可见这样的存储空间是不经济的，但这种方法的好处是实现运算容易。

2. 孩子兄弟表示法

孩子兄弟表示法实质上就是树所对应的二叉树的二叉链表表示法。这种方法的每个节点的结构为

LeftChild	Element	RightSibling

图 6.15 给出了这种表示法的一个例子。由图 6.15 可见，这种表示法本质上等同于将森林转换成二叉树后以二叉链表方式存储。

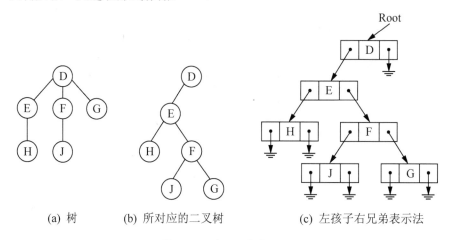

(a) 树　　　　(b) 所对应的二叉树　　　　(c) 左孩子右兄弟表示法

图 6.15　孩子兄弟表示法

3. 父指针表示法

多重链表表示法和孩子兄弟表示法都能方便地从父节点查找孩子节点，但在有些应用场合则要求从孩子节点能方便地得知父节点的地址，这时可采用父指针表示法。父指针表示法的每个节点有两个域：Element 和 Parent。Parent 域是指向该节点的父节点的指针，根节点无

父指针。如图 6.16(b)、(c)所示是图 6.16(a)的树的父指针表示法的两种存储方式。在图 6.16(c)中，使用一个连续的存储区(比如使用 C 语言数组)存储树，下标代表节点地址，根节点的 Parent 值为－1，其他节点的 Parent 值是其父节点的下标，其中，节点是按自上而下、自左至右的次序存储的。

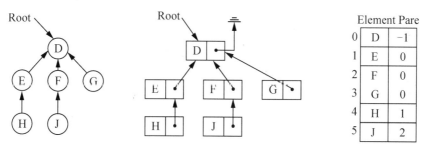

(a) 父指针表示法示意图　　　　(b) 父指针表示法(链接存储)　　(c) 父指针表示法(顺序存储)

图 6.16　父指针表示法

由于树中每一个节点的父指针是惟一的，所以父指针表示法可以惟一地表示任何一棵树。父指针表示法对于求节点的根的运算非常方便。合并两棵树的操作也非常简单，只需要将一棵树的树根表示为另一棵树的子节点，也就是设置父指针值即可。父指针表示求节点的子节点和兄弟节点就比较麻烦，需要查询整个结构。父指针表示法适合于无序树的情况，而且只适合于查询节点的根和合并树等操作，其主要优点是节省存储空间而且操作便捷。

4. 三重链表表示法

为了既能方便地从父节点查找孩子，又能方便地从孩子查找父节点，可以将父节点表示法和孩子兄弟表示法结合起来，这就是三重链表表示法。这种方法中，每个节点有 3 个链域，形成三重链表，每个节点的结构为

LeftChild	Element	RightSibling	Parent

6.4.3　树和森林的遍历

树和森林的遍历可以按深度方向进行，也可以按宽度方向进行。

1. 按深度方向的遍历

既然森林和二叉树有着一一对应的关系，那么二叉树的 3 种遍历次序也能对应到相应森林的 3 种遍历次序，即先序、中序和后序。

(1) 先序遍历算法：若森林为空，则遍历结束；

否则：

访问第 1 棵树的根；

按先序遍历第 1 棵树的根节点的子树组成的森林；

按先序遍历除第 1 棵树外其余树组成的森林。

(2) 中序遍历算法：若森林为空，则遍历结束；

否则：

按中序遍历第 1 棵树的根节点的子树组成的森林；

访问第 1 棵树的根；

按中序遍历除第 1 棵树外其余树组成的森林。

(3) 后序遍历算法：若森林为空，则遍历结束；

否则：

按后序遍历第 1 棵树的根节点的子树组成的森林；

按后序遍历除第 1 棵树外其余树组成的森林；

访问第 1 棵树的根。

由森林和二叉树的转换方法可知，森林中的第 1 棵树的根即二叉树的根，第 1 棵树的子树组成的森林对应于二叉树的左子树，而除第 1 棵树外其余树组成的森林是二叉树的右子树，所以，对森林的先序遍历、中序遍历和后序遍历的结果应与对应二叉树的先序、中序和后序遍历的结果完全相同。例如，对图 6.14(a)的森林的先序遍历的结果是 ABCKDEHFJG，它等同于对图 6.14(b)的二叉树的先序遍历。但是，对森林的后序遍历在逻辑上不很自然，因为在这种遍历方式下，对森林中的某一棵树的节点的遍历被割裂成两部分，对树根的访问被推迟到对其余树上节点都访问完毕后才进行，所以不常用。

2. 按宽度方向遍历

二叉树可以按层次遍历，一般树和森林也可按层次遍历。具体做法：首先访问处于第 1 层的全部节点，然后访问处于第 3 层的节点，再访问第 3 层，……，最后访问最下层的节点。对如图 6.14(a)所示的森林按宽度方向的遍历结果是 ADBCEFGKHJ。显然对森林的层次遍历与对应二叉树的层次遍历之间没有逻辑的对应关系。

6.5　线索二叉树

当用链式存储结构表示二叉树时，由于每个节点中只有指向其左、右儿子节点的指针域，所以从任一节点出发只能直接找到该节点的左、右儿子节点，而一般情况下无法直接找到该节点在某种遍历序列中的前趋和后继节点。但是在一个 n 个节点的链式存储二叉树中，有 $n+1$ 个指针域是空指针域(NULL)。因为 n 个节点一共有 $2n$ 个指针域，除根节点外，每个节点有且仅有一个指向它的指针，于是共有 $n-1$ 个非空指针，即只有 $n-1$ 个指针域被有效使用。因此，可以把每个空指针域用于存放分别指向某种遍历次序的前趋节点和后继节点的指针。这样，在遍历这种二叉树时，可由此信息直接找到某遍历次序下的前趋节点和后继节点，从而加快遍历速度，这显然比递归遍历要快得多。这种在节点的空指针域中存放的该节点在某遍历次序下的前趋节点和后继节点的指针称做线索。我们规定，把某节点原来空的左指针域用于存放指向其前趋节点的指针，也称为左线索；把原来空的右指针域用于存放指向其后继节点的指针，也称做右线索。对一个二叉树中的所有节点的空指针域按照某种遍历次序加线索的过程称做线索化，被线索化了的二叉树称做线索二叉树。

在一个线索二叉树中，虽然增加的线索是利用原来空闲的指针域，比较节省存储空间，但必须设法将线索与指向节点左、右儿子节点的指针加以区别。例如，可给每个节点增加两个标志域，即左线索标志域，用 ltag 表示，右线索标志域，用 rtag 表示。ltag 和 rtag 只需取两种值，以区别其对应的指针是线索还是指向其儿子的指针，假定取 0、1 两种值，并定义如下：

$$ltag = \begin{cases} 0 & \text{left域是指向其左儿子节点的指针} \\ 1 & \text{left域是指向其前驱节点的左线索} \end{cases}$$

$$rtag = \begin{cases} 0 & \text{right域是指向其右儿子节点的指针} \\ 1 & \text{right域是指向其后继节点的右线索} \end{cases}$$

增加线索标志域后的节点结构为

left	ltag	data	rtag	right

这种节点类型和相应节点的指针类型定义如下：

```
typedef struct {
    elemtype data;                  /*实际使用时，可以用相应的类型替代elemtype*/
    struct BiThrNode *lchild, *rchild;
    int ltag,rtag;                  /*ltag 和 rtag 只能取值为 0 或 1*/
}BiThrNode,*BiThrTree;
```

同一个树采用不同的遍历次序时各节点间的前趋、后继关系是不同的。例如，对于如图 6.11 所示二叉树中的节点 E 来说，中序遍历时其前趋节点为 B，后继节点为 A；先序遍历时前趋为 I，后继为 C；而后序遍历时其前趋和后继又分别是 D 和 B。针对 3 种遍历次序不同的线索树，本节仅以中序遍历线索树来讨论。与图 6.11 所示二叉树对应的中序线索树如图 6.17 所示。图中的虚线箭头即为新加上的线索。

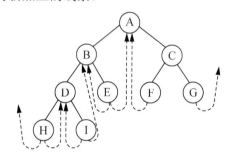

图 6.17　中序线索树

建立线索二叉树，或者说对二叉树线索化，实质上就是遍历一棵二叉树。在遍历过程中，访问节点的操作是检查当前节点的左、右指针域是否为空，如果为空，将它们改为指向前驱节点或后继节点的线索。为实现这一过程，设指针 pre 始终指向刚刚访问过的节点，即若指针 p 指向当前节点，则 pre 指向它的前驱，以便增设线索。

另外，在对一棵二叉树加线索时，必须首先申请一个头节点，建立头节点与二叉树的根节点的指向关系，对二叉树线索化后，还需建立最后一个节点与头节点之间的线索，二叉线索树可以看做是一个带头节点的双链表。

中序线索化二叉树算法执行步骤描述：

(1) 建立头节点；

(2) 二叉树如果为空，则头节点左指针回指；

(3) 否则，中序遍历进行中序线索化；

　　(3.1) 当左子不为空时，递归对左子树线索化。

　　　　(3.1.1) 如果当前节点左子为空，则左指针指向前驱且左线索标记域置 1；

(3.1.2) 如果前驱节点右子为空，则右指针指向后继且右线索标记域置 1；

(3.1.3) 修改前驱指针；

　(3.2) 当右子不为空时，递归对右子树线索化。

(4) 最后一个节点线索化。

算法实现源程序如下。

算法 6.3　中序线索化二叉树。

```
/*参数说明:
head 表示线索二叉树头指针(回传)，T 为二叉树根指针，pre 指向当前遍历节点的前驱指针(可修
改)*/
    int InOrderThr(BiThrTree &head, BiThrTree T, BiThrTree &pre)
    {
        //(1)建立头节点
        if(!(head =( BiThrTree)malloc(sizeof(BiThrNode))))
            return 0;
        head->ltag=0;
        head->rtag=1;
        head->rchild=head;//右指针回指
        //(2)二叉树如果为空，则头节点左指针回指
        if (!T)
            head->lchild=head;
        else
        {
            head->lchild=T;
            pre=head;
            //(3)中序遍历进行中序线索化
            InTreading(T,pre);
            //(4)最后一个节点线索化
            pre->rchild=head;
            pre->rtag=1;
            head->rchild=pre;
        }
        return 1;
    }
    /*
函数说明:中序遍历进行中序线索化
参数说明:
p 指向当前遍历节点，pre 指向当前遍历节点的前驱指针(可修改)
*/
    void InTreading(BiThrTree p, BiThrTree &pre)
    {
        if (p)
        {
            //(3.1)当左子不为空时，递归对左子树线索化
            InTreading(p->lchild,pre);
            //(3.1.1)如果当前节点左子为空，则左指针指向前驱且左线索标记域置1
            if(!p->lchild)
            {
                p->ltag=1;
                p->lchild=pre;
```

```
        }
        //(3.1.2)如果前驱节点右子为空，则右指针指向后继且右线索标记域置1
        if(!pre->rchild)
        {
            pre->rtag=1;
            pre->rchild=p;
        }
        //(3.1.3)修改前驱指针
        pre=p;
        //(3.2)当右子不为空时，递归对右子树线索化
        InTreading(p->rchild,pre);
    }
}
```

二叉树进行线索化后，就很容易找到某个节点的前趋节点和后继节点。以中序遍历线索树为例，按下述两条原则即可找到后继节点：

(1) 如果该节点的右标志为 1，那么其右指针域所指向的节点便是它的后继节点；

(2) 如果该节点的右标志为 0，表明该节点有右孩子，根据中序遍历的定义，它的前驱节点是以该节点的右孩子为根节点的子树的最左节点，即沿着其右子树的左指针链向下查找，当某节点的左标志为 1 时，它就是所要找的后继节点。

下面是中序线索二叉树求节点后继的函数。

算法 6.4 中序线索二叉树上寻找指针 p 所指节点的后继节点。

```
/*函数说明：返回指向后继节点的指针*/
BiThrTree InPostNode(BiThrTree p)
{
    BiThrTree post;
    post=p->rchild;
    if(p->rtag!=1)
        while(post->ltag==0)
            post=post->lchild;
    return(post);
}
```

找前趋节点的方法与此对应，相应的原则如下：

(1) 如果该节点的左标志为 1，那么其左指针域所指向的节点便是它的前驱节点；

(2) 如果该节点的左标志为 0，表明该节点有左孩子，根据中序遍历的定义，它的前驱节点是以该节点的左孩子为根节点的子树的最右节点，即沿着其左子树的右指针链向下查找，当某节点的右标志为 1 时，它就是所要找的前驱节点。

下面是中序线索二叉树求节点前驱的函数。

算法 6.5 中序线索二叉树上寻找指针 p 所指节点的前驱节点。

```
/*函数说明：返回指向前驱节点的指针*/
BiThrTree InPreNode(BiThrTree p)
{
    BiThrTree pre;
    pre=p->lchild;
    if(p->ltag!=1)
        while(pre->rtag==0)
```

```
            pre=pre->rchild;
    return(pre);
}
```

6.6　二叉排序树

1. 二叉排序树的定义

排序(Sort)是一种非常重要的运算。所谓排序，就是将一组杂乱无序的数据按一定的规律顺序排列起来。例如，把一批整数类型的数据按递增或递减的次序排列，或者一批字符串(如英语单词)按字典的顺序排列等。对于各种排序的算法，在第 8 章中还要详细讨论。

二叉排序树又称为二叉查找树。对一个二叉树若规定：任一节点如果有左子树，其左子树各节点的数据必须小于该节点的数据；任一节点如果有右子树，其右子树各节点的数据必须等于或大于该节点的数据，按这样规定构成的二叉树称做二叉排序树。如图 6.18 所示就是一个二叉排序树，其中任一节点的数据与左、右儿子节点数据之间的关系都符合上述的规定。

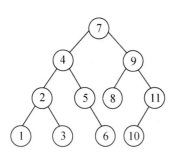

图 6.18　二叉排序树

从上面二叉排序树的定义可知，在一个二叉排序树中，其节点是按照左子树、根和右子树的次序而有序的，故对二叉排序树进行中序遍历所得到的节点序列是一个有序序列。现以整数类型的数据排列为例，设要求将一批正整数按递增的次序排列，若有相同的数据，则按先后次序列出。按二叉排序树要求可将这批正整数构成一个二叉排序树，每个参加排序的数据对应二叉树的一个节点，然后，对这种树进行一次中序遍历，按访问各节点的顺序输出所有节点的数据，这些数据就是按排序所要求的次序排列的。对如图 6.18 所示的二叉排序树二叉树进行一次中序遍历，依次序输出的节点数据为

$$1，2，3，4，5，6，7，8，9，10，11$$

显然，对这些数据进行了递增排序。

2. 二叉排序树的生成

设已知一组待排序的数据，若要构造出对应的一个二叉排序树，一般是采取从空树开始，陆续插入一系列节点的办法，逐步生成对应的二叉排序树。即首先以第 1 个数据构成根节点，以后对应每个数据插入一个节点，在插入过程中，原有的节点其位置均不再变动，只是将新数据节点作为一个端节点插入到合适的位置处，使树中任何节点的数据与其左、右子树节点数据之间的关系都符合对二叉排序树的要求。例如，若待排序的数据为一组正整数，分别为

$$10,15,20,5,10,30,9,7$$

首先以第 1 个数据"10"作为整个树的根节点，以后的数据均作为它的子孙节点，但如果数值小于 10 应置于根节点的左子树，否则置于它的右子树；第 2 个数据"15"与根节点数据相比，数值较根节点数值大，相应的节点应是根节点的右儿子节点；第 3 个数据"20"既较根节点数据值大，也较它的右儿子节点的数据值"15"大，故它是"15"节点的右儿子节点；数据"5"比较容易处理，因为它较根节点数值小，且根节点尚无左子树，故该节点作

为根节点的左儿子节点；再下一个数据"10"比根节点的数值大(相等也算作大)，但比根节点的右儿子节点数值"15"小，此节点作为数值"15"节点的左儿子节点；依次进行下去，到最后一个数据"7"，它比根节点数值小，比根节点左儿子节点数值"5"大，又比"5"的右儿子节点"9"数值小，故此节点应是"9"的左儿子节点。整个过程的各个步骤如图 6.19所示。

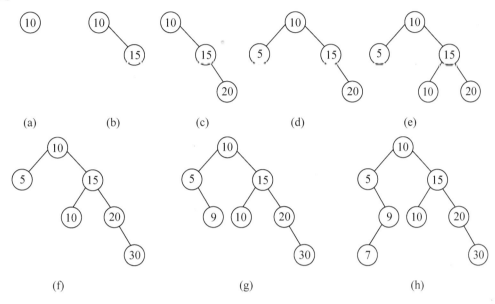

图 6.19　二叉排序树的生成过程

从图 6.19 中可以看出，在插入每一个新节点时，原有各节点之间的链接关系均不改变，只是将作为新节点父节点的一个空指针改成指向此新节点。除了第 1 个数据构成整个二叉排序树的根节点以外，以后的数据都是从根节点起，由上而下逐层与原有节点的数据相比较，若较原节点数值小，则进而与其左儿子节点的数值比，否则与其右儿子节点数据比，直至找到一个节点相应的指针是空指针了，即将新节点插入此处作为终端节点。

二叉排序树中插入一个节点的非递归算法执行步骤描述：

(1) 生成一个新的节点；

(2) 与根节点进行比较；

① 如果小于根节点，沿左链域比较；

② 否则沿右链域比较；

(3) 直至到终端，插入该节点。

算法实现源程序如下。

算法 6.6　二叉排序树中插入一个节点。

```
/*
参数说明：
t 指向根节点(可修改)，x 指要插入的节点的值
*/
void Insert(BiTree &t,int x)
{
    BiTree p,q;
    int i=0;
```

```
        q=(BiTree) malloc (sizeof(BiTNode));       //(1)生成一个新的节点
        q->data=x;
        q->rchild=q->lchild=NULL;
        if(t==NULL)                                 //如果是空树,插入到根
            t=q;
        else                                        //(2)与根节点进行比较
        {
            p=t;
            while (i==0)
            {
                if (p->data>x)                      //(2.1)如果小于根节点,沿左链域比较
                {
                    if (p->lchild!= NULL)
                        p=p->lchild;
                    else                            //(3)直至终端,插入该节点
                    {
                        p->lchild=q;
                        i=1;
                    }
                }
                else                                //(2.2)否则沿右链域比较
                {
                    if(p->rchild!= NULL)
                        p=p->rchild;
                    else                            //(3)直至终端,插入该节点
                    {
                        p->rchild=q;
                        i=1;
                    }
                }
            }
        }
}
```

利用此二叉排序树的插入算法,可以很容易得到生成一个具有 n 个节点的二叉排序树的算法。假设一组待排序的数据均为正整数,并以-1 为结束输入的标志,生成一个二叉排序树的函数如下。

算法 6.7 创建二叉排序树。

```
void Create(BiTree &t)
{
    int x;
    while(1)
    {
        scanf("%d",&x);                    /*读入一个整数*/
        if(x==-1)
            break;
        Insert(t,x);
    }
}
```

6.7 平 衡 树

我们知道对一棵二叉排序树进行查询/新增/删除等动作,所花的时间与树的高度 h 成比例,并不与树的容量 n 成比例。在二叉排序树中,如果插入元素的顺序接近有序,那么二叉排序树将退化为链表,从而导致二叉排序树的查找效率大为降低。如何令二叉排序树无论在什么情况下都能使它的形态最大限度地接近满二叉树以保证它的查找效率呢?前苏联科学家阿德尔森 维尔斯基和兰迪斯(Adelson Velskii and Landis)于 1962 年提出一种附加了一定限制条件的二叉树。这种二叉树在插入和删除操作中,可以通过一系列的旋转操作来保持平衡,所以称为平衡树(Balanced Tree),也称为 AVL 树。

二叉树中每一个节点的左子树高度减右子树高度称为该节点的平衡因子(Balance Factor)。所谓平衡树,它或者是一棵空树,或者是具有下列性质的二叉树:它的左子树和右子树都是平衡二叉树,且左子树和右子树的高度之差的绝对值不超过 1。也就是指一个二叉树其任一节点的平衡因子值只能是+1,0 或-1。图 6.20(a)所示为一棵平衡二叉树,而图 6.20(b)所示为一棵不平衡的二叉树,图中数字为该节点的平衡因子。

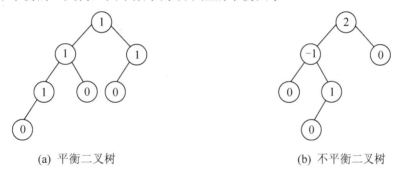

(a) 平衡二叉树   (b) 不平衡二叉树

图 6.20 平衡二叉树与不平衡二叉树

如何构造一棵平衡二叉树呢?动态地调整二叉排序树平衡的方法:每插入一个节点后,首先检查是否破坏了树的平衡性,如果因插入节点而破坏了二叉排序树的平衡,则找出离插入点最近的不平衡节点,然后将该不平衡节点为根的子树进行旋转操作。假设给平衡二叉树某个节点的左子树插入一个新节点,且此新节点使左子树的高度加 1,我们可能会遇到以下 3 种情况。

(1) 如果原来其左子树高度 hl 与右子树高度 hr 相等,即原来此节点的平衡因子等于 0,插入新节点后将使平衡因子变成+1,但仍符合平衡二叉树的条件,不必对其加以调整;

(2) 如果原来 hl>hr,即原来此节点的平衡因子等于+1,插入新节点后将使平衡因子变成+2,破坏了平衡二叉树的限制条件,需对其加以调整;

(3) 如果原来 hl<hr,即原来此节点的平衡因子等于-1,插入新节点后将使平衡因子变成 0,平衡更加改善,不必加以调整。

如果给平衡二叉树某节点的右子树插入一个节点,且设此新节点使子树的高度增加 1,则也会遇到与之相对应的三种情况。

以如图 6.21 所示的树为例,设原已有关键字为 51,29,72,11 和 46 这 5 个节点,原树符合平衡二叉树条件,图中各节点旁所标数字为该节点的平衡因子。如插入关键字为 64 或

83 的新节点，对关键字为 72 的节点来说，使平衡因子由 0 变成+1 或-1，属于情况(1)，而对于关键字 51 的节点来说，使平衡因子由+1 变成 0，属于情况(3)，都不必加以调整；如插入关键字为 5,21,33 或 49 的任一节点，则对于关键字为 51 的节点来说，平衡因子由+1 变成+2，破坏了平衡二叉树的条件，需加以调整使其重新平衡。

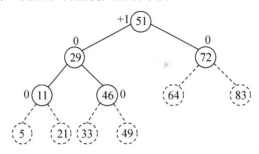

图 6.21　平衡二叉树插入节点

插入新节点破坏了平衡二叉树条件的情况分为两类，仍以向左子树插入新节点为例，这两类情况分别如图 6.22(a)和(c)所示。图中矩形表示子树，矩形的高度表示子树的高度，带阴影线的方形则表示插入新节点后造成的子树高度加 1，各节点旁所标数字为该节点的平衡因子。

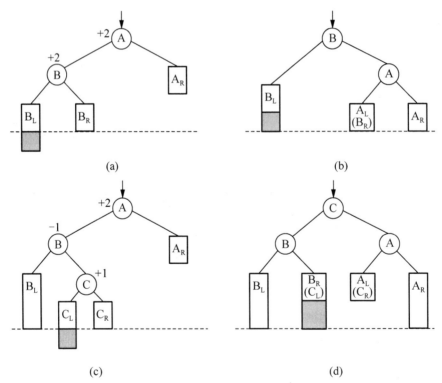

图 6.22　平衡二叉树的调整

插入新节点后，此新节点可能有不止一个祖先节点的平衡因子变成+2 或-2，设节点 A 是其中层数据最低的节点，A 的祖先中可能还有平衡因子不符合要求的，但 A 的后代中不再有平衡因子变成+2 或-2 的。经过分析可以知道，从新节点到 A 之间路径上所有节点的平衡因子都是从 0 变成+1 或-1，既不会有维持 0、+1 或-1 不变的，也不会有原来是+1 或-1 而变成 0 的。如果从新节点到 A 之间路径上有一个节点的平衡维持 0、+1 或-1 不变，说明此节点的子树高度没变，就不会使节点 A 的平衡因子变成+2 了；如果路径上有一个节点的平衡因子由+1 或-1 变成 0，相当于前述的情况(3)，平衡更加改善，当然不会使节点 A 的平衡因子变化。因此，当节点 A 的平衡因子由+1 增加到+2 时，它的左儿子节点 B 的平衡因子肯定是从 0 变成+1 或-1，不会有其他的可能。

图 6.22(a)中节点 B 的平衡因子是从 0 变成+1，与节点 A 是按"同一方向"变为不平衡的，此时可将树重新构成如图 6.22(b)所示的样子，即将节点 B 向上提一层，提到原来节点 A 的位置，而令节点 A 下降一层，降为节点 B 的右儿子(因为节点 A 的关键字值大于节点 B)。原来节点 B 的右子树 B_R，所有节点的关键字值均大于节点 B 而小于节点 A，调整后 B_R 应变成为节点 A 的左子树 A_L。从调整前节点 A 的平衡因子等于+2 可知，它的右子树 A_R 高度与节点 B 的右子树 B_R 相同，而比节点 B 的左子树 B_L 的高度少 1，因此调整后节点 A 与节点 B 的平衡因子均等于 0。如果它们的祖先中原有平衡因子为+2 或-2，也将恢复为+1 或-1，整个二叉树又符合平衡二叉树的限制条件了。这种调整比较简单，只是节点 A 与 B 互换父子关系，仅仅修改 3 个指针，称为单旋转。

第 2 种情况如图 6.22(C)所示，节点 B 的平衡因子从 0 变成-1，与节点 A 是按"相反方向"变为不平衡。重新调整后的树如图 6.22(d)所示，将节点 B 的右儿子节点 C 向上提两层，提到原来节点 A 的位置。因为节点 C 的关键字值大于节点 B 而小于节点 A，故将节点 C 上提以后，节点 B 和节点 A 分别成为它的左儿子和右儿子节点，原来 C 节点的左子树 C_L，其所有节点的关键字值均大于节点 B 而小于节点 C，将变成节点 B 的右子树；类似地，原来节点 C 的右子树 C_R，将变成节点 A 的左子树。从调整前节点 A、B 和 C 的平衡因子可以看出，图 6.22(C) 中的子树 B_L、C_L 和 A_R 的高度相同，而子树 C_R 的高度比它们少 1，故可以知道调整后节点 A 的平衡因子等于-1，节点 B 和 C 的平衡因子均等于 0。如果它们的祖先中原有平衡因子为+2 和-2，也将恢复为+1 和-1，整个树又成平衡二叉树，这种调整改变 3 个节点间的父子关系，需修改 5 个指针，称为双旋转。

平衡二叉树仍以二叉链表作为其存储结构，但与普通链接二叉树的区别在于，每个节点还要增加一个平衡因子域。平衡二叉树在插入新节点时，当确定了新节点应插入的位置后，需向回寻找有关平衡因子变为+2 或-2 的祖先，如有这种节点，则取其中层数居最低者，根据不同的情况进行单旋转或双旋转，使整个树仍然符合平衡二叉树的条件，每次插入节点后，还需对有关祖先节点的平衡因子加以修改。

平衡二叉树支持节点的查找、删除、插入，由于可以在根节点储存该子树的某些总体函数值，平衡二叉树也支持对某一段数据的最大最小求和等操作。上述这些操作的时间复杂度均为 $O(\log_2 n)$。

6.8 树 的 应 用

树状结构中的每个节点至多只有一个直接前趋，但可以同时有多个直接后继，而线性表至多只能有一个直接后继。因此，树状结构的表达能力比线性表强，树状结构应用极其广泛。本节以等价类问题和哈夫曼树为例介绍树的应用。

6.8.1 等价类问题

1. 等价关系与等价类

集合是成员(对象或元素)的一个群集。集合中的成员可以是原子(单元素),也可以是集合。集合的成员必须互不相同,集合中的成员一般是无序的,没有先后次序关系。

在算法与数据结构中所遇到的集合,其单元素通常是整数、字符、字符串或指针,且同一集合中所有成员具有相同的数据类型。

等价关系是一类特殊的二元关系,等价关系与集合的分类之间有着内在的联系。

在求解实际应用问题时常会遇到等价类问题。分类是人们认识事物性质的一种方法,而按等价关系分类恰是一种分类的抽象方法,广泛地应用于各种具体情况。这种分类方法首先要找到事物间的等价关系,再按照等价关系把事物分类,使得属于同一类的事物互相都是等价的,不同类的事物都没有等价关系。这样得到的每一类称为一个等价类。例如,在数学中,所有等价的矩阵就是一个等价类,所有等价的向量也称为一个等价类。在人类生活中,用血型相同的关系也把人类分成几个等价类。这样的分类使人们找到早先经常引起的输血事故的原因,并通过事先验血的方法来避免这些事件发生。

等价关系在数学上有着严格的定义:

如果集合 A 上的二元关系 R 是自反的、对称的和传递的,那么称 R 是等价关系。设 R 是 A 上的等价关系,a, b, c 是 A 的任意元素。如果 aRb(即$(a, b) \in R$),通常记做 $a \sim b$,读做“a 等价于 b”。

也就是说,等价关系是集合上的一个自反、对称、传递的关系。对于某集合中的任意对象 x, y, z,下列性质成立:

- 自反性:$x \sim x$ (即等于自身)。
- 对称性:若 $x \sim y$,则 $y \sim x$。
- 传递性:若 $x \sim y$ 且 $y \sim z$,则 $x \sim z$。

例如:在全体人的集合 A 中,同班同学是 A 上的一种关系,如果认为自己跟自己可以称为同班同学,则满足自反性,但如果甲是乙的同班同学,则必定乙是甲的同班同学,满足对称性,同时,如果甲是乙的同班同学,乙是丙的同班同学,则甲是丙的同班同学,满足传递性;因此,同班同学关系可以称为等价关系。于是在代表班级参加活动这一点上,班级成员身份是等同的,不论甲还是乙,对外不加区别,即甲乙等价。

另外,三角形的全等也是等价关系。因为 A 全等 A;A 全等 $B \Rightarrow B$ 全等 A;A 全等 B,B 全等 $C \Rightarrow A$ 全等 C。

从数学上看,等价类是一类对象(或成员)的集合,在此集合中所有对象应满足等价关系。

一个集合 A 中的所有对象可以通过等价关系划分为若干个互不相交的子集 $A1$,$A2$,$A3$,$\cdots$,它们的并集就是 A。这些子集即为等价类。A 中的元素也称为这个等价类的代表元。

集合 A 可以划分为一些等价类的并集,集合 A 的每个分类都决定了 A 的一个等价关系;集合 A 的任一个等价关系都可确定 A 的一个分类,这些等价类两两不相交。任何元素都必定落在某个等价类中。

建立等价类的一种解决方案是先把每一个对象看做一个单元素集合,然后按一定顺序将属于同一等价类的元素所在的集合合并。

在此过程中将反复地使用一个搜索运算，确定一个元素在哪一个集合中。能够完成这种功能的集合就是并查集。

2. 并查集

像栈、队列一样，并查集也是一种重要的抽象数据类型，可以用于求解等价类问题。

并查集(Union-Find Sets)由一些不相交子集构成，并查集的基本操作如下。

(1) Find：判断两个节点是否在同一个集合中。

(2) Union：归并两个集合。

并查集是一种简单的、特殊的集合，也是一种用途广泛的集合。并查集能够较快实现合并和判断元素所在集合的操作，一般采取树状结构来存储并查集。

树的父指针表示法的一个重要应用是实现并查集，对于并查集来说，每个集合用一棵树表示。集合中每个元素的元素名分别存放在树的节点中。此外，树的每一个节点还有一个指向其父节点的指针。

设森林 $F = \{T1, T2, \cdots, Tr\}$ 表示集合 S，森林中的每一棵树 Ti 表示集合 S 的一个子集，树中的节点表示集合 S 中的一个元素。树中的每一个非根节点都指向其父节点，用根节点作为集合的标识符。例如：

设 $S_1 = \{0, 6, 7, 8\}$，$S_2 = \{1, 4, 9\}$，$S_3 = \{2, 3, 5\}$

用父指针表示的树状结构实现的并查集如图 6.23 所示。

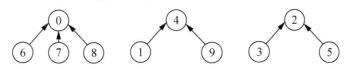

图 6.23　用父指针表示的树状结构实现的并查集

3. 划分等价类

划分等价类的一种解决方法是先把每一个对象看做是一个单元素集合，然后按一定顺序将属于同一等价类的元素所在的集合合并。在此过程中将反复地使用一个搜索运算，确定一个元素在哪一个集合中。

等价类是一类元素的集合，集合中的元素应满足等价关系。可以利用并查集来实现集合按等价关系分组。首先将集合的每个元素单独分成一个组。每个元素与自身等价，然后根据给定的等价关系，逐渐把等价的元素归并到同一子集合中。划分等价类需要对集合进行如下操作。

(1) 输入一个等价对 $i \sim j$；

(2) 调用 Find(i) 和 Find(j)，搜索 i 和 j 所在的子集合，设为 x 和 y；

(3) 若 $x \sim y$，则调用 Union(x, y)，合并之。

例如，在图 6.24(a)、(b) 中的两棵树分别表示子集 $S_1 = \{1, 3, 5, 7\}$ 和 $S_2 = \{2, 4, 6, 8\}$。图 6.24(c) 就实现了 $S_3 = S_1 \cup S_2$。

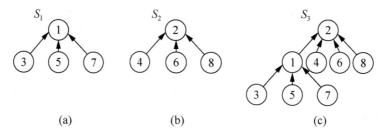

图 6.24　用父指针表示的树状结构实现的并查集

由于用根节点表示子集的类别，那么"查找"某一个元素所属的集合，只要从该节点出发，沿父链域找到树的根节点即可。实现集合的"并"操作只要将一棵子树的根指向另一棵子树的根即可。每次合并前都需要进行两次查找，查找所需要的时间由树的高度决定，合并所需的时间为 $O(1)$。

在图 6.25 中容易看出，将图 6.25 (a)表示的子集合并时，每次都把集合元素多的根节点指向含元素少的根节点，经过 $n-1$ 次合并操作后得到的树的高度为 n，如图 6.25 (b)所示。在最坏情况下，合并可能使 n 个节点的树退化成一条链。

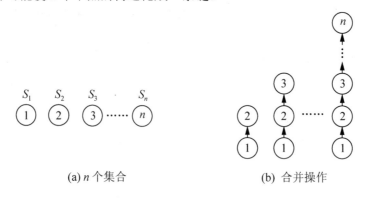

(a) n 个集合　　　　　　　(b) 合并操作

图 6.25　合并操作的一个极端情况

为了防止树退化为单链，应该让每个节点到其相应根节点的距离尽可能小，可以做如下两种改进。

(1) Union 操作的加权规则。为避免产生退化的树，改进方法是先判断两集合中元素的个数，如果以 i 为根的树中的节点个数少于以 j 为根的树中的节点个数，即 $parent[i] > parent[j]$，则让 j 成为 i 的双亲，否则，让 i 成为 j 的双亲。此方法称为 Union 操作的加权规则，如图 6.26 所示。

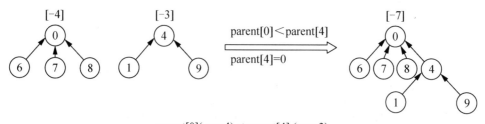

$parent[0](== -4) < parent[4] (== -3)$

图 6.26　Union 操作的加权规则

(2) 路径压缩。加速并查集运算的另一个办法是采用路径压缩(Path Compression)技术。在执行 Find 操作时，将从根到元素 i 的路径上的所有节点的 Parent 域均重置，使它们直接连至该树的根节点。

例如，在图 6.27(a)中表示了依次合并集合{7，9，10}、{5，6，8}、{2, 4}和{1, 3}后所形成的树。在查找节点 7 时，对节点 7 到根节点路径上所涉及的所有节点的父指针都指向根节点，进行压缩路径之后树的形态如图 6.27(b)所示。

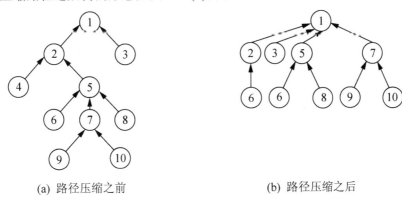

(a) 路径压缩之前　　　　　　　　　(b) 路径压缩之后

图 6.27　路径压缩

路径压缩可以缩短节点与根之间的路径，路径压缩算法是目前最有效的并查集实现方法。

6.8.2　最优二叉树——哈夫曼树

1. 哈夫曼树的基本概念

哈夫曼(Haffman)树，也称最优二叉树，是指对于一组带有确定权值的叶子节点，构造的具有最小带权路径长度的二叉树。

那么什么是二叉树的带权路径长度呢？

在前面我们介绍过路径和节点的路径长度的概念，而二叉树的路径长度则是指由根节点到所有叶子节点的路径长度之和。如果二叉树中的叶子节点都具有一定的权值，则可将这一概念加以推广。设二叉树具有 n 个带权值的叶子节点，那么从根节点到各个叶子节点的路径长度与相应节点权值的乘积之和称做二叉树的带权路径长度，记为

$$WPL=\sum_{k=1}^{n}W_k \cdot L_k$$

其中 W_k 为第 k 个叶子节点的权值，L_k 为第 k 个叶子节点的路径长度。如图 6.28 所示的二叉树，它的带权路径长度值 $WPL=2\times2+4\times2+5\times2+3\times2=28$。

给定一组具有确定权值的叶子节点，可以构造出不同的带权二叉树。例如，给出 4 个叶子节点，设其权值分别为 1，3，5，7，可以构造出形状不同的多个二叉树。这些形状不同的二叉树的带权路径长度将各不相同。图 6.29 给出了其中 5 个不同形状的二叉树。

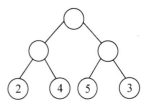

图 6.28　一个带权二叉树

这 5 棵树的带权路径长度分别为

(1) $WPL=1\times2+3\times2+5\times2+7\times2=32$

(2) $WPL=1\times3+3\times3+5\times2+7\times1=29$

(3) $WPL=1\times2+3\times3+5\times3+7\times1=33$

(4) $WPL=7\times3+5\times3+3\times2+1\times1=43$

(5) $WPL=7\times1+5\times2+3\times3+1\times3=29$

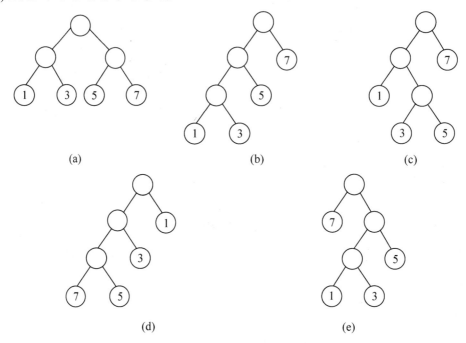

图 6.29　具有相同叶子节点和不同带权路径长度的二叉树

由此可见，由相同权值的一组叶子节点所构成的二叉树有不同的形态和不同的带权路径长度，那么如何找到带权路径长度最小的二叉树(即哈夫曼树)呢？根据哈夫曼树的定义，一棵二叉树要使其 WPL 值最小，必须使权值越大的叶子节点越靠近根节点，而权值越小的叶子节点越远离根节点。哈夫曼(Haffman)依据这一特点提出了一种方法，这种方法的基本思想如下：

(1) 由给定的 n 个权值{$W1$，$W2$，…，Wn}构造 n 棵只有一个叶子节点的二叉树，从而得到一个二叉树的集合 $F=\{T1$，$T2$，…，$Tn\}$；

(2) 在 F 中选取根节点的权值最小和次小的两棵二叉树作为左、右子树构造一棵新的二叉树，这棵新的二叉树根节点的权值为其左、右子树根节点权值之和；

(3) 在集合 F 中删除作为左、右子树的两棵二叉树，并将新建立的二叉树加入到集合 F 中；

(4) 重复(2)、(3)两步，当 F 中只剩下一棵二叉树时，这棵二叉树便是所要建立的哈夫曼树。

图 6.30 给出了前面提到的叶子节点权值集合为 $W=\{1$，3，5，$7\}$ 的哈夫曼树的构造过程。可以计算出其带权路径长度为 29，由此可见，对于同一组给定叶子节点所构造的哈夫曼树，树的形状可能不同，但带权路径长度值是相同的，一定是最小的。

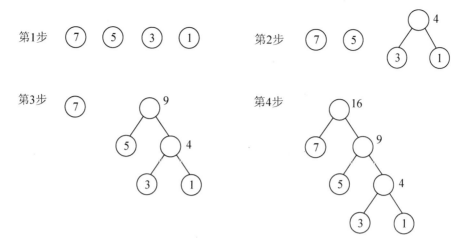

图 6.30　哈夫曼树的建立过程

2. 哈夫曼树的构造算法

在构造哈夫曼树时，可以设置一个结构数组 HTNode 保存哈夫曼树中各节点的信息，根据二叉树的性质可知，具有 n 个叶节点的哈夫曼树共有 $2n-1$ 个节点，所以数组 HTNode 的大小设置为 $2n-1$，数组元素的结构形式如下：

weight	lchild	rchild	parent

其中，weight 域保存节点的权值，lchild 和 rchild 域分别保存该节点的左、右孩子节点在数组 HTNode 中的序号，从而建立起节点之间的关系。为了判定一个节点是否已加入到要建立的哈夫曼树中，可通过 parent 域的值来确定。初始时 parent 的值为-1，当节点加入到树中时，该节点 parent 的值为其父节点在数组 HTNode 中的序号，就不会是-1 了。

构造哈夫曼树时，首先将由 n 个字符形成的 n 个叶子节点存放到数组 HTNode 的前 n 个分量中，然后根据前面介绍的哈夫曼方法的基本思想，不断将两个小子树合并为一个较大的子树，每次构成的新子树的根节点顺序放到 HTNode 数组中的前 n 个分量的后面。

算法 6.8　构造哈夫曼树。

```
typedef struct
{
    char data[5];          /*节点值*/
    double weight;         /*权重*/
    int parent;            /*父节点*/
    int lchild;            /*左孩子节点*/
    int rchild;            /*右孩子节点*/
} HTNode;
/*参数说明:
ht 保存哈夫曼树中各节点的信息(可修改), n 指节点个数
     */
void CreateHT(HTNode ht[],int n)
{
    int i,k,lnode,rnode;
    double min1,min2;
    for (i=0;i<2*n-1;i++)                  //所有节点的相关域置初值-1
```

```
            ht[i].parent=ht[i].lchild=ht[i].rchild=-1;
    for (i=n;i<2*n-1;i++)                     //构造哈夫曼树
    {
        min1=min2=32767;                      //lnode 和 rnode 为最小权重的两个节点位置
        lnode=rnode=-1;
        for (k=0;k<=i-1;k++)
            if (ht[k].parent==-1)             //只在尚未构造二叉树的节点中查找
            {
                if (ht[k].weight<min1)
                {
                    min2=min1;rnode=lnode;
                    min1=ht[k].weight;lnode=k;
                }
                else if (ht[k].weight<min2)
                {
                    min2=ht[k].weight;rnode=k;
                }
            }
                                              //将找出的两棵子树合并为一棵子树
        ht[i].weight=ht[lnode].weight+ht[rnode].weight;
        ht[i].lchild=lnode;ht[i].rchild=rnode;
        ht[lnode].parent=i;ht[rnode].parent=i;
    }
}
```

3. 哈夫曼树在编码问题中的应用

在数据通信中，经常需要将传送的文字转换成由二进制字符 0、1 组成的二进制串，称之为编码。最简单的二进制编码方式是等长编码。例如，假定电文中只使用 A、B、C、D、E、F 6 种字符，若进行等长编码，它们分别需要 3 位二进制字符，可依次编码为 000、001、010、011、100、101。

电文中每个字符的出现频率一般是不同的。假定在一份电文中，这 6 个字符的出现频率分别为 4、2、6、8、3、2，则电文被编码后的总长度 L 为

$$L=3×(4+2+6+8+3+2)=75$$

若采用不等长编码，让出现频率高的字符具有较短的编码，让出现频率低的字符具有较长的编码，这样可能缩短传送电文的总长度。

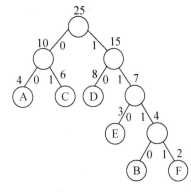

图 6.31　编码哈夫曼树

哈夫曼树可用于构造使电文的编码总长最短的编码方案。具体做法如下：设需要编码的字符集合为 $\{d1, d2, \cdots, dn\}$，它们在电文中出现的次数或频率集合为 $\{w1, w2, \cdots, wn\}$，以 $d1, d2, \cdots, dn$ 作为叶子节点，$w1, w2, \cdots, wn$ 作为它们的权值，构造一棵哈夫曼树，规定哈夫曼树中的左分支代表 0，右分支代表 1，则从根节点到每个叶子节点所经过的路径分支组成的 0 和 1 的序列便为该节点对应字符的编码，称之为哈夫曼编码。

根据前面所讨论的例子，生成的编码哈夫曼树如图 6.31 所示。

在图 6.31 中，A、B、C、D、E、F 这 6 个字符的哈夫曼编码分别是 00、1110、01、10、110、1111。电文的最短传送长度为

$$L=WPL=4×2+2×4+6×2+8×2+3×3+2×4=61$$

显然，这比等长编码所得到的传送总长度 75 要小得多。

6.9　应用示例及分析

【例 6.1】　试写出如图 6.32 所示二叉树的前序、中序和后序遍历序列。

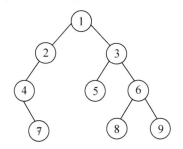

图 6.32　二叉树遍历

解：

前序：1、2、4、7、3、5、6、8、9

中序：4、7、2、1、5、3、8、6、9

后序：7、4、2、5、8、9、6、3、1

【例 6.2】　设数据集合 d={1,12,5,8,3,10,7,13,9}，试依次取 d 中各数据，构造一棵二叉排序树，并给出该二叉排序树中序遍历序列。

解：本题产生的二叉排序树如图 6.33 所示。

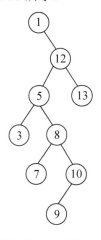

图 6.33　二叉排序树

中序遍历序列为 1、3、5、7、8、9、10、12、13。

【例 6.3】　假设用于通信的电文由字符集{a, b, c, d, e, f, g, h}中的字母构成，这 8 个字母在电文中出现的概率分别为{0.07,0.19,0.02,0.06,0.32,0.03,0.21,0.10}试为这 8 个字母设计哈夫曼编码。

解：哈夫曼树如图 6.34 所示。

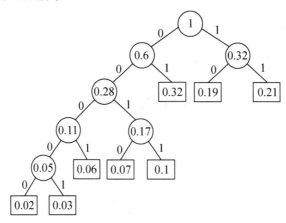

图 6.34　哈夫曼树

哈夫曼编码：

　　　　a:0010　b:10　c:00000　d:0001　e:01　f:00001　g:11　h:0011

【例 6.4】 假设二叉树采用链接存储方式，编写一个中序遍历二叉树的非递归函数。

解：根据中序遍历二叉树的递归定义，转换成非递归函数时，用一个栈保存返回的节点。先扫描根节点的所有左节点并入栈，出栈一个节点，访问之，然后扫描该节点的右节点并入栈，再扫描右节点的所有左节点并入栈，如此下去，直到栈空为止。实现中序遍历二叉树的非递归函数如下：

```
void NRInOrder(BiTree bt)
{
    BiTree stack[MaxSize],p;
    int top;
    if (bt==NULL) return;
    top=0;
    p=bt;
    while(!(p==NULL&&top==0))
    { while(p!=NULL)
        {
          if (top<MaxSize-1)              /*将当前指针 p 压栈*/
           { stack[top]=p;
             top++;
            }
          else { printf("栈溢出");
                 return;
               }
          p=p->lchild;                    /*指针指向 p 的左孩子*/
        }
        if (top<=0) return;               /*栈空时结束*/
        else{ top--;
            p=stack[top];                 /*从栈中弹出栈顶元素*/
            printf("%d ",p->data);        /*访问节点的数据域*/
            p=p->rchild;                  /*指针指向 p 右孩子节点*/
            }
    }
}
```

小　结

　　树的逻辑结构是层次结构的，树有且仅有一个没有前趋的节点称为根，除根以外的每一节点都有且只有一个前趋节点，但可以有 0 到多个后继节点。节点的层次是从根节点起自上而下计算的，以根节点为第 1 层。树中节点最大的层数称做树的高度。

　　二叉树的定义也是以递归形式给出的，它是由一个根节点加上分别称为左子树和右子树的两个二叉树构成的。高度为 h 的二叉树最多有 (2^h-1) 个节点，满二叉树就是有 (2^n-1) 个节点的二叉树。如果一棵树与满二叉树基本相同，只是最下层从右边起连续缺少 n 个节点，则称此树为完全二叉树，满二叉树可看做是完全二叉树的特例，完全二叉树采用顺序存储结构比较方便，即从根节点起从上而下、从左而右将节点顺序编号，然后按编号顺序存入一维数组中。设某节点编号为 i,如果此节点不是根节点，则其父节点的编号为 $i/2$；其左儿子节点的编号为 $2i$；其右儿子节点的编号为 $(2i+1)$。可见采用顺序存储结构寻找某节点的父节点、左、右儿子节点是很方便的。

　　非完全二叉树可采用链接存储结构，每个节点除数值域外，还须有指向其左、右儿子的两个指针域。这种链接法的主要缺点是，只能从某个节点找到其儿子节点和子孙节点，而不能向上去找该节点的父节点和祖先节点。

　　二叉树的遍历就是按一定的次序访问二叉树的各个节点，遍历的次序是以递归的形式定义的。由于二叉树的定义和遍历次序的定义都是以递归形式给出的，其遍历的递归算法最为简单。当然，也可将遍历算法写成非递归的形式，这需要利用堆栈来实现对二叉树的遍历。

　　利用二叉树一些节点原来的空闲指针域，增加指向相应节点的前趋或后继节点的线索，即构成线索树。线索树不需增加存储单元，但可给遍历带来方便。

　　如果有一批数据拟按递增次序排列，可以用每一数据对应一个节点构成一个二叉树，并规定：任一节点若其左子树非空，则左子树上所有节点的数据都小于该节点的数据；若其右子树非空，则右子树上所有节点的数据都等于或大于该节点的数据。对此二叉树中序遍历，输出的数据就是按递增次序排序的，此二叉树称为二叉排序树。一般采用陆续插入节点的办法构成二叉排序树。

　　平衡树其左子树和右子树都是平衡二叉树，且左右子树深度之差的绝对值不大于 1。动态地调整平衡的方法：每插入一个节点后，首先检查是否破坏了树的平衡性，如果因插入节点而破坏了二叉树的平衡，则找出离插入点最近的不平衡节点，然后将该不平衡节点为根的子树进行旋转操作。

　　树的应用极其广泛。本章以等价类问题和哈夫曼树为例介绍了树的实际应用。

　　等价关系作为一类特殊的二元关系，等价关系与集合的分类之间有着内在的联系，在求解实际应用问题时常会遇到等价类问题。

　　并查集是一种简单的、特殊的集合，也是一种用途广泛的集合。并查集能够较快实现合并和判断元素所在集合的操作，一般采取树状结构来存储并查集。

　　二叉树中各端点的权 W_k 与相应节点至根路径长度 L_k 的乘积代数和称为二叉树带权路径长度(WPL)。用一组已知的实数作为各端节点的权设计出的 WPL 最小的二叉树称做哈夫曼树，哈夫曼树的典型应用之一是哈夫曼编码。

习题与练习六

一、选择题

1. 将一棵有 100 个节点的完全二叉树从上到下，从左到右依次对节点进行编号，根节点的编号为 1，则编号为 49 的节点的左孩子的编号为(   )。

    A. 98   B. 99   C. 50   D. 48

2. 某二叉树的前序和后序序列正好相反，则该二叉树一定是(   )的二叉树。

    A. 空或者只有一个节点   B. 高度等于其节点数

    C. 任一节点无左孩子   D. 任一节点无右孩子

3. 若一棵二叉树具有 10 个度为 2 的节点，5 个度为 1 的节点，则度为 0 的节点个数是(   )。

    A. 9   B. 11   C. 15   D. 不确定

4. 二叉树中第 5 层上的节点个数最多为(   )。

    A. 8

    C. 16

    B. 15

    D. 32

5. 高度为 k 的二叉树最大的节点数为(   )。

    A. 2^k B. 2^{k-1} C. 2^k-1 D. $2^{k-1}-1$

6. 一棵二叉树的前序遍历序列为 ABCDEFG，它的中序遍历序列可能是(   )。

    A. CABDEFG   B. ABCDEFG   C. DACEFBG   D. ADCFEG

7. 已知一棵二叉树的前序遍历结果为 ABCDEF，中序遍历结果为 CBAEDF，则后序遍历的结果为(   )。

    A. CBEFDA   B. FEDCBA   C. CBEDFA   D. 不确定

8. 一棵非空的二叉树的先序遍历序列与后序遍历序列正好相反，则该二叉树一定满足(   )。

    A. 所有的节点均无左孩子   B. 所有的节点均无右孩子

    C. 只有一个叶节点   D. 是任意一棵二叉树

9. 若 X 是二叉中序线索树中一个有左孩子的节点，且 X 不为根，则 X 的前驱为(   )。

    A. X 的双亲   B. X 的右子树中最左的节点

    C. X 的左子树中最右节点   D. X 的左子树中最右叶节点

10. 下述编码中哪一个不是前缀码(容易和其他编码混淆)(   )。

    A. (00, 01, 10, 11)   B. (0, 1, 00, 11)

    C. (0, 10, 110, 111)   D. (1, 01, 000, 001)

11. 设树 T 的度为 4，其中度为 1，2，3，4 的节点个数分别为 4，2，1，1，则 T 中的叶子数为(   )。

    A. 5   B. 6   C. 7   D. 8

12. 在下述结论中，正确的是(   )。

    ① 只有一个节点的二叉树的度为 0

    ② 二叉树的度为 2

    ③ 二叉树的左右子树可任意交换

④深度为 K 的完全二叉树的节点个数小于或等于深度相同的满二叉树。

  A. ①②③   B. ②③④   C. ②④   D. ①④

13. 有 10 个叶子节点的二叉树中有( )个度为 2 的节点。

  A. 8   B. 9   C. 10   D. ll

14. 在平衡二叉树中插入一个节点后造成了不平衡,设最低的不平衡节点为 A,并已知 A 的左孩子的平衡因子为 0,右孩子的平衡因子为 1,则应做( )型调整以使其平衡。

  A. LL   B. LR   C. RL   D. RR

15. 一棵左右子树均不空的二叉树在先序线索化后,其中空的链域的个数是( )。

  A. 0   B. 1   C. 2   D. 不确定

二、基础知识题

1. 就如图 6.35 所示的树回答下面问题:

(1) 哪个是根节点?

(2) 哪些是叶子节点?

(3) 哪个是 E 的父节点?

(4) 哪些是 E 的子孙节点?

(5) 哪些是 E 的兄弟节点?哪些是 C 的兄弟节点?

(6) 节点 B 和节点 I 的层数分别是多少?

(7) 树的深度是多少?

(8) 以节点 G 为根的子树的深度是多少?

(9) 树的度是多少?

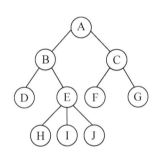

图 6.35 树的例子

2. 分别画出含 3 个节点的树与二叉树的所有不同形态。

3. 高度为 h 的完全二叉树至少有多少个节点?最多有多少个节点?

4. 采用顺序存储方法和链式存储方法分别画出如图 6.36 所示的二叉树的存储结构。

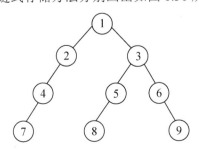

图 6.36 二叉树的存储结构

5. 分别写出如图 6.36 所示二叉树的前序、中序和后序遍历序列。

6. 若二叉树中各节点值均不相同。

(1) 已知一个二叉树的中序和后序遍历序列分别为 GDHBAECIF 和 GHDBEIFCA，请画出此二叉树。

(2) 已知一个二叉树的前序和中序遍历序列分别为 ABCDEFGH 和 BDCEAFHG，请画出此二叉树。

7. 一个二叉树如图 6.37 所示，分别写出其前序、中序、后序的遍历序列。

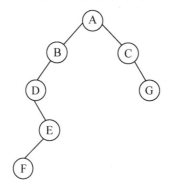

图 6.37　二叉树

8. 输入一个正整数序列{55,34,18,88,119,11,76,9,97,99,46}，试构造一个二叉排序树。

9. 有一份电文中共使用 5 个字符：a、b、c、d、e，它们的出现频率依次为 5、2、1、6、4。试画出对应的哈夫曼树，并求出每个字符的哈夫曼编码。

10. 输入关键字序列{53，25，76，20，48，14，60，84}，建立一棵二叉排序树，并指出该二叉树是否为平衡二叉树？

二、算法设计题

1. 一个二叉树以链式结构存储，分别给出求二叉树节点总数和叶子节点总数的算法。

2. 一个二叉树以链式结构存储，写出在二叉树中查找值为 x 的节点的算法。

3. 设计一个算法将一个以链式存储结构的二叉树，按顺序方式存储到一维数组中。

4. 假设二叉排序树 t 的各元素值均不相同，设计一个算法按递增次序打印各元素值。

5. 已知一个中序线索二叉树，试编写中序遍历的非递归算法。

6. 写出在中序线索二叉树里，找指定节点在后序下的前驱节点的算法。

7. 二叉树采用二叉链表存储，编写计算整个二叉树高度的算法(二叉树的高度也称为二叉树的深度)。

8. 已知一棵二叉树按顺序方式存储在数组 A[1…n]中。设计算法，求出下标分别为 i 和 j 的两个节点的最近的公共祖先节点的值。

9. 请设计一个算法，要求该算法把二叉树的叶子节点按从左到右的顺序连成一个单链表，表头指针为 head。二叉树按二叉链表方式存储，链接时用叶子节点的右指针域来存放单链表指针。

10. 已知中序线索二叉树 T 右子树不空。设计算法，将 S 所指的节点作为 T 的右子树中的一个叶子节点插入进去，并使之成为 T 的右子树的(中序序列)第 1 个节点(同时要修改相应的线索关系)。

第 7 章 图

本章导读

图(Graph)是比树更为复杂的一种非线性数据结构，在图结构中，每个节点都可以和其他任何节点相连接，图结构可以描述各种复杂的数据对象。

图的应用十分广泛，一方面由于有很多实际问题直接与图有关如通信线路、交通运输、集成电路布图等；另一方面在于还有很多实际问题可间接地用图来表示，处理起来比较方便如工程进度的安排等。本章首先将介绍图的基本概念，重点介绍图的存储结构及一些常用的算法，对有关图的理论则不过多涉及。

本章主要知识点

- 图的定义及图的基本术语
- 图的存储结构
- 图的遍历算法
- 图的最小生成树
- 带权有向图的最短路径问题
- 利用 AOV 网络的拓扑排序问题
- 利用 AOE 网络的关键路径法

7.1 图的定义和基本术语

图 G 由 $V(G)$ 和 $E(G)$ 这两个集合组成，记为 $G=(V, E)$，其中 $V(G)$ 是顶点(Vertex)的非空集，每个顶点可以标以不同的字符或数字；$E(G)$ 是边(Edge)的集合，特殊情况下 $E(G)$ 可以是空集。每个边由其所连接的两个顶点表示。如图 7.1 所示是图的两个例子，可以看出图包括一些点和边。例如，图 7.1(a)中 G_1 有

$V(G_1)=\{1, 2, 3, 4, 5\}$

$E(G_1)=\{(1, 2), (1, 4), (2, 3), (2, 5), (3, 4), (3, 5)\}$

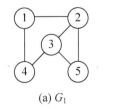
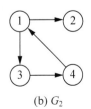

(a) G_1 (b) G_2

图 7.1 有向图与无向图

无向图：对于一个图 G，若边集合 $E(G)$ 为无向边的集合，则称该图为无向图。例如，图 7.1(a)中 G_1 的边没有方向，故(1，2)也可写成(2，1)，(2，3)也可写成(3，2)，等等。

有向图：对于一个图 G，若边集合 $E(G)$ 为有向边的集合，则称该图为有向图。如图 7.1(b)所示的 G_2 的边是有方向的，故图 G_2 是有向图。图 G_2 的顶点集和边集分别为

$V(G_2)$={1，2，3，4}

$E(G_2)$={(1，2)，(1，3)，(3，4)，(4，1)}

边集中的尖括号表示有向边，因而(1，2)和(2，1)表示两条不同方向的边。以(1，2)边为例，①顶点称为此边的起点或尾，②顶点称为此边的终点或头。边的方向规定为从起点指向终点，用箭头表示出来。

图 7.2 完全图

完全图：在一个有 n 个顶点的无向图中，若每个顶点到其他(n-1)个顶点都连有一条边，则图中共有 $\dfrac{n(n-1)}{2}$ 条边，这种图称为完全图(Complete graph，也称完备图)。如图 7.2 所示就是 n=4 的完全图，它一共有 6 条边。

权和网络：有些图，对应每条边有一相应的数值，这个数值称做该边的权(Weight)。边上带权的图称为带权图，也称为网络(Network)。不同网络的权有不同的意义，例如，电网中权可能是各支路的阻抗值，运输网络中的权可能是各段路程的长度或运费，工程进度网络中权可能表示各个工序所需的时间等。

子图：设有两个图 $G=(V，E)$ 和 $G'=(V'，E')$，若 $V(G')$ 是 $V(G)$ 的子集，即 $V(G') \subseteq V(G)$，且 $E(G')$ 是 $E(G)$ 的子集，即 $E(G') \subseteq E(G)$，则称 G' 是 G 的子图(Subgraph)。如图 7.3 所示是图 7.1 中 G_1 的一些子图。

图 7.3 子图

顶点的度、入度、出度：图中与每个顶点相连的边数，称做该顶点的度(Degree)，如图 7.1 所示的 G_1 图中，顶点①的度数为 2，顶点②的度数为 3，……。对于有向图，顶点的度分为入度和出度，入度是以该顶点为终点的入边数目；出度是以该顶点为起点的出边数目，该顶点的度等于其入度和出度之和。例如，在图 7.1 的图 G_2 中，顶点①的入度为 1，出度为 2，而顶点②的入度为 1，出度为 0，因为有一条边指向它，而没有边从它指出去。

路径和路径长度：在一个图中，若从某顶点 V_p 出发，沿一些边经过顶点 V_1，V_2，…，V_m 到达 V_q，则称顶点序列(V_p，V_1，V_2，…，V_m，V_q)为从 V_p 到 V_q 的路径(Path)。对于有向图，路径也是有方向的，路径的方向是由起点到终点且须与它经过的每条边的方向一致，故由 V_p 到 V_q 的路径须由边(V_p,V_1)，(V_1，V_2)，…，(V_m，V_q)组成。对于无权的图，路径长度指的是沿此路径上边的数目；对于有权图，一般是取沿路径各边的权之和作为此路径的长度。若一条路径上 V_1，V_2，…，V_m 各顶点均不重复，即路径经过每一顶点不超过一次，则此路径叫做简单路径。如图 7.1 所示，G_1 中的(1，2，3，5)就是简单路径，而(1，2，3，5，3，4)就不是简单路径。如果从一个顶点出发又回到该顶点，即 V_p 与 V_q 相同，则此路径叫做环路(Cycle)。如图 7.1 所示，G_1 中的(2，3，5，2)就是环路。

连通、连通图和连通分量：在无向图中，如果从顶点V_i到顶点V_j之间有路径，则称这两个顶点是连通的。如果图中任意一对顶点都是连通的，则称此图是连通图(Connected Graph)。如图 7.1 所示，G_1是连通图。图 7.4 中的图就是非连通图。非连通图的每一个极大连通子图称为连通分量(Connected Component)，此图包括两个连通分量。

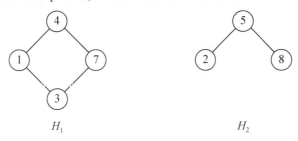

图 7.4　非连通图 G

强连通图和强连通分量：在有向图 G 中，如果从顶点V_i到顶点V_j和从顶点V_j到顶点V_i之间都有路径，则称这两个顶点是强连通的。如果图中任何一对顶点都是强连通的，则此图称做强连通图。非强连通图的每一个极大强连通子图称做强连通分量。图 7.1(b)中的G_2不是强连通图，它有两个强连通分量，如图 7.5 所示。

图 7.5　图G_2的强连通分量

7.2　图的存储方式

图的结构较复杂，表示图的存储方式有多种形式，如邻接矩阵、邻接表、关联矩阵、邻接多重表、边集数组等方式，究竟哪种表示法更好，要看所处理图的规模、特点、需解决的问题和所采用的算法，由具体情况决定。本节仅介绍两种基本的、常用的存储方式即邻接矩阵和邻接表。

7.2.1　邻接矩阵

邻接矩阵是表示顶点之间相邻关系的矩阵。所谓两顶点的相邻关系即它们之间有边相连。邻接矩阵是一个$(n×n)$阶方阵，n为图的顶点数，它的每一行分别对应图的各个顶点，它的每一列也分别对应图的各个顶点。规定矩阵的元素为

$$A[i,j]=\begin{cases}1 & \text{无向图存在}(V_i,V_j)\text{边或有向图存在}(V_i,V_j)\text{边} \\ 0 & \text{反之}\end{cases}$$

例如，对如图 7.6(a)所示的无向图，它的邻接矩阵如图 7.6(b)所示；对于如图 7.7(a)所示的有向图，它的邻接矩阵如图 7.7(b)所示。

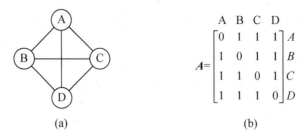

图 7.6　无向图的邻接矩阵

图 7.7　有向图的邻接矩阵

无向图的邻接矩阵是对称的，在无向图中$(V_i，V_j)$边也就是$(V_j，V_i)$边，只是两者写法不同，所以如果 $A[i][j]=1$，必有 $A[j][i]=1$。这说明，只输入和存储其上三角阵元素即可得到整个邻接矩阵，由图 7.6 的例子可看出这一点。有向图则不同，有$(V_i，V_j)$边不一定就有$(V_j，V_i)$边，故 $A[i][j]$不一定等于 $A[j][i]$，所以一般有向图的邻接矩阵是不对称的，如图 7.7 所示的邻接矩阵就是不对称的。邻接矩阵比较简单用二维数组即可存储，其定义如下：

```
#define MaxVertexNum 100                    /*最大顶点数设为100*/
typedef char VertexType;                    /*顶点类型设为字符型*/
typedef int EdgeType;                       /*边的权值设为整型*/
typedef struct {
  VertexType vexs[MaxVertexNum];            /*顶点表*/
  EdeType edges[MaxVertexNum][MaxVertexNum]; /*邻接矩阵，即边表*/
  int n,e;                                  /*顶点数和边数*/
  }Mgragh;                                  /*Maragh 是以邻接矩阵存储的图类型*/
```

如果图的各边是带权的，也可用邻接矩阵表示，只须将矩阵中的每个元素换成相应边的权即可。

以下函数通过与用户交互产生一个无向图的邻接矩阵表示，其主要方法是：首先将矩阵的每个元素都初始化为 0，然后读入边(顶点对)，并将对应的矩阵元素置为 1。

算法 7.1　建立无向图 G 的邻接矩阵存储。

```
/*参数说明:
G 表示图的存储变量(可修改)*/
void CreateMGraph(Mgragh &G)
{
 int i,j,k;
 printf("请输入顶点数和边数(输入格式为:顶点数,边数):\n");
 scanf("%d,%d",&(G.n),&(G.e));              //输入顶点数和边数
 getchar();
 printf("请输入顶点信息(输入格式为:顶点号(CR)):\n");
  for (i=0;i(G.n;i++)
    {
    scanf("%c",&(G.vexs[i]));               //输入顶点信息,建立顶点表
    getchar();
```

```
        }
for (i=0;i(G.n;i++)
    for (j=0;j(G.n;j++)
        G.edges[i][j]=0;                    //初始化邻接矩阵
printf("请输入每条边对应的两个顶点的序号(输入格式为:i,j):\n");
for (k=0;k(G.e;k++)
    {
        scanf("%d,%d",&i,&j);               //输入 e 条边,建立邻接矩阵
        G.edges[i][j]=1;
        G.edges[j][i]=1;
    }
}
```

邻接矩阵表示法对于以图的顶点为主的运算比较适用。例如，计算每个顶点的度就很简便，在无向图中每个顶点的度数就等于邻接矩阵中与该顶点相应的行或列中非零元素的个数；在有向图中，每行的非零元素个数等于相应顶点的出度，每列的非零元素个数则等于相应顶点的入度。

7.2.2　邻接表

邻接表(Adjacency List)是图的一种顺序存储与链式存储结合的存储方法。邻接表表示法类似于树的孩子链表表示法。就是对于图 G 中的每个顶点 V_i，将所有邻接于 V_i 的顶点 V_j 链成一个单链表，这个单链表就称为顶点 V_i 的邻接表，再将所有点的邻接表表头放到数组中，就构成了图的邻接表。在邻接表表示中有两种节点结构，如图 7.8 所示。

图 7.8　邻接矩阵表示的节点结构

一种是顶点表的节点结构，它由顶点域(vertex)和指向第 1 条邻接边的指针域(firstedge)构成，另一种是边表(即邻接表)节点，它由邻接点域(adjvex)和指向下一条邻接边的指针域(next)构成。对于网图的边表需再增设一个存储边上信息(如权值等)的域(info)，网图的边表结构如图 7.9 所示。

图 7.9　网图的边表结构

图 7.10 给出无向图 7.6 对应的邻接表表示。

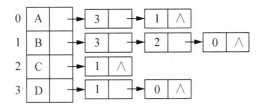

图 7.10　图的邻接表表示

邻接表表示的形式描述如下:

```
#define MaxVerNum 100                    /*最大顶点数为100*/
typedef struct node{                      /*边表节点*/
    int adjvex;                           /*邻接点域*/
    struct node * next;                   /*指向下一个邻接点的指针域*/
                                          /*若要表示边上信息,则应增加一个数据域 info*/
}EdgeNode;
typedef struct vnode{                     /*顶点表节点*/
    char vertex;                          /*顶点域*/
    EdgeNode * firstedge;                 /*边表头指针*/
}VertexNode;
typedef VertexNode AdjList[MaxVerNum];  /*AdjList 是邻接表类型*/
typedef struct{
    AdjList adjlist;                      /*邻接表*/
    int n,e;                              /*顶点数和边数*/
}ALGraph;                                 /*ALGraph 是以邻接表方式存储的图类型*/
```

算法 7.2　建立一个无向图的邻接表存储。

```
/*参数说明:
G 表示图的邻接表存储变量(可修改)*/
void CreateALGraph(ALGraph &G)
{
    int i,j,k;
    EdgeNode *s;
    printf("请输入顶点数和边数(输入格式为:顶点数,边数):\n");
    scanf("%d,%d",&(G.n),&(G.e));              //读入顶点数和边数
    getchar();
    printf("请输入顶点信息(输入格式为:顶点号(CR)):\n");
    for (i=0;i(G.n;i++)                        //建立有 n 个顶点的顶点表
      {
        scanf("%c",&(G.adjlist[i].vertex));    //读入顶点信息
        getchar();
        G.adjlist[i].firstedge=NULL;           //顶点的边表头指针设为空
      }
    printf("请输入边的信息(输入格式为:i,j):\n");
    for (k=0;k(G.e;k++)                        //建立边表
     {
        scanf("%d,%d",&i,&j);                  //读入边(Vi,Vj)的顶点对应序号
        s=(EdgeNode*)malloc(sizeof(EdgeNode)); //生成新边表节点 s
        s-)adjvex=j;                           //邻接点序号为 j
        s-)next=G.adjlist[i].firstedge;        //将新边表节点 s 插入到顶点 Vi 的边表头部
        G.adjlist[i].firstedge=s;
        s=(EdgeNode*)malloc(sizeof(EdgeNode)); //生成新边表节点 s
        s-)adjvex=i;                           //邻接点序号为 i
        s-)next=G.adjlist[j].firstedge;        //将新边表节点 s 插入到顶点 Vj 的边表头部
        G.adjlist[j].firstedge=s;
     }
}
```

若无向图中有 n 个顶点、e 条边,则它的邻接表需 n 个头节点和 $2e$ 个表节点。显然,在边稀疏($e \ll n(n-1)/2$)的情况下,用邻接表表示图比邻接矩阵节省存储空间,当和边相关的信

息较多时更是如此。

在无向图的邻接表中，顶点 V_i 的度恰为第 i 个链表中的节点数；而在有向图中，第 i 个链表中的节点个数只是顶点 V_i 的出度，为求入度，必须遍历整个邻接表。在所有链表中其邻接点域的值为 i 的节点的个数是顶点 V_i 的入度。有时，为了便于确定顶点的入度或以顶点 V_i 为头的弧，可以建立一个有向图的逆邻接表，即对每个顶点 V_i 建立一个链接以 V_i 为头的弧的链表。如图 7.11 所示为有向图 G_2(图 7.1(b)) 的邻接表和逆邻接表。

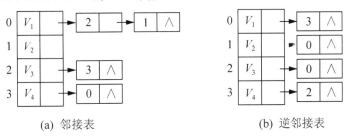

(a) 邻接表 (b) 逆邻接表

图 7.11 图 7.1(b) 的邻接表和逆邻接表

在建立邻接表或逆邻接表时，若输入的顶点信息即为顶点的编号，则建立邻接表的复杂度为 $O(n+e)$，否则，需要通过查找才能得到顶点在图中位置，则时间复杂度为 $O(n·e)$。

在邻接表上容易找到任一顶点的第一个邻接点和下一个邻接点，但要判定任意两个顶点(v_i 和 v_j) 之间是否有边或弧相连，则需搜索第 i 个或第 j 个链表，不及邻接矩阵方便。

7.3 图 的 遍 历

从图中某一顶点出发，沿着一些边访问图中所有的顶点，但使每个顶点仅被访问一次，这一过程叫做图的遍历(Traversing Graph)。线性表的遍历比较简单，从线性表的一端开始，逐个节点访问即可。树的遍历较复杂，通常可采用先序、中序和后序 3 种遍历顺序访问树的节点。图的遍历更为复杂，因为顶点之间的邻接关系是任意的，一个顶点可能和其他任何顶点相邻接，所以同一个图可以有多种多样的遍历顺序。通常我们采用的遍历方法有两种，即深度优先搜索(Depth Fist Search，DFS)和广度优先搜索(Breadth First Search，BFS)。

7.3.1 深度优先搜索(DFS)

深度优先搜索(DFS)的基本思想：首先访问图中某指定的起始点 V_i，然后由 V_i 出发访问它的任一个相邻接顶点 V_j，再从 V_j 出发访问 V_j 的任一个未经访问过的相邻接顶点 V_k，接着从 V_k 出发进行类似的访问，如此进行下去，一直到某顶点已没有未被访问过的相邻接顶点时，则退回一步，退到前一个顶点，找前一个顶点的其他尚未被访问的相邻接顶点。如果有尚未访问过的相邻接顶点，则访问此顶点后，再从该顶点出发向前进行与前述类似的访问；如果退回一步后，前一个顶点也没有未被访问过的相邻接顶点，则再向回退一步再进行搜索，重复上述过程，一直到所有顶点均被访问过为止。以图 7.12 中的图为例，假如指定从顶点 V_0 开始进行深度优先搜索，首先访问 V_0，与它相邻接的未被访问的顶点有 V_1，V_2，因为可

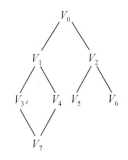

图 7.12 图的遍历例子

以任取其一，设下一个访问 V_1，与 V_1 相邻接的未被访问的顶点有 V_3 和 V_4 两个，在后二者中任取一个，假设取 V_3，访问 V_3 后，它的两个相邻接顶点只有 V_7 尚未访问，故下一个轮到 V_7，与 V_7 相邻接的未被访问的顶点只有 V_4，到达 V_4 后它的两个相邻接顶点均已被访问过了，只好退回一步到 V_7，V_7 的两个相邻接顶点均已被访问过了，从 V_7 退回到 V_3，再从 V_3 退回到 V_1，从 V_1 退回到 V_0，因 V_0 还有邻接顶点 V_2 未被访问，设下一步访问 V_2，因 V_2 未被访问的邻接顶点有 V_5，V_6，现选 V_5 访问，V_5 的未被访问的邻接顶点只有 V_6，则访问 V_6，至此全部顶点访问完毕。按此顺序访问顶点序号为 0,1,3,7,4,2,5,6。这种顺序不是唯一的，如果从 V_0 出发后先访问 V_2，其访问顺序为 0,2,6,5,1,4,7,3。当然还有多种别的序列。

由于图中的路径可能有环路，为了避免重复访问某些顶点，设计图的搜索算法时，可设置一个表示顶点是否被访问过的辅助数组 visited，初始时将数组元素置 0，一旦某顶点 V_i 被访问过，则令 visited[V_i]=1，以后此顶点即不再访问。

深度优先搜索是一种递归的过程，可以简单地将其表示成递归的形式，其算法描述如下：

```
DFS(V0)
{
访问 V0 顶点;
   visited[V0]=1;
   对所有与 V0 相邻接的顶点 w
   if (visited[w]==0)
    DFS(w);
}
```

上述算法未涉及图的存储结构。图的遍历过程必然包含对图中每个顶点查找其邻接顶点的操作，而在图的不同存储结构上查找邻接顶点的方法是不同的。若以邻接表为图的存储结构时，查找邻接顶点的操作实际上是顺序地查找对应的单链表。

算法 7.3　整个图进行深度优先遍历。

```
/*参数说明:
G 表示图的邻接表存储变量(可修改)*/
int visited[MaxVerNum];        //记录顶点是否被访问
void DfsTraverseAL(ALGraph &G)
{
   int i;
   for(i=0;i(G.n;i++)
     visited[i]=0;               //给 visited 数组赋初值
   for(i=0;i(G.n;i++)
     if(!visited[i])
         Dfs(G,i);
}
```

算法 7.4　从顶点 V 出发进行深度优先遍历的递归算法。

```
/*参数说明:
G 表示图的邻接表存储变量(可修改)，V 表示起始顶点下标*/
void Dfs(ALGraph &G,int v)
{
    EdgeNode *p;
    visited[v]=1;
    printf("%d",v);
```

```
    p=G.adjlist[v].firstedge;
    while(p!=NULL)
     {
        if(visited[p-)adjvex]==0)
        Dfs(G,p-)adjvex);              //从 V 的未访问过的邻接点出发进行深度优先搜索
        p=p-)next;
     }
  }
```

现在来分析深度优先搜索图的时间复杂性。一个有 n 个顶点、e 条边的图，在深度优先搜索图的过程中，找邻接点所需时间为 $O(e)$。另外，对辅助数组初始化时间为 $O(n)$。因此，当用邻接表作为图的存储结构时，深度优先搜索图的时间复杂性为 $O(e+n)$。

从顶点 V_i 出发进行深度优先遍历的递归过程也可以写成非递归的形式，此时需借助一个堆栈保存被访问过的节点，以便回溯时查找已被访问节点的未被访问过的邻接点。设堆栈由一个一维数组构成，数组名为 stack，栈顶指针为 top，假设此数组足够大，不必考虑溢出的可能。此非递归形式的函数如下。

算法执行步骤描述：

(1) 访问图的指定起始顶点 V；

(2) 从 V 出发访问一个与 V 邻接的 p 所指的顶点，并将其压入栈中；

(3) 从 p 所指顶点出发，访问与 p 所指顶点邻接且未被访问的顶点，以后从该顶点出发，重复上述过程，直到找不到存在未访问过的邻接顶点为止；

(4) 出栈，即退回到尚有未被访问过的邻接点的顶点，从该顶点出发，重复(3)，(4)步，直到所有被访问过的顶点的邻接点都已被访问为止。

算法 7.5　深度优先遍历非递归算法。

```
/*参数说明：
G 表示图的邻接表存储变量(可修改)，V 表示起始顶点下标*/
void  DfsTraverseAL(ALGraph &G,int v)
{
EdgeNode  *stack[MaxVerNum], *p;
int visited[MaxVerNum],top=-1,i;
for(i=0;i(G.n;i++)
   visited[i]=0;
printf("%d\n",v);                   // (1)访问图的指定起始顶点 v
p=G.adjlist[v].firstedge;
visited[v]=1;
while(top)=0||p!=NULL)
{
  while(p!=NULL)
   if (visited[p-)adjvex]==1)
     p=p-)next;
   else
   {
     printf("%d\n",p-)adjvex); //(2)从 v 出发访问一个与 v 邻接的 p 所指的顶点
     visited[p-)adjvex]=1;
     top++;
     stack[top]=p;                    //将 p 所指的顶点入栈
     p=G.adjlist[p-)adjvex].firstedge;        //(3)从 p 所指顶点出发
```

```
    }
  if(top)=0)
  {
    p=stack[top];                    //(4)退栈，回溯查找已被访问节点的未被访问过的邻接点
    top--;
    p=p-)next;
  }
 }
}
```

7.3.2　广度优先搜索(BFS)

图的广度优先搜索(BFS)类似于树的按层次遍历。广度优先搜索的基本思想：首先访问图中某指定的起始点V_i并将其标记为已访问过，然后由V_i出发访问与它相邻接的所有顶点V_j，V_k，…，并均标记为已访问过，然后再按照V_j，V_k，…的次序，访问每一个顶点的所有未被访问过的邻接顶点，并均标记为已访问过，下一步再从这些顶点出发访问与它们相邻接的尚未被访问的顶点，如此下去，直到所有的顶点均被访问过为止。如图 7.12 所示的图中，假定以V_0为起始点进行广度优先搜索时，首先访问V_0，因V_0的未被访问的相邻接顶点有V_1和V_2，则访问V_1和V_2，然后访问V_1和V_2的相邻接顶点V_3，V_4，V_5，V_6，最后访问V_7，至此访问过程结束，访问各顶点的顺序为 0,1,2,3,4,5,6,7。广度优先搜索是一种分层次的搜索过程，每向前走一步可能是访问一批顶点，但不像深度优先搜索那样有退回的情况。因为同一层的顶点可有不同的访问次序，所以广度优先搜索的顶点访问顺序也不是唯一的。例如，也可以是 0,2,1,6,5,4,3,7 等。

在广度优先搜索中，若对V_0顶点的访问先于对V_1顶点的访问，则对V_0邻接顶点的访问也先于对V_1邻接顶点的访问即广度优先搜索中对邻接点的寻找具有"先进先出"的特性。为了保证访问顶点的这种先后关系，需借助一个队列暂存那些刚访问过的顶点。设此队列由一个一维数组构成，数组名为 Queue，队首指针和队尾指针分别为 front 和 rear。假设数组足够大，不必考虑有溢出的可能性。广度优先搜索不是递归过程，不能用递归形式，其算法可以描述如下：

```
BFS(V₀)
{
    访问 V₀顶点；
    visited[v₀]=1;
    被访问过的顶点入队；
    当队列非空时，进行下面的循环
      {
        (1)被访问过的顶点出队；
        (2)对所有与该顶点相邻接的顶点 w
        if (visited[w]==0)
        {
            (a)访问 w顶点；
            (b)visited[w]=1;
            (c)w入队；
        }
      }
}
```

上述算法未涉及图的存储结构。若图的存储结构为邻接表，相应的广度优先算法如下。

算法 7.6 广度优先遍历算法。

```
/*参数说明:
G 表示图的邻接表存储变量(可修改), v 表示起始顶点下标*/
int visited[MaxVerNum];
int queue[MaxVerNum];
void BfsTraverseAL(ALGraph &G,int v)
{
int front=-1,rear=0;
EdgeNode *p;
visited[v]=1;
printf("%d",v);
queue[rear]=v;                    //初始顶点入队
while(front!=rear)                //队列不为空
{
  front=front+1;
  v=queue[front];                 //按访问次序出队列
  p=G.adjlist[v].firstedge;       //找 v 的邻接顶点
  while(p!=NULL)
  {
    if (visited[p-)adjvex]==0)
    {
     visited[p-)adjvex]=1;
     printf("%d",p-)adjvex);
     rear=rear+1;
     queue[rear]=p-)adjvex;
    }
   p=p-)next;
  }
}
}
```

现以图 7.12 为例，设已指定以 V_0 为出发点，看看此过程的运行情况。首先打印标号"V_0"并将其插入队尾，然后开始进入循环过程。因队列为非空(此时只有一个元素 V_0)，将队首元素 V_0 出队且使 $V=0$，并沿该顶点的单链表顺序查找；与 V 相邻接的顶点有"V_1"和"V_2"均未曾访问过，将它们先后打印并插入队尾，这是第 1 个循环。第 2 个循环是将队首元素"V_1"出队且使 $V=1$，该顶点对应的单链表上有 3 个节点，即与该顶点邻接有 3 个顶点，但"V_0"已访问过了，故将"V_3"和"V_4"打印出并插入队尾，此循环即结束。第 3 个循环是将元素 V_2 出队且将"V_5"和"V_6"打印出并插入队列中。第 4 个循环出队的是"V_3"，打印并插入 V_7。现队列中尚有"V_4"，"V_5"，"V_6"，"V_7"这 4 个元素，因为它们都已不再有未被访问过的相邻顶点，故下面 4 个循环只是逐个将它们出队而不会再有打印和入队的操作，至此队列成为空队列，则循环停止，整个函数执行完毕。执行此函数打印出的访问各顶点顺序为 V_0，V_1，V_2，V_3，V_4，V_5，V_6，V_7。

现在来分析广度优先搜索图的时间复杂性。一个有 n 个顶点、e 条边的图，在广度优先搜索图的过程中，每个顶点至多进一次队列，图的搜索过程实质上是通过边来找顶点的过程，找邻接点所需时间为 $O(e)$，另外，对辅助数组初始化时间为 $O(n)$。因此，当用邻接表作为图的存储结构时，广度优先搜索图的时间复杂性为 $O(e+n)$。

7.4　最小生成树

在一个无向连通图 G 中，如果取它的全部顶点和一部分边构成一个子图 G',即
$$V(G')=V(G)\ \text{和}\ E(G')\subseteq E(G)$$

若边集 $E(G')$ 中的边刚好将图的所有顶点连通但又不形成环路，我们就称子图 G' 是原图 G 的生成树(Spanning Tree)。生成树有如下特点：任意两个顶点之间有且仅有一条路径；如果再增加一条边就会出现环路；如果去掉一条边此子图就会变成非连通图。

具有 n 个顶点的连通图 G 的生成树不一定是惟一的，同一个图可以有不同的生成树，如图 7.13(a)所示的图 G，图 7.13(b)、(c)、(d)都是它的生成树。有人证明过：一个有 n 个顶点的完全图，一共存在 $n^{(n-2)}$ 种不同的生成树。对于带权的连通图(连通网)G，其生成树也是带权的。我们把生成树各边的权值总和称为该生成树的权，并且将权最小的生成树称为最小生成树(Minimum Spanning Tree)。

具有 n 个顶点的连通图 G=(V, E)，可从 G 的任一顶点出发，做一次深度优先搜索或广度优先搜索，就可将 G 的所有顶点都访问到。在搜索过程中，从一个已访问过的顶点 V_i 到下一个要访问的顶点 V_j，必定要经过一条边(V_i,V_j)，由于图中的每一个顶点只访问一次，而初始出发顶点的访问与边无关，因此搜索过程中共经过 $n-1$ 条边(少于此边数即不可能将各顶点连通，多于此边数则必然要出现环路)，正是这 $n-1$ 条边将图中 n 个顶点连接成极小连通子图，该极小连通子图就是图 G 的一个生成树。如图 7.13 所示的图 G 有 6 个顶点，它的各种生成树都是 5 条边。图 7.13(b)、(c)、(d)都是无向连通图 G 的生成树，其中图 7.13(d)的权为 15，是一个最小生成树。

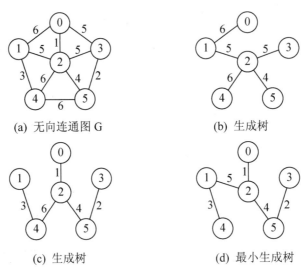

(a) 无向连通图 G　　　　　　(b) 生成树

(c) 生成树　　　　　　(d) 最小生成树

图 7.13　图 G 及其生成树

生成树和最小生成树有许多重要的应用。例如，在城市间敷设供电线路或通信线路等方面就是一个生成树的应用问题。令图 G 的顶点表示城市，边表示连接两个城市之间的供电线路或通信线路，把 n 个城市连接起来至少需要 $n-1$ 条线路，如果给图 G 中的边都赋予权，而这些权可表示两个城市之间供电线路或通信线路的长度或建造代价，那么如何选择 $n-1$ 条线

路，使得建立的供电网或通信网的总长度最短或总代价最小？这就是要构造该图的一棵最小生成树。

生成最小生成树的算法主要有两个，即普里姆算法和克鲁斯卡尔算法。

7.4.1 普里姆(Prim)算法

普里姆算法是普里姆在 1957 年提出的，是按逐个将顶点连通的步骤得到图的最小生成树的。假设 $G=(V,E)$ 是一个具有 n 个顶点的连通网络，$T=(U,TE)$ 是 G 的最小生成树，其中 U 是 T 的顶点集，TE 是 T 的边集，U 和 TE 的初值均为空。算法开始时，首先从 V 中任取一个顶点(假定为 V_0)，将此顶点并入 U 中，此时最小生成树顶点集 $U=\{V_0\}$，然后从那些其一个端点已在 U 中，另一个端点仍在 U 外的所有边中，找一条最短(即权值最小)的边，假定该边为 (V_i,V_j)，其中 $V_i \in U$，$V_j \in V-U$，并把该边 (V_i,V_j) 和顶点 V_j 分别并入 T 的边集 TE 和顶点集 U，如此进行下去，每次往生成树里并入一个顶点和一条边，直到 $n-1$ 次后，把所有 n 个顶点都并入生成树 T 的顶点集 U 中，此时 $U=V$，TE 中包含有 $(n-1)$ 条边，这样，T 就是最后得到的最小生成树。

普里姆算法中每次选取的边两端，总是一个已连通顶点(在 U 集合内)和一个未连通顶点(在 U 集合外)，故这个边选取后一定能将未连通顶点连通而又保证不会形成环路。现以图 7.14(a)为例说明此算法的过程。该图用邻接矩阵表示，如图 7.14(b)所示。其中与两相邻接顶点对应的矩阵元素为两顶点间关联边的权值，如 $C[0][1]=8$；对角线上的元素权为无穷大；两个不相邻接顶点对应的矩阵元素也取为无穷大，如 $C[1][4]=\infty$，表示两顶点之间有一个代价甚高的边，实际上不能采用。由于计算机不能处理无穷大的量，故用一个较已知权值大得多的有限值代替，例如，此例中可取 32767 代替无穷大。

假设取 V_0 点为起始点，将其加入 U 集合中；与 V_0 相关联的边共有 4 条，其权值分别为 8，9，14 和 12，其中以(0，1)边的权值为最小，故选此边加入 TE 集合中，并将 V_1 顶点加入集合 U 中(V_1 与 V_0 相连通)；下面再看集合里顶点与集合外顶点相关联的 5 条边，它们的权值分别是 9,3,17,14 和 12，其中以(1，2)边的权值为最小，故选取此边加入边集合 TE，并将 V_2 加入顶点集合 U 中。再下一步是在权值分别为 18,13,17,14 和 12 的 5 条边中选出(0，4)边加入边集合 TE 中，并将 V_4 加入顶点集合 U 中；最后一步选取权值为 5 的(3,4)边后，全部顶点都被连通，此过程结束。图 7.14(a)中粗线边表示最小生成树的边。

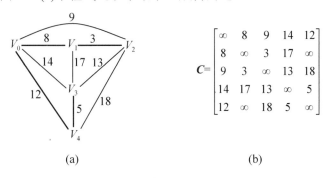

(a)   (b)

图 7.14 普里姆算法例子

为了便于在顶点集合 U 和 $V-U$ 之间选择权最小的边，建立两个数组 closest 和 lowcost,closest[i]表示 U 中的一个顶点，该顶点与 $V-U$ 中的一个顶点构成的边具有最小的权；

lowcost 表示该边对应的权值。开始，由于 U 的初值为 $\{0\}$，所以，closest[i]的值为 0，$i=1,\cdots,n$，而 lowcost[i]为 V_0 到各顶点的边中最小的权值。

算法 7.7　利用普里姆算法生成最小生成树。

```
/*参数说明:
 G 表示图的邻接矩阵的存储变量，v 表示起始顶点下标*/
void Prim(Mgragh G,int v)
{
    int lowcost[MaxVertexNum];          //顶点 i 是否在 U 中
    int min;
    int closest[MaxVertexNum],i,j,k;
    for (i=0;i(G.n;i++)               //给 lowcost[]和 closest[]置初值
    {
        lowcost[i]=G.edges[v][i];
        closest[i]=v;
    }
    for (i=1;i(G.n;i++)               //找出 n-1 个顶点
    {
        min=INF;
        for (j=0;j(G.n;j++)          //在(V-U)中找出离 U 最近的顶点 k
            if (lowcost[j]!=0 && lowcost[j](min)
            {
                min=lowcost[j];
                k=j;                    //k 记录最近顶点的编号
            }
        printf(" 边(%d,%d)权为:%d\n",closest[k],k,min);
        lowcost[k]=0;                   //标记 k 已经加入 U
        for (j=0;j(G.n;j++)          //修改数组 lowcost 和 closest
            if (G.edges[k][j]!=0 && G.edges[k][j](lowcost[j])
            {
                lowcost[j]=G.edges[k][j];
                closest[j]=k;
            }
    }
}
```

该函数中每一步执行都要扫描数组 lowcost，在 V-U 顶点集中找出与 U 最近的顶点，令其为 k，并打印边(k,closest[k])。然后将 k 加入 U 顶点集合中，并修改数组 lowcost 和 closest。这里用 g 表示图的邻接矩阵，g.edges[i][j]和 g.edges[j][i]是边(i,j)的权。

7.4.2　克鲁斯卡尔(Kruskal)算法

克鲁斯卡尔算法是 1956 年由克鲁斯卡尔提出的，它的思路很容易理解。假设 $G=(V,E)$ 是一个具有 n 个顶点的连通网络，$T=(U,TE)$ 是 G 的最小生成树，U 的初值等于 V，即包含有 G 中的全部顶点，TE 的初值为空集。该算法的基本思想：将图 G 中的边按权值从小到大的顺序依次选取，若选取的边使生成树 T 不形成环路，则把它并入 TE 中，保留作为生成树 T 的一条边，若选取的边使生成树 T 形成环路，则将其舍弃，如此进行下去，直到 TE 中包含 $n-1$ 条边为止。此时的 T 即为最小生成树。现以图 7.15(a)为例说明此算法。设此图是用边集数组表示的，边集数组是一个结构数组，数组中的每个元素表示一条边，组成每条边的是三元组序列(边的起始顶点、边的终止顶点、边的权值)。将每条边的数据输入之后，按权值的大小进行了排序，如图 7.15(b)所示。这样，按权值由小到大选取各边就是在数组中按下标由 1 到 e(图中边的数目)的次序选取。

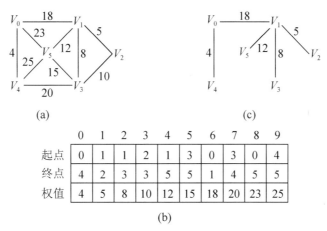

(a)　　　　　　　　　　　　　　(c)

	0	1	2	3	4	5	6	7	8	9
起点	0	1	1	2	1	3	0	3	0	4
终点	4	2	3	3	5	5	1	4	5	5
权值	4	5	8	10	12	15	18	20	23	25

(b)

图 7.15　带权图及其边集数组和最小生成树

首先选前 3 条边均无问题，保留它们作为生成树的边；到第 4 条边(2，3)时，将与已保留的边形成环路，将其舍去；以后就是保留(1，5)边，舍去(3，5)边，取到(0，1)边时，保留的边数已够(n-1)=5 条边，此时必定将 6 个顶点全部都互相连通了，后面剩下的各条边即不必再考虑。最后得到的最小生成树如图 7.15(c)所示，其各边权值总和等于 45，可以证明，这是所能得到的最小值了。有时图中有权值相等的边，在选取时可先任选其中一个。

在选取某边时如何判断是否与已保留的边形成环路？克鲁斯卡尔算法是通过将各顶点划分为集合的办法来解决的。开始时假定 n 个顶点分属于 n 个集合，即每个集合中有一个顶点。

当确定某条边保留作为生成树的一条边时，就将该边两端点所属的两集合合并为一个，表示原来属于两个集合的各个顶点已被这条新的边连通。如果取到某条边，发现它的两个端点已属于同一集合时，此边则应当舍去。因为两个顶点属于同一集合说明它们已连通，若再添上这条边就会出现环路。上例中，当选取(0,4)、(1,2)、(1,3) 3 条边后，顶点的集合则变成如下 3 个：

$$\{0，4\}，\{1，2，3\}，\{5\}$$

下一条(2，3)边的两端点已属于同一集合中，故应该舍去；再下一条(1，5)边的顶点仍属不同的集合，允许保留，保留它作为生成树的一条边后又合并成新的集合{1，2，3，4}。如此进行下去，到所有的顶点均已属于一个集合时，此最小生成树就构成了。

在算法实现时，用一个 set[]数组来表示这些顶点，set 的初值为 $s[i]=0(i=0,1\cdots,n-1)$，表示各顶点自成一个分量。当从边集数组中按次序选取一条边时，查找它的两个顶点所属的分量，若这两个分量不相等，则表明所选的这条边的两个顶点分属不同的集合，该边加入到生成树中不会形成环路，应作为生成树的一条边，同时合并这两个分量为一个连通分量。若这两个分量相等，则表明这条边的两个顶点同属一个集合，将此边加入到生成树必产生环路，应予放弃。

利用克鲁斯卡尔构造最小生成树的边集数组结构定义和函数如下：

```
# define MaxEdgeNum 100
struct Edges      /* 边集类型，存储一边条的起始顶点为 bv,终止顶点为 tv 和权 w */
{
        int bv,tv,w;
};
typedef struct Edges Edgeset[MaxEdgeNum];
```

算法 7.8　存储图的边集。

```
/*参数说明：
G 表示图的邻接矩阵存储变量，GE 用来存放边集(可修改)*/
void SaveEdge(Mgragh G,Edgeset &GE)
{
    int i,j,k=0;
    for(i=0;i(G.n;i++)
        for(j=i+1;j(G.n;j++)
        {
            if(G.edges[i][j]!=0 && k(G.e)
            {
            GE[k].bv=i;
            GE[k].tv=j;
            GE[k].w=G.edges[i][j];
            k++;
            }
        }
}
int Seeks(int set[],int v)
{                      //查找一个顶点所属的分量
int  i=v;
while(set[i])0)
i=set[i];
return(i);
}
```

算法 7.9　利用克鲁斯卡尔算法生成最小生成树。

```
/*参数说明：
G 表示图的邻接矩阵存储变量，GE 用来存放边集*/
void Kruskal(Mgragh G,Edgeset GE)   //GE 为权按从小到大排序的边集数组
{
  int set[MaxEdgeNum],v1,v2,i,j;
  for (i=0;i(G.n;i++)
     set[i]=0;                     //给 set 中每个元素赋初值
  i=0;                             //i 表示获取的生成树中的边数，初值为 0
  j=0;                             //j 表示 ge 中的下标，初始值为 0
  while (j(G.n && i(G.e)           // 检查该边是否加入到生成树中
  {
    v1=Seeks(set,GE[i].bv);
    v2=Seeks(set,GE[i].tv);
    if (v1!=v2)                    //当 v1,v2 不在同一集合，该边加入生成树
    {
      printf("(%d,%d)",GE[i].bv,GE[i].tv);
      set[v1]=v2;
```

```
        j++;
    }
  i++;
 }
}
```

7.5 最 短 路 径

应用带权有向图求最短路径在许多领域里有实际应用意义。例如，用一个带权的图表示一个交通运输网络，以图的各个顶点代表一些城市，图的各条边表示城市之间的交通运输路线，每条边的权值则表示此路线的长度或表示沿此路线运输所花费的时间或运费等。所谓最短路径(Shortest Path)问题指的是，如果从图中某顶点出发(此点称为源点)，经图的边到达另一顶点(称为终点)的路径不止一条，如何找到一条路径使沿此路径上各边的权值之和为最小。

设一个有向网络 $G = (V, E)$，已知各边的权值，并设每边的权均大于 0，以某指定 V_0 为源点，求从 V_0 到图的其余各点的最短路径。以如图 7.16 所示的图为例，若指定以顶点 V_5 为源点，该图比较简单，通过观察可得到从 V_5 到其余各点的最短路径为

$$V_5 \rightarrow V_1 : 5$$

$$V_5 \rightarrow V_2 : 12$$

$$V_5 \rightarrow V_0 : 21 (经 V_1，V_2)$$

$$V_5 \rightarrow V_3 : 25$$

$$V_5 \rightarrow V_4 : 无路径$$

由此可以看出，最短路径并不一定是经过边最少的路径。例如，直接从 V_5 到 V_0 的边(V_5, V_0)的权值为 24，但从 V_5 经过(V_5, V_1)、(V_1, V_2)和(V_2, V_3) 3 条边的权值之和为 21，可见这条路径才是最短路径。

7.5.1 从一个源点到其他各点的最短路径

狄克斯特拉(Dijkstra)于 1959 年提出了一个按路径"长度"递增的次序，逐步得到由给定源点到图的其余各点间的最短路径的算法。

假设我们以邻接矩阵 cost 表示所研究的有向图，如图 7.16(a)所示图的邻接矩阵如图 7.16(b)所示，cost[i][j]表示有向边(i, j)对应权值，如果两点之间无相应方向的边，则该元素取为无穷大。在计算机中此矩阵用一个($n \times n$)二维数组表示(n 为图的顶点数)，无穷大元素则可用某个很大的有限值(如 32767)代替。

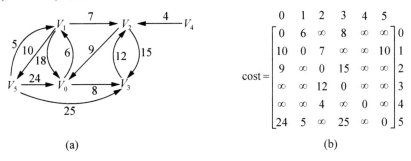

(a)   (b)

图 7.16　求某一点到各点最短路径例子

狄克斯特拉算法需要一个顶点集合，初始时此集合内只有一个源点 V_0，以后陆续将已求得最短路径的顶点加入到集合中，到全部顶点都进入集合，过程就结束了。因为只有一个集合，可用一个一维数组来表示它，设此数组为 S，凡在集合 S 以外的顶点 V_i，其相应的数组元素 $S[i]$ 为 0，否则为 1。此外，该算法还需要另一个一维数组 dist，每个顶点对应数组的一个单元，记录从源点 V_0 到其他各顶点当前的最短路径长度，其初值为 dist$[i]$=cost$[V_0][i]$，$i=2\cdots n$。数组 dist 中的数据随着算法的逐步进行要不断地修改。以图 7.16(a) 为例，当集合中只有源点 V_5 时，V_5 到 V_0 的路径只有一条(V_5, V_0)，故 dist[1]=24；到 V_1 点进入集合后，又有一条经过 V_1 到 V_0 的路径，其长度更短，故 dist[1] 变成 23；当 V_2 点再加进集合后，又变成 dist[1]=21。显然，初始时因集合内只有源点 V_5，各数组元素 dist$[i]$ 等于 V_5 到 V_i 的直接有向边(V_5, V_i) 的权，没有此有向边的顶点，相应的数组元素为无穷大，所以数组 dist 各元素的初始值恰好等于邻接矩阵中对应源点 V_5 这一行的相应元素值。还可以看出，能得到的第 1 条最短路径就是从源点 V_0 到数组 dist 中初值最小的那个顶点的直接有向边，在此例中就是(V_5, V_1)，路径长度为 5。V_5 到其他各点的距离肯定不会比 5 小，因为这些路径要么是 V_5 到该顶点的直接有向边，要么是经过 V_1 或别的顶点，而 5 已经是以 V_5 为起点的有向边中的最小权值了。

定义了 S 集合和 dist 数组并对其初始化后，狄克斯特拉算法在进行中，都是从 S 之外的顶点集合中选出一个顶点 w，使 dist$[w]$ 的值最小。于是从源点到达 w 只通过 S 中的顶点，把 w 加入集合 S 中，并调整 dist 中记录的从源点到集合中每个顶点 v 的距离：从原来的 dist$[v]$ 和 dist$[w]$+cost$[w][v]$ 中，选择较小的值作为新的 dist$[v]$。重复上述过程，直到 S 中包含 V 中其余各顶点的最短路径。

采用狄克斯特拉算法求最短路径的结构如下：

```
#define MaxVerNum 100              /* 定义最多顶点数 */
typedef struct                     /*图的定义*/
{
    int cost[MaxVerNum][ MaxVerNum];   /*邻接矩阵*/
    int n,e;                       /*顶点数,弧数*/
    char vexs[MaxVerNum];          /*存放顶点信息*/
}Mgragh;
                                   /*Mgragh 是以邻接矩阵存储的图类型*/
```

算法 7.10　利用狄克斯特拉算法求最短路径。

```
/*参数说明:
G 表示图的邻接矩阵存储变量, v0 表示起始顶点下标*/
void Dijkstra(Mgragh G,int v0)
{
int s[MaxVerNum],u,vnum,w,wm;
int dist[MaxVerNum];
for(w=0;w(G.n;w++)                 //最短路径初始化
{
    dist[w]=G.cost[v0][w];
}
for(w=0;w(G.n;w++)
  s[w]=0;
s[v0]=1;                           //S 中顶点个数的初值
vnum=1;
while(vnum(G.n-1)                  //最后一个顶点已无选择余地
```

```
{
    wm=INF;                                    //距离无穷大，表示没有路径相连
    u=v0;
    for(w=0;w(G.n;w++)
      if (s[w]==0 && dist[w](wm)
        {
            u=w;
            wm=dist[w];                        //找最小 dist[w]
        }
    s[u]=1;                                    //u 为找到最短路径的终点
    vnum++;
    for(w=0;w(G.n;w++)
      if (s[w]==0 && dist[u]+G.cost[u][w] ( dist[w])
        {
            dist[w]=dist[u]+G.cost[u][w];
        }                                      //调整不在 S 集合中的顶点的最短路径
}
for(w=0;w(G.n;w++)
  {
    printf("\nw=%d",w);
    printf("\ndist[w]=%d",dist[w]);
  }
}                                              //输出结果
```

以如图 7.16 所示的图为例来说明当指定以 V_5 为源点,用狄克斯特拉算法求最短路径的动态执行情况, 其表示集合的数组 S 和表示距离的数组 dist 元素值的变化如图 7.17 所示。

从图中可以看出随着 V_1 和 V_2 逐步加入集合 S 使 dist[ ]值发生的变化。

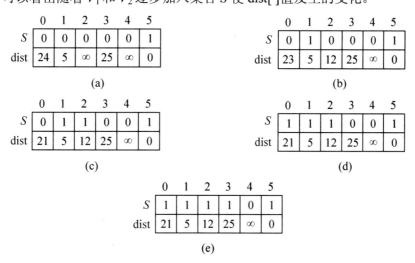

图 7.17　狄克斯特拉算法动态执行情况

7.5.2　每一对顶点之间的最短路径

如果需要找出图中所有顶点的最短路径,需要每次以一个顶点为源点,重复招待迪杰斯特拉算法 n 次。这样,便可求得每一对顶点的最短路径。总的执行时间为 $O(n^3)$。

这里要介绍由弗洛伊德(Floyd)提出的另一个算法。这个算法的时间复杂度也是 $O(n^3)$,但

形式上简单些。

弗洛伊德算法仍从图的带权邻接矩阵 cost 出发，其基本思想：

假设求从顶点 V_i 到 V_j 的最短路径。如果从 V_i 到 V_i 有弧，则从 V_i 到 V_j 存在一条长度为 cost$[i][j]$ 的路径，该路径不一定是最短路径，尚需进行 n 次试探。首先考虑路径(V_i, V_0, V_j) 是否存在(即判别弧(V_i, V_0) 和 (V_0, V_j) 是否存在)。如果存在，则比较(V_i, V_j) 和 (V_i, V_0, V_j) 的路径长度取长度较短者为从 V_i 到 V_j 的中间顶点的序号不大于 0 的最短路径。假如在路径上再增加一个顶点 V_1，也就是说，如果$(V_i, \cdots, V_1)$ 和 $(V_1, \cdots, V_j)$ 分别是当前找到的中间顶点的序号不大于 0 的最短路径，那么$(V_i, \cdots, V_1, \cdots, V_j)$ 就有可能是从 V_i 到 V_j 的中间顶点的序号不大于 1 的最短路径。将它和已经得到的从 V_i 到 V_j 中间顶点序号不大于 0 的最短路径相比较，从中选出中间顶点的序号不大于 1 的最短路径之后，再增加一个顶点 V_2，继续进行试探。依此类推。在一般情况下，若$(V_i, \cdots, V_k)$ 和 $(V_k, \cdots, V_j)$ 分别是从 V_i 到 V_k 和从 V_k 到 V_j 的中间顶点的序号不大于 $k-1$ 的最短路径，则将$(V_i, \cdots, V_k, \cdots, V_j)$ 和已经得到的从 V_i 到 V_j 且中间顶点序号不大于 $k-1$ 的最短路径相比较，其长度较短者便是从 V_i 到 V_j 的中间顶点的序号不大于 k 的最短路径。这样，在经过 n 次比较后，最后求得的必是从 V_i 到 V_j 的最短路径。

按此方法，可以同时求得各对顶点间的最短路径。

定义一个 n 阶方阵序列。

$$D^{(-1)}, \ D^{(0)}, \ D^{(1)}, \ \cdots, \ D^{(k)}, \ D^{(n-1)}$$

其中

$$D^{(-1)}[i][j]=\text{cost}[i][j]$$
$$D^{(k)}[i][j]=\text{Min}\{D^{(k-1)}[i][j], \ D^{(k-1)}[i][k]+D^{(k-1)}[k][j]\} \quad 0 \leqslant k \leqslant n-1$$

从上述计算公式可见，$D^{(1)}[i][j]$ 是从 V_i 到 V_j 的中间顶点的序号不大于 1 的最短路径的长度；$D^{(k)}[i][j]$ 是从 V_i 到 V_j 的中间顶点的个数不大于 k 的最短路径的长度；$D^{(n-1)}[i][j]$ 就是从 V_i 到 V_j 的最短路径的长度。

由此得到求任意两顶点间的最短路径的结构定义和算法：

```
#define INF 32767
#define TRUE 1
#define FALSE 0
#define MaxVerNum 100                    /* 定义最多顶点数 */
typedef struct                           /*图的定义*/
{
    int cost[MaxVerNum][ MaxVerNum];     /*邻接矩阵*/
    int n,e;                             /*顶点数,弧数*/
    char vexs[MaxVerNum];                /*存放顶点信息*/
}Mgragh;
                                         /*Mgragh 是以邻接矩阵存储的图类型*/
int Path[MaxVerNum][MaxVerNum][MaxVerNum],Distanc[MaxVerNum][MaxVerNum];
```

算法 7.11　求任意两顶点间的最短路径的算法。

```
/*参数说明：G 表示图的邻接矩阵存储变量*/
void Dispath(Mgragh G)
{
    int i,j,k;
    for (i=0;i(G.n;i++)
        for (j=0;j(G.n;j++)
```

```
        {
            if (Distanc[i][j]==INF)
            {
                if (i!=j)
                    printf("从%d到%d没有路径\n",i,j);
            }
            else
            {
                if(i!=j)
                {
                    printf(" 从%d到%d_)路径长度.%d 路径.",i,j,Distanc[i][j]);
                    printf("%d,",i);            //输出路径上的起点
                    for(k=0;k(G.n;k++)          //输出路径上的中间点
                        if(Path[i][j][k]==TRUE && k!=i &&k!=j)
                            printf("%d,",k);
                    printf("%d\n",j);           //输出路径上的终点
                }
            }
        }
    }
}
```

算法 7.12　用 Floyd 算法求有向网 G 中各对顶点 v 和 w 之间的最短路径及其带权长度。

```
/*参数说明:
G 表示图的邻接矩阵存储变量*/
void Floyd(Mgragh G)
{
//若 P[v][w][u]为 TRUE，则 u 是从 v 到 w 当前求得的最短路径上的顶点
    int i,v,w,u;
    for(v=0;v(G.n;++v)                        //各对顶点之间初始已知路径及距离
     for(w=0;w(G.n;++w)
      {
        Distanc[v][w]=G.cost[v][w];
        for(u=0;u(G.n;++u)
            Path[v][w][u]=FALSE;
        if (Distanc[v][w](INF)                //从 v 到 w 有直接路径
        {
            Path[v][w][v]=TRUE;
        }
      }
    for(u=0; u(G.n; ++u)
      for(v=0; v(G.n; ++v)
        for(w=0;w(G.n;++w)
          if (Distanc[v][u]+Distanc[u][w](Distanc[v][w])
                                        //从 v 经 u 到 w 的一条路径更短
            {
                Distanc[v][w]=Distanc[v][u]+Distanc[u][w];
                for(i=0;i(G.n;++i)
                    Path[v][w][i]=Path[v][u][i]||Path[u][w][i];
            }
    }
```

图 7.18 给出了一个简单的有向网及其邻接矩阵。图 7.19 给出了用 Floyd 算法求该有向网

中每对顶点之间的最短路径过程中，数组 D(Distanc)和数组 P(Path)的变化情况。

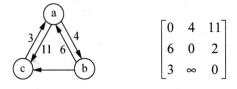

图 7.18　一个有向网图及其邻接矩阵

$$D^{(-1)} = \begin{bmatrix} 0 & 4 & 11 \\ 6 & 0 & 2 \\ 3 & \infty & 0 \end{bmatrix} \quad D^{(0)} = \begin{bmatrix} 0 & 4 & 11 \\ 6 & 0 & 2 \\ 3 & 7 & 0 \end{bmatrix} \quad D^{(1)} = \begin{bmatrix} 0 & 4 & 6 \\ 6 & 0 & 2 \\ 3 & 7 & 0 \end{bmatrix} \quad D^{(2)} = \begin{bmatrix} 0 & 4 & 6 \\ 5 & 0 & 2 \\ 3 & 7 & 0 \end{bmatrix}$$

$$P^{(-1)} = \begin{bmatrix} & ab & ac \\ ba & & bc \\ ca & & \end{bmatrix} \quad P^{(0)} = \begin{bmatrix} & ab & ac \\ ba & & bc \\ ca & cab & \end{bmatrix} \quad P^{(1)} = \begin{bmatrix} & ab & abc \\ ba & & bc \\ ca & cab & \end{bmatrix} \quad P^{(2)} = \begin{bmatrix} & ab & abc \\ bca & & bc \\ ca & cab & \end{bmatrix}$$

图 7.19　Floyd 算法执行时数组 D 和 P 取值的变化情况

7.6　拓 扑 排 序

拓扑排序(Topological Sort)是有向图的一种重要运算。在工程实践中，一个工程项目往往由若干个子项目组成，这些子项目间往往有多种关系：①先后关系，即必须在一个子项目完成后，才能开始实施另一个子项目；②子项目之间无次序要求，即两个子项目可以同时进行，互不影响。在工厂中，一件设备的生产包括许多工序，各工序之间也存在这两种关系。学校里某个专业的课程学习，有些课程是基础课，它们可以独立于其他课程，即无前导课程；有些课程必须在一些课程学完后才能开始学。这些类似的问题都可以用有向图来表示，我们把这些子项目、工序、课程看做一个个顶点，称为活动(Activity)。如果从顶点 V_i 到 V_j 之间存在有向边(V_i，V_j)，则表示活动 i 必须先于活动 j 进行。这种图称做顶点表示活动的网络(Activity On Vertex network，AOV 网络)。如图 7.20 所示是某校计算机专业的课程及其相互之间的关系，它对应的 AOV 网络如图 7.21 所示。

课 程 代 号	课 程 名 称	先 行 课 程
C_1	高等数学	
C_2	普通物理	C_1
C_3	计算机原理	C_2
C_4	程序设计	
C_5	离散数学	C_1, C_4
C_6	数据结构	C_4, C_5
C_7	编译技术	C_4, C_6
C_8	操作系统	C_3, C_6

图 7.20　某专业课程设置

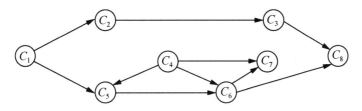

图 7.21 一个 AOV 网络

在 AOV 网络中，如果顶点 V_i 的活动必须在顶点 V_j 的活动以前进行，则称 V_i 为 V_j 的前趋顶点，而称 V_j 为 V_i 的后继顶点。这种前趋后继关系有传递性，例如在图 7.21 中，C_6 要求以 C_5 为前趋，C_5 要求以 C_1 和 C_4 为前趋，则 C_6 一定要求以 C_1 和 C_4 为前趋。AOV 网络中一定不能有有向环路。如图 7.22 所示的有向环路中，V_2 是 V_3 的前趋顶点，V_1 是 V_2 的前趋顶点，V_3 又是 V_1 的前趋顶点，环路表示顶点之间的先后关系进入了死循环。因此，对给定的 AOV 网络首先要判定网络中是否存在环路，只有有向无环路网络在应用中才有实际意义。

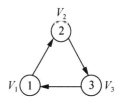

图 7.22 有向环路

所谓"拓扑排序"就是将 AOV 网络中的各个顶点(各个活动)排列成一个线性有序序列，使得所有要求的前趋、后继关系都能得到满足。例如，若 V_j 是 V_i 的后继顶点，在此线性序列中 V_j 应排在 V_i 的后面。拓扑排序在许多实际问题中有应用价值，例如，某个大工程每次只能进行一项子工程，某产品沿着装配线生产，每次只进行一项工序等，都可按此拓扑有序序列进行安排。7.7 节讲到的关键路径法，也要用到拓扑排序序列。

由于 AOV 网络中有些顶点之间没有次序要求，它们在拓扑有序序列中的位置可以任意颠倒，所以拓扑排序的结果一般并不是唯一的，例如，对图 7.21 的 AOV 网络可以得到

C_1，C_2，C_3，C_4，C_5，C_6，C_7，C_8 或 C_1，C_4，C_5，C_6，C_7，C_2，C_3，C_8 等不同的序列，它们都能满足拓扑排序的要求。通过拓扑排序还可以判断出此 AOV 网络是否包含有向环路，若有向图 G 所有顶点都在拓扑排序序列中，则 AOV 网络必定不包含有向环路。

对 AOV 网络进行拓扑排序的方法：

(1) 在网络中选择一个没有前趋的顶点，并把它输出；

(2) 从网络中删去该顶点和从该顶点发出的所有有向边；

(3) 重复执行上述两步，直到网中所有的顶点都被输出(此时，原 AOV 网络中的所有顶点和边就都已经被删除掉了)。

以如图 7.23(a)所示的网络为例，初始时 V_3 和 V_4 两个顶点的入度为 0，说明它们是没有前趋的顶点，任意取出其中一个排至有序序列，假设取 V_3，同时删去它和它的关联边(V_3，V_1)和(V_3，V_5)，变成图 7.23(b)；第 2 步只有 V_4 顶点没有前趋，将 V_4 排至有序序列，删去它和它的两条关联边，成为图 7.23(c)；由于与 V_3，V_4 相关联的边被删除，V_2 变成新的无前趋顶点，又将其排至有序序列中。如此重复下去，最后得到的有序序列为

$$V_3，V_4，V_2，V_1，V_5$$

如果进行到某一步，无法找到无前趋的顶点，则说明此 AOV 网络中存在有向环路，如图 7.24 所示，有向环路的 3 个顶点中没有入度为零的，即没有无前趋顶点。遇到这种情况，拓扑排序就无法进行了。

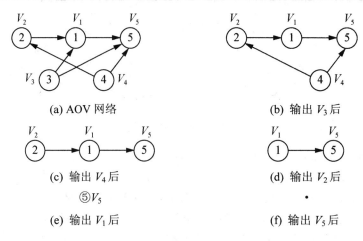

图 7.23　AOV 网络拓扑排序的过程

为了实现拓扑排序的算法，对于给定的有向图，假定采用邻接表作为它的存储结构，每个顶点在邻接表中对应一个单链表，表示该顶点的各直接后继顶点，例如，若存在有向边(V_i, V_j)，V_j 就是 V_i 的直接后继顶点，在顶点 V_i 对应的单链表中就应该有一个表示顶点 V_j 的节点。在邻接表中顶点节点中增加一个记录顶点入度的数据域，即顶点结构设为

vertex	count	firstedge

其中，vertex、firstedge 的含义如前所述；count 为记录顶点入度的数据域。边节点的结构不变。每个顶点入度初值可随邻接表动态生成过程中累计得到，例如，根据图 7.23(a)的有向图生成的邻接表如图 7.24 所示。

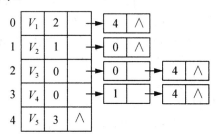

图 7.24　图 7.23(a)的邻接表

在拓扑排序过程中，凡入度为 0 的顶点即是没有前趋的顶点，可将其取出列入有序序列中去，同时将该顶点从图中删除掉不再考虑。删去一个顶点时，所有它的直接后继顶点(可以从与它对应的单链表中查出)入度均减 1，表示相应的有向边也被删除掉。因为在过程的进行中，随着入度的减小，还可能陆续出现新的无前趋顶点，为了避免在每一步选入度为 0 的顶点时，重复进行顺序表的扫描，比较好的办法是设置一个堆栈，将已检验到的入度为 0 的顶点标号进栈，当再出现新的无前趋顶点时，也陆续将其进栈。每次选入度为 0 的顶点时，只要取栈顶顶点即可。

用邻接表存储 AOV 网络，实现拓扑排序的步骤可描述如下：

(1) 将没有前驱的顶点(count 域为 0)压入栈；

(2) 从栈中退出栈顶元素输出，并把该顶点引出的所有有向边删去，即把它的各个邻接顶点的入度减 1；

(3) 将新的入度为 0 的顶点再入堆栈;

(4) 重复(2)~(4),直到栈为空为止。此时或者是已经输出全部顶点,或者剩下的顶点中没有入度为 0 的顶点。进行拓扑排序的具体函数如下:

```
#define MaxVerNum 100                  /*最大顶点数为100*/
typedef struct node{                   /*弧表节点*/
    int adjvex;                        /*邻接点域*/
    struct node * next;                /*指向下一个邻接点的指针域*/
                                       /*若要表示弧上信息,则应增加一个数据域info*/
}ArcNode;
typedef struct vnode{                  /*顶点表节点*/
    char vertex;                       /*顶点域*/
    int count;                         /*入度*/
    ArcNode * firstarc;                /*弧表头指针*/
}VertexNode;
typedef VertexNode AdjList[MaxVerNum]; /*AdjList 是邻接表类型*/
typedef struct{
    AdjList adjlist;                   /*邻接表*/
    int n,e;                           /*顶点数和弧数*/
}ALGraph;                              /*ALGraph 是以邻接表方式存储的图类型*/
```

算法 7.13   拓扑排序算法。

```
/*参数说明:
G 表示图的邻接表存储变量*/
void TopSort(ALGraph G)
{
    int i,j;
    int St[MaxVerNum],top=-1;          //栈 St 的指针为 top
    ArcNode *p;
    for (i=0;i(G.n;i++)                //入度置初值 0
        G.adjlist[i].count=0;
    for (i=0;i(G.n;i++)                //求所有顶点的入度
    {
        p=G.adjlist[i].firstarc;
        while (p!=NULL)
        {
            G.adjlist[p-)adjvex].count++;
            p=p-)next;
        }
    }
    for (i=0;i(G.n;i++)
        if (G.adjlist[i].count==0)     //入度为 0 的顶点进栈
        {
            top++;
            St[top]=i;
        }
    while (top)-1)                     //栈不为空时循环
    {
        i=St[top];
        top--;                         //出栈
        printf("%d ",i);               //输出顶点
```

```
        p=G.adjlist[i].firstarc;           //找第 1 个相邻顶点
        while (p!=NULL)
        {
            j=p-)adjvex;
            G.adjlist[j].count--;
            if (G.adjlist[j].count==0)  //入度为 0 的相邻顶点进栈
            {
                top++;
                St[top]=j;
            }
            p=p-)next;                       //找下一个相邻顶点
        }
    }
}
```

上述函数中，假定如图 7.24 所示的邻接表已经事先构成，否则还应在前面加上输入数据和构成邻接表的步骤。

7.7 关键路径法

关键路径(Critical Path Method，CPM)是管理科学中的一个重要方法，广泛应用于大型工程的计划工作，我们也称其为"统筹法"。与 7.6 节用顶点表示活动的 AOV 网络不同，关键路径法是采用边表示活动(Activity On Edge)的网络，简称为 AOE 网络。AOE 网络是一个带权的有向无环路图，其中，每个顶点代表一个事件(Event)，事件说明某些活动或某一项活动的完成，即阶段性的结果。离开某顶点的各条边所代表的活动，只有在该顶点对应的事件出现后才能开始；权值表示活动持续的时间。图 7.25 是一个 AOE 网络的例子，整个网络共有 11 项活动。其中有 9 个事件：V_1，V_2，$\cdots$，V_9。V_1 表示整个工程的开始，V_9 表示整个工程的结束，与每个活动相关的权值是执行该活动所需的时间，如活动 a_1 需要 6 天等。

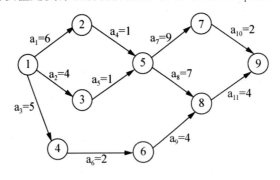

图 7.25 一个 AOE 网络

通常，利用 AOE 网络可以研究以下两个问题：

(1) 完成整个工程至少需要多少时间？

(2) 哪些活动是影响工程进度的关键？

完成工程所需的时间，也就是从开始点起到结束点止所需的时间。由于一些活动可以并行进行，因此，从开始点到结束点的有向路径通常不止一条，这些路径的长度也可能不同。所谓的路径长度是指沿路径各边的权值之和，也就是这些边所代表的活动所需时间之和。完成不同路径上的活动所需时间虽然不同，但只有各条路径上所有活动都完成了，整个工程才能完成。因此，完成整个工程所需的时间取决于从开始点到结束点的最长路径长度，此长度最大的路径称做关键路径，如图 7.25 所示的 AOE 网络中，V_1、V_2、V_5、V_7、V_9 是关键路径，其长度等于活动 a_1、a_4、a_7、a_{10} 所需时间之和 18 天，即从工程开始到工程结束至少需要 18 天。有时关键路径不止一条，例如，图 7.25 中的 V_1、V_2、V_5、V_8、V_9 也是关键路径，它的长度也是 18 天。分析关键路径的目的是辨别哪些是关键活动，以便争取提高关键活动的效率，缩短整个工期。

在描述关键路径的算法时，设活动 a_i 由弧(j,k)表示，要确定如下几个相关的量：

(1) 事件 V_j 的最早出现时间和活动的最早开始时间：从源点 V_1 到某顶点 V_j 的最长路径长度称做事件 j 的最早出现时间，表示成 $e_v[j]$。例如，事件 5 的最早出现时间 $e_v[5]=7$ 天，这可从图上看出，只有活动 a_1, a_4, a_2, a_5 都完成了，事件 5 才出现，虽然完成活动 a_2 以后再完成 a_5 只需 5 天，但此时 a_1, a_4 尚未完成，只有经过 7 天，这 4 项活动都完成了，事件 5 才出现。顶点 V_j 的最早出现时间 $e_v[j]$ 决定了从 V_j 指出的各条边所代表活动的最早开始时间，因为事件 j 不出现，它后面的各项活动就不能开始，以 e[i]表示活动 a_i 的最早开始时间，显然 $e[i]=e_v[j]$。

(2) 活动 a_i 的最迟开始时间：在不影响整个工程按时完成的前提下，此项活动最迟的必须开始时间，表示成 L[i]。有些活动不一定要在最早开始时间就开始，比最早开始时间迟一些也可能不影响整个工程的如期完成。例如，虽然在工程开始 5 天后 a_3 完成时即可开始图中的活动 a_6，即 e[6]=5 天，但推迟到 8 天后开始也仍然不误工期，因为 a_6 再进行两天，接着 a_9 和 a_{11} 共进行 8 天，恰好在经过 18 天整个工程结束时能够完成，故 L[6]=8 天。而活动 a_8 却不同，它必须在最早开始时间(即开始后 7 天)立即开始，因它本身需进行 7 天，后面接着进行 a_{11} 又需 4 天，只有立即开始 a_8 才能保证 18 天完成整个工程，故 L[8]=e[8]=7 天。

只要某活动 a_i 有 L[i]=e[i]的关系，就称 a_i 为关键活动。关键活动只允许在一个确定的时间开始，若早，它前面的事件还没出现，尚不能开始；若晚，会延误整个工程的按时完成。由于完成整个工程所需的时间是由关键路径上各边权值之和所决定的，因此关键路径上各条边所对应的活动都是关键活动。

(3) 事件 j 的最迟出现时间：事件 j 在不延误整个工程的前提下允许发生的最迟时间，表示为 $L_v[j]$。对某条指向顶点 V_j 的边所代表的活动 a_i 可得到

$$L[i]=L_v[j]-(\text{活动 } a_i \text{ 所需时间})$$

也就是活动 a_i 必须先于它后面事件的最迟出现时间开始，提前的时间为进行此活动所需的时间，如图 7.26 所示。

由上述可知，确定关键路径的方法就是要确定 e[i]=L[i]的关键活动。假设以 w[j,k]表示有向边(j,k)的权，即此边对应的活动所需的时间，为了求 AOE 网络中活动 a_i 的最早开始时间 e[i]和活动 a_i 的最迟开始时间 L[i]，先要求得顶点 V_k 的事件 V_k 的最早出现时间 $e_v[k]$ 和最迟出现时间 $L_v[k]$。$e_v[k]$ 和 $L_v[k]$ 可以采用下面的递推公式计算：

(1) 向汇点递推。由源点的 $e_v[1]=0$ 开始，利用公式：

$$e_v[k]=\max_{<j,k>\in P}(e_v[j]+w[j,k])\,(1<k\leqslant n)$$

向汇点的方向递推，可逐个求出各顶点的 e_v。式中 p 表示所有指向 V_k 顶点的边的集合，如图 7.27 所示。

$$L[i] = L_v[j] - (活动\ a_i\ 所需时间)$$

图 7.26　活动开始时间与事件出现时间的关系

图 7.27　集合 p

此式的意义为：从指向顶点 V_k 的各边的活动中取最晚完成的一个活动的完成时间作为 V_k 的最早出现时间 $e_v[k]$。

(2) 向源点递推。由上一步的递推，最后总可求出汇点的最早出现时间 $e_v[n]$。因汇点就是结束点，其最迟出现时间与最早出现时间相同，即 $L_v[n] = e_v[n]$。从汇点的最迟出现时间 $L_v[n]$ 开始，利用下面的公式：

$$L_v[j] = \min_{<j,k>\in S} (L_v[k] - w[j,k]) \quad (1 \leq j < n)$$

向源点的方向往回递推，可逐个求出各顶点的最迟出现时间 L_v。式中 s 表示所有由 V_j 点指出的边的集合，如图 7.28 所示。

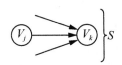

图 7.28　集合 s

此公式的意义：由从 V_j 顶点指出的各边所代表的活动中取需最早开始的一个开始时间作为 V_j 的最迟出现时间。

无论是向汇点递推还是向源点递推，都必须按一定的顶点顺序进行。对所有的有向边，向汇点递推是先求出尾顶点的 e_v 值，再求头顶点的 e_v 值；向源点递推则相反，先求头顶点的 L_v 值，再求尾顶点的 L_v 值。为此，可利用 7.7 节介绍的拓扑排序得到的顶点次序进行向汇点的递推，例如对图 7.25 的例子可按 V_1，V_4，V_6，V_3，V_2，V_5，V_8，V_7，V_9 的顺序进行；向源点的递推按相反的顺序进行即可，不必再重新排序。由此，可在拓扑排序的基础上计算事件 V_j 的 $e_v[j]$ 和 $L_v[j]$，并得到如下求关键路径的算法：

(1) 输入 e 条有向边(j,k)，建立 AOE 网络的存储结构；

(2) 从源点出发，令 $e_v[1] = 0$，按拓扑排序的序列求其余各顶点的最早出现时间 $e_v[i]$ ($2 \leq i \leq n$)。若拓扑排序序列中的顶点个数小于网络中的顶点数 n，则说明网络中存在环路，算法中止执行，否则执行(3)；

(3) 从汇点 V_n 出发，令 $L_v[n] = e_v[n]$，按逆拓扑排序的序列求其余各顶点的最迟出现时间 $L_v[i]$ ($n-1 \geq i \geq 1$)；

(4) 根据各顶点的 e_v 和 L_v 值求每条有向边 a_i 的最早开始时间 $e[i]$ 和最迟开始时间 $L[i]$。若某有向边 a_i 满足 $e[i] = L[i]$，则为关键活动。

对图 7.25 例子中的 AOE 网络，各事件的最早出现时间和最迟出现时间及各活动的最早开始时间和最迟开始时间计算结果如表 7-1 所示。

表 7-1　AOE 网络中的关键活动

事件 j	$e_v[j]$	$L_v[j]$	活动 i	$e[i]$	$L[i]$	$L[i]-e[i]$
1	0	0	1	0	0	0
2	6	6	2	0	2	2
3	4	6	3	0	3	3
4	5	8	4	6	6	0

续表

5	7	7	5	4	6	2
6	7	10	6	5	8	3
7	16	16	7	7	7	0
8	14	14	8	7	7	0
9	18	18	9	7	10	3

由表 7-1 可知时间余量为零的活动都是关键活动，即为 $a_1, a_4, a_7, a_8, a_{10}, a_{11}$。这些关键活动构成两条关键路径，即关键路径($V_1$，$V_2, V_5, V_7, V_9$)和($V_1$，$V_2$，$V_5$，$V_8$，$V_9$)。在安排工程时，对于关键活动和余量小的活动应重点保证，余量较大的活动可适当地放松些，对于非关键活动加速进行，并不能使整个工程提前完成，只有提高关键路径上的活动的效率，才能缩短整个工程的工期。

7.8　应用示例与分析

【例 7.1】　已知一有向图的邻接表存储结构如图 7.29 所示，分别给出从顶点 V_1 出发进行深度优先和广度优先遍历所得到的顶点序列。

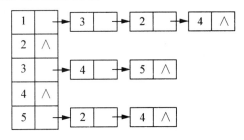

图 7.29　一个有向图的邻接表

解：根据有向图的深度优先遍历算法，从顶点 V_1 出发所得到的顶点序列是
$$V_1, \quad V_3, \quad V_4, \quad V_5, \quad V_2$$
根据有向图的广度优先遍历算法，从顶点 V_1 出发所得到的顶点序列是
$$V_1, \quad V_3, \quad V_2, \quad V_4, \quad V_5$$

【例 7.2】　有 n 个顶点的无向图或有向图采用邻接矩阵和邻接表表示，请回答下列问题：

(1) 如何计算图中有多少条边？

(2) 如何判断任意两个顶点 i 和 j 是否有边相连？

(3) 如何计算任意一个顶点的度是多少？

解：(1)对于无向图邻接矩阵中"1"的个数除以 2 为图的边数。邻接表中的各单链表中的节点数除以 2 为图的边数。

对于有向图邻接矩阵中"1"的个数为图的边数。邻接表中的各单链表中的节点数为图的边数。

(2) 对于无向图，在邻接矩阵中第 i 行第 j 列元素为"1"，或者第 j 行第 i 列元素为"1"，则顶点 i 与 j 有边相连。在邻接表中的第 i 个单链表中有节点为 j，或者第 j 个单链表中有节点为 i，则顶点 i 与 j 有边相连。

对于有向图，在邻接矩阵中第 i 行第 j 列元素为"1"，则有一条从 i 到 j 的边。在邻接表中的第 i 个单链表中有节点为 j，则有一条从 i 到 j 的边。

(3) 对于无向图邻接矩阵中第 i 行的元素之和为 i 顶点的度，邻接表中的第 i 个单链表中的节点数为 i 顶点的度。

对于有向图邻接矩阵中第 i 行元素之和为 i 顶点的入度，第 j 列元素之和为 j 顶点的出度。在邻接表中，第 i 个单链表的节点数就是 i 顶点的出度，整个邻接表中具有的节点为 i 的节点数就是 i 顶点的入度。

【例 7.3】 编写一个算法将一个无向图的邻接矩阵转换成邻接表。

解：先设置一个空的邻接表，然后在邻接矩阵上查找值不为 0 的元素，找到后创建表节点并在邻接表对应的单链表中插入该节点(请读者自行创建无向图的邻接矩阵)。

```
void ConvertG(Mgragh MG,ALGraph &AG)
{
    int i,j;
    EdgeNode *p;
    for(i=0;i(MG.n;i++)
    {
        AG.n=MG.n;
        AG.e=MG.e;
        AG.adjlist[i].vertex=MG.vexs[i];
        AG.adjlist[i].firstedge=NULL;
    }
    for(i=0;i(MG.n;i++)
        for(j=MG.n-1;j)=0;j--)
            if(MG.edges[i][j]!=0)
            {
                p=(EdgeNode *)malloc(sizeof(EdgeNode));
                p-)adjvex=j;
                p-)next=AG.adjlist[i].firstedge;
                AG.adjlist[i].firstedge=p;
            }
}
```

【例 7.4】 设计一个算法，求出无向图 G 的连通分量个数。

解：采用遍历方式判断无向图 G 是否连通。这里用 Dfs，先给 visited[] 数组置初值 0，再从 0 顶点开始遍历该图。然后判断 visited[] 的值，若所有顶点 i 的 visited[i] 均为 0，则该图是不连通的；连通分量个数增 1。如此检查完所有的顶点。

```
int visit ed[MaxVertexNum];
                        //从顶点出发进行深度优先遍历的递归算法如下：
void Dfs(ALGraph &G,int v)
{
    EdgeNode *p;
    visited[v]=1;
    printf("%d",v);
    p=G.adjlist[v].firstedge;
    while(p!=NULL)
    {
        if(visited[p-)adjvex]==0)
```

```
            Dfs(G,p-)adjvex);
                              //从 v 的未访问过的邻接点出发进行深度优先搜索
            p=p-)next;
        }
}
int Getnum(ALGraph &G)
{
int i,n=1;                    //n 记录连通分量个数
Dfs(G,0);
for(i=0;i(G.n;i++)
  if(visited[i]==0)
  {
    n++;
    Dfs(G,i);
  }
return n;
}
```

【例 7.5】　有一个邻接表存储的图 G。分别设计实现以下要求的算法：

(1) 求出图 G 中每个顶点的出度；

(2) 求出图 G 中出度最大的一个顶点，输出该顶点的编号；

(3) 计算图 G 中出度为 0 的顶点数；

(4) 判断图 G 中是否存在边(i,j)。

解：对应(1)、(2)、(3)和(4)的功能函数分别是 VertexOD ()、MaxVertexOD ()、ZeroD () 和 Edge ()。

```
int OutDegree(ALGraph G, int v)
{
    EdgeNode *p;
    int n=0;
    p=G.adjlist[v].firstedge;
    while (p!=NULL)
    {
        n++;
        p=p-)next;
    }
    return n;
}
void VertexOD(ALGraph G)
{
    int i;
    printf("(1)各顶点出度:\n");
    for (i=0;i(G.n;i++)
        printf("顶点%d:出度%d\n", i,OutDegree(G, i));
}
void MaxVertexOD(ALGraph G)
{
    int maxv=0, maxds=0, i, x;
    for (i=0;i(G.n;i++)
    {
        x=OutDegree(G, i);
```

```
          if (x)maxds)
          {
              maxds=x;maxv=i;
          }
      }
      printf("(2)最大出度的顶点%d 的出度＝%d\n" ,maxv,maxds);
}
void ZeroD(ALGraph G)
{
    int i, x;
    printf("(3)出度为 0 的顶点");
    for (i=0;i(G.n;i++)
    {
        x=OutDegree(G, i);
        if (x==0)
            printf("%d",i);
    }
     printf("\n");
}
void Edge(ALGraph G)
{
    int i, j;
    EdgeNode *p;
    printf("(4)输入边的下标");
    scanf("%d,%d",&i,&j);
    p=G.adjlist[i].firstedge;
    while (p!=NULL && p-)adjvex!=j)
        p=p-)next;
    if (p==NULL)
        printf("不存在");
    else
    {
        printf("存在");
        printf("(%d,%d)\n",i,j);}
}
```

小　结

　　图是一种复杂的非线性数据结构。在图中数据元素之间的联系是任意的，是多对多的联系，即任何两个顶点都可能存在邻接关系。图的存储结构主要有两种：邻接矩阵和邻接表，对于网络还要存储权值。

　　图的遍历就是从图的某一个顶点出发，访问图中每个顶点一次且仅一次。遍历的基本方法有两种：深度优先搜索和广度优先搜索。深度优先搜索是按着尽量向前走，走不通才退回，再向其他路径搜索的原则进行的。这是一个递归过程。如采用非递归的算法，则需利用一个堆栈。广度优先搜索是一个逐层横向搜索的过程。它不是递归过程。算法设计时需利用一个队列。这两种算法的基本思想非常重要，利用它们还可以解决一些其他问题。

　　图的应用十分广泛，本章着重介绍了图的 4 个实际应用：最小生成树，最短路径问题，以及利用 AOV 网络研究拓扑排序问题和利用 AOE 网络研究关键路径的方法。

取一无向连通图的全部顶点和一部分边构成一个子图，如果其中所有顶点仍是连通的，但各边又不形成环路，这个子图就叫做原图的一个生成树。同一个图可以有多个不同的生成树，对于带权的图，常常需要选择一个各条边的总和为最小的生成树，即最小生成树。

对于带权的有向图，求从某一顶点出发到其余各顶点的最短路径(所经过的有向边权值总和最小的路径)或求每一对顶点之间的最短路径叫做最短路径问题。

AOV 网络的顶点表示活动，两顶点间的有向边表示相应两项活动间必须满足的先后次序要求。将 AOV 网络中各顶点表示的活动排成一个线性序列，使活动之间所有的先后次序要求得到满足就叫做拓扑排序。

AOE 网络是带权的有向图，它的边表示活动，每条边的权表示该项活动所需的时间。利用 AOE 网络可以研究完成整个工程所需的时间是多少和保证不拖延工期的关键活动有哪些。

习题与练习七

一、选择题

1. 下面关于图的存储的叙述中，哪一个是正确的。(　　)
   A. 用相邻矩阵法存储图，占用的存储空间数只与图中节点个数有关，而与边数无关
   B. 用相邻矩阵法存储图，占用的存储空间数只与图中边数有关，而与节点个数无关
   C. 用邻接表法存储图，占用的存储空间数只与图中节点个数有关，而与边数无关
   D. 用邻接表法存储图，占用的存储空间数只与图中边数有关，而与节点个数无关

2. 如果某图的邻接矩阵是对角线元素均为零的上三角矩阵，则此图是(　　)。
   A. 有向完全图　　　　　　　B. 连通图
   C. 强连通图　　　　　　　　D. 有向无环图

3. 一个有 n 个节点的图，最少有(　　)个连通分量，最多有(　　)个连通分量。
   A. 0　　　　B. 1　　　　C. $n-1$　　　　D. n

4. 要连通具有 n 个顶点的有向图，至少需要(　　)条边。
   A. $n-1$　　　　B. n　　　　C. $n+1$　　　　D. $2n$

5. 下列的邻接矩阵是对称矩阵？(　　)
   A. 有向图　　　　B. 无向图　　　　C. AOV 网　　　　D. AOE 网

6. 下列说法不正确的是(　　)。
   A. 图的遍历是从给定的源点出发每一个顶点仅被访问一次
   C. 图的深度遍历不适用于有向图
   B. 遍历的基本算法有两种：深度遍历和广度遍历
   D. 图的深度遍历是一个递归过程

7. 下面哪一方法可以判断出一个有向图是否有环(回路)？(　　)。
   A. 深度优先遍历　　B. 拓扑排序　　C. 求最短路径　　D. 求关键路径

8. 一个有向无环图的拓扑排序序列(　　)是唯一的。
   A. 一定　　　　B. 不一定

9. 关键路径是事件节点网络中( )。

    A. 从源点到汇点的最长路径
        B. 从源点到汇点的最短路径

    C. 最长回路
                   D. 最短回路

10. 下列关于 AOE 网的叙述中，不正确的是( )。

    A. 关键活动不按期完成就会影响整个工程的完成时间

    B. 任何一个关键活动提前完成，那么整个工程将会提前完成

    C. 所有的关键活动提前完成，那么整个工程将会提前完成

    D. 某些关键活动提前完成，那么整个工程将会提前完成

11. 图中有关路径的定义是( )。

    A. 由顶点和相邻顶点序列构成的边所形成的序列

    B. 由不同顶点所形成的序列

    C. 由不同边所形成的序列

    D. 上述定义都不是

12. 设无向图的顶点个数为 n，则该图最多有( )条边。

    A. $n-1$ B. $n(n-1)/2$ C. $n(n+1)/2$ D. 0   E. n^2

13. 一个无向连通图的生成树是含有该连通图的全部顶点的( )。

    A. 极小连通子图
                   B. 极小子图

    C. 极大连通子图
                   D. 极大子图

14. 图的深度优先遍历类似于二叉树的( )。

    A. 先序遍历
                    B. 中序遍历

    C. 后序遍历
                    D. 层次遍历

15. 在有向图 G 的拓扑序列中，若顶点 V_i 在顶点 V_j 之前，则下列情形不可能出现的是( )。

    A. G 中有弧(V_i, V_j)
          B. G 中有一条从 V_i 到 V_j 的路径

    C. G 中没有弧(V_i, V_j)
        D. G 中有一条从 V_j 到 V_i 的路径

二、基本知识题

1. 图的逻辑结构特点是什么？什么是无向图和有向图？什么是子图？什么是网络？

2. 什么是顶点的度？什么是路径？什么是连通图和非连通图？什么是非连通图的连通分量？

3. 给出如图 7.30 所示的无向图 G 的邻接矩阵和邻接表两种存储结构。

图 7.30 无向图 G

4. 假设图的顶点是 A、B…，请根据下面的邻接矩阵画出相应的无向图或有向图。

$$\begin{bmatrix} 0 & 1 & 1 & 1 \\ 1 & 0 & 1 & 1 \\ 1 & 1 & 0 & 1 \\ 1 & 1 & 1 & 0 \end{bmatrix}$$

(a)

$$\begin{bmatrix} 0 & 1 & 1 & 0 & 0 \\ 0 & 0 & 0 & 1 & 0 \\ 1 & 0 & 0 & 0 & 1 \\ 1 & 0 & 0 & 0 & 0 \\ 0 & 1 & 0 & 1 & 0 \end{bmatrix}$$

(b)

5．分别给出如图 7.31 所示 G 图的深度优先搜索和广度优先搜索得到的顶点访问序列。

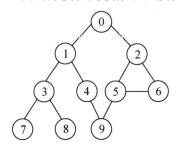

图 7.31　无向图 G

6．应用 prim 算法求如图 7.32 所示带权连通图的最小生成树。

图 7.32　某带权连通图 G

7．写出如图 7.33 所示有向图的拓扑排序序列。

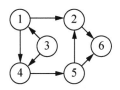

图 7.33　有向图 G

三、算法设计题

1．如图 7.34 所示，试给出图 G 对应的邻接表，并写出深度优先算法。

2．如图 7.34 所示，试给出图 G 对应的邻接矩阵，并写出广度优先算法。

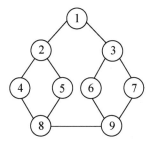

图 7.34　一个无向图 G

3．编写一个函数通过与用户交互建立一个有向图的邻接表。

4．一个无向连通图的存储结构以邻接表的形式给定，设计算法删除该图中的一条边(i,j)。

5．设有向图用邻接表表示，图有 n 个顶点，表示为 $1\sim n$，试写一个算法求顶点 k 的入度 $(1<k<n)$。

6．在有向图 G 中，如果 r 到 G 中的每个节点都有路径可达，则称节点 r 为 G 的根节点。编写一个算法完成下列功能：

(1) 建立有向图 G 的邻接表存储结构；

(2) 判断有向图 G 是否有根，若有，则打印出所有根节点的值。

7．设计一个算法，判断无向图 G 是否是一棵树。若是树，则返回 1；否则返回 0。

8．设计一个算法，求出无向图 G 的连通分量个数。

第 8 章　排　　序

本章导读

　　在计算机科学中，排序是组织数据最基本的运算，许多处理程序都是以它作为中间步骤的，采用好的排序算法对于提高数据处理的工作效率是很重要的。本章首先介绍冒泡排序、直接选择排序、简单插入排序 3 种简单的排序方法，然后对堆排序、快速排序、希尔排序、归并排序、基数排序等较复杂的排序算法进行详细的讲述，认真学习、了解这些算法对于提高软件设计能力也将很有帮助。

本章主要知识点

- ➢ 排序的基本概念
- ➢ 三种简单的排序方法：冒泡排序、直接选择排序、简单插入排序
- ➢ 堆排序
- ➢ 快速排序
- ➢ 希尔排序
- ➢ 归并排序
- ➢ 基数排序

8.1　排序的基本概念

　　将一组杂乱无序的数据按一定的规律顺次排列起来称做排序(sort)。在实际问题中，需要排序的往往是一批记录，每个记录包含有多个域(即有多个信息段)。例如，图书数据，每个记录可能包括一本书的书名、作者、分类号、出版年月等。对一批记录的排序，应该指定是根据记录中哪个域的数据进行排列。例如，对于图书数据，应该指明是按书名排列还是按出版日期或者分类号来排列。这个作为排序依据的数据域我们称之为关键字(key)。为了简单起见，本章在讨论各种排序算法时，就以关键字来代表整个记录，而对记录中可能有的其余各域的数据不予考虑。此外，本章讨论的排序均为按递增顺序排序，并假定要排序的记录均已存储在一个一维数组中。该数组定义如下：

```
#define MAXITEM 100
typedef int KeyType;              /*定义关键字类型*/
typedef char ElemType[10];
typedef struct Record
{
KeyType key;                      /*关键字*/
```

```
    ElemType data;              /*其他域*/
  } SeqList[MAXITEM];
```

对于大多数的排序方法，数据是存储在内存中，并在内存中加以处理的，这种排序方法称做内部排序。如果在排序过程中，数据的主要部分存放在外存储器中(如软盘、硬盘、磁带)，借助内存进行内、外存数据交换，逐步排列记录之间的顺序，则称为外部排序。内部排序适用于记录个数不多的小文件，外部排序则适用于记录个数太多，不能一次将全部记录都放入内存的大文件。内部排序是外部排序的基础。本章主要介绍内部排序的各种典型的方法。内部排序的方法很多，比较各种排序算法的优劣，主要是分析算法的时间复杂性和执行算法所需要的附加空间，在一些情况下也要考虑算法的稳定性。一种排序方法，如果排序后具有相同关键字的记录仍维持排序之前的相对次序，则称为稳定的，否则称为不稳定的。

8.2 3种简单排序方法

为了对一般的排序运算有一个初步认识，本节先介绍3种最简单易懂的排序算法。

8.2.1 简单选择排序

简单选择排序的做法是：第1趟扫描所有数据，选择其中最小的一个与第1个数据互换；第2趟从第2个数据开始向后扫描，选择最小的与第2个数据互换；依次进行下去，进行了$(n-1)$趟扫描以后就完成了整个排序过程。简单选择排序比较独特的地方是它很少交换数据，在每一趟扫描数据时，用一个整型变量跟踪当前最小数据的位置，然后，第i趟扫描只需将该位置的数据与第i个数据交换即可。这样扫描$n-1$次，处理数据的个数从n逐次减1，扫描过程中只有数据比较操作，没有数据交换操作，每次扫描结束时才可能有一次交换数据的操作。如图8.1所示是简单选择排序的一个例子，图8.1中每行的方括号表示下一趟的扫描范围，带箭头的水平线则表示应该进行的数据交换。

```
(0) [13  15  6   10  20  8   3   19]
(1)  3  [15  6   10  20  8   13  19]
(2)  3   6  [15  10  20  8   13  19]
(3)  3   6   8  [10  20  15  13  19]
(4)  3   6   8   10 [20  15  13  19]
(5)  3   6   8   10  13 [15  20  19]
(6)  3   6   8   10  13  15 [20  19]
(7)  3   6   8   10  13  15  19  20
```

图8.1 简单选择排序

从图8.1中可以看出，如果某趟扫描的第1个数据恰好是扫描范围中的最小数据，则不需要进行数据互换，在本例中第3趟、第5趟扫描就没有进行互换。但一趟扫描没有互换并不能说明下趟就一定没有互换。

简单选择排序在(n-1)趟扫描中共需进行 $n(n-1)/2$ 次比较,最坏情况下的互换次数为$(n-1)$,整个算法的时间复杂性为 $O(n^2)$。简单选择排序既简单又容易实现,适宜于 n 较小的情况。

算法 8.1 简单选择排序。

```
/*参数说明:
R 顺序表,n 数据元素个数 */
void SelectSort (SeqList R[], int n)
{
    int i, j, min;
    for (i=1;i(=n;i++)
    {
        min=i;                  //用 min 指出每一趟在无序区范围内的最小元素
        for (j=i+1;j(=n;j++)
            if (R[j].key ( R[min].key)
                min=j;
        R[0] = R[i];      // R[0]用于暂时存放元素
        R[i] = R[min];
        R[min] =R[0];
    }
}
```

简单选择排序是不稳定的排序算法。例如,在图 8.1 中假定第 1 单元的原始数据不是 13 而是 6,因为在第 1 次扫描时它与 3 互换而排到了第七单元,在排序结束时,这个 6 将排在原来第 3 单元的 6 之后,与原始的先后次序相反。

8.2.2 冒泡排序

冒泡排序是一种简单而且容易理解的排序方法,它和气泡从水中不断往上冒的情况有些类似。其基本思想是对存放原始数据的数组,按从后往前的方向进行多次扫描,每次扫描称为一趟(pass)。当发现相邻两个数据的次序与排序要求的"递增次序"不符合时,即将这两个数据进行互换。这样,较小的数据就会逐单元向前移动,好像气泡向上浮起一样。为了形象起见,这里将一维数组画成了竖置的形式,图 8.2 中带圆括号的数字表示扫描的趟数。

(0)	(1)	(2)	(3)	(4)	(5)	(6)	(7)
⌐	13	13	13	13	13	13	13
42	⌐	14	14	14	14	14	14
20	42	⌐	15	15	15	15	15
17	20	42	⌐	17	17	17	17
13	17	20	42	⌐	20	20	20
28	14	17	20	42	⌐	23	23
14	28	15	17	20	42	⌐	28
23	15	28	23	23	23	42	⌐
15	23	23	28	28	28	28	42

图 8.2 冒泡排序过程

一趟从下向上扫描,开始时 15 与 23 比较,次序是不对的,二者应交换;然后 15 与 14 相比,次序是对的,二者不必交换;将 14 与 28 继续比较,次序是不对的,二者应交换;再将 14 与 13 比较，次序是对的，二者不必交换；因 13 是各数据中最小的一个，它与其他数据相比次序均不对，故陆续向上互换一直到数组的最上端(第 1 个单元)，相当于最轻的一个气泡浮到最上面。第 2 趟仍是从下向上扫描，这次扫描先是 15 与 28 互换，然后是 14 与 17、20及 42 互换，14 上升到其合适的位置，即数组的第 2 单元。依次进行下去，每趟有一"气泡"浮上来，到达它应在的位置处，故扫描的范围逐趟缩小，图 8.2 中每列的方括号表示下一趟的扫描范围。至于需扫描的趟数视原始数据最初的排列次序的不同而不同，最坏的情况要进行$(n-1)$趟扫描，一般常常少于$(n-1)$趟即可完成。当第 K 趟扫描后各数据就已按顺序排列好时，此后就不必再进行扫描了。为此，可以设置一个标志 flag 用来指示扫描中有没有进行数据交换，每趟扫描开始前将其置1。当这趟扫描至少出现一次互换时，将其置0。如果某趟扫描后flag 仍为 1，说明此趟扫描已无数据互换，则排序结束，不必再继续扫描。

算法 8.2　冒泡排序。

```
/*参数说明:
R 顺序表, n 数据元素个数 */
void BubbleSort(SeqList R[], int n)
{
    int i,j,flag;
    for(i=1;i(=n-1;i++)
    {
        flag=1;
        for( j=n-1;j>=1;j--)
            if (R[j+1].key < R[j].key)
            {
                flag=0;
                R[0]=R[j];      // R[0]用于暂时存放元素
                R[j]=R[j+1];
                R[j+1]=R[0];
            }
        if (flag==1)
            return;
    }
}
```

冒泡排序算法的优点是比较容易理解，且当原始数据大体符合要求的次序时，运算速度较快。但它不是高效率的算法，在最坏的情况下，如果输入数据的次序与排序要求的次序完全相反，冒泡排序需要进行 $\frac{n(n-1)}{2}$ 次比较和 $\frac{3n(n-1)}{2}$ 次移动，其数量级均为 $O(n^2)$。对于有相同关键字记录的情况，冒泡排序是稳定的。

8.2.3　直接插入排序

直接插入排序的基本思想：从数组的第 2 个单元开始，依次从原始数据中取出数据，并将其插入到数组中该单元之前的已排好序的序列中合适的位置处。图 8.3 是简单插入排序的一个例子，图 8.3 中每行的方括号表示已排好次序的序列，开始时，把第 1 个数据看做是已排好次序的序列，以后的每一趟选择方括号以外最左边的一个数据，将其插入到序列的前端，插入时，需要进行多次的比较和数据移动，例如，图 8.3 中数据 14 的插入，需要和已排好序的所有数据进行比较，且需令所有比它大的数据均向后移动一个单元。直接插入算法需要经过(n-1)趟插入过程。如果数据恰好插入到序列的最后端，则不须移动数据，可节省时间，所以若原始数据大体有序，此算法可以有较快的运算速度。

(0)	42	20	17	13	28	14	23	15
(1)	[20	42]						
(2)	[17	20	42]					
(3)	[13	17	20	42]				
(4)	[13	17	20	28	42]			
(5)	[13	14	17	20	28	42]		
(6)	[13	14	17	23	28	42]		
(7)	[13	14	15	17	20	23	28	20]

图 8.3　简单插入排序

算法 8.3　简单插入排序。

```
/*参数说明:
R 顺序表, n 数据元素个数 */
void InsertSort (SeqList R[], int n)
{
    int i,j;
    for( i=2; i<=n; i++)
    {
        R[0]=R[i];                  //R[0]用于暂时存放待插入的元素
        j= i-1;                     //j 为待比较元素下标, 初始时指向待插入元素前一个单元
        while (R[0].key<R[j].key)
        {
            R[j+1]=R[j];
            j--;
        }
        R[j+1]=R[0];                //在 j+1 位置插入 R[0]
    }
}
```

简单插入排序的时间复杂性也是 $O(n^2)$，一般来说可比气泡排序快一些。对于有相同关键字记录的情况，此算法是稳定的。

8.3　堆　排　序

8.3.1　堆的概念

堆排序(Heap Sort)是利用二叉树的一种排序方法。在前面树的一章中曾讲述过先构成二叉排序树再进行中序遍历的排序方法。堆(Heap)是与二叉排序树不同的一种二叉树，它的定义：一个完全二叉树，它的每个节点对应于原始数据的一个元素，且规定如果一个节点有儿子节点，此节点数据必须大于或等于其儿子节点数据。由此可见堆与二叉排序树的不同点在

于，它必须是完全二叉树，但对节点的左儿子和右儿子节点不要求加以区别，只规定了父节点和儿子节点数据之间必须满足的条件。

由于堆是完全二叉树，采用将节点顺序编号存入一维数组中的表示法比链接表示法节省存储空间，也便于计算。设某堆的节点数共有 n 个，顺序将它们存入一维数组 r 中。根据顺序表示二叉树的特点，除下标为 1 的节点是整棵树的根节点而没有父节点以外，其余下标为 j 的节点($2 \leq j \leq n$)都有父节点，父节点的下标为 $i = \lfloor j/2 \rfloor$。故堆的条件可以表示为

$$r[i] \geq r[j] \qquad 当 2 \leq j \leq n 且 i = \lfloor j/2 \rfloor$$

如图 8.4(a)所示就是一个堆，它的顺序存储结构如图 8.4(b)所示。

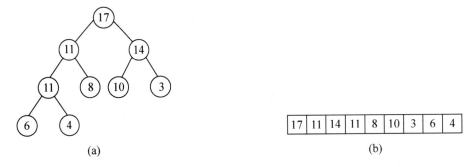

图 8.4 堆

由堆的定义可知，其根节点(即在数组中下标为 1 的节点)具有最大的数字，堆排序就是利用这一特点进行的。由此，实现堆排序需要解决两个问题：

(1) 对一组待排序的数据，先将它们构建成一个堆，输出堆顶的最大数据；

(2) 将余下的 $n-1$ 个数据再构建堆，输出具有次小值的数据；如此反复进行下去，直至全部数据都输出，就可以得到排好序的元素序列。

下面对构建堆和利用堆来排序两个阶段分别进行介绍。

8.3.2　构建堆

堆排序的关键是构建堆。一般构建堆是采用一种称为筛选(sift)的算法。这种方法是将一个无序数据序列的构建堆的过程看做一个反复"筛选"的过程。下面以一个具体例子介绍这种构建堆的方法。

设原始数据为 7，10，13，15，4，20，19，8(数据个数 $n=8$)。首先把这些数据按任意次序置入完全二叉树的各节点中，如图 8.5(a)所示。由于原始数据的次序是任意的，此树一般不符合堆的条件，需要用筛选运算进行调整。筛选运算是从最末尾节点(下标为 n)的父节点(下标为 $\lceil n/2 \rceil$)开始，向前逐节点进行，直至筛选完根节点即形成此堆。筛每个节点时，将其数值与其两个儿子节点中数值较大者进行比较，如小于该儿子节点数值，则与之进行交换，互换后又将它看做父节点，再与下一层的儿子节点进行比较，如此做下去，直至不小于其儿子节点的数值，或已筛到叶节点而不再有儿子节点了，此数据的筛选运算即完成。图 8.5 的例子共有 8 个节点，[8/2]=4，故从 4 号节点开始筛，因该节点数据大于它儿子节点的数据(8)，不必互换；下一步筛 3 号节点，其数据(13)小于其儿子节点的数据，与儿子节点中数据较大者(20)互换；2 号节点数据(10)小于其左儿子节点数据(15)，与之互换，互换后比再下一层的儿子节点数据(8)要大，故不再向下换；最后筛 1 号节点，将其数据(7)与它两个儿子节点中较大

的数据(20)互换后，还要与再下一层的数据(19)互换，构建堆的过程就结束了。图 8.5 (b)、(c) 、(d) 、(e)分别为第 4、3、2 和 1 号节点数据进行筛选运算的情况。

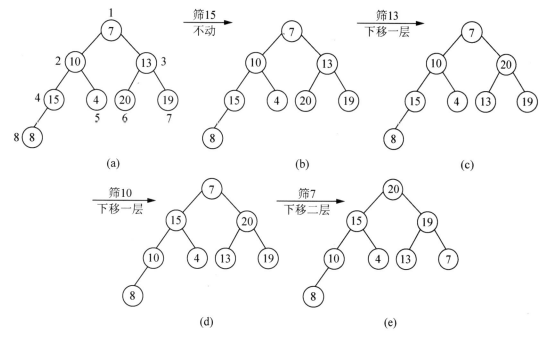

图 8.5 用筛选算法构建堆

从图 8.5 中可以看出此构建堆的过程是由下而上逐层进行父节点与子节点的数据比较的，并利用筛选运算进行互换调整，使大者"上浮"，小者被"筛选"下去，直至使其最后完全满足堆的条件。

设共有 n 个节点，置于一维数组 r 中，则筛选第 v 号节点的函数如下。

算法 8.4 构建堆(筛选)算法。

```
/*参数说明:
R 顺序表, v 要调整的节点, n 数据元素个数 */
void Sift (SeqList R[], int v, int n)
{
int i,j;
    i=v;
    j=2*i;                    // j 为 i 的左儿子节点下标
    R[0]=R[i];                // 将待筛数据暂存于 R[0]中
    while (j<=n)
    {
    if (j<n && R[j].key<R[j+1].key)
        j++;                  // 如右儿子数据较左儿子大，将 j 改为右儿子下标
    if (R[0].key<R[j].key)
    {
            R[i]=R[j];
            i=j;
            j=2*i;            // 如待筛数据小于其儿子数据，则与其儿子数据互换
    }
        else
```

```
            j=n+1;                  //筛选完成，令 j=n+1，以便终止循环
        }
        R[i]=R[0];                  //被筛节点数据放入最终位置
}
```

令待筛节点下标 v 由 $\lfloor n/2 \rfloor$ 逐次减小到 1，反复调用函数 sift，就可以得到符合条件的堆。

8.3.3　利用堆排序

由于在一个堆中根节点数据总是所有数据中最大的，利用堆进行排序的方法是从根节点逐个取出数据，每次将新的再提到根节点，如此反复进行，直到堆只剩下一个节点为止。为了节约存储空间，要求排序得到的有序数据序列仍存放于原数组中，将从根节点取出的数据由数组的末端起逐单元存放。每存放一个数据，同时将原来在该单元的数据换到根节点。但这样互换后一般会破坏堆的条件，因此需要对根节点再做依次筛选运算，即令 $v=1$ 再调用一次函数 sift，就又可形成新的满足条件的堆。随着数组末端存放的由堆中取出的数据越来越多，堆的节点数逐渐减少，到取出了 $(n-1)$ 个数据，堆中只剩下一个节点，这个数据一定是全部数据中最小的一个，堆排序即全部结束。如图 8.6 所示是利用堆进行排序的全过程，排序前的初始情况如图 8.5(e)所示的堆。图中虚线以下为已从根节点逐个取出的有序数据，以上则为剩下的完全二叉树的节点。排序第 1 步是将根节点数据(20)与数组最末一单元数据(8)互换，互换后完全二叉树剩下 7 个节点，然后对处在根节点的新数据(8)进行筛选运算，使此树又符合堆的条件；第 2 步再将新升到根节点的数据(19)与完全树的最后一个节点数据(7)互换，然后又对互换后的根做筛选运算，得到有 6 个节点的堆；依此做下去，经过 $(n-1)$ 次互换和筛选运算，就完成了排序过程。利用堆进行排序需要反复调用前面已给出的 sift 筛选函数，每次调用时有不同的实际参数。实际堆排序的函数如下。

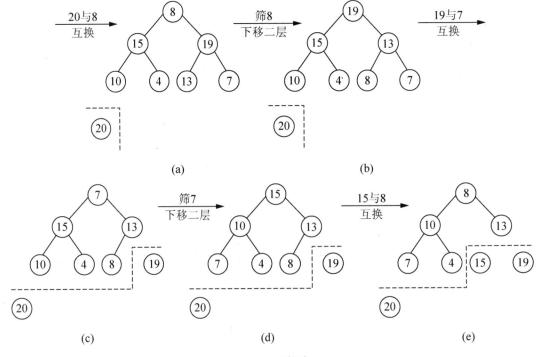

图 8.6　堆排序

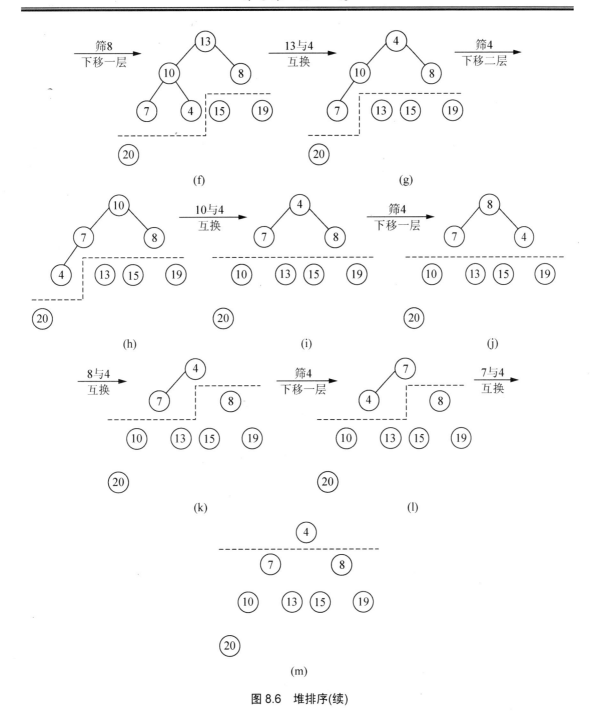

图 8.6 堆排序(续)

算法 8.5 堆排序算法。

```
/*参数说明：
R 顺序表，n 数据元素个数 */
void HeapSort (SeqList R[], int n)
{
    int i;
    for (i=n/2; i>=1; i--)
        Sift (R, i, n);                    // 初始建堆
```

```
for (i=n; i>=2; i--)
{                               //进行 n-1 次循环，完成堆排序
    R[0]=R[i];                  //将第 1 个元素同当前区间内最后一个元素互换
    R[i]=R[1];
    R[1]=R[0];
    Sift (R, 1, i-1);           //筛选 R[1]节点，得到(i-1)个节点的堆
}
}
```

在第 6 章曾经给出了完全二叉树的高度 h 与节点数 n 的关系为

$$h=[\log_2 n]+1$$

构建堆时要进行$[n/2]$次筛选运算，每次最多有$(h-1)$次比较和互换；利用堆排序则要进行$(n-1)$次筛选运算，每次也是最多有$(h-1)$次比较和互换。因此，整个堆排序过程的时间复杂性是 n 与 h 的乘积数量级，考虑到 h 与 n 的关系，其复杂性为 $O(n\log_2 n)$。堆排序适合于待排序的数据较多的情况，对于存在相同关键字的记录的情况，堆排序是不稳定的。

8.4 快速排序

快速排序(Quick Sort)是由冒泡排序改进而得到的，又称为分区交换排序，是目前内部排序中速度较快的方法。快速排序的基本思想：在待排序的 n 个数据中任取一个数据(通常取第一个数据)，把该数据放入合适的位置，使得数据序列被此数据分割成两部分，所有比该数据小的放置在前一部分，所有比它大的放置在后一部分，即该数据排在这两部分的中间。此数据在进一步的运算过程中不必再动，以后的排序运算只须在划分后的每部分中进行，两部分之间也不会再有数据交换。第 1 次划分以后，再用相同的算法对划成的两部分分别进行类似的运算，即从每一部分中任选一个数据将其划分成更小的两部分。依此递归地做下去，直至每个小部分中的数据个数为一个，排序过程就结束了。如图 8.7 所示为一个快速排序的例子，图中的方括号表示待排序部分，下面有横线的数据则是某次进行划分时所选的数据。此例中第 1 次划分是 13，将其余数据分成小于它的 4 个数与大于它的 3 个数两部分；然后再选 8，将前一部分数据分成小于 8 和大于 8 的两个更小的部分；小于 8 的数据有两个：7 和 4，然后选 7 再进行划分，小于 7 的只有 4，而没有大于 7 的部分；大于 8 而小于 13 的数据只有 10 一个，不必再划分，这样对 13 以下的数据的排序就完成了。再用同样的算法处理大于 13 的数据，就完成了整个排序过程。

```
[ 13    15    7     10    30    4     8     25 ]

[ 8     4     7     10]   13    [30   15    25 ]

[ 7     4 ]   8     [10]  13    [30   15    25 ]

  4     7     8     10    13    [30   15    25 ]

  4     7     8     10    13    [25   15]   30

  4     7     8     10    13    15    25    30
```

图 8.7 快速排序

　　一趟快速排序采用从两头向中间扫描的办法。假设原始数据已存于一个一维数组 R 中，具体的做法：设两个指示器 i 和 j，初始时 i 指向数组中的第 1 个数据，j 指向最末一个数据。i 先不动，使 j 逐步前移，每次对二者所指的数据进行比较，当遇到 R[i] 大于 R[j] 的情况时，就将二者对调位置；然后令 j 固定使 i 逐步后移做数据比较，当遇到 R[i] 大于 R[j] 时，又进行位置对调；然后又是 i 不动使 j 前移做数据比较；……，如此反复进行，直至 i 与 j 两者相遇为止。如图 8.8 所示是第 1 趟进行划分时的比较和互换过程。图中括号中的数据表示正进行比较的两个数据，左面一个的下标为 i，右面一个的下标为 j。最后一行只有一个括号，说明 i 与 j 相等了，此单元即是数据 13 的最终位置。

(13)	15	7	10	30	4	8	(25)
(13)	15	7	10	30	4	(8)	25
8	(15)	7	10	30	4	(13)	25
8	(13)	7	10	30	(4)	15	25
8	4	(7)	10	30	(13)	15	25
8	4	7	(10)	30	(13)	15	25
8	4	7	10	(30)	(13)	15	25
8	4	7	10	(13)	30	15	25

图 8.8　一趟数据比较和互换

　　从图 8.8 中可以看出，第一趟中选取的数据(13)要多次与别的数据比较和互换。为了节省时间，在设计算法时，可先将其取出给某局部工作变量赋值，以后只移动别的数据，它不真正参加"互换"，一直到 i=j 时才将其置入最终合适的位置处。若数据已存放在数组 R 中，即从下标 s 到 t 的各单元中，则递归形式的快速排序函数如下。

　　算法 8.6　快速排序算法。

```
/*参数说明:
R 顺序表, s 起始元素下标, t 结束元素下标 */
void QuickSort (SeqList R[], int s, int t)
{
    int i=s, j=t;
    if (i<j)
    {
        R[0] =R[i];                          //R[0]作为局部工作变量暂存选出的数据
        do                                   //不断从两边向中间进行比较
        {
            while( i<j && R[j].key>=R[0].key)
                j--;
            if (i<j)
            {
                R[i]=R[j];
                i++;
            }
            while (i<j && R[i].key <=R[0].key) //交换比较方向
                i++;
```

```
        if (i<j)
        {
            R[j]=R[i];
            j--;
        }
    }while (i<j);
    R[i]=R[0];
    QuickSort(R,s,j-1);                //递归处理前一部分
    QuickSort(R,j+1,t);                //递归处理后一部分
    }
}
```

此函数中 do~while 大循环内包含两个内层循环，分别为 j 向前移动和 i 向后移动，每个内层循环结束时如 i 与 j 未相遇，则进行一次数据互换。到 i=j 时大循环结束，i 与 j 就是数据 $R[0]$ 最终合适位置的下标。它将其余的数据划分成下标从 s 到(j-1)和下标从(j+1)到 t 的两个部分，对这两部分数据再进一步递归调用快速排序函数 QuickSort 给数据排序。

快速排序的时间复杂性为 $O(n\log_2 n)$，对 n 较大的情况，这种算法是平均情况速度最快的排序算法，但当 n 很小时，此方法往往比其他简单排序方法还要慢。快速排序是不稳定的，对于有相同关键字的记录，排序以后次序可能会颠倒。

8.5 希 尔 排 序

希尔排序(Shell Sort)又称缩小增量排序，属于插入类排序。它是 1959 年由 D.L.Shell 提出来的，较前述直接插入排序方法有较大的改进。

直接插入排序算法简单，在 n 值较小时，效率比较高，在 n 值很大时，若序列按关键码基本有序，效率依然较高，其时间效率可提高到 $O(n)$。希尔排序即是从这两点出发，给出插入排序的改进方法。希尔排序的基本思想是，首先选择一个步长序列 t_1，t_2，…，t_k，其中 $t_i > t_j$，$t_k=1$；然后按步长序列个数 k，对序列进行 k 趟排序；最后进行每趟排序，根据对应的步长 t_i，将待排序列分割成若干长度为 m 的子序列，分别对各子表进行直接插入排序。仅步长因子为 1 时，整个序列作为一个表来处理，表长度即为整个序列的长度。

如图 8.9 所示，待排序列为 39，80，76，41，13，29，50，78，30，11，100，7，45，86。

步长因子分别取 7、3、1，则排序过程如下：

gap=7   39 80 76 41 13 29 50 78 30 11 100 7 45 86

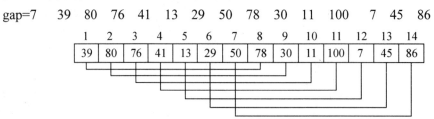

子序列分别为{39，78}，{80，30}，{76，11}，{41，100}，{13，7}，{29，45}，{50，86}。

第 1 趟排序结果：

gap=3   39 30 11 41 7 29 50 78 80 76 100 13 45 86

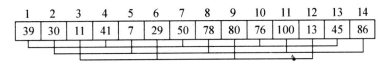

子序列分别为{39,41,50,76,45}，{30,11,7,78,100,86}，{11,29,80,13}。

第 2 趟排序结果：

gap=1　　　　39　7　11　41　30　13　45　78　29　50　86　80　76　100

1	2	3	4	5	6	7	8	9	10	11	12	13	14
39	7	11	41	30	13	45	78	29	50	86	80	76	100

图 8.9　希尔排序

此时，序列基本"有序"，对其进行直接插入排序，得到最终结果：

7　11　13　29　30　39　41　45　50　76　78　80　86　100

希尔排序的时间性能优于直接插入排序的原因如下。

(1) 当文件初态基本有序时直接插入排序所需的比较和移动次数均较少。

(2) 在希尔排序开始时增量较大，分组较多，每组的记录数目少，故各组内直接插入较快，后来增量 di 逐渐缩小，分组数逐渐减少，而各组的记录数目逐渐增多，但由于已经按 di-1 作为距离排过序，使文件较接近于有序状态，所以新的一趟排序过程也较快。

因此，希尔排序在效率上较直接插入排序有较大的改进。

算法 8.7　希尔排序算法。

```
/*参数说明：R 顺序表，n 数据元素个数 */
void ShellSort(SeqList R[], int n)
{
    int i,j,gap,k;
    gap=n/2;                       //增量置初值
    while (gap>0)
    {   for (i=gap;i<=n;i++)       //对所有相隔 gap 位置的所有元素组进行排序
        {   R[0]=R[i];
            j=i-gap;
            while (j>=1 && R[0].key<R[j].key)//对相隔 gap 位置的元素组进行排序
            {   R[j+gap]=R[j];
                j=j-gap;
            }
            R[j+gap]=R[0];
            j=j-gap;
        }
        printf("gap=%d:",gap);
        for (k=1;k<=n;k++)
            printf("%d ",R[k].key);
        printf("\n");
        gap=gap/2;                 //减小增量
    }
}
```

希尔排序时效分析很难，关键码的比较次数与记录移动次数依赖于步长因子序列的选取，当排序元素个数 n 在某个特定范围时，希尔排序所需比较的次数和元素移动的次数为 $n^{1.3}$ 左右。目前还没有人给出选取最好的步长因子序列的方法。步长因子序列可以有各种取法，有取奇数的，也有取质数的，但最后一个步长因子必须为 1。希尔排序方法是一个不稳定的排序方法。

8.6　归并排序

归并排序(Merge Sort)是利用归并技术排序，所谓归并是指将若干个已排序好的有序表合并成一个有序表。这里只介绍两个有序表的归并，称为二路归并(Two-way merge)。

归并排序就是利用这种归并过程，开始时先将 n 个数据看做 n 个长度为 1 的已排好序的表，将相邻的表成对合并，得到长度为 2 的$(n/2)$个有序表，每个表含有 2 个数据；进一步再将相邻表成对合并，得到长度为 4 的$(n/4)$个有序表；……；如此重复做下去，直至所有数据均合并到一个长度为 n 的有序表为止，就完成了排序。上述每一次合并的过程称为一趟(pass)，整个排序过程称为二路归并排序。如图 8.10 所示是二路归并排序的一个例子，图中方括号内的数字表示各个有序表。

初始	[6]	[14]	[12]	[10]	[2]	[18]	[16]	[8]
第1趟	[6	14]	[10	12]	[2	18]	[8	16]
第2趟	[6	10	12	14]	[2	8	16	18]
第3趟	[2	6	8	10	12	14	16	18]

图 8.10　二路归并排序

对于二路归并排序，如果数据个数是 2 的整数倍，则所需的趟数为 $\log_2 n$。例如，在此例中，$n=8$，$\log_2 n=3$，故共需 3 趟归并过程。如果 n 不是 2 的整数倍，则在每趟归并时，有序表的数目不一定总是偶数个。若表的数目为奇数，则剩下一个表要"轮空"，直接进入下一趟，这样下一趟归并时此表的长度与其他的表将不相同，因此，在设计归并算法时，应该不要求待归并的两个有序表的长度必须相同。下面是将两个有序表归并的函数 Merge，设待归并的两个表存于数组 R 中，其中一个表的数据安排在下标从 m 到 n 单元中，另一个表安排在下标从$(n+1)\sim h$ 单元中，归并后得到的一个有序表，存入辅助数组 R1 中。归并过程是依次比较这两个有序表中相应的数据，按照"取小"原则复制到 $R1$ 之中即可。

算法 8.8　二路归并算法。

```
/*参数说明:
 R 为归并前顺序表, R1 为归并后顺序表, m 为第一组开始下标, n 为第一组结束下标, h 为顺序表结束
下标 */
 void Merge (SeqList R[], SeqList R1[], int m, int n, int h)
 {
     int i, j, k;
     k=i=m;
     j=n+1;          // k 为 R1 的指示器, i,j 分别为两个有序表的指示器
     while ( i<=n && j<=h)
     {
         if (R[i].key <= R[j].key)
         {
```

```
                    R1[k]=R[i];
                    i++;
                }
            else
                {
                    R1[k]=R[j];
                    j++;
                }
            k++;
        }
        if (i>n)       /*  一个表中数据已处理完,就将另一个表中剩下的数据顺次抄到数组 R1 后面各
单元中*/
            while (j<=h)
                {
                    R1[k]=R[j];
                    j++;
                    k++;
                }
        else
            while (i<=n)
                {
                    R1[k]=R[i];
                    i++;
                    k++;
                }
}
```

现以图 8.11 为例说明执行此函数的归并过程。

图 8.11 两个有序表的归并

设表 A 和表 B 在数组 R 中,下标分别为从 1 到 4 和从 5 到 8,故 m=1,n=4,h=8,合并后的表 C 则放在数组 R1 中,下标从 1 到 8。函数起始执行时有 k=1,i=1,j=5。进入循环后第 1 次比较,R[1]>R[5],将 R[5]赋值给 R1[1],然后 j 变成 6,k 变成 2;第 2 次比较则是 R[1]<R[6],将 R[1]赋值给 R1[2],然后 i 变成 2,k 变成 3;如此做下去,直至第 6 次循环以后 i 变成 5,表明表 A 的数据已处理完毕。接着将表 B 中剩下的两个数据赋值给 R1[7]和 R1[8],归并过程结束。

上面的函数只是归并两个有序表,在进行二路归并的每一趟过程中是将多对相邻的表进行归并。现在讨论一趟的归并。设已将数组 R 中的 n 个数据分成一对对长度为 s 的有序表,要求将这些表两两归并,归并成一些长度为 2s 的有序表,并把结果置入辅助数组 R1 中。如果 n 不是 2s 的整数倍,虽然前面进行归并的表长度均为 s,最后不可能再剩下一对长度都是 s 的表,此时可有两种情况:一种情况是剩下一个长度为 s 的表和一个长度小于 s 的表,由于上述的归并函数 Merge 并不要求待归并的两个表必须长度相同,仍可将二者归并,只是归并后的表的长度小于其他表的长度 2s;再一种情况是只剩下一个表,它的长度小于或等于 s,

由于没有另一个表与它归并，只能将它直接抄到数组 $R1$ 中，准备参加下一趟的归并。

算法 8.9　一趟归并算法。

```
/*参数说明:
R 顺序表，n 数据元素个数，s 一组有序表长度*/
void MergePass (SeqList R[], SeqList R1[], int n, int s)
{
    int i, t;
    i=1;                      //i 为每一对待合并有序表的第 1 单元下标，初值为 1
    while ( i<=n-2*s+1)
    {
        Merge(R, R1, i, i+s-1, i+2*s-1);
        i=i+2*s;              //i 向后移 2s，准备下一次归并
    }
    if (i+s-1<n)
        Merge(R, R1, i, i+s-1,n);
                             //一个长度为 s 的表与一个长度小于 s 的表合并
    else                     //只剩下一个长度不大于 s 的表
        for (t=i; t<=n; t++)
            R1[t]=R[t];
}
```

该函数的循环体每执行一次是调用 Merge 函数将数组中长度为 s 的两个表合并，第 1 个表下标从 i 到 $(i+s-1)$，第二个表下标从 $(i+s)$ 到 $(i+2s-1)$，合并结果存入数组 $R1$ 中。

整个二路归并排序过程要进行许多趟，第一趟 s 等于 1，以后每做一趟将 s 加倍。设原始数据在数组 R 中，第 1 趟归并的结果置入数组 $R1$ 中；第 2 趟则将数组 $R1$ 中的有序表两两归并，结果置入数组 R 中，如此反复进行。为了将最后的排序结果仍置于数组 R 中，希望进行的趟数为偶数。如果进行奇数趟归并就可以完成排序的话，最后还要再进行一趟，只是此时只剩下一个长度不大于 s 的表，直接从数组 $R1$ 抄到 R 中去即可。

算法 8.10　二路归并排序算法。

```
/*参数说明:
R 顺序表，n 数据元素个数 */
void MergeSort (SeqList R[], int n)
{
    SeqList R1[MAXITEM];
    int s=1;
    while (s<n)
    {
        MergePass (R, R1,n,s);
        s=2*s;
        MergePass (R1, R,n,s);
        s=2*s;
    }
}
```

二路归并排序的时间复杂性为 $O(n\log_2 n)$，与堆排序和快速排序平均情况的时间复杂性是相同数量级。归并排序是稳定的排序方法。

8.7 基数排序

基数排序(Radix Sort)最初是用于在卡片排序机上处理穿孔卡片的一种排序方法。与归并排序相反,基数排序是采用"分散"的办法排序。设每张卡片对应着一个多位数的关键字,在卡片排序机中对卡片进行多趟"分散"过程,每一趟逐张检查卡片关键字的某一位数,将此位数取值相同的卡片放入同一片盒中。一趟"分散"过程结束后,在此排列基础上,再进行下一趟检查另一位数的"分散"。对关键字的检查从低位到高位进行,到检查最高位的一趟"分散"过程结束,最后将卡片"收集"起来即排序完毕。

设一组关键字的个数为 n(即卡片的张数),每个关键字的位数为 d,每位数可能有 rd 种取值,则这种排序方法需进行 d 趟"分散",每趟检查 n 张卡片的某一位数,并按此位数值的不同,将卡片分别放到 rd 个卡片盒中。每位数可能取值的数目 rd 称为基数 (Radix),例如,对于十进制数的每一位可能有 0~9 共 10 种取值,故基数为 10;而二进制数的每一位数只能有 0 和 1 两种取值,则基数为 2。如图 8.12 所示为基数排序过程的一个例子。此例中共有 9 个关键字,每个关键字是 3 位十进制数,即 $n=9$,$d=3$,$rd=10$,故需设置 10 个卡片盒,分散过程共进行 3 趟。图 8.12 中(a)表示原始数据的输入次序,(b)、(c)和(d)则为每一趟分散后,各卡片盒中存放的关键字和再将这些关键字逐盒收集起来时的次序。存在同一盒中的关键字是先放入的在下面,后放入的在上面,收集时对同一盒的关键字也是从下而上收集。由此可以看出,这些卡片盒具有相当于队列的"先进先出"的特点。因图中排序的关键字为 3 位数,故进行 3 趟以后到图(d)时排序就完成了。

306　028　009　948　505　917　721　430　390

(a) 原始数据

key	390 430	721				505	306	917	948 028	009
盒	0	1	2	3	4	5	6	7	8	9

430　390　721　505　306　917　028　948　009

(b) 第 1 趟

key	009 306 505	917	028 721	430	948					390
盒	0	1	2	3	4	5	6	7	8	9

505　306　009　917　721　028　430　948　390

(c) 第 2 趟

key	028 009			390 306	430	505		721		948 917
盒	0	1	2	3	4	5	6	7	8	9

009　028　306　390　430　505　721　917　948

(d) 第 3 趟

图 8.12　基数排序

1954 年，有人提出采用链接结构表示这些"盒"，才使基数排序算法在计算机上得以实现。其基本思想：为每个"盒"设置一个链接队列，并将各队列的队首和队尾指针分别存于两个一维数组中。开始时，将原始数据构成一个链接队列，设各"盒"的队列均为空队列。然后将原始数据队列中各节点按所考虑的关键字某位数的值插入到相应"盒"的队列中去。当一趟结束时，再把各"盒"的队列依次首尾相连，链接成一个链接队列，以此作为下一趟的输入。如此反复进行，直至做完 d 趟，即排序结束。

设基数排序中记录的数据类型如下：

```
typedef struct
{
    int key[d];                    /*d 为关键字的位数*/
    int next;
}Element;
typedef Element element RSeqlist[MAXITEM];
```

实现基数排序的函数如下：

```
#define MAXITEM 100
#define BIT 3
#define RD 10
```

算法 8.11 基数排序算法。

```
/*参数说明：
R 顺序表，n 数据元素个数 */
int RadixSort (RSeqlist &R, int n)
{                        //d 为关键字的位数，n 为待排序的数据个数，p 指向链表中的第 1 个节点
    int i,j,t,p;
    int f[RD], e[RD];              //队列的头、尾指示器，rd 是基数，十进制为 10
    for (i=1; i<=n-1; i++)
        R[i].next=i+1;
    R[n].next=0;
    p=1;                          //原始数据串成静态链表，头指针为 p
    for ( i=0; i<BIT; i++)        //从关键字的最后一位开始
    {
        for (j=0; j<RD; j++)
            f[j]=0;               //队列指示器置初值
        while (p!=0)              //进行分配
        {
            t=R[p].key[i];
            if (f[t]==0)
                f[t]=p;
            else
                R[e[t]].next=p;
            e[t]=p;
            p=R[p].next;
        }
        j=0;
        while (f[j]==0)
            j++;                  //寻找第一个非空队列
        p=f[j];
        t=e[j];
```

```
            while (j<RD-1)
            {
                j++;
                if (f[j]!=0)
                {
                    R[t].next=f[j];
                    t=e[j];
                }                           //进行收集
            }
            R[t].next=0;                    //收尾
    }
    return p;                               //返回排序后的第 1 个元素的下标
}


void main()
{
    int i,j,p,n=10;
    RSeqlist R;
    int a[]={0,29,388,247,12,125,10,6,25,354,383};
    for (i=1;i<=n;i++)
        for(j=0;j<BIT;j++)
        {
            R[i].key[j]=a[i]%RD;
            a[i]=a[i]/RD;
        }
    printf("排序前:");
    for (i=1;i<=n;i++)
    {
        for(j=BIT-1;j>=0;j--)
        {
            printf("%d",R[i].key[j]);
        }
        printf(" ");
    }
    printf("\n");
    p=RadixSort(R,n);
    printf("排序后:");
    while(p!=0)
    {
        for(j=BIT-1;j>=0;j--)
        {
            printf("%d",R[p].key[j]);
        }
        printf(" ");
        p=R[p].next;
    }
    printf("\n");
}
```

现以如图 8.12 所示的 3 位十进制数序列 306，028，009，948，505，917，721，430，390 为例说明 RadixSort 函数的执行过程。图 8.13 是初始状态，将原始数据链接成一个链接队列。

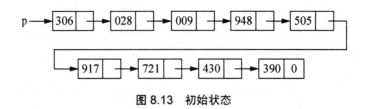

图 8.13　初始状态

图 8.14 是第 1 趟基数排序的过程。其中图(a)是将原始数据队列中各节点按各关键字第 1 位的值插入到相应"盒"队列中的情况；图(b)是第 1 趟结束时，把各"盒"的队列依次首尾相连，链接成一个链接队列，作为下一趟的输入。

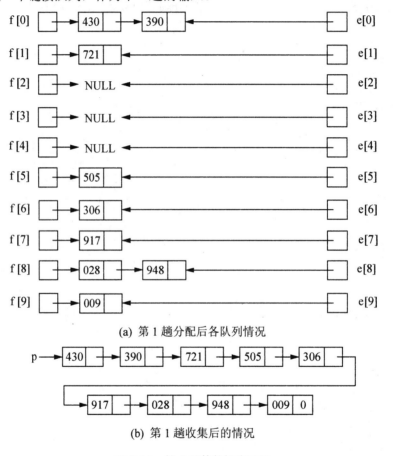

(a) 第 1 趟分配后各队列情况

(b) 第 1 趟收集后的情况

图 8.14　第 1 趟基数排序过程

图 8.15 是第 3 趟基数排序过程。共中图(a)是第 3 趟按各关键字最高位的值插入到相应"盒"队列中的情况；图(b)是第 3 趟收集后，完成了基数排序的情况。

采用基数排序需进行 d 趟关键字的分散和收集过程，每趟运算时间为 $O(n+rd)$，故总的时间复杂性为 $O(d(n+rd))$。若基数 rd 相同，对于关键字数目较多但位数较少的情况，采用基数排序较为适用。这种排序方法的缺点是占用的存储空间较大，每个待排序的记录都需加上指针域，队首指针和队尾指针也要占用一定的存储。

基数排序是稳定的排序方法。

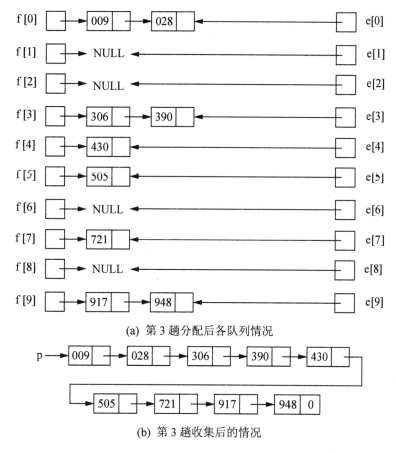

(a) 第 3 趟分配后各队列情况

(b) 第 3 趟收集后的情况

图 8.15 第 3 趟基数排序过程

8.8 应用示例及分析

【例 8.1】 已知序列{60,20,31,1,5,44,55,61,200,30,80,150,4,29}，写出采用快速排序算法排序的每一趟的结果。

解：快速排序各趟的结果如下

[60 20 31 1 5 44 55 61 200 30 80 150 4 29]

[29 20 31 1 5 44 55 4 30] 60 [80 150 200 61]

[4 20 5 1] 29 [44 55 31 30] 60 [61] 80 [200 150]

[1] 4 [5 20] 29 [30 31] 44 [55] 60 61 80 150 [200]

1 4 5 [20] 29 30 [31] 44 55 60 61 80 150 200

1 4 5 20 29 30 31 44 55 60 61 80 150 200

【例 8.2】 已知序列{26,5,77,1,61,11,59,15,48,19}，写出采用归并排序算法排序的每一趟的结果。

解：快速排序各趟的结果如下

[26] [5] [77] [1] [61] [11] [59] [15] [48] [19]

[5 26] [1 77] [11 61] [15 59] [19 48]

[1　5　26　77]　[11　15　59　61]　[19　48]
[1　5　11　15　　26　59　61　77]　[19　48]
[1　5　11　15　19　26　48　59　61　77]

【例8.3】 设计一个用单链表做存储结构的选择排序算法。

解：依题义单链表定义如下

```
struct node
{
    int  key;
    struct node *next;
};
```

实现本题功能的函数如下：

```
void Select(struct node *head)
{
    struct node *p,*q,*min;
    int temp;
    p=head;
    while(p!=NULL)
    {
        min=p;
        q=p->next;
        while(q!=NULL)
        {
            if(q->key(min-)key)
                min=q;
            q=q->next;
        }
        temp=p->key;
        p->key=min->key;
        min->key=temp;
        p=p->next;
    }
}
```

小　结

排序是将一组杂乱无序的数据按一定的规律顺次排列起来的过程，是在实际应用系统中广泛应用的运算。对数据只在内存中存储和处理的排序方法称为内部排序，而对存储在外部存储器上的庞大的大文件进行排序的方法则称为外部排序，在外部排序过程中须进行多次内、外存储器之间的数据交换。

内部排序的方法有很多，每一种方法都有各自的优缺点，适合在不同的环境下使用。本章前面介绍的冒泡排序、直接选择排序和简单插入排序 3 种简单排序方法，其时间复杂性都是 $O(n^2)$，故只适用于 n 比较小的情况，它们的共同优点是节省内存空间，除存放原始数据的数组外，只需少量的额外单元供数据交换使用。一般情况 Shell 排序的平均比较次数和平均移动次数均在 $n^{1.3}$ 左右。堆排序、快速排序、归并排序的平均时间复杂性都是 $O(n\log_2 n)$，当

n 较大时，比前述的几种简单排序方法的速度都快得多。从所占内存空间的情况来看，堆排序最少，只需少量额外单元供数据交换使用；归并排序占内存空间最多，要增加一个与原数组同样大小的数组；快速排序需要的额外单元取决于递归调用的层次，与原始数据情况有关。基数排序占内存较多，是占内存量仅次于归并排序的排序方法。其时间复杂性为 $O(d(n+rd))$。对同样的 rd，此排序方法更适于 n 较大而 d 较小的情况。

各种排序方法中，直接选择排序、堆排序和快速排序是不稳定的，其他的方法都是稳定的。

排序算法的设计包含了丰富的程序设计技巧，认真学习这些算法对提高软件设计能力将有很大的帮助。

习题与练习八

一、选择题

1. 快速排序在( )的情况下最易发挥其长处。
   A. 被排序数据中含有多个相同排序码　　B. 被排序数据已基本有序
   C. 被排序数据完全无序　　　　　　　　D. 被排序数据中最大值和最小值相差悬殊

2. 堆的形状是一棵( )。
   A. 二叉排序树　　　　　　　　　　　　B. 满二叉树
   C. 完全二叉树　　　　　　　　　　　　D. 平衡二叉树

3. 下列排序算法中，其中( )是稳定的。
   A. 堆排序，冒泡排序　　　　　　　　　B. 快速排序，堆排序
   C. 直接选择排序，归并排序　　　　　　D. 归并排序，冒泡排序

4. 若需在 $O(n\log_2 n)$ 的时间内完成对数组的排序，且要求排序是稳定的，则可选择的排序方法是( )。
   A. 快速排序　　　　B. 堆排序　　　　C. 归并排序　　　　D. 直接插入排序

5. 在下列排序算法中，( )算法的时间复杂度与初始排序无关。
   A. 直接插入排序　　B. 冒泡排序　　　C. 快速排序　　　　D. 简单选择排序

6. 数据序列(8，9，10，4，5，6，20，1，2)只能是下列排序算法中的( )的两趟排序后的结果。
   A. 简单选择排序　　B. 冒泡排序　　　C. 插入排序　　　　D. 堆排序

7. 数据序列(2，1，4，9，8，10，6，20)只能是下列排序算法中的( )的两趟排序后的结果。
   A. 快速排序　　　　B. 冒泡排序　　　C. 选择排序　　　　D. 插入排序

8. 对一组数据(84，47，25，15，21)排序，数据的排列次序在排序过程中的变化为
   A. 84 47 25 15 21　　　　　　　　　　B. 15 47 25 84 21
   C. 15 21 25 84 47　　　　　　　　　　D. 15 21 25 47 84
   采用的排序是( )排序。
   A. 选择　　　　　　B. 冒泡　　　　　C. 快速　　　　　　D. 插入

9. 下列排序算法中( )排序在一趟结束后不一定能选出一个元素放在其最终位置上。
   A. 选择　　　　　　B. 冒泡　　　　　C. 归并　　　　　　D. 堆

10. 有一组数据(15，9，7，8，20，-1，7，4)用快速排序的划分方法进行一趟划分后数据的排序为( )(按递增序)。

    A．下面的B，C，D都不对。   B．9，7，8，4，-1，7，15，20

    C．20，15，8，9，7，-1，4，7   D．9，4，7，8，7，-1，15，20

11. 对初始状态为递增序列的表按递增顺序排序，最省时间的是( )算法，最费时间的是( )算法。

    A．堆排序   B．快速排序   C．插入排序   D．归并排序

12. 对序列{15，9，7，8，20，-1，4}用希尔排序方法排序，经一趟后序列变为{15，-1，4，8，20，9，7}，则该次采用的增量是( )。

    A．1   B．4   C．3   D．2

13. 设要将序列(q,h,c,y,p,a,m,s,r,d,f,x)中的关键码按字母升序重新排序，( )是初始步长为4的希尔排序一趟扫描的结果。

    A．f,h,c,d,p,a,m,q,r,s,y,x

    B．p,a,c,s,q,d,f,x,r,h,m,y

    C．a,d,c,r,f,q,m,s,y,p,h,x

    D．h,c,q,p,a,m,s,r,d,f,x,y

14. 某内排序方法的稳定性是指( )。

    A．该排序算法不允许有相同的关键字记录

    B．该排序算法允许有相同的关键字记录

    C．平均时间为 $O(n\log_2 n)$ 的排序方法

    D．以上都不对

15. 下面给出的4种排序法中，( )排序法是不稳定性排序法。

    A．插入   B．冒泡   C．二路归并   D．堆

二、基本知识题

1. 解释下列概念：

(1) 排序

(2) 内部排序

(3) 堆

(4) 稳定排序

2. 回答下面问题：

(1) 5 000 个无序的数据，希望用最快速度挑选出其中前 10 个最大的元素，在快速排序、堆排序、归并排序和基数排序中采用哪种方法最好？为什么？

(2) 大多数排序算法都有哪两个基本操作？

3. 已知序列{17，25，55，43，3，32，78，67，91}，请给出采用冒泡排序法对该序列做递增排序时每一趟的结果。

4. 已知序列{491，77，572，16，996，101，863，258，689，325}，请分别给出采用快速排序、堆排序和基数排序法对该序列做递增排序时每一趟的结果。

5. 已知序列{86，94，138，62，41，54，18，32}，请给出采用插入排序法对该序列做递增排序时每一趟的结果。

6. 已知序列{27，35，11，9，18，30，3，23，35，20}，请给出采用归并排序法对该序列做递增排序时每一趟的结果。

7. 全国有 10 000 人参加物理竞赛，只录取成绩优异的前 10 名，并将他们从高分到低分输出。而对落选的其他考生，不需排出名次，问此种情况下，用何种排序方法速度最快？为什么？

三、算法设计题

1. 一个线性表中的元素全部为正整数或者负整数，试设计一算法，在尽可能少的时间内重排该表，将正、负整数分开，使线性表中所有负整数在正整数前面。

2. 计一个用单链表作整数存储结构的直接插入排序算法。

3. 试设计一个算法实现双向冒泡排序(双向冒泡排序就是在排序的过程中交替改变扫描方向的排序方法)。

4. 设一个一维数组 $A[n]$ 中存储了 n 个互不相同的整数，且这些整数的值都在 $0 \sim n-1$，即 A 中存储了从 $0 \sim n-1$ 这 n 个整数。试编写一算法将 A 排序，结果存放在数组 $B[n]$ 中，要求算法的时间复杂性为 $O(n)$。

5. 输入 50 个学生的记录(每个学生的记录包括学号和成绩)，组成记录数组，然后按成绩由高到低的次序输出(每行 10 个记录)。排序方法采用选择排序。

第 9 章 查 找

 **本章导读**

　　查找又称为查询或检索，它是计算机数据处理中很常用的一种运算。当计算机处理的数据量相当大时，分析各种查找算法的效率十分重要。本章将系统地讨论各种查找算法，并通过分析来比较各种查找算法的优缺点。

 本章主要知识点

➢　查找的基本概念
➢　3 种基本查找方法：顺序查找、二分查找和分块查找
➢　树状查找的基本概念和查找算法
➢　哈希法、哈希函数冲突的基本概念和解决冲突方法

9.1　查找的基本概念

　　查找又称为查询或检索，是在一批记录中依照某个域的指定域值，找出相应记录的操作。在日常生活中，人们经常进行各种各样的查找工作，如电话号码查询、高考考分查询、在互联网上检索某篇文献资料以及查字典、查图书目录、查火车时间表等。在计算机中，被查找的数据对象是由同一类型的记录构成的集合，可称为查找表(Search Table)。在实际应用问题中，每个记录一般包含有多个数据域，查找是根据其中某一个指定的域进行的，这个作为查找依据的域称为关键字(key)。例如，图书目录中每本书的记录包含分类号、书名、作者、出版社、出版时间等，可以根据一本书的书名作为关键字进行查找。对于给定的关键字的值，如果在表中经过查找能找到相应的记录，则称查找成功，一般可输出该记录的有关信息或指示该记录在查找表中的位置。若表中不存在相应的记录，则称查找不成功，此时应该给出不成功的信息。为了提高查找速度，常常采用某些特殊的数据结构来表示查找表，或对查找表事先进行诸如排序这样的操作。因此，在研究各种查找方法时，首先必须明确这些方法所需要的数据结构(尤其是存储结构)是什么，对查找表中关键字的次序有什么要求，例如，是对有序的查找表进行查找还是对无序的查找表进行查找。

　　查找算法中的基本运算是记录的关键字与给定值所进行的比较，其执行时间通常取决于比较的次数。通常以关键字与给定值进行比较的记录个数的平均值，作为衡量查找算法好坏的依据。

　　为了简单起见，本章介绍的各种查找方法都不考虑两个或多个记录具有相同关键字值的情况。如遇这种情况，用这些方法一旦查找出其中一个记录即认为查找成功，不用继续查找相同关键字的基本记录。

9.2 基本查找方法

9.2.1 顺序查找

顺序查找(Sequential Search)也称为线性查找,是采用线性表作为数据的存储结构,对数据在表中存放的先后次序没有任何要求。顺序查找是最简单的查找方法,它的基本思想是,查找从线性表的一端开始,顺序将各单元的关键字与给定值 k 进行比较,直至找到与 k 相等的关键字,则查找成功,返回该单元的位置序号;如果进行到表的另一端,仍未找到与 k 相等的关键字,则查找不成功,返回 0 作为查找失败的信息。

顺序查找的线性表定义如下:

```
#define MAXITEM 100                          /*最多项数*/
typedef struct
{
    KeyType key;
    ElemType data;
}NodeType;
typedef NodeType SeqList[MAXITEM];           /*顺序表类型*/
```

这里 KeyType 和 ElemType 可以是任何相应的数据类型,如 int、float 或 char 等,在算法中我们规定它们默认是 int 类型。

算法 9.1 顺序查找。

```
/*参数说明:
R顺序表, n数据元素个数, k目标关键字*/
int SeqSearch(SeqList R,int n,KeyType k)
{
    int i=0;
    while (i<n && R[i].key!=k)          //从表头往后找
        i++;
    if (i>=n)
        return -1;
    else
        return i;
}
```

此函数的主要运算时间是用于循环语句逐单元进行比较判断 $R[i]$.key 是否等于 k,因此顺序查找的速度较慢,最坏的情况是查找成功需比较 n 次,最好的情况是比较 1 次,如果对每个关键字进行查找的概率相等,则查找成功所需的平均比较次数为$(n+1)/2$,而查找失败则需比较$(n+1)$次,时间复杂度为 $O(n)$。顺序查找的优点是算法简单、适应面广,且不要求表中数据有序。顺序查找的缺点是平均查找长度较大,特别是当 n 较大时,查找效率较低,不宜采用。

9.2.2 二分查找

二分查找(Birary Search)也称为折半查找,它的查找速度比顺序查找快,但它要求数据在线性表中按查找的关键字域有序排列。设 n 个数据存放于数组 R 中,且已经过排序,按由小到大递增的顺序排列。采用二分查找，首先用要查找的给定值 k 与表正中间元素的关键值相比较，此元素的下标 $m=\lfloor(1+n)/2\rfloor$。比较结果有 3 种可能。

(1) 如果 R[mid].key$>k$，说明如果存在欲查找的元素，该元素一定在数组的前半部分，查找范围缩小了一半。修改查找范围的上界 high=mid-1，继续对数组的前半部分进行二分查找。

(2) 如果 R[mid].key$<k$，说明如果存在欲查找的元素，该元素一定在数组的后半部分，查找范围缩小了一半。修改查找范围的下界 low=mid+1，继续对数组的后半部分进行二分查找。

(3) 如果 R[mid].key=k，查找成功，mid 所指的记录就是查找到的数据。

重复上述过程，查找范围每次缩小 1/2，当范围不断缩小，出现查找范围的下界大于上界时，则查找失败，确定关键字为 key 的记录不存在。

二分查找是一种效率较高的算法，最好的情况是第一次比较即找到所查元素，即使一次比较没有找到，也把进一步查找的范围了缩小一半。与此类似，每比较一次均使查找范围减半，故最坏的情况所需比较次数为 $O(\log_2 n)$，对于较大的 n 显然较顺序查找速度快得多。二分查找过程是递归的，由于它属于末尾递归调用，末尾递归向里层调用时，外层的实际参数不必再保留，返回地址又肯定在末尾，而且从里层返回后不需再进行其他运算，所以，很容易利用循环语句将其表示成非递归的形式。

算法 9.2　二分法查找。

```
/*参数说明:
R 顺序表, n 数据元素个数, k 目标关键字*/
int BinSearch(SeqList R,int n,KeyType k)
{
    int low=0,high=n-1,mid;
    while (low<=high)
    {
        mid=(low+high)/2;
        if (R[mid].key==k)          //查找成功返回
            return mid;
        if (R[mid].key>k)           //继续在 R[low..mid-1]中查找
            high=mid-1;
        else
            low=mid+1;              //继续在 R[mid+1..high]中查找
    }
    return -1;
}
```

二分查找虽然速度较快，但前提是要求数组中数据必须是有序的，如需插入新数据，则要花费相当多的时间移动其后面的元素，故这种方法适用于数据相对较为固定的情况。

9.2.3　分块查找

分块查找又称为索引顺序查找，是顺序查找方法的另一种改进，其性能介于顺序查找和二分查找之间。分块查找把线性表分成若干块，每一块中的元素存储顺序是任意的，但块与块之间必须按关键字大小有序排列，即前一块中的最大关键字值小于后一块中的最小关键字值。另外，还需要建立一个索引表，索引表中的一项对应于线性表中的一块，索引项由键域和链域组成，键域存放相应块的最大关键字，链域存放指向本块第一个节点和最末一个节点的指针。索引表按关键字值的递增顺序排列。

分块查找的算法分两步进行，首先确定所查找的节点属于哪一块，即在索引表中查找其所在的块，然后在块内查找待查的数据。由于索引表是递增有序的，可采用二分查找，而块内元素是无序的，只能采用顺序查找。如果块内元素个数较少，则不会对执行速度有太大的影响。例如，线性表中关键字为 9,22,12,14,35,42,44,38,48,60,58,47,78,80,77,82，其索引如图 9.1 所示。

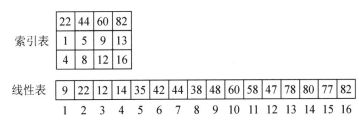

图 9.1 线性表与索引表

顺序表被分成 4 块：(9,22,12,14),(35,42,44,38),(48,60,58,47),(78,80,77,82)。第一块中的最大关键字值为 22，第二块中最小关键字值为 35，可见第一块中的任一关键字值小于第 2 块中的所有关键字值。对于线性表中的每一块，索引表中有相应的一个索引项。假如给定 $k=42$，应先将 k 与索引表中的各块内最大键值比较，从而得知只能在第 2 块，然后在第 2 块内可顺序查找到此值。

索引表的定义如下：

```
struct IdxType
{
    KeyType key;
    int low,high;
};
typedef struct IdxType IDX[MAXITEM];
```

算法 9.3 分块查找。

```
/*参数说明：
R 顺序表，n 数据元素个数，k 目标关键字*/
int IdxSearch(SeqList R, IDX idx, KeyType k,int bn)  /*bn 为块的个数*/
{
    int i,high=bn,low=1,mid,j,FIND=0;
    while (low<=high&& !FIND)
    {    //二分查找索引表
        mid=(low+high)/2;
        if(k<idx[mid].key)
            high=mid-1;
        else if(k>idx[mid].key)
            low=mid+1;
        else
            FIND=1;
    }
```

```
    if(FIND==1)
    {
        i=idx[mid].low;
        j=idx[mid].high;
    }
    else if (low<bn)    //k 小于索引表内最大值
    {
        i=idx[low].low;
        j=idx[low].high;
    }
    while (i<=j && R[i].key !=k)
        i++;
    if (i>j)
        i=0;
    return(i);
}
```

该函数的功能是在线性表 R 中分块查找关键字为 k 的节点，若找到了，返回其位置 i；若找不到，则返回 0。分块查找实际上进行两次，整个算法的平均查找长度是两次查找的平均查找长度之和。

9.3 树 状 查 找

从 9.2 节可知，当用线性表作为查找表的结构形式时，常采用 3 种查找方法，其中以二分查找速度最快。但由于二分查找要求线性表中的数据按关键字有序，因此当需要插入新记录时，为维护表的有序性，势必要移动一些记录，这种因移动记录引起的额外时间开销，就会抵消一些二分查找的优点，故二分查找不适用于需不断插入新记录的情况。本节介绍几种特殊的二叉树和树作为查找表的组织形式，并讨论在这些树上进行查找操作的方法。

9.3.1 二叉排序树查找

第 6 章所介绍的二叉排序树也称为二叉查找树，其树中任意一个节点的左子树各节点数据应小于该节点数据，右子树各节点数据应大于或等于该节点数据。这种二叉排序树，既能起到给数据排序的作用，插入新节点又很方便，如果将原始数据表示成二叉排序树，树的每个节点对应一个记录，则可利用此二叉排序树进行类似于二分查找思想的数据查找，这也是一个逐步缩小查找范围的过程。

二叉排序树查找的基本思想：查找过程从根节点开始，首先将它的关键字与给定值 k 进行比较，如果相等，则查找成功，输出有关的信息；如果不等，若根节点关键字大于给定值 k，向左子树继续查找，否则向右子树继续查找。向子树查找又是树状查找，先以子树的根节点数据与 k 进行比较，如果不相等又转向它的左子树或右子树继续查找。由此可见，树状查找是一种递归的查找过程。在二叉排序树上查找关键字为 k 的节点，成功时返回该节点位置，否则返回 NULL，递归函数如下。

算法 9.4 二叉排序树递归查找。

```
BiTree TreeSearch (BiTree t,int k)
{
    if (t==NULL)
        return (NULL);
    else
    {
        if(t->data==k)
            return (t);
        if(k<t->data)
            return (TreeSearch (t->lchild,k));
        else
            return (TreeSearch (t->rchild,k));
    }
}
```

此过程中的递归调用，是属于"末尾递归"，外层参数及返回地址均不必保存，故很容易利用循环语句将其改写成非递归的形式。树状查找过程非递归形式的函数如下。

算法 9.5 二叉排序树非递归查找。

```
BiTree NonTreeSearch (BiTree t,int k)
{
    BiTree p;
    p=t;
    while(p!=NULL)
    {
        if (p->data==k)
            return (p);
        else if (k<p->data)
            p=p->lchild;
        else
            p=p->rchild;
    }
    return (NULL);
}
```

就平均时间性能而言，二叉树排序树上的查找与二分查找差不多，但就维护表的有序性而言，二叉排序树更有效，因为无须移动节点，只须修改指针即可完成对二叉排序树的插入和删除操作。

在二叉排序树上进行查找，若查找成功，则是从根节点出发走了一条从根节点到所查找节点的路径；若查找不成功，则是从根节点出发走了一条从根节点到某个终端叶子节点的路径。与二分查找类似，和关键字比较的次数不超过二叉排序树的深度。但是，含有 n 个节点的二叉树不是唯一的，由于对其节点插入的先后次序不同，所构成的二叉树的形态和深度也可能不同。例如，图 9.2(a)、(b)是按不同插入次序得到的两个二叉排序树，图 9.2(a)中的树的深度为 3，而图 9.2(b)中树的深度为 6。

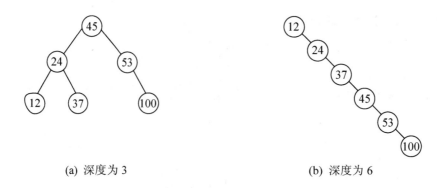

(a) 深度为 3   (b) 深度为 6

图 9.2　两个二叉排序树

在查找失败的情况下，在这两个树上所进行的关键字比较次数分别为 3 次和 6 次。因此，树状查找最坏情况时，需要的查找时间取决于树的高度，当二叉排序树接近满二叉树时，其高度为 $\log_2 n$，最坏情况下查找时间为 $O(\log_2 n)$，与二分查找是同样数量级的；当二叉排序树如图 9.2(b)所示成为只有一个端节点的所谓"退化树"(Degenerate Tree)时，其高度等于 n，最坏情况下查找时间为 $O(n)$，与顺序查找属于同一数量级。为了保证树状查找有较高的查找速度，我们希望该二叉树接近满二叉树，也就是希望二叉树的每一个节点的左、右子树高度尽量接近平衡，即使按任意次序不断地插入节点，也不要使此树成为退化树。

9.3.2　B-树

前面介绍的查找方法，均适用于查找存储在内存中的数据，统称为内查找方法，它们适用于较小的表，而对较大的、存储在外存储器上的文件就不合适了。例如，当用平衡二叉树作为磁盘文件的索引组织时，若以节点作为内、外存交换的单位，则查找到需要的关键字之前，平均要对磁盘进行 $\log_2 n$ 次访问。因为读/写磁盘的时间要比存取内存数据大得多，这么多次读盘的时间代价太大。所以，必须找到一种尽可能降低磁盘 I/O 次数的数据组织方式。磁盘等外部设备的读/写不是针对一字节而是针对"页"的，例如，一页的长度通常为 1024 或 2048 字节。针对此特点，1972 年 R.Reyer 和 E.M.McCreight 提出了一种称为 B-树的多路平衡查找树，这是一种适用于外查找方法的数据结构。下面给出 B-树的定义：

一棵 $m(m \geqslant 3)$ 阶的 B-树，或者为空树，或者是满足如下条件的 m 叉树。

(1) 树中每个非终端节点至少包含以下数据项：

$$(n, A_0, K_1, A_1, K_2, \cdots K_n, A_n)$$

其中，n 为关键字总数，$K_i (1 \leqslant i \leqslant n)$ 是关键字，A_i 是指向子树根节点的指针。关键字是递增有序的：$K_1 < K_2 < \cdots K_n$，且 $A_i (0 \leqslant i \leqslant n)$ 所指子树中所有节点的关键字均小于 K_{i+1}，A_n 所指子树中所有节点的关键字均大于 K_n。

(2) 所有的叶子节点都在同一层上，并且不带信息(可以看做是外部节点或查找失败的节点，实际上这些节点不存在，指向这些节点的指针为空)。

(3) 每个非根节点中所包含的关键字个数 n 满足 $[m/2] - 1 \leqslant n \leqslant m-1$，即每个非根节点至少应有 $[m/2]$ 个关键字，至多有 $m-1$ 个关键字。因为每个内部节点的度数正好是关键字数加 1，故每个非根的内部节点至少有 $[m/2]$ 棵子树，至多有 m 棵子树。

(4) 如果树非空，则根至少有 1 个关键字，所以如果根不是叶节点，则至少有两棵子树。

最多有 $m-1$ 个关键字，所以最多有 m 棵子树。

如图 9.3 所示为一棵 4 阶的 B-树。

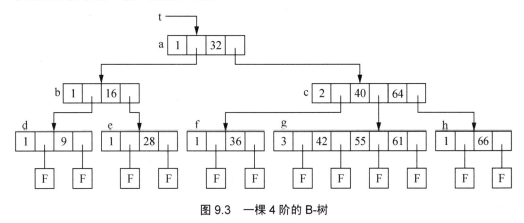

图 9.3　一棵 4 阶的 B-树

在 B-树中查找给定关键字的方法与二叉排序树上的查找类似，不同的是每个节点上确定向下查找的路径不一定是二路，而最多可能是 m 路的。因为节点内的关键字是有序的，故既可以用顺序查找，也可以用折半查找，若在某节点内找到待查的关键字 k，则查找成功；否则可确定 k 是在某两个关键字之间，此时可在磁盘中读入相应指针所指示的节点，继续查找。这一查找过程若找到某节点，则查找成功，或直至找到叶子节点，查找过程失败。例如，在图 9.3 的 B-树上查找关键字 42 的过程：首先从根开始，根据根节点指针 t 找到 a 节点，因给定的值 42>关键字 32，如果给定值存在则必在指针 A_1 所指的子树内，顺指针找到 c 节点，因 42 小于 64，大于 40，则顺指针找到 g 节点，在该节点中顺序查找到关键字 42，查找成功。查找失败的过程也类似，例如，在此 B-树中查找 23，从根开始，因 23 小于 32，则顺根节点中指针 A_0 找到 b 节点，又因为 b 节点中只有一个关键字 16，且 23 大于 16，所以顺该节点中第 2 个指针 A_1 找到 e 节点，因 23 小于 28，则顺指针往下找，此时因指针所指为叶子节点，说明此 B-树中不存在关键字 23，查找失败。

9.4　哈　希　法

9.4.1　哈希法概述

前面介绍的各种查找方法是建立在给定值与记录关键字比较的基础上的，查找的效率依赖于查找过程中所进行的比较次数，即使二分查找和平衡树查找的速度较快，但最坏情况所需比较次数仍然为 $O(\log_2 n)$，当 n 较大时查找还是很费时间的。如果不经过任何比较，通过计算就能直接得到记录的存储地址，则可直接由关键字查找到某记录，不仅查找速度快，而且查找一个记录所需时间不随 n 的增加而增加，哈希法就是基于这一设计思想的一种查找方法。这种方法也称为哈希查找(Hashed Search)或杂凑法。哈希法的核心思想是将每个记录的地址与该记录的关键字之间建立某种函数关系，可直接由关键字查找到该记录，根据关键字求存储地址的函数称为哈希函数，又称为散列函数(Hashed Function)，按哈希存储方式构造的动态表又称哈希表(Hashed Table)。

下面通过简单的例子来理解哈希查找及哈希函数的含义。

设有关键字为 1，3，7，12，15 的 5 个记录，定义一个哈希函数为

$$h(k)=(k \bmod m)$$

式中，k 为关键字，mod 表示除法取余数的运算，m 为一项规定的整数，假设在此取 $m=7$，则按这 5 个关键字计算出的函数值为

$$h(1)=1, \quad h(3)=3, \quad h(7)=0,$$
$$h(12)=5, \quad h(15)=1$$

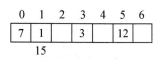

图 9.4　哈希法

当 k 为 1 与 3 时，除以 7 得商为 0，余数即等于关键字本身；当 k 为 7 与 12 时，除以 7 得商为 1，余数分别为 0 和 5；当 k 为 15 时，则商和余数分别为 2 和 1。可以看出当取 $m=7$ 时，这种哈希函数最多可能有从 0 到 6 的 7 种不同取值，如以哈希函数值为下标，将这组关键字存放于一维数组中只需 7 个单元即可，如图 9.4 所示。

从此例中可以看出一个问题：由不同的关键字可能计算出相同的哈希函数值来，例如，此例中 $h(1)$ 和 $h(15)$ 都等于 1，也就是遇到了不同记录占用同一地址单元的情况，这种情况称为发生了冲突(Collision)。由于不允许不同的记录占用同一地址单元，产生冲突时必须设法处理。

哈希是一种重要的存储方法，又是一种查找方法。应用哈希法存储记录的过程是对每个记录的关键字进行哈希函数的运算，计算出该记录存储的地址，并将记录存入此地址中。查找一个记录的过程与存储记录的过程一样，就是对待查找记录的关键字进行计算，得到地址，并到此地址中查找记录是否存在。

理想的哈希函数应使每一个记录和存储地址一一对应，没有冲突。这样，查找每个记录所花的时间只是计算时间，效率很高，但是实际应用中不发生冲突的理想化的哈希函数是很少存在的。实际应用中选择何种哈希函数以及当出现冲突时如何加以解决，是采用哈希法必须考虑的两个关键问题。

9.4.2　哈希函数构造方法

哈希函数的选取原则是函数运算要尽可能简单，并在占用内存不太多的情况下，尽可能使记录关键字在运算后得到的函数值各不相同，以减少冲突。构造哈希函数的方法有很多，这里介绍几种最常用的。由于对不同的问题各个关键字的分布情况不同，在实际应用中，可视具体情况选择合适的哈希函数。

1. 直接定址法

直接取关键字本身或者关键字加上一个常数作为哈希地址。例如，某单位职工工作证号码从 3782 号到 3824 号，如果以工作证号码作为关键字建立职工名册，可以取关键字加一个常数(-3781)为哈希地址，将各个职工记录分别存放在线性表第 1 到第 43 单元。工作证号码是不会重复的，显然，这种情况不会出现冲突。

直接定址法的优点是计算简单，而且如果关键字之间没有重复，肯定不会出现冲突。其缺点是当关键字分布较为"稀疏"时，浪费存储空间太多。

2. 数字分析法

数字分析法又称为数字选择法。这种方法适用于所有关键字事先都知道，并且关键字的位数比哈希地址的位数多的情况。在这种情况下，可将各个关键字列出，分析它们的每一位数字，舍去各关键字取值比较集中的位，仅保留取值比较分散的位作为哈希地址。例如，已知可能出现的所有关键字值中的一部分如图9.5所示。

位:	1	2	3	4	5	6	7	8	9
	0	0	1	3	1	9	4	2	1
	0	0	1	6	1	8	3	0	9
	0	0	1	7	3	9	4	3	4
	0	0	1	6	4	1	5	1	6
	0	0	1	8	1	6	3	7	8
	0	0	1	1	4	3	3	9	5
	0	0	1	2	4	2	3	6	3
	0	0	1	9	1	5	4	0	9

图9.5 可能出现的所有关键字值中的一部分

不难看出，前3位取值太集中，第5、7位也有很多重复，所以应将这5位丢弃，剩下的第4、6、8、9位分布都比较均匀，可以考虑将它们或它们中的几位组合起来作为哈希地址，至于选哪几位组合还要考虑哈希表的容量。

数字分析法一般可以做到没有冲突，但如果各关键字事先不知道则不能采用。

3. 除留余数法

除留余数法是一种最简单、最常用的构造哈希函数的方法，前面介绍的哈希函数为

$$h(k)=k \bmod m$$

就是采用这种方法构造的。这种方法关键在于 m 的选择选定 m 值后就可以决定存储地址的数目了。为了使哈希函数的取值尽可能"分散"一些，以减少冲突，m 的选择要适当，例如，当关键字是十进制数时，m 取 100，1 000 等10的整数次方就不合适，因为这样取 m 计算出的函数值只取决于关键字的低位数，而与高位数无关。如 $k_1=38\ 768$，$k_2=52\ 768$ 和 $k_3=81\ 768$，当 $m=1\ 000$ 时，哈希函数值均等于 769，而与前两位无关。又例如，选 m 为偶数，得到的哈希地址总是奇数关键字值映射成奇数地址，偶数关键字值映射成偶数地址，就会增加冲突发生的机会。一般认为 m 取为小于 m 的最大质数(即除了 1 和它本身以外，没有其他约数的数)较好。例如，若在 1 000 附近选取 m，可以取 997。

4. 折叠法

折叠法是将关键字按要求的长度分成位数相等的几段，最后一段若不够长可以短些，然后把各段重叠在一起相加并去掉进位，以所得的和作为地址。例如，设 $k=187\ 249\ 653$，要求每段的长度为 3 位，则分成 187、249、653，将这 3 段相加。

$$
\begin{array}{r}
187 \\
249 \\
+\ \ 653 \\
\hline
1\ 089
\end{array}
$$

去掉进位后得到的地址为 089。

折叠法可能得到的地址数目取决于每段的长度，如在此取十进制 3 位，可有 1 000 种地址。折叠法的思想是尽可能使存储地址反映关键字的每位数字，当然也不可能完全避免冲突。

哈希函数的构造方法还有平方取中法、基数转换法、随机法等，如果有兴趣可参考有关资料，这里就不一一介绍了。

9.4.3　处理冲突的方法

均匀的哈希函数可以减少冲突，但即使选择了合适的哈希函数，也难以完全避免冲突，因此必须设法对冲突加以处理。通常有两类方法处理冲突：开放地址法(Open Addressing)和链接表法(Linked List)。

1. 开放地址法

所谓"开放地址"就是表中尚未被占用的地址，当新插入的记录所选地址已被占用时，即转而寻找其他尚未开放的地址。开放地址法又称为闭哈希表处理冲突的方法。

哈希表按结构形式可分成开哈希表和闭哈希表，所谓闭哈希表的结构是一个向量，也就是一维数组，表中记录按关键字经哈希函数运算所得的地址直接存入数组中。

当在闭哈希表上发生冲突时，必须按某种方法在哈希表中形成一个探查地址序列，沿着这个探查地址序列在数组中逐个查找，直到碰到无冲突的位置为止，并放入记录。形成探查地址序列最简单的方法是线性探测法，线性探测法的基本思想是沿着哈希表顺序向后探查，直至找到开放地址为止，如到达表末端仍未找到开放地址，则将表看做是循环的，返回到表的首端再向后找，只要尚有开放地址最终总可以找到。设哈希函数为 H，闭哈希表一维数组的容量为 m，那么对关键字 k，计算出的地址为 $d=H(k)$。线性探测法对应的探查地址序列为 $d+1$，$d+2$，…，$m-1$，0，1，…，$d-1$。探查地址序列对应的计算公式为

$$di=(H(k)+i) \bmod m \ (1 \leqslant i \leqslant m-1)$$

例如，已知一组关键字 $k_1 \sim k_5$，已计算出各关键字的哈希函数值为

$$h(k_1)=2, \quad h(k_2)=4, \quad h(k_3)=0, \quad h(k_4)=2, \quad h(k_5)=2,$$

总记录个数为 5，开辟的一维数组长度可以比实际用的存储单元多一些，取 $m=7$。

k_1, k_2, k_3 很容易根据哈希函数值安置在相应的地址单元中，到插入 k_4 时，其函数值为 2，与 k_1 的函数值发生冲突，必须用线性探测法进行探测，第 2 次探查 $d_1=(2+1) \bmod m=3$，此单元尚未开放的，故将 k_4 置入；k_5 的哈希函数值为 2，也与 k_1 冲突，再按线性探测法进行探查，$d_1=(2+1) \bmod m=3$，$d_2=(2+2) \bmod m=4$，这两个地址已分别被 k_4

0	1	2	3	4	5	6	7
k_3		k_1	k_4	k_2	k_5		

图 9.6　开放地址的线性探测

和 k_2 占用，再下一个单元 $d_3=(2+3) \bmod m=5$，开放着，故将 k_5 置入其中，这 5 个关键字所占地址如图 9.6 所示。

线性探测法的缺点是，当连续 n 个地址被占用时，紧接在它们后面的地址下一步将被占用的可能性大大增加。元素的分布会很不均匀，越是已被占用地址集中的地方越是更加集中，这种现象称为"堆积"。堆积太多时，查找和插入新元素的速度将大大降低。

为了减少堆积的发生，应该设法使探查地址序列尽量均匀地分散在整个闭哈希表中，二次探测法可以减小产生堆积的可能性。二次探测法的基本思想是，生成的探查地址序列不是连续的，而是跳跃式的。二次探测法对应的探查地址序列的计算公式为

$$d_i = (h(k)+i) \bmod m$$

式中 $i = 1^2$，-1^2，2^2，-2^2，…，j^2，$-j^2$ $(j \leqslant m/2)$。

上述例子用二次探测法构成的闭哈希表如图 9.7 所示。

0	1	2	3	4	5	6	7
k_3	k_5	k_1	k_4	k_2			

其中，在插入 k_5 时发生冲突，按二次探测法进行探查，第 1 次探查 $d_1 = (2+1^2) \bmod m = 3$，这个地址已被 k_4 占用，第 2 次探测 $d_2 = (2+(-1^2)) \bmod m = 1$，这个地址开放着，将 k_5 置入此单元中。

图 9.7 开放地址的二次探测

二次探测的缺点是不易探测到整个闭哈希表的所有位置，也就是说，上述探查地址序列可能难以包括闭哈希表的所有存储位置。

2. 链接表法

链接表法又称为开哈希表处理冲突的方法。设哈希函数为 $H(k)$，函数值范围为 $0 \sim m-1$，开哈希表的结构可以设计成一个由 m 个指针域构成的指针数组 $T[m]$，初始状态都是空指针。其中每一个分量对应一个单链表的头指针，凡哈希地址为 i 的记录都插入到头指针为 $T[i]$ 的链表中。每一个这样的单链表称为一个同义词表。链接表法解决冲突的方式，就是将所有关键字为同义词的记录链接在同一个单链表中。例如前面的例子改用链接表法如图 9.8 所示。

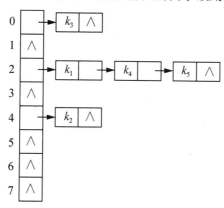

图 9.8 链接表法

在查找某个记录时，按照关键字计算出哈希函数值以后，在对应的单链表上查找该记录。显然，这种方法可以有较快的查找速度，其缺点是占用存储空间较多。

9.4.4 哈希法的查找运算

哈希表的目的主要是用于快速查找。哈希表的查找过程与建表过程相似，在建表时采用何种哈希函数及何种解决冲突的办法，在查找时，也采用同样的哈希函数及解决冲突的办法。假设给定的值为 k，根据建表时设定的哈希函数 H，计算出哈希地址 $H(k)$，如果表中该地址单元为空，则查找失败；否则将该地址中的关键字值与给定值 k 比较，如果相等则查找成功，否则按建表时设定的处理冲突的方法查找下一个地址，如此反复下去，直到某个地址单元为空(查找失败)或与关键字值比较相等(查找成功)为止。下面举例说明哈希法的查找过程。

设有一批正整数关键字，采用除留余数的哈希函数和线性探测开放地址的办法解决冲突，存入长度约为该批数据总数 1.5 倍的哈希表 ha 中，因为关键字值均大于 0，所以规定数组元素置 0 表示开放地址。要求当查找成功时，给出与该关键字相应的地址，查找失败时则将该关键字插入开放地址单元并输出此地址。待查找的关键字为 k，p 值取一个接近数组长度的质

数，则这种哈希的插入、创建及查找算法为

```
#define MaxSize 100          /*定义最大哈希表长度*/
#define NULLKEY 0            /*定义空关键字值*/
typedef int KeyType;         /*关键字类型*/
typedef char * InfoType;     /*其他数据类型*/
typedef struct
{
    KeyType key;             /*关键字域*/
    InfoType data;           /*其他数据域*/
    int count;               /*探查次数域*/
} HashTable[MaxSize];        /*哈希表类型*/
```

算法 9.6　插入一个关键字到哈希表中。

```
/*参数说明:
ha 哈希表, n 数据元素个数(可修改), k 目标关键字, p 取模值*/
void InsertHT(HashTable ha,int &n,KeyType k,int p)   //将关键字 k 插入到哈希表中
{
    int i,adr;
    adr=k % p;
    if (ha[adr].key==NULLKEY) //x[j]可以直接放在哈希表中
    {
        ha[adr].key=k;
        ha[adr].count=1;
    }
    else                      //发生冲突时采用线性探查法解决冲突
    {
        i=1;                  //i 记录 x[j]发生冲突的次数
        do
        {
            adr=(adr+1) % p;
            i++;
        } while (ha[adr].key!=NULLKEY);
        ha[adr].key=k;
        ha[adr].count=i;
    }
    n++;
}
```

算法 9.7　建立哈希表。

```
/*参数说明:
ha 哈希表, 数组 x 存放源数据, n 数据元素个数, m 初始哈希表长度, p 取模值*/
void CreateHT(HashTable ha,KeyType x[],int n,int m,int p)
{
    int i,n1=0;
    for (i=0;i<m;i++)          //哈希表置初值
    {
        ha[i].key=NULLKEY;
        ha[i].count=0;
    }
    for (i=0;i<n;i++)          //逐个插入新数据
```

```
            InsertHT(ha,n1,x[i],p);
    }
```

算法 9.8 进行哈希查找。

```
/*参数说明:
ha 哈希表, p 取模值, k 目标关键字*/
int SearchHT(HashTable ha,int p,KeyType k)         //在哈希表中查找关键字 k
{
    int i=0,adr;
    adr=k % p;
    while (ha[adr].key!=NULLKEY && ha[adr].key!=k)
    {
        i++;                                        //采用线性探查法找下一个地址
        adr=(adr+1) % p;
    }
    if (ha[adr].key==k)                             //查找成功
        return adr;
    else                                            //查找失败
        return -1;
}

void main()
{
    int A[]={16,74,60,43,54,90,46,31,29,88,77};
    int n=11,m=13,p=13,i,k=29;
    HashTable ha;
    CreateHT(ha,A,n,m,p);
    i=SearchHT(ha,p,k);
    if (i!=-1)
        printf(" ha[%d].key=%d\n",i,k);
    else
        printf(" 未找到%d\n",k);
    printf("\n");
}
```

该算法的关键语句是由 k 求哈希函数值 adr，然后以 adr 值作为第 1 次查找的地址，如果 ha[adr].key=k，说明查找成功，都不必执行下面的循环语句和条件语句而直接执行 return 语句，返回 adr 值。如第 1 次 ha[adr].key≠k，则进入循环语句，进行线性探测，直至查找到 k 或遇到开放地址为止，如果找到则返回该地址 adr 值，否则返回-1。

9.5 应用示例及分析

【例 9.1】 设有一组关键字{19,01,23,14,55,20,84,27,68,11,10,77}，采用哈希函数：
$$h(k)=k \bmod 13$$
采用开放地址的线性探测法解决冲突，试在 0～18 的哈希地址空间中，对该关键字序列构造哈希表。

解：依题意 m=19，得到线性探测法对应的探查地址序列计算公式为

$$d_\text{i}=(H(k)+j) \bmod 19; j=1,2,\cdots,18$$

其计算函数如下：

$H(19)=19 \bmod 13=6$

$H(01)=01 \bmod 13=1$

$H(23)=23 \bmod 13=10$

$H(14)=14 \bmod 13=1 (冲突)$

$H(14)=(1+1) \bmod 19=2$

$H(55)=55 \bmod 13=3$

$H(20)=20 \bmod 13=7$

$H(84)=84 \bmod 13=6 (冲突)$

$H(84)=(6+1) \bmod 19=7 (冲突)$

$H(84)=(6+2) \bmod 19=8$

$H(27)=27 \bmod 13=1 (冲突)$

$H(27)=(1+1) \bmod 19=2 (冲突)$

$H(27)=(1+2) \bmod 19=3 (冲突)$

$H(27)=(1+3) \bmod 19=4$

$H(68)=68 \bmod 13=3 (冲突)$

$H(68)=(3+1) \bmod 19=4 (冲突)$

$H(68)=(3+2) \bmod 19=5$

$H(11)=11 \bmod 13=11$

$H(10)=10 \bmod 13=10 (冲突)$

$H(10)=(10+1) \bmod 19=11 (冲突)$

$H(10)=(10+2) \bmod 19=12$

$H(77)=77 \bmod 13=12 (冲突)$

$H(77)=(12+1) \bmod 19=13$

各关键字的记录对应的地址分配如图 9.9 所示。

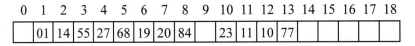

0	1	2	3	4	5	6	7	8	9	10	11	12	13	14	15	16	17	18
	01	14	55	27	68	19	20	84		23	11	10	77					

图 9.9　例 9.1 地址分配

【例 9.2】　编写一个函数，利用二分查找算法在一个有序表中插入一个元素 x，并保持表的有序性。

解：本题的解题思想是，先在有序表 r 中利用二分查找算法查找关键字值等于或小于 x 的节点，mid 指向正好等于 x 的节点或 low 指向关键字正好大于 x 的节点，然后采用移动法插入 x 节点即可。实现本题功能的函数如下：

```
Insert(sqlist r, int x, int n)
{
    int low=1,high=n,mid,i,FIND=0;
    while( low<=high && !FIND)
    {
```

```
        mid=(low+high)/2;
        if(x<r[mid].key)
            high=mid-1;
        else if (x≥r[mid].key)
            low=mid+1;
        else
        {
            i=mid;
            FIND=1;
        }
    }
    if (!FIND)
        mid=low;
    for (i=n;i>=mid;i--)
        r[i+1].key=r[i].key;
    r[mid].key=x;
}
```

小 结

查找又称检索、查询，是一种经常用到的运算，也就是在一批记录中依照某一个域的指定的域值，找出相应的记录来。作为查找依据的那个域称为关键字。

本章首先介绍了常用的 3 种基本查找方法。顺序查找对记录在表中存放的次序没有任何要求，查找的基本思想是从表的一端开始，顺序将各单元数据与给定值进行比较，直至找到与给定值相同的记录，则查找成功，否则查找失败。二分查找比顺序查找速度快，但它要求表中数据有序，这是一个递归的过程，每次用查找范围正中间的元素与给定值进行比较，这样，即使这次没有找到，也把下一步查找的范围缩小了一半，所以最坏的情况下比较次数为 $O(\log_2 n)$。此过程虽然是递归的，但很容易利用循环语句将其改为非递归形式。分块查找是在顺序表基础上建立一个索引表，查找时，首先用给定值在索引表中查找，因为索引表是按关键字有序排列的，所以可以采用二分查找或顺序查找以确定待查记录在哪一块中，然后在已确定的块中进行顺序查找。

二叉排序树也称为二叉查找树，其查找过程是一种递归过程，首先以根节点数据与给定值进行比较，如果相等，则查找成功，否则转向其左子树或右子树继续进行树状查找。该查找算法也可以利用循环语句改为非递归形式。查找的最坏情况下查找时间取决于树的高度，当树接近满树时为 $O(\log_2 n)$，当树为退化树时，则为 $O(n)$。

在 B-树中查找给定关键字的方法与二叉排序树上的查找类似，不同的是每个节点上确定向下查找的路径不一定是二路，而最多可能是 m 路的。

哈希法将每个记录的地址与该记录的关键字之间建立某种函数关系，可直接由关键字查找到该记录，不仅查找速度快而且查找时间与记录数目 n 无关。根据关键字求存储地址的函数称为哈希函数。不同关键字计算出同样地址的情况称为产生了冲突。采用哈希法的关键是选择何种哈希函数和出现了冲突如何处理。处理冲突的方法主要有开放地址法和链接表法。

在实际应用中，应根据各种查找方法的优缺点并视具体情况选择合适的查找方法。

习题与练习九

一、选择题

1. 对于哈希函数 $h(\text{key})=\text{key}\%13$，被称为同义词的关键字是(　　)。

　A. 35 和 41　　　　　　　　　　　B. 23 和 39

　C. 15 和 44　　　　　　　　　　　D. 25 和 51

2. 向二叉搜索树中插入一个元素时，其时间复杂度大致为(　　)。

　A. $O(1)$　　　　　　　　　　　　B. $O(\log_2 n)$

　C. $O(n)$　　　　　　　　　　　　D. $O(n\log_2 n)$

3. 当采用分块查找时，数据的组织方式为(　　)。

　A. 数据分成若干块，每块内数据有序

　B. 数据分成若干块，每块内数据不必有序，但块间必须有序，每块内最大(或最小)的数据组成索引块

　C. 数据分成若干块，每块内数据有序，每块内最大(或最小)的数据组成索引块

　D. 数据分成若干块，每块(除最后一块外)中数据个数须相同

4. 二叉排序树的查找效率与二叉树的((1))有关，在((2))时其查找效率最低

　(1):A. 高度　　　　B. 节点的多少　　　C. 树状　　　　D. 节点的位置

　(2):A. 节点太多　　B. 完全二叉树　　　C. 呈单枝树　　D. 节点太复杂。

5. 既希望较快地查找又便于线性表动态变化的查找方法是(　　)。

　A. 顺序查找　　　　B. 折半查找　　　　C. 索引顺序查找　　D. 哈希法查找

6. 分别以下列序列构造二叉排序树，与用其他 3 个序列所构造的结果不同的是(　　)。

　A. (100，80，90，60，120，110，130)

　B. (100，120，110，130，80，60，90)

　C. (100，60，80，90，120，110，130)

　D. (100，80，60，90，120，130，110)

7. 设有一组记录的关键字为 {19，14，23，1，68，20，84，27，55，11，10，79}，用链接表法构造哈希表，哈希函数为 $h(\text{key})=\text{key}\bmod 13$，哈希地址为 1 的链中有(　　)个记录。

　A. 1　　　　　　　B. 2　　　　　　　C. 3　　　　　　　D. 4

8. 下面关于哈希(Hash)查找的说法正确的是(　　)。

　A. 哈希函数构造的越复杂越好，因为这样随机性好，冲突小

　B. 除留余数法是所有哈希函数中最好的方法

　C. 不存在特别好与坏的哈希函数，要视情况而定

　D. 若需在哈希表中删去一个元素，不管用何种方法解决冲突都只要简单地将该元素删去即可

9. 若采用链接表法构造哈希表，哈希函数为 $h(\text{key})=\text{key}\bmod 17$，则需((1))个链表。这些链的链首指针构成一个指针数组，数组的下标范围为((2))。

　(1) A. 17　　　　　　B. 13　　　　　　C. 16　　　　　　D. 任意

　(2) A. 0~17　　　　　B. 1~17　　　　　C. 0~16　　　　　D. 1~16

10. 关于杂凑查找说法不正确的有几个( )。

(1) 采用链接表法解决冲突时，查找一个元素的时间是相同的

(2) 采用链接表法解决冲突时，若插入规定总是在链首，则插入任一个元素的时间是相同的

(3) 用链接表法解决冲突易引起堆积现象

(4) 二次探测法不易产生堆积

    A. 1   B. 2   C. 3   D. 4

11. 设哈希表长为 14，哈希函数是 $h(key)=key\%11$，表中已有数据的关键字为 15，38，61，84 共 4 个，现要将关键字 49 的节点加到表中，用二次探测法解决冲突，则放入的位置是( )。

    A. 8   B. 3   C. 5   D. 9

12. 假定有 k 个关键字互为同义词，若用线性探测法把这 k 个关键字存入哈希表中，至少要进行多少次探测？( )。

    A. k-1 次   B. k 次   C. k+1 次   D. $k(k+1)/2$ 次

13. 哈希表的地址区间为 0-17，哈希函数为 $h(k)=k \bmod 17$。采用线性探测法处理冲突，并将关键字序列 26，25，72，38，8，18，59 依次存储到哈希表中。

(1) 元素 59 存放在哈希表中的地址是( )。

    A. 8   B. 9   C. 10   D. 11

(2) 存放元素 59 需要搜索的次数是( )。

    A. 2   B. 3   C. 4   D. 5

14. 下面关于二分查找的叙述正确的是( )。

    A. 表必须有序，表可以顺序方式存储，也可以链表方式存储

    C. 表必须有序，而且只能从小到大排列

    B. 表必须有序且表中数据必须是整型、实型或字符型

    D. 表必须有序，且表只能以顺序方式存储

15. 当在一个有序的顺序存储表上查找数据时，即可用折半查找，也可用顺序查找，前者比后者的查找速度( )。

    A. 必定快   B. 不一定

    C. 在大部分情况下要快   D. 取决于表递增还是递减

二、基础知识题

1. 解释下列名词：

    (1) 查找   (2) 树状查找   (3) 哈希函数   (4) 冲突

2. 设有序表为{a,b,c,d,e,f,g}，请分别画出对给定值 f,g 和 h 进行拆半查找的过程。

3. 试述顺序查找法、二分查找法和分块查找法对被查找表中元素的要求，每种查找法对长度为 n 的表的等概率查找长度是多少？

4. 设哈希表长 m=14，哈希函数为 $h(k)=k \bmod 11$，表中共有 8 个元素{15,27,50,73,49,61,37,60}，试画出采用二次探测法处理冲突的哈希表。

5. 线性表的关键字集合为{113,12,180,138,92,67,94,134,252,6,70,323,60}，共有 13 个元素，已知哈希函数为 $h(k)=k \bmod 13$，采用链接表处理冲突，试设计这种链表结构。

6. 设关键字集合为 {27,49,79,5,37,1,56,65,83}，哈希函数为 $h(k)=k \bmod 7$，哈希表长度 m=10，起始地址为 0，分别用线性探测和链接表法来解决冲突。试画出对应的哈希表。

三、算法设计题

1. 设单链表的节点是按关键字从小到大排列的，试写出对此链表的查找算法，并说明是否可以采用折半查找。

2. 如果线性表中各节点查找概率不等，则可以使用下面的策略提高顺序表的查找效率：如果找到指定的节点，则将该节点和其前趋(若存在)节点交换，使得经常被查找的节点尽量位于表的前端。试对线性表的顺序存储结构和链式存储结构写出实现上述策略的顺序查找算法(注意查找时必须从表头开始向后扫描)。

3. 试设计一个在用开放地址法解决冲突的哈希表上删除一个指定节点的算法。

4. 设给定的哈希表存储空间为 $h[1{\sim}m]$，每个单元可存放一个记录，$h[i](1{\leqslant}i{\leqslant}m)$ 的初始值为 0，选取哈希函数为 $h(R.key)$，其中 key 为记录 R 的关键字，解决冲突方法为线性探测法，编写一个函数将某记录 R 填入到哈希表 H 中。

5. 写出在二叉排序树中删除一个节点的算法，使删除后仍为二叉排序树。设删除节点由指针 p 所指，其双亲节点由指针 f 所指，并假设被删除节点是其双亲节点的右孩子。

6. 已知二叉树 T，在树中查找值为 X 的节点，若找到，则记数(count)加 1；否则，作为一个新节点插入树中，插入后仍为二叉排序树，写出其非递归算法。

第 10 章　算法的分析与设计

 **本章导读**

　　前面一些章节在讲述数据结构的同时也介绍了一些算法，本章主要介绍算法复杂性分析的基本知识和一些常用的、经典的算法设计技术，通过本章的学习，应了解和掌握算法分析、设计的常用方法和技巧，以便运用这些方法来解决较为复杂的实际问题的算法设计，从而提高程序设计的质量。

 本章主要知识点

- ➤ 算法复杂性分析
- ➤ 分治法
- ➤ 贪心法
- ➤ 回溯法
- ➤ 动态规划法
- ➤ 分支定界法

10.1　算法的分析

10.1.1　分析算法的一般原则

　　算法分析是一个复杂的问题，它首先涉及优劣准则的确定。分析一个算法的优劣，主要考虑以下几个方面的问题。

　　(1) 正确性。要求算法能够正确地执行规定的功能，这是最重要也是最基本的准则。即要求该算法在合理的输入数据下，能在有限的时间中得出正确的结果。分析算法的正确性，一般需要用到有关的数学定理和方法，如线性代数、图论、组合数学等方面的定理和数学归纳法等。对于长的程序，可以将其分成一些小段来分析，只有每个小段都是正确的，才能保证整个程序的正确性。前面所介绍的一些算法，在实用上大都是整个程序的一些小段。

　　(2) 运算工作量。运算工作量并非指的是计算机真正的运算时间，因为运算时间因计算机而异，也不是指需执行的指令和语句的数目。因为这与所采用的程序语言和程序员的习惯有关。此处是分析算法本身的特点。

　　我们希望有一个足够准确及足够一般的常规衡量方法。通常是计算所需的一些基本的运算的次数，例如所需的比较次数、加法和乘法次数等。而且还常是对不同算法进行相对的比较。在分析比较算法时，运算量是非常重要的一个因素。本章将对此进行重点研究。

(3) 所占空间量。所占空间量并非具体指真正占多少计算机的内存或外存。因为这同样与所采用计算机、所用程序设计语言和程序员的习惯有关。此处是进行相对的比较。如果输入的数据有其固有的形式，则还需要分析占多少额外的存储单元。空间复杂性考虑的是额外空间的大小，如果额外空间相对于输入规模是常数，称为"原地"工作的算法(如堆排序)。对于大型的问题这当然比需要额外单元与输入数据规模大小有关的算法(如合并排序)要优越。这里所说的"存储单元"并无严格的定义，是因问题而异的，如果输入数据可表示成不同的形式，例如图就有不同的表示方法，则还需要比较输入数据表示形式的不同而占空间的多少。

(4) 简单性。简单性的含义是算法简单，程序结构简单。

最简单、最直接的方法往往不是最有效的，例如，递归算法虽然简单，但运算工作量较大。算法的简单性使得证明其正确性比较容易，编写程序、改错和维护程序都比较方便，可以节省时间，所以还是应当强调的。即便如此，对于经常使用的程序来说，算法的效率性还是较简单性更为重要，要在保证一定效率的前提下力求得到简单的算法。

10.1.2 算法复杂性分析

算法复杂性是算法运行所需要的计算机资源的量，需要的时间资源的量称为时间复杂性，需要的空间资源的量称为空间复杂性。关于算法的复杂性，主要是为了解决两个问题：一是用怎样的一个量来表达一个算法的复杂性；二是对于给定的一个算法，怎样具体计算它的复杂性。

显然，复杂性与所解决问题的规模有关。算法求解问题的输入量称为问题的规模(Size)，一般用一个整数 n 作为表示问题规模的量，例如，排序问题中 n 为排序元素个数；图的问题中 n 是图的顶点数；矩阵中的 n 为矩阵的阶数等。一般把时间复杂性和空间复杂性分开，并分别用 T 和 S 来表示：

算法的时间复杂性一般表示为 $T(n)$；

算法的空间复杂性一般表示为 $S(n)$。

其中 n 是问题的规模(输入大小)。

1. 算法的时间复杂性分析

一个算法的时间复杂性 $T(n)$ 是该算法的时间耗费，是该算法所求解问题规模 n 的函数。不同的算法当 n 增长时运算时间增长的快慢很不一样，$T(n)$ 为指数形式的算法。当 n 较大时实际上是无法应用的。有些算法 $T(n)$ 与 $n!$ 成正比，它随 n 的加大比指数函数增长还要快，这种算法更没有实用价值。凡是 $T(n)$ 为 n 的对数函数、线性函数和多项式形式的我们称这些算法为"有效的算法"，反之，凡是 $T(n)$ 为指数函数或阶乘函数的，称为坏算法。

随着科学研究的深入，要求用计算机解决的问题越来越复杂，规模越来越大。许多时候要精确地计算 $T(n)$ 是困难的，引入渐进时间复杂性在数量上估计一个算法的执行时间，也能够达到分析算法的目的。当问题的规模 n 趋向无穷大时，时间复杂性 $T(n)$ 的数量级(阶)称为算法的渐进时间复杂性。

首先引入复杂性渐近性态的概念。设 $T(n)$ 是在第 2 段中所定义的关于算法 A 的复杂性函数。一般来说，当 n 单调增加且趋于 ∞ 时，$T(n)$ 也将单调增加趋于 ∞。对于 $T(n)$，如果存在 $T'(n)$，使得当 $n \to \infty$ 时有

$$(T(n)-T'(n))/T(n) \to 0$$

那么，称 $T'(n)$ 是 $T(n)$ 当 $n \to \infty$ 时的渐近性态，或称 $T'(n)$ 为算法 A 当 $n \to \infty$ 的渐近复杂性而与 $T(n)$ 相区别，因为在数学上，$T'(n)$ 是 $T(n)$ 当 $n \to \infty$ 时的渐近表达式。直观上，$T'(n)$ 是 $T(n)$ 中略去低阶项所留下的主项。所以它无疑比 $T(n)$ 来得简单。比如当 $T(n)=3n^2+4n\log_2 n+7$ 时，$T'(n)$ 的一个答案是 $3n^2$，显然 $3n^2$ 比 $3n^2+4n\log_2 n+7$ 简单得多。

由于当 $n \to \infty$ 时 $T(n)$ 渐近于 $T'(n)$，这样有理由用 $T'(n)$ 来替代 $T(n)$ 作为算法 A 在 $n \to \infty$ 时复杂性的度量。而且由于 $T'(n)$ 明显地比 $T(n)$ 简单，这种替代明显地是对复杂性分析的一种简化。进一步，考虑到分析算法的复杂性的目的在于比较求解同一问题的两个不同算法的效率，而当要比较的两个算法的渐近复杂性的阶不相同时，只要能确定出各自的阶，就可以判定哪一个算法的效率高。换句话说，这时的渐近复杂性分析只要关心 $T'(n)$ 的阶就够了，不必关心包含在 $T'(n)$ 中的常数因子。所以，常常又对 $T'(n)$ 的分析进一步简化，即假设算法中用到的所有不同的元运算各执行一次，所需要的时间都是一个单位时间。

上面给出了简化算法复杂性分析的方法和步骤，当问题的规模充分大时，只要考察算法复杂性在渐近意义下的阶，即主要用算法时间复杂性的数量级 "O" (算法的渐近时间复杂性) 评价一个算法的时间性能。

算法的渐近时间复杂性 "O" 的严格数学定义如下：

设 $f(n)$ 和 $g(n)$ 是定义在正数集上的正函数。如果存在正的常数 C 和自然数 n_0，使得当 $n \geqslant n_0$ 时有 $f(n) \leqslant C \times g(n)$，则称函数 $f(n)$ 当 n 充分大时有上界，且 $g(n)$ 是它的一个上界，记为 $f(n)=O(g(n))$。对于足够大的 n，这样表示很方便。按照大 O 的定义，容易证明它有如下运算规则：

(1) $O(f)+O(g)=O(\max(f,\ g))$；

(2) $O(f)+O(g)=O(f+g)$；

(3) $O(f) \cdot O(g)=O(f \cdot g)$；

(4) 如果 $g(n)=O(f(n))$，则 $O(f)+O(g)=O(f)$；

(5) $O(Cf(n))=O(f(n))$，其中 C 是一个正的常数；

(6) $f=O(f)$。

常见的时间复杂性按数量级递增排列依次为：常数 $O(1)$、对数阶 $O(\log_2 n)$、线形阶 $O(n)$、线形对数阶 $O(n\log_2 n)$、平方阶 $O(n^2)$、立方阶 $O(n^3)$、…、k 次方阶 $O(n^k)$、指数阶 $O(2^n)$。显然，时间复杂性为指数阶 $O(2^n)$ 的算法效率极低，当 n 值稍大时就无法应用。

算法的执行时间绝大部分花在循环和递归上，因此，分析算法的复杂性，主要分析循环语句的时间代价和递归执行的时间代价。

(1) 循环语句的时间代价分析。循环语句的时间代价一般用以下 3 条原则分析。

① 对于一个循环，循环次数乘以每次执行简单语句的数目即为其时间代价。

② 对于多个并列循环，可先计算每个循环的时间代价，然后按大 O 表示法的加法规则计算总代价。

③ 对于多层嵌套循环，一般可按大 O 表示法的乘法规则计算。但如果嵌套是有条件的，为精确计算其时间代价，要仔细累加循环中简单语句的实际执行数目，以确定其时间代价。

例如，冒泡法排序，这是最原始的算法排序方法。当倒序进行排序时(最糟情况)，循环次数为 n 次，交换次数为 n 次。这里，影响算法性能的主要部分是循环和交换，显然，次数越多，性能就越差。从上面的程序可以看出循环的次数是固定的，为 $1+2+\cdots+n-1$。写成公式就是 $\dfrac{(n-1) \times n}{2}$。

现在按照大 O 的定义来看 $\dfrac{n\times(n-1)}{2}$，当 $C=1/2$，$n_0=1$，$g(n)=n\times n$ 时，$\dfrac{n\times(n-1)}{2}<=$ $\dfrac{n\times n}{2}=C\times g(n)$。则 $f(n)=O(g(n))=O(n\times n)$，冒泡法排序程序时间复杂性为 $O(n\times n)$。

(2) 递归执行的时间代价分析。对于递归算法，一般可把时间代价表示为一个递归方程。解这种递归方程最常用的方法是进行递归扩展，通过层层递归，直到递归出口，然后再进行化简。

例如，求快速排序法的时间复杂性。

此算法的递归方程可表示为

$$T(n)=2T(n/2)+n$$

这里 $a=2$，$b=2$，$d(x)=x$ 是积性函数。因为 $a=d(b)=2$，所以

$$T(n) = O(\log_2 n \times n^{\log_2 2}) = O(n\log_2 n)$$

算法的时间复杂性不仅仅依赖于问题的规模，还与输入数据的初始状态有关。例如，在数组 $A[O..n-1]$ 中顺序查找给定值 k 的算法，最快只需要比较 1 次即可查找到，最慢则需要比较 n 次；又如，进行排序时原来的数据是否有一定的次序，会影响排序的快慢。

一般在考虑算法的运算时间时有两种方法：最坏时间复杂性和平均时间复杂性。

最坏情况下的时间复杂性称为最坏时间复杂性；平均时间复杂性是指所有可能的输入数据均以等概率出现的情况下，算法的期望运行时间。平均时间复杂性考虑的是同样的 n 值是各种可能的输入，取它们运算时间的平均值。粗看起来似乎平均时间复杂性更合理，其实不然，因为考虑所有可能的输入，数学上分析起来很困难，有时甚至是不可能的。而且各种可能性出现的概率也不一定相同。所以，一般不作特别说明，讨论的时间复杂性均是最坏情况下的时间复杂性。对于实际应用问题，考虑最坏的情况更为重要。最坏情况下的时间复杂性是算法在任何输入数据上运行时间的上界，从而保证了算法的运行时间不会更长。

例如，在顺序查找算法中，在最坏情况下的时间复杂性为 $T(n)=O(n)$，它表示对于任何输入数据，该算法的运行时间不可能大于 $O(n)$。

2. 空间复杂性分析

根据算法执行过程中对存储空间的使用方式，可以把对算法空间复杂性分析分成两种：静态分析和动态分析。

(1) 静态分析。一个算法静态使用的存储空间，称为静态空间。静态分析的方法比较容易，只要求出算法中使用的所有变量的空间，再折合成多少空间存储单位即可。

例如，直接插入排序的空间复杂性分析(参看算法 8.3)。

被排序的记录的个数 n 决定了问题的规模。排序的对象在调用函数中申请，并用一个指针变量传递给被调函数，空间大小显然是 $O(n)$；在排序程序中，算法以静态方式定义了两个整型变量 i 和 j，一个存储插入元素的临时变量 temp，所以在算法中分配的空间为一个常量，记为 $O(1)$(对于常量 c 而言，$O(c)$ 与 $O(1)$ 为相同复杂性)。

(2) 动态分析。一个算法在执行过程中，必须以动态方式分配的存储空间是指在算法执行过程中才能分配的空间，称为动态空间。动态空间主要是存储中间结果或操作单元所占用空间——额外空间。空间复杂性考虑的是额外空间的大小。如果额外空间相对于输入规模是常数，则称为原地工作的算法。

动态空间的确定主要由两种情况构成：函数的递归和执行动态分配函数。

① 函数的递归调用。对于递归函数而言，由于每次调用需要分配不同的运行空间，所以递归函数的空间复杂性，不能简单地采用静态分析方法。

假设静态分析一个递归函数的空间复杂性为一个常量 c，如果递归深度为 h（h 的大小依赖于程序的动态执行），动态空间复杂性应该为 $C \times h$。

例如，快速排序(参看算法 8.5)。

对函数静态分析的空间与待排序记录的个数 n 无关，为常量。递归深度 h 最大等于 n，这时动态空间复杂性为 $O(n)$；若每次都选较短的部分先处理，则递归深度不会超过 $\log n$，这时动态空间复杂性即为 $O(\log n)$。

② 执行动态分配函数。一个函数(或过程)如果使用了 malloc 和 free 函数，malloc 和 free 所开辟、释放的空间只能在算法执行过程中加以确定，这些空间属于动态空间。

在下面的讨论中，假设每次分配的空间与问题规模无关，只是一个常数 c。分如下两种情况讨论：

a. 没有使用 free 函数。动态空间复杂性为 $O(k)$，k 为使用 malloc 的次数(包括在循环和递归调用中动态执行的次数)。

b. 使用 free 函数。设 free 使用次数为 j。令 $C_0 = 1$，$p_i(i = 1, 2, \cdots, j)$为第 $i-1$ 次使用 free 和第 i 次使用 free 之间执行 malloc 的次数。用公式 $c_i = c_{i-1} + p_{i-1}$ 可以计算出在第 $i-1$ 次使用 free 和第 i 次使用 free($i = 1, 2, \cdots, j$)之间使用的最大动态空间数。再定义 j' 如下：

$$j' = \begin{cases} j+1 & \text{若第 } j \text{ 次使用 free 后，有 malloc 使用；} \\ j & \text{若第 } j \text{ 次使用 free 后，无 malloc 使用。} \end{cases}$$

于是，整个算法使用的动态空间复杂性为

$$O(\max_{1 \leqslant i \leqslant j'}\{c_i\})$$

例如，一个算法执行过程中 malloc 和 free 顺序为(n 代表 malloc，d 代表 free)。

$$n \quad n \quad n \quad d \quad n \quad d \quad d \quad n \quad n \quad n \quad d \quad n \quad d \quad d$$

$$j = j' = 7$$
$$c_0 = 1, \quad c_1 = 3, \quad c_2 = 2, \quad c_3 = 2,$$
$$c_4 = 1, \quad c_5 = 3, \quad c_6 = 3, \quad c_7 = 2。$$
$$\max_{1 \leqslant i \leqslant 7}\{c_i\} = 3$$

10.2　算法的设计

本节重点是从方法的角度介绍分治法、回溯法、分支定界法等多种典型算法的设计技术和设计技巧，并结合某些有实用意义的经典算法来加深对设计方法的理解。

10.2.1　分治法

1. 分治法的基本思想

分治法(Divide and Conquer)也称为分割解决法，其基本思想是把一个规模为 n 的问题分成两个或多个较小的与原问题类型相同的子问题，通过对子问题的求解，并把子问题的解合并起来从而构造出整个问题的解，即对问题分而治之。如果子问题的规模仍然相当大，可以对此子问题重复地应用分治策略。

例如，二分法检索就是所学过的应用分治策略的典型例子。快速排序算法、归并排序算法、梵塔问题等都可以用分治策略求解：快速排序算法每趟把一个元素放入排完序后它所应在的位置，这个位置把原表分成了两个宏观有序的子表；归并排序算法是把规模为 n 的问题分成规模为 $[n/2]$ 的两个子问题；而梵塔问题将原问题分为两个规模为 $n-1$ 的子问题。

2. 分治法的基本实现过程

分治法在每一层递归上都有 3 个步骤。

(1) 分解：将原问题分解为若干个规模较小，相互独立，与原问题形式相同的子问题；

(2) 解决：若子问题规模较小而容易被解决则直接解，否则递归地解各个子问题；

(3) 合并：将各个子问题的解合并为原问题的解。

它的一般的算法设计模式如下：

```
Divide-and-Conquer(P)
 if |P|≤n0
 return(ADHOC(P))
 将 P 分解为较小的子问题 P[1]，P[2]，…，P[k]
 for (i=1;i<=k;i++)
    y[i]=Divide-and-Conquer(P[i])    /*递归解决 P[i]*/
    T=MERGE(y[1]，y[2]，…，y[k])      /*合并子问题*/
 return(T)
```

其中，|P|表示问题 P 的规模；$n0$ 为一阈值，表示当问题 P 的规模不超过 $n0$ 时，问题已容易直接解出，不必再继续分解。ADHOC(P)是该分治法中的基本子算法，用于直接解小规模的问题 P。因此，当 P 的规模不超过 $n0$ 时，直接用算法 ADHOC(P)求解。算法 MERGE(y[1]，y[2]，…，y[k])是该分治法中的合并子算法，用于将 P 的子问题 P[1]，P[2]，…，P[k]的相应的解 y[1]，y[2]，…，y[k]合并为 P 的解。

根据分治法的分割原则，原问题应该分为多少个子问题才较适宜？各个子问题的规模应该怎样才为适当？人们从大量实践中发现，在用分治法设计算法时，最好使子问题的规模大致相同，则分治策略的效率较高，否则效率就比较低。换句话说，将一个问题分成大小相等的 k 个子问题的处理方法是行之有效的。许多问题可以取 $k=2$。这种使子问题规模大致相等的做法是出自一种平衡(Balancing)子问题的思想，它几乎总是比子问题规模不等的做法要好。例如，直接插入排序(算法 8.1)可以看做是把原问题分解成两个子问题，一个是规模为 1 的问题，另一个是规模为 $n-1$ 的问题，算法的时间代价是 $O(n^2)$ 级的。而归并排序把原问题分成了两个大小为 $n/2$ 的问题，算法的时间代价是 $O(n\log_2 n)$ 级的。

分治法的合并步骤是算法的关键所在。有些问题的合并方法比较明显；有些问题合并方法比较复杂，或者是有多种合并方案，或者是合并方案不明显。究竟应该怎样合并，没有统一的模式，需要具体问题具体分析。

3. 算法评价

分治法所能解决的问题一般具有以下几个特征：

(1) 规模缩小到一定的程度就可以容易地解决；

(2) 可以分解为若干个规模较小的相同问题，即该问题具有最优子结构性质。

(3) 可分解出的子问题的解可以合并为该问题的解;

(4) 所分解出的各个子问题是相互独立的,即子问题之间不包含公共的子问题。

上述的第 1 条特征绝大多数问题都可以满足,因为问题的计算复杂性一般是随着问题规模的增加而增加的;第 2 条特征是应用分治法的前提,它也是大多数问题可以满足的,此特征反映了递归思想的应用;第 3 条特征是关键,能否利用分治法完全取决于问题是否具有第 3 条特征,如果具备了第 1 条和第 2 条特征,而不具备第 3 条特征,则可以考虑采用贪心法或动态规划法。第 4 条特征涉及分治法的效率,如果各子问题是不独立的,虽然可用分治法,但分治法要做许多不必要的工作,重复地解公共的子问题,所以,此时一般用动态规划法较好。

4. 应用示例及分析

【例 10.1】 循环赛日程表。

设有 $n=2^k$ 个运动员要进行网球循环赛。现要设计一个满足以下要求的比赛日程表:

(1) 每个选手必须与其他 $n-1$ 个选手各赛一次;

(2) 每个选手一天只能参赛一次;

(3) 循环赛在 $n-1$ 天内结束。

请按此要求将比赛日程表设计成有 n 行和 $n-1$ 列的一个表。在表中的第 i 行,第 j 列处填入第 i 个选手在第 j 天所遇到的选手。其中 $1 \leqslant i \leqslant n$, $1 \leqslant j \leqslant n-1$。

按分治策略,可以将所有的选手分为两部分,则 n 个选手的比赛日程表可以通过 $n/2$ 个选手的比赛日程表来决定。递归地用这种一分为二的策略对选手进行划分,直到只剩下两个选手时,比赛日程表的制定就变得很简单。这时只要让这两个选手进行比赛就可以了。

	1	2	3	4	5	6	7
1	2	3	4	5	6	7	8
2	1	4	3	6	5	8	7
3	4	1	2	7	8	5	6
4	3	2	1	8	7	6	5
5	6	7	8	1	2	3	4
6	5	8	7	2	1	4	3
7	8	5	6	3	4	1	2
8	7	6	5	4	3	2	1

图 10.1 8 个选手的比赛日程表

图 10.1 所列出的正方形表是 8 个选手的比赛日程表。其中左上角与左下角的两小块分别为选手 1 至选手 4 和选手 5 至选手 8 前 3 天的比赛日程。据此,将左上角小块中的所有数字按其相对位置抄到右下角,又将左下角小块中的所有数字按其相对位置抄到右上角,这样我们就分别安排好了选手 1 至选手 4 和选手 5 至选手 8 在后 4 天的比赛日程。依此思想容易将这个比赛日程表推广到具有任意多个选手的情形。

10.2.2 贪心法

1. 贪心法的基本思想

贪心法(Greedy Selector)是一种对某些求最优解问题的简单、迅速的设计方法。其基本思想是从问题的某一个初始解出发逐步逼近给定的目标，以尽可能快地求得更好的解。当达到某算法中的某一步不能再继续前进时，算法停止，得到问题的一个解。

例如，商店在给顾客找零时假设有 4 种硬币，它们的面值分别为 1 角、5 分、2 分和 1 分。现要找给某顾客 3 角 7 分钱，这时，售货员几乎不假思索地拿出 3 个 1 角、1 个 5 分和 1 个 2 分的硬币交给顾客。显而易见，售货员不仅能很快决定要拿哪些硬币，而且与其他找法相比，拿出的硬币的个数肯定是最少的。

在这里，售货员实际使用了这样的算法：首先选出一个面值不超过 3 角 7 分的最大硬币(1 角)，然后从 3 角 7 分中减去 1 角，剩下 2 角 7 分再选出一个不超过 2 角 7 分的最大硬币(另一个 1 角)，如此做下去，直到找足 3 角 7 分。

又如，在图中求从源点到其他各节点的最短路径的算法也应用贪心法的典型示例，该算法按路径"长度"递增的次序，逐步得到由给定源点到图的其余各点间的最短路径。求解此题时，首先在图中选一条代价最小的边。然后在满足条件的候选边中，挑选最短的边作为入选边。如此做下去，直到得到一个经过所有顶点的最短路径。

从以上商店给顾客找零和求最短路径两个例子可以领会贪心法的基本思想：对于最小化问题来说，总是先消耗最小的元素加入集合；而对于最大化问题，则反之。这种方法的优点是简单、快捷，它的缺点是一般找不到最优解。

2. 贪心法的基本实现过程

贪心法是一种改进了的分级处理方法。它首先根据题意，选取一种量度标准。然后将这 n 个输入排成这种量度标准所要求的顺序，按这种顺序一次输入一个量。如果这个输入和当前已构成在这种量度意义下的部分最优解加在一起不能产生一个可行解，则不把此输入加到这部分解中。要注意的是，对于一个给定的问题，往往可能有好几种量度标准。初看起来，这些量度标准似乎都是可取的。但实际上，用其中的大多数量度标准做贪心处理所得到该量度意义下的最优解并不是问题的最优解，而是次优解。尤其值得指出的是，把目标函数作为量度标准所得到的解也不一定是问题的最优解。因此，选择能产生问题最优解的最优量度标准是使用贪心法的核心问题。在一般情况下，要选出最优量度标准并不是一件容易的事，不过，一旦对某问题能选择出最优量度标准，用贪心法求解则特别有效。

贪心法解题的一般步骤如下：

(1) 从问题的某个初始解出发；

(2) 采用循环语句，当可以向求解目标前进一步时，就根据局部最优策略，得到一个部分解，缩小问题的范围和规模；

(3) 将所有部分解综合起来，得到问题最终解。

3. 算法评价

贪心法具有简单、求解速度快和时间复杂性具有较低阶的优点。但贪心法在各个阶段，选择那些在某些意义下是局部最优的解，不是每次都能成功地产生出一个整体最优解。

例如，在前面找钱的例子中，解是最优的。在求最短路径问题中，解不是最优的。这一点也是我们要强调的。即贪心法并不保证求得全局最优解。在求最短路径过程中，总是从已入选的顶点中寻求连向未入选的顶点，以得到代价最小的边，这样就使一些代价较小的边可能不能入选，从而造成结果不是最优。可以看出，具体到每一步，贪心法做出的选择只是某种意义上的"局部最优选择"，最终结果一般不一定是最优的。因为它有一个致命的弱点：后进入解向量的元素一般都有较大的消费。

找钱的贪心算法结果之所以是最优的，是由于硬币面值的特殊性。如果现在硬币的面值分别是 1 角 1 分、7 分、5 分和 1 分，按贪心法拿出的硬币是 3 个 1 角 1 分和 4 个 1 分，共 7 枚。这比 2 个 1 角 1 分和 3 个 5 分至多 2 枚。这是由于总是从局部的最优出发，没有看到全局的情况，致使目光短浅，欲速不达。也正是由于它不再去看全局，使得这一方法成为简单、快捷的方法。

对某些问题，如果只要求得一个与最优解相差不多的次优解就满足要求时，选用贪心法可以帮助我们很快地得到这样的解。

4. 应用示例及分析

【例 10.2】　城市巡回推销员问题。设有 5 个城市，已知任意两城市之间的路线费用，现一个推销员想从某城市出发巡回经过每一个城市，且每城市只经过一次，最后又回到出发点，求如何使费用最低。这是一个著名的 nP 完全问题，没有有效算法。现以此为例来说明贪心算法的应用。

费用矩阵和无向网络如图 10.2 所示。

1	2	3	4	5
∞	1	2	7	5
1	∞	4	4	3
2	4	∞	1	2
7	4	1	∞	3
5	3	2	3	∞

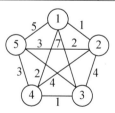

图 10.2　无向网络图

求解此问题，可以把路线费用最小这个目标落实在每前进一步的子目标上，这个子目标就是有一个城市通向所有其他未到过的城市通路中具有最小费用的弧。这条弧就是可行解的一个元素。

现在用如图 10.3 所示的几张图来解释这个算法。

假设从基地城市 $n=1$ 出发的路线结构如图 10.3 所示。图中走过的节点用小方块表示，尚未到达的节点用圆圈表示。

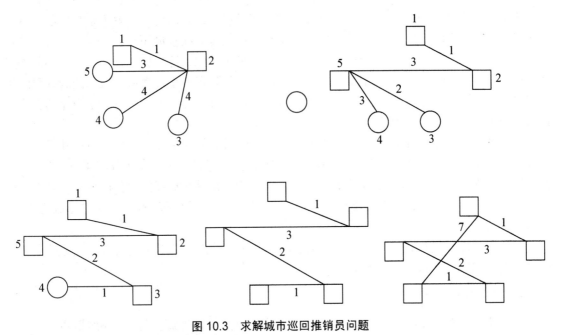

图 10.3　求解城市巡回推销员问题

从图中不难发现，最后返回基地城市 1 时，费用为 7，这个费用是最昂贵的。这条路线的总费用为 14，路线为

$$1 \longrightarrow 2 \longrightarrow 5 \longrightarrow 3 \longrightarrow 4 \longrightarrow 1$$

很明显这条路线不是最佳路线。最佳路线为

$$1 \longrightarrow 2 \longrightarrow 5 \longrightarrow 4 \longrightarrow 3 \longrightarrow 1$$

总费用为 10。可见贪恋算法没有求得最佳解。我们可以看出虽然每步它都取最佳值，但没考虑后面几个点的费用，有可能后面的费用较高。

根据这种情况我们对此做一些改进：

从选择 $p(p \leqslant n)$ 个不同的城市出发，分别调用函数，得到 p 个结果。比较这些结果，从中找出最小花费路线。

【例 10.3】　背包问题：给定 n 个物体和一个背包，已知物体 i 的重量为 $W_i > 0$，价值为 p_i，背包能容纳物体的重量为 M。要求确定一组分数 $x_i(0 \leqslant x_i \leqslant 1)$，能够把物体 i 的 x_i 部分放入背包，使得 $\sum\limits_{i=1}^{n} p_i x_i$ 最大(即将尽量多的价值装入背包)。

例如：$n=3$，$M=20$，$(p_1, p_2, p_3)=(25, 24, 15)$，$(W_1, W_2, W_3)=(18, 15, 10)$，

因为：

$p_1/W_1 = 25/18 = 1.38$，

$p_2/W_2 = 24/15 = 1.6$，

$p_3/W_3 = 15/10 = 1.5$，

$p_2/W_2 > p_3/W_3 > p_1/W_1$。

所以，首先把物品 2 全部放入背包，然后考虑物品 3，最后如果还有余地再考虑物品 1，从而得到的结果为 $(x_1, x_2, x_3)=(0, 1, 1/2)$。

解背包问题的贪心算法的实现如下：

```
float knapSack(float* p,  float* w,  float * x , float m,  int n)
{
int i=0;      float s=0;
while(i<n && p[i]<m)
    { m -= w[i];  s += p[i];  x[i] = 1;  i++; }
if ( i<n && m>0 )
    { s += p[i]*m/w[i];  x[i] = m/w[i];  i++; }
for ( ; i<n ; i++ )   x[i]=0;
return (s);
}
```

其中参数数组 p 和 W 中，按 $p[i]/W[i]$ 的降序分别存放物体的价格和重量；m 是背包能放的物体总重量，n 是物体件数，x 存放解向量。

10.2.3　动态规划法

1. 动态规划法的基本思想

有些问题常常在分解时会产生大量的子问题，同时子问题界限不清，互相交叉，因而可能重复多次解同一个子问题。解决这种重复的方法：可以在得到每个子问题的解(包括其子子问题的解)时，把解保留在一个表格中，遇到相同的子问题时，就从表中找出来直接使用。这种方法就是动态规划法(Dynamic Programming)。

例如，计算斐波那契数：

$$F(n) = \begin{cases} 0 & n = 0 \\ 1 & n = 1 \\ F(n-1) + F(n-2) & n \geqslant 2 \end{cases}$$

当 $n=5$ 时分治法计算斐波那契数的过程如图 10.4 所示。

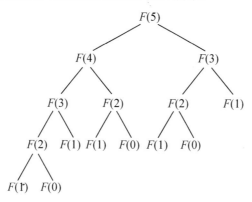

图 10.4　分治法计算斐波那契数的过程

从上面的计算中可以看到，计算 $F(n)$ 是以计算它的两个重叠子问题 $F(n-1)$ 和 $F(n-2)$ 的形式来表达的，所以，可以设计一张表填入 $n+1$ 个 $F(n)$ 的值。采用动态规划法求解斐波那契数 $F(9)$ 的填表过程如下：

0	1	2	3	4	5	6	7	8	9
0	1	1	2	3	5	8	13	21	34

当遇到相关的子问题时，可以通过查表获得该子问题的解，从而避免了大量的重复计算。

2. 动态规划法的求解过程

动态规划法的求解过程如图 10.5 所示。

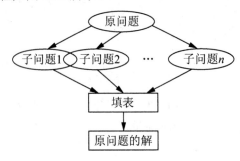

图 10.5 动态规划法的求解过程

动态规划法设计算法一般分成 3 个阶段。

(1) 分段：将原问题分解为若干个相互重叠的子问题。

(2) 分析：分析问题是否满足最优性原理，找出动态规划函数的递推式。

(3) 求解：利用递推式自底向上计算，实现动态规划过程。

动态规划法利用问题的最优性原理，以自底向上的方式从子问题的最优解逐步构造出整个问题的最优解。

3. 算法评价

动态规划法分解的子问题可能比较多，而且子问题相互包含，为了重用已经计算的结果，要把计算的中间结果全部保存起来，通常是自底向上进行的。

一般来说，子问题的重叠关系表现在对给定问题求解的递推关系(也就是动态规划函数)中，将子问题的解求解一次并填入表中，当需要再次求解此子问题时，可以通过查表获得该子问题的解而不用再次求解，从而避免了大量的重复计算。

动态规划的实质是分治思想和解决冗余，是一种将问题实例分解为更小的、相似的子问题，并存储子问题的解而避免计算重复的子问题，以解决最优化问题的算法策略。

用动态规划法求解的问题具有特征：

(1) 能够分解为相互重叠的若干子问题；

(2) 满足最优性原理(也称最优子结构性质)：该问题的最优解中也包含着其子问题的最优解。

问题的规模越大，用动态规划法的好处就越能明显地体现出来。填完整个表，得到题目所求，花的时间要大大少于不填表递归的求解所花的时间。

4. 应用示例及分析

【例 10.4】 求组合数。组合数有这样的一个递推式：

$$\begin{cases} C_m^n = C_{m-1}^n + C_{m-1}^{n-1}, & m > n > 0; \\ C_m^n = 1, & n = 0 或 m = n。\end{cases}$$

每次求解可将其分为两个子问题和。把 C_5^3 按递推式分解得到如图 10.6 所示的二叉树结构。

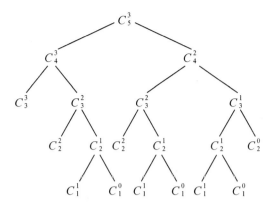

图 10.6　二叉树结构

计算 C_5^3 的矩阵如表 10-1 所示。

表 10-1　计算 C_5^3 的矩阵

10	4	1			3
10	6	3	1		2
5	4	3	2	1	1
1	1	1	1	1	0 n
5	4	3	2	1	

m

首先，将 $m=n$ 的位置上以及 $n=0$ 的位置上元素皆填为 1。填某一中间表目时，只要把它右边表目的元素与右下方表目的元素之和填入即可。这样，很快就能求出 $C_5^3=10$。

计算组合数的动态规划算法如下：

```
int combinat(int m, int n)
{
    int i, j;
    int mat[1000][1000];
    if(n==0||m==n)return 1;
    for(j=0;j<n;j++){
        mat[0][j]=1;
        for(i=1;i<=m-n;i++)
            if (j==0) mat[i][j]=i+1;
                else  mat[i][j]=mat[i-1][j]+mat[i][j-1];
        }                        /* 计算 Cmn */
    return (mat[m-n][n-1]);      /* 返回计算的结果 */
}
```

【例 10.5】 求两字符序列的最长公共字符子序列。

字符序列的子序列是指从给定字符序列中随意地(不一定连续)去掉若干个字符(可能一个也不去掉)后所形成的字符序列。令给定的字符序列 $X=$ "x_0, x_1, $\cdots$, x_{m-1}"，序列 $Y=$ "y_0, y_1, $\cdots$, y_{k-1}" 是 X 的子序列，存在 X 的一个严格递增下标序列，使得对所有的 $j=0$, 1, $\cdots$, $k-1$，有 $x_{i_j}=y_j$。例如，$X=$ "ABCBDAB"，$Y=$ "BCDB" 是 X 的一个子序列。

给定两个序列 A 和 B，称序列 Z 是 A 和 B 的公共子序列，是指 Z 同是 A 和 B 的子序列。问题要求已知两序列 A 和 B 的最长公共子序列。

如采用列举 A 的所有子序列，并一一检查其是否又是 B 的子序列，并随时记录所发现的子序列，最终求出最长公共子序列。这种方法因耗时太多而不可取。

考虑最长公共子序列问题如何分解成子问题，设 A="$a_0, a_1, \cdots, a_{m-1}$"，$B$="$b_0, b_1, \cdots, b_{m-1}$"，且 Z="$z_0, z_1, \cdots, z_{k-1}$"为它们的最长公共子序列。不难证明有以下性质：

(1) 如果 $a_{m-1}=b_{n-1}$，则 $z_{k-1}=a_{m-1}=b_{n-1}$，且"$z_0, z_1, \cdots, z_{k-2}$"是"$a_0, a_1, \cdots, a_{m-2}$"和"$b_0, b_1, \cdots, b_{n-2}$"的一个最长公共子序列；

(2) 如果 $a_{m-1}!=b_{n-1}$，则若 $z_{k-1}!=a_{m-1}$，蕴含"$z_0, z_1, \cdots, z_{k-1}$"是"$a_0, a_1, \cdots, a_{m-2}$"和"$b_0, b_1, \cdots, b_{n-1}$"的一个最长公共子序列；

(3) 如果 $a_{m-1}!=b_{n-1}$，则若 $z_{k-1}!=b_{n-1}$，蕴含"$z_0, z_1, \cdots, z_{k-1}$"是"$a_0, a_1, \cdots, a_{m-1}$"和"$b_0, b_1, \cdots, b_{n-2}$"的一个最长公共子序列。

这样，在找 A 和 B 的公共子序列时，如有 $a_{m-1}=b_{n-1}$，则进一步解决一个子问题，找"$a_0, a_1, \cdots, a_{m-2}$"和"$b_0, b_1, \cdots, b_{m-2}$"的一个最长公共子序列；如果 $a_{m-1}!=b_{n-1}$，则要解决两个子问题，找出"$a_0, a_1, \cdots, a_{m-2}$"和"$b_0, b_1, \cdots, b_{n-1}$"的一个最长公共子序列和找出"$a_0, a_1, \cdots, a_{m-1}$"和"$b_0, b_1, \cdots, b_{n-2}$"的一个最长公共子序列，再取两者中较长者作为 A 和 B 的最长公共子序列。

定义 $c[i][j]$ 为序列"$a_0, a_1, \cdots, a_{i-2}$"和"$b_0, b_1, \cdots, b_{j-1}$"的最长公共子序列的长度，计算 $c[i][j]$ 可递归地表述如下：

(1) $c[i][j]=0$ 如果 $i=0$ 或 $j=0$；

(2) $c[i][j]=c[i-1][j-1]+1$ 如果 $i, j>0$，且 $a[i-1]=b[j-1]$；

(3) $c[i][j]=\max(c[i][j-1], c[i-1][j])$ 如果 $i, j>0$，且 $a[i-1]!=b[j-1]$。

按此算式可写出计算两个序列的最长公共子序列的长度函数。由于 $c[i][j]$ 的产生仅依赖于 $c[i-1][j-1]$、$c[i-1][j]$ 和 $c[i][j-1]$，故可以从 $c[m][n]$ 开始，跟踪 $c[i][j]$ 的产生过程，逆向构造出最长公共子序列。

10.2.4 回溯法

1. 回溯法的基本思想

有一类问题，要求找到一个满足某些条件的最优解，如果进行彻底的搜索，要进行大量的比较，要以大量的运算时间为代价，应用回溯技巧，常常可以大大地减少实际的搜索数目。回溯法(Back Tracking)是一种选优搜索法，按选优条件向前搜索，以达到目标。但当探索到某一步时，发现原先的选择并不优或达不到目标，就退回一步重新选择，这种走不通就退回再走的技术称为回溯法，而满足回溯条件的某个状态的点称为"回溯点"。

我们比较熟悉的迷宫问题的算法，采用的就是典型的回溯方法。另外，关于深度优先对树、二叉树和图的遍历算法中也直接采用了回溯的思想。

2. 回溯方法的求解过程

回溯方法解决问题的过程是先选择某一可能的线索进行试探，每一步试探都有多种方式，将每一方式都一一试探，如有问题就返回纠正，反复进行这种试探再返回纠正，直到得出全部符合条件的答案或是问题无解为止。由于回溯方法的本质是用深度优先的方法在解的空间树中搜索。所以在算法中都需要建立一个栈，用来保存搜索的路径。一旦产生的部分解序列不合要求，就要从栈中找到回溯的前一个位置，继续试探。

回溯方法的步骤如下：

(1) 定义一个解空间，它包含问题的解；

(2) 用适于搜索的方式组织该空间；

(3) 用深度优先法搜索该空间；

(4) 利用限界函数避免移动到不可能产生解的子空间。

在回溯法中有两种实现方式：非递归回溯和递归回溯，一般采用非递归方法。如果采用非递归方法，则要用到栈的数据结构。这时，用栈来存储遍历过的节点，可以很方便地实现回溯过程。下面给出回溯法的非递归算法设计模式：

```
void backtrack (void)
  {
      准备初值；
      do {
        while (范围未超界并且工作未完成)
         {
            分析条件；/*保证满足条件才往下去*/
            if (成功)
              {
                 路径进栈；
                 开始进入下一层；
              }
            else
              {
                 弹山栈顶节点；
                 回溯上一层选择其他路径；
              }
         }
      }while (全部工作未完成)；
  输出结果；}
```

3. 算法评价

回溯法是通过尝试和纠正错误来寻找答案的，有"通用的解题法"之称，许多涉及搜索问题的求解过程都可利用回溯策略。回溯法实际是应用穷举法的一种方式。穷举测试是对树所有的叶子都一一测试，而回溯的方法是从树根开始，边试探边往下走，若在某一层次查明不符合题意，则不往下走，砍掉以下的树权，跳到下一权上继续试探着往下走。这样边走边砍，砍掉大量的树权，从而省掉大量测试。一旦走到叶子，就找到了一组解。完成这一过程必须遵守一些规则，但这些规则又无法精确地用数学公式或语言来描述那些涉及寻找一组解的问题或者求满足某些约束条件的最优解问题，都可以用回溯法来求解。

回溯算法的一个缺点：在搜索过程中即使找到了最优解也不能马上确定它就是最优的，只有把它所有的可行解全都求出来以后才能确定最优解。

4. 应用示例及分析

【例 10.6】　组合问题。找出从自然数 1，2，…，n 中任取 r 个数的所有组合。

采用回溯法找问题的解，将找到的组合以从小到大顺序存于 $a[0]$，$a[1]$，…，$a[r-1]$ 中，组合的元素满足以下性质：

(1) $a[i+1]>a[i]$，后一个数字比前一个大；

(2) $a[i]$ $-i<=n-r+1$。

按回溯法的思想，找解过程可以叙述如下：

首先放弃组合数个数为 r 的条件，候选组合从只有一个数字 1 开始。因该候选解满足除问题规模之外的全部条件，扩大其规模，并使其满足上述条件(1)，候选组合改为 1，2。继续这一过程，得到候选组合 1，2，3。该候选解满足包括问题规模在内的全部条件，因而是一个解。在该解的基础上，选下一个候选解，因 $a[2]$ 上的 3 调整为 4，以及以后调整为 5 都满足问题的全部要求，得到解 1，2，4 和 1，2，5。由于对 5 不能再做调整，就要从 $a[2]$ 回溯到 $a[1]$，这时，$a[1]=2$，可以调整为 3，并向前试探，得到解 1，3，4。重复上述向前试探和向后回溯，直至要从 $a[0]$ 再回溯时，说明已经找完问题的全部解。按上述思想写成程序如下：

```c
# define MAXn 100
int a[MAXn];
void comb(int m, int r)
{ int i, j;
i=0;
a[i]=1;
do {
if (a[i]-i<=m-r+1
{ if (i==r-1)
{ for (j=0;j    printf( "%4d", a[j]);
printf( "\n");
}
a[i]++;
continue;
}
else
{ if (i==0)
return;
a[--i]++;
}
} while (1)
}

main()
{ comb(5, 3);
}
```

【例 10.7】 四色问题。给定图 10.7，其中 01，02，…，07 标明 7 个区域，要求用不多于 4 种颜色对这 7 个区域进行着色，使得有公共界的区域不同色(就像世界地图上，相邻的国家着不同的颜色一样)。

应用回溯法求解此四色问题，按区域编号从小到大顺序着色。首先，按色数从小到大的顺序进行试探。如试探成功，则对下一区域着色；如不成功，则用本区域的色数加 1 再试探；如果色数大于 4，则退回上一区域，改色(已着的颜色的色数加 1)再试探。

需要注意的是，按照顺序进行试探，这是至关重要的，它保证了搜索的系统性和彻底性。

为了用程序实现这个算法，可以先把所给的问题化为如图 10.8 所示无向图的形式，图中每一个顶点对应一个区域，区域有公共边界表现为相应顶点间有边连接。再选择适当的数据结构(如用相邻矩阵表示图)就可以实现这个算法。

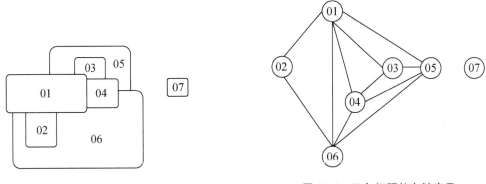

图 10.7　四色问题

图 10.8　四色问题的存储表示

　　应用回溯方法解问题时，这问题的解须能表示为一个元组。回溯方法通过系统的搜索来确定出问题的解。

　　四色问题的解含于(1, 1，…, 1)到(4, 4，…, 4)之间的七元组中(可以用树状结构来表示这些元组)。我们可以构造出一棵解空间树：它是一棵高度为 7 的四叉完全树，共有 4^7 个叶子。解问题就相当于用一种方法遍历这棵树，从树根到树叶之间的路径就是一个元组(一个候选的解)。

　　四色问题的搜索树如图 10.9 所示。

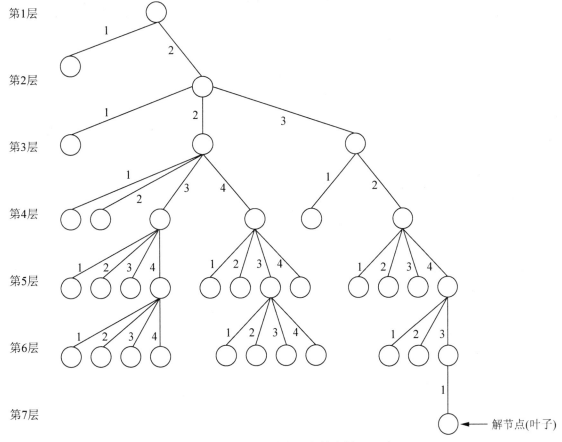

图 10.9　四色问题的搜索树

10.2.5　分支界限法

1.　分支界限法的基本思想

分支界限法(Branch and Bound)也是一种在表示问题解空间的树上进行系统搜索的方法。所不同的是，回溯法使用了深度优先策略，而分支界限法一般采用广度优先策略，同时还采用最大收益(或最小损耗)策略来控制搜索的分支。

分支界限法的基本思想是对有约束条件的最优化问题的所有可行解(数目有限)空间进行搜索。该算法在具体执行时，把全部可行的解空间不断分割为越来越小的子集(称为分支)，并为每个子集内的解计算一个下界或上界(称为定界)。在每次分支后，对凡是界限超出已知可行解的那些子集不再做进一步分支。这样，解的许多子集(即搜索树上的许多节点)就可以不予考虑了，从而缩小了搜索的范围。这一过程一直进行到找出可行解的值不大于任何子集的界限。因此，这种算法一般可以求得最优解。

搜索算法，绝大部分需要用到剪枝的概念。剪枝，其实就和走迷宫避开死胡同差不多。若把搜索的过程看做是对一棵树的遍历，那么剪枝顾名思义，就是将树中的一些"死胡同"，不能到达我们需要的解的枝条"剪"掉，以减少搜索的时间。然而，不是所有的枝条都可以剪掉，这就需要设计合理的判断方法，以决定某一分支的取舍。在设计判断方法时，需要遵循一定的原则。

分支界限法在剪枝的技术方面增加了智能的成分，这种方法对树中的每个节点定义了一对界，分别给出沿着该节点继续搜索可能得到的解的收益上界和收益下界，这两个值越精确，剪枝的控制就越有效。

分支定界法是一个用途十分广泛的算法，运用这种算法的技巧性很强，不同类型的问题解法也各不相同。

2.　分支定界算法的求解过程

在讨论分支定界算法的求解过程之前先介绍几个概念。

(1) 扩展节点：一个正在产生儿子的节点称为扩展节点；

(2) 活节点：一个自身已生成但其儿子还没有全部生成的节点称做活节点；

(3) 死节点：一个所有儿子已经产生的节点称做死节点。

在使用分支定界算法搜索解的空间时，从根节点出发，每个节点最多处理一次，在生成当前节点的子节点时，把所有符合题目要求$(wx \leqslant m)$并且在已知界值之内的节点放在一个活节点表中，然后从活节点表中选取出一个节点作为当前节点。计算它的收益上/下界，然后根据计算结果到活节点表中检查可以剪去的分支。如此反复，直到活节点表中只剩下一个叶子节点为止。

利用分支定界算法对问题的解空间树进行搜索，它的搜索过程如下：

(1) 产生当前扩展节点的所有孩子节点；

(2) 在产生的孩子节点中，抛弃那些不可能产生可行解(或最优解)的节点；

(3) 将其余的孩子节点加入活节点表；

(4) 从活节点表中选择下一个活节点作为新的扩展节点。

如此循环，直至找到问题的可行解(最优解)或活节点表为空。

从活节点表中选择下一个活节点作为新的扩展节点，根据选择方式的不同，分支定界算法通常可以分为两种形式。

(1) FIFO(First In First Out)分支定界算法：按照先进先出原则选择下一个活节点作为扩展

节点，即从活节点表中取出节点的顺序与加入节点的顺序相同。

(2) 最小耗费或最大收益分支定界算法：在这种情况下，每个节点都有一个耗费或收益。如果要查找一个具有最小耗费的解，则活节点表可用最小堆来建立，那么要选择的下一个扩展节点就是活节点表中具有最小耗费的活节点；如果要查找一个具有最大收益的解，则可用最大堆来构造活节点表，那么要选择的下一个扩展节点就是活节点表中具有最大收益的活节点。

3. 算法评价

分支定界算法的优点是可以求得最优解，平均速度快。

因为从最小下界分支，每次算完限界后，把搜索树上当前所有的叶子节点的限界进行比较，找出限界最小的节点。此节点即为下次分支的节点。这种决策的优点是检查子问题较少，能较快地求出最佳解。

分支定界算法的缺点是要存储很多叶子节点的限界和对应的耗费矩阵，花费很多内存空间。

分支定界法可应用于大量组合优化问题。其关键技术在于各节点权值如何估计，可以说一个分支定界求解方法的效率基本上由值界方法决定，若界估计不好，在极端情况下将与穷举搜索没多大区别。

4. 应用示例及分析

【例 10.8】 最短路径问题：在图 10.10 所给的有向图 G 中，每一边都有一个非负边权。求图 G 的从源顶点 s 到目标顶点 t 之间的最短路径。

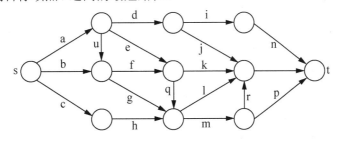

图 10.10　有向图 G

图 10.11 是用最小耗费或最大收益分支定界算法，解有向图 G 的最短路径问题产生的解空间树。其中，每一个节点旁边的数字表示该节点所对应的当前路长。

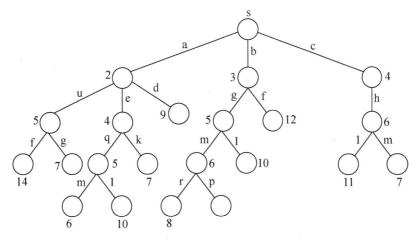

图 10.11　有向图 G 的最短路径问题产生的解空间树

解最短路径问题的最小耗费或最大收益分支定界算法是用一个极小堆来存储活节点表。

算法从图 G 的源顶点 s 和空优先队列开始。节点 s 被扩展后，它的儿子节点被依次插入堆中。此后，算法从堆中取出具有最小当前路长的节点作为当前扩展节点，并依次检查与当前扩展节点相邻的所有顶点。如果从当前扩展节点 i 到顶点 j 有边可达，且从源出发，途经顶点 i 再到顶点 j 的相应的路径的长度小于当前最优路径长度，则将该顶点作为活节点插入到活节点优先队列中。这个节点的扩展过程一直延续到活节点优先队列为空时为止。

在算法扩展节点的过程中，一旦发现一个节点的下界不小于当前所找到的最短路长，则算法剪去以该节点为根的子树。

在算法中，利用节点间的控制关系进行剪枝。从源顶点 s 出发，两条不同路径到达图 G 的同一顶点。由于两条路径的路长不同，因此可以将路长的路径所对应的树中的节点为根的子树剪去。

算法的主要描述代码如下：

```
while (true)
{ // 搜索问题的解空间
for (int j=1;j<=n;j++)
if(a[enode.i][j] < Float.MAX_VALUE && enode.length+a[enode.i][j] < dist[j])
{ // 顶点 i 到顶点 j 可达，且满足控制约束
dist[j]=enode.length+a[enode.i][j];
p[j]=enode.i;
Heapnode node = new Heapnode(j,dist[j]);
heap.put(node); // 加入活节点优先队列
}
if (heap.isEmpty()) break;
else enode = (Heapnode) heap.removeMin();
}
```

【例 10.9】 应用分支定界法求解[0/1]背包问题。

假设给定 n 个物体和一个背包，物体 i 的重量为 W_i，价值为 $p_i(i=1,2,\cdots,n)$，背包能容纳的物体重量为 C，要从这 n 个物体中选出若干件放入背包，使得放入物体的总重量小于等于 C，而总价值达到最大。与例 10.2 的背包问题相比，这里的 x_i 只能取 0 或 1 两种值，所以称为 0/1 背包问题。

下面对分别利用 FIFO 分支定界和最大收益分支定界方法来解决如下背包问题进行比较：

n=3，W=[20，15，15]，p=[40，25，25]，C=30；3 个对象背包问题的解空间如图 10.12 所示。

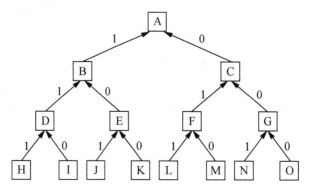

图 10.12　3 个对象的背包问题的解空间

(1) 使用 FIFO 分支定界法。初始时，以根节点 A 作为扩展节点，此时队列为空。当节点 A 展开时，生成了节点 B 和 C，由于这两个节点都是可行的，因此都被加入到活动队列中去了，A 被删除。下一个节点 B 成为扩展节点，它展开后生成了节点 D 和 E，D 是不可行的，所以要把它删除。而 E 加入队列中去。下一节点 C 成为扩展节点，它展开后生成节点 F 和 G，两者都是可行点，加入队列中。下一个节点 E 生成节点 J 和 K，J 是不可行的，被删除，K 是一个可行的节点，并产生到目前为止的一个可行解，它的收益值为 40。

下一个节点是 F，它产生两个孩子 L 和 M。L 代表一个可行的解并且收益值为 50，M 代表另外一个解收益值为 15。G 是最后一个 E 节点，它的孩子 n 和 O 都是可行的。由于活动节点队列变为空，因此搜索过程停止，最佳的收益值为 50。

可以看到，工作在解空间树上的 FIFO 分支定界方法非常像从根节点出发的宽度优先搜索。它们的主要区别是在 FIFO 分支定界中不可行的节点不会被搜索。

此方法的弊端是每个有可行解的子树都要去搜索。

(2) 最大收益分支定界方法。最大收益分支定界算法以解空间树中的节点 A 作为初始节点。展开初始节点得到节点 B 和 C，两者都是可行的并被插入堆中，节点 B 获得的收益值是 40(设 $x_1 = 1$)，而节点 C 得到的收益值为 0。A 被删除，B 成为下一个扩展节点，因为它的收益值比 C 的收益值大。当展开 B 时得到了节点 D 和 E，D 是不可行的而被删除，E 加入堆中。由于 E 具有收益值 40，而 C 为 0，因此，E 成为下一个扩展节点。

展开 E 时生成节点 J 和 K，J 不可行而被删除，K 是一个可行的解，因此 K 作为目前能找到的最优解而被记录下来，然后 K 被删除。由于只剩下一个活节点 C 在堆中，因此 C 作为扩展节点被展开，生成 F、G 两个节点插入堆中。F 的收益值为 25，成为下一个扩展节点，展开后得到节点 L 和 M，但 L、M 都被删除，因为它们是叶节点，同时 L 所对应的解被作为当前最优解记录下来。最终，G 成为扩展节点，生成的节点为 n 和 O，两者都是叶节点而被删除，两者所对应的解都不比当前的最优解更好，因此最优解保持不变。此时堆变为空，没有下一个扩展节点产生，搜索过程终止。终止于 J 的搜索即为最优解。

小　结

算法的分析主要包含时间和空间两个方面，算法运行所需的时间资源的量称为时间复杂性，需要的空间资源的量称为空间复杂性。

算法的执行时间绝大部分花在循环和递归上，因此分析算法的时间复杂性，主要要分析循环语句的时间代价和递归执行的时间代价。循环的时间代价一般可以用加法规则和乘法规则估算；对于递归算法，一般可以用解递归方程计算。

算法空间复杂性分析分成两种情形：静态分析和动态分析。静态空间分析中，值得注意的是数组(静态数组)，动态空间的确定主要考虑两种情况：函数的递归调用和空间的动态分配/回收。

分治法通过把问题化为较小的问题来解决原问题，从而简化或降低了原问题的复杂度。

贪心法通过分阶段地挑选最优解，较快地得到整体的较好解，在问题要求不太严格的情况下，可以用这个较优解替代需要穷举所有情况才能得到的最优解。

动态规划法用填表的方法保存了计算的中间结果，从而避免了大量重复的计算。动态规划的实质是分治思想和解决冗余，因此，动态规划是一种将问题实例分解为更小的、相似的子问题，并存储子问题的解而避免计算重复的子问题，以解决最优化问题的算法策略。

回溯法首先是明确问题的解空间，然后以深度优先的方式搜索解空间树。应用回溯技巧，常常可以大大地减少实际的搜索数目，跳过大量无须测试的元组，很快地得到需要的解。

分支界限法是在系统搜索问题解的空间时，加入上下界的条件检查，以达到有效剪枝的目的。分支定界就是所谓的剪枝，把有些不可能的分支剪掉，从而缩小了搜索的范围。

这些方法的共同之处是运用技巧避免穷举测试。对于某一问题来说，能用不同的设计技巧得到不同的算法。在一个算法中，也可以结合使用几种算法设计技巧。

习题与练习十

一、基本知识题

1. 算法分析主要考虑哪几个方面的问题？
2. 什么是算法复杂性？什么是算法时间复杂性？什么是算法空间复杂性？
3. 写出算法的渐近时间复杂性"O"的严格数学定义和运算规则。
4. 动态空间的确定主要由哪两种情况构成？
5. 分治法的基本思想是什么？
6. 请给出分治法的一般算法设计模式。
7. 贪心法的基本思想是什么？请举例说明。
8. 动态规划法的基本思想是什么？
9. 请写出动态规划法设计算法的一般步骤。
10. 请写出回溯方法设计的基本步骤。
11. 请给出利用分支定界算法对问题的解空间树进行搜索的过程。

二、算法设计题

1. 应用贪心算法实现拓扑排序。

在由任务建立的有向图中，具有任务先后关系的序列称为拓扑序列；根据任务有向图建立拓扑序列的过程称为拓扑排序。如图 10.13 所示为一个任务有向图。

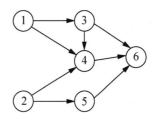

图 10.13　一个任务有向图

2. 应用贪心算法实现货物装船问题。贪心准则：从剩下的货箱中选择重量最小的货箱。

$$n=8，[W_1,\cdots,W_8] = [100, 200, 50, 90, 150, 50, 20, 80], C=400$$

3. 应用分治法实现大整数的乘法：请设计一个有效的算法，可以进行两个 n 位大整数的乘法运算。

4. 应用回溯算法求解装载问题：有一批共 n 个集装箱要装上两艘载重量分别为 c_1 和 c_2 的轮船，其中集装箱 i 的重量为 W_i，且

$$\sum_{i=1}^{n} W_i \leqslant c_1 + c_2$$

装载问题要求确定是否有一个合理的装载方案可将这些集装箱装上这两艘轮船。

5. 应用动态规划算法求解矩阵连乘问题。

给定 n 个矩阵 $\{A_1, A_2, \cdots, A_n\}$，相连矩阵是可乘的，但有许多不同的计算次序。

如矩阵连乘积 A_1, A_2, A_3, A_4，可有下面 5 种计算次序：

$(A_1(A_2(A_3A_4)))$，$(A_1((A_2A_3)A_4))$，$((A_1A_2)(A_3A_4))$，$((A_1(A_2A_3))A_4)$，$(((A_1A_2)A_3)A_4)$。

不同计算次序需要不同的计算量，如 3 个矩阵相乘，维数分别为 10*100，100*5，5*50。

6. 分支定界法求解迷宫问题：用一个 3 行 3 列的二维数组来表示迷宫。数组中每个元素的取值为 0 或 1，其中值 0 表示通路，值 1 表示阻塞，入口在左上方(1,1)处，出口在右下方(3,3)处，表示为

        0 0 0

        0 1 1

        0 0 0

7. 应用贪心法求解马的遍历问题：在 8×8 方格的棋盘上，从任意指定的方格出发，为马寻找一条走遍棋盘每一格并且只经过一次的一条路径。

8. 贪心算法求解背包问题：给定一个装载量为 M 的背包及重量分别为 W_i 的 n 个物体的序列 I。X_i 表示物体 I 的一部分，$0 \leqslant X_i \leqslant 1$。$X_i = 1$ 表示第 i 个物体整个放进背包。P_i 为第 i 个物体的价值。问应怎样选择物品的种类及数量，使背包装满且价值达到最大值？即给定 $M > 0$，$P_i > 0$，$0 \leqslant i \leqslant n$，求 n 元向量 $(X_1, X_2, \cdots, X_n)$，使

$$\max \sum P_i X_i \qquad (0 \leqslant i \leqslant n)$$

而且 X_i 满足：

$$\sum W_i X_i = M \qquad (0 \leqslant i \leqslant n)$$

9. 分支定界法求解巡回推销员问题。

设有 5 个城 V_1, V_2, V_3, V_4, V_5，从某一城市出发，遍历各城市一次且仅一次，最后返回原地，求最短路径。其费用矩阵如下：

$$\boldsymbol{D} = \begin{bmatrix} \infty & 14 & 1 & 16 & 2 \\ 14 & \infty & 25 & 2 & 3 \\ 2 & 25 & \infty & 9 & 9 \\ 16 & 1 & 9 & \infty & 6 \\ 2 & 3 & 9 & 6 & \infty \end{bmatrix}$$

第 11 章　实验与上机指导

"数据结构"是实践性很强的一门课程，学生只有通过大量的上机实践，才能对数据结构的基本概念、在软件设计中如何选择和应用相关的数据结构等知识有真正的认识、理解和掌握。同时，学生通过上机实践在程序设计能力、上机操作技能和科学作风等方面也将受到比较系统和严格的训练。

在实验与上机指导部分，本书根据循序渐进、由易到难逐步引导的原则对线性表、栈与队列、树和图等典型数据结构，以及排序和查找两项技术都安排了相关的实验；对每一次上机实验都精心设计了 3 部分实验内容：

第 1 部分【实验内容一】是基础实验，给出了实验的详细设计和编码，学生只要认真读懂设计和编码，上机调试、验证即可；

第 2 部分【实验内容二】是进一步提高的实验，其实验内容和难度都有所加深，目的是为了进一步提高学生应用相关的数据结构知识，设计程序和调试程序的能力。在这部分实验中，除了给出了有关的实验要求和详细的实验指导外，只以函数形式给出了实验主要部分的设计和编码，学生须认真读懂这函数，然后自行设计主函数和相关的数据结构，调用这些函数，并调试、运行程序，分析运行结果。

第 3 部分【实验内容三】为综合应用实验，只给出了有关的实验要求和实验提示，学生须根据所学习的数据结构知识，自己进行实验的详细设计和编码，并调试、运行程序，分析运行结果。

该部分实验的综合性比较强，主要培养、训练学生选用合适的数据结构、编写综合应用程序，提高解决实际问题能力，从而达到深入理解和灵活掌握教学内容的目的。

为了有效地提高实验的效率和质量，这部分给出的数据结构各项实验，要求在 Visual C++ 集成开发环境下进行。各实验提供的所有的算法和程序均已在 Visual C++ 环境下调试运行通过。

实验 1　线性表及其运算

一、实验目的

1. 掌握使用 Visual C++ 6.0 上机调试程序的基本方法。
2. 掌握线性表的顺序存储结构的定义及 C 语言实现。
3. 掌握线性表的链式存储结构——单链表的定义及 C 语言实现。
4. 掌握线性表在顺序存储结构即顺序表中的各种基本操作。
5. 掌握线性表在链式存储结构——单链表中的各种基本操作。

二、实验内容

【实验内容一】

1. 编写程序实现顺序表的下列基本操作。

(1) 建立顺序表。

(2) 初始化顺序表。

(3) 置空表。

(4) 求顺序表长度。

(5) 输出顺序表所有元素。

(6) 取顺序表位置 i 的元素值。

(7) 在顺序表中查找值为 e 的元素位置。

(8) 向顺序表中插入一个元素。

(9) 从顺序表中删除一个元素。

[实验说明]

在建立顺序表时，把数组中的元素对应放到顺序表的数组中，并记录元素个数。在输出顺序表时，利用循环依次输入数组中对应元素。向顺序表插入元素时，首先从后向前依次移动元素到插入位置，然后把数据元素插入到数组中，最后把长度加 1。从顺序表删除元素时，从删除元素的下一个位置到最后依次向前移动数据，长度减 1。

[参考程序]

```c
#include <stdio.h>
#include <malloc.h>
#define MaxSize 50
typedef char ElemType;
typedef struct
{   ElemType data[MaxSize];        /*存放顺序表元素*/
    int length;                    /*存放顺序表的长度*/
} SeqList;                         /*顺序表的类型定义*/
//建立顺序表
void CreateList(SeqList &L,ElemType a[],int n)
{
    int i;
    for (i=0;i<n;i++)
        L.data[i]=a[i];
    L.length=n;
}
//初始化顺序表
void InitList(SeqList &L)
{
    L.length=0;
}
//置空表
int ListEmpty(SeqList L)
{
    return(L.length==0);
}
//求顺序表长度
int ListLength(SeqList L)
{
    return(L.length);
}
//输出顺序表所有元素
void DispList(SeqList L)
```

```
{
    int i;
    if (ListEmpty(L)) return;
    for (i=0;i<L.length;i++)
        printf("%c ",L.data[i]);
    printf("\n");
}
//取顺序表位置 i 的元素值
int GetElem(SeqList L,int i,ElemType &e)
{
    if (i<1 || i>L.length)
        return 0;
    e=L.data[i-1];
    return 1;
}
//在顺序表中查找值为 e 的元素位置
int LocateElem(SeqList L, ElemType e)
{
    int i=0;
    while (i<L.length && L.data[i]!=e) i++;
    if (i>=L.length)
        return 0;
    else
        return i+1;
}
//向顺序表中插入一个元素
int ListInsert(SeqList &L,int i,ElemType e)
{
    int j;
    if (i<1 || i>L.length+1)
        return 0;
    i--;                            /*将顺序表位序转化为 data 下标*/
    for (j=L.length;j>i;j--)        /*将 data[i] 及后面元素后移一个位置*/
        L.data[j]=L.data[j-1];
    L.data[i]=e;
    L.length++;                     /*顺序表长度增 1*/
    return 1;
}
//从顺序表中删除一个元素
int ListDelete(SeqList &L,int i,ElemType &e)
{
    int j;
    if (i<1 || i>L.length)
        return 0;
    i--;                            /*将顺序表位序转化为 data 下标*/
    e=L.data[i];
    for (j=i;j<L.length-1;j++)      /*将 data[i] 之后的元素前移一个位置*/
        L.data[j]=L.data[j+1];
    L.length--;                     /*顺序表长度减 1*/
    return 1;
}
```

```
void main()
{
    ElemType ch,CH[]={'a','b','c','d','e'};
    SeqList L;
    InitList(L);
    if(ListEmpty(L))
        printf("顺序表为空! \n");
    printf("创建顺序表! \n");
    CreateList(L,CH,5);
    printf("输出顺序表所有元素! \n");
    DispList(L);
    printf("输出顺序表长度! \n");
    printf("ListLength(L)=%d\n",ListLength(L));
    printf("判断顺序表是否为空! \n");
    printf("ListEmpty(L)=%d\n",ListEmpty(L));
    printf("输出顺序表第 3 个位置元素到 ch! \n");
    GetElem(L,3,ch);
    printf("ch=%c\n",ch);
    printf("输出顺序表元素 a 的位置! \n");
    printf("LocateElem(L,'a')=%d\n",LocateElem(L,'a'));
    printf("在顺序表第 4 个位置插入 X! \n");
    ListInsert(L,4,'X');
    printf("输出顺序表所有元素! \n");
    DispList(L);
    printf("删除顺序表第 3 个位置的元素! \n");
    ListDelete(L,3,ch);
    DispList(L);
}
```

2. 建立一个单链表，显示链表中每个节点的数据，并做删除和插入处理。

[实验说明]

(1) 建立链表是从无到有地建立起一个链表，即一个一个地输入各节点数据，并建立起前后相互链接的关系。

(2) 显示链表是将链表中各节点的数据依次显示。设一个指针变量 p，先指向第 1 个节点，显示 p 所指的节点，再显示 p 后一个节点，直到链表尾节点。

(3) 删除链表中的节点是从 p 指向第 1 个节点开始，检查该节点的数据是否等于要删除的数据，如果相等就将该节点删除，如不相等，则将 p 后移一个节点，如此进行下去，直到表尾为止。

(4) 插入节点是将一个节点插入到已知的链表中，且保持节点的数据按原来的次序排列。

[参考程序]

```
#include <stdio.h>
#include <malloc.h>
#define LEN sizeof(LinkList)
typedef int ElemType;
typedef struct LNode            /*定义单链表节点类型*/
{
    ElemType data;
    struct LNode *next;         /*指向后继节点*/
```

```
} LinkList;

//尾插法建立单链表
void CreateListR(LinkList *&L,int n)
{
    LinkList *s,*r;
    int i;
    L=(LinkList *)malloc(sizeof(LinkList));      /*创建头节点*/
    L->next=NULL;
    r=L;                               /*r 始终指向终端节点，开始时指向头节点*/
    for (i=0;i<n;i++)
    {
        s=(LinkList *)malloc(sizeof(LinkList));/*创建新节点*/
        printf("\n 输入新节点的数据:\n");
        scanf("%d",&s->data);
        r->next=s;                              /*将*s 插入*r 之后*/
        r=s;
    }
    r->next=NULL;                            /*终端节点 next 域置为 NULL*/
}
//输出链表所有元素
void DispList(LinkList *L)
{
    LinkList *p=L->next;
    while (p!=NULL)
    {   printf("%d ",p->data);
        p=p->next;
    }
    printf("\n");
}
//删除链表中值为 x 的节点
void Delete(LinkList* &L,int x)
{
  LinkList *p, *q;
  if(L==NULL)
      printf("链表下溢! \n");                     /*如果单链表为空，则下溢处理*/
  if(L->data==x)                              /*如果表头节点值等于 x 值，删除之*/
  {
    p=L;
    L=L->next;
    free(p);
  }
  else
  {
    q=L;                    /*从第 2 个节点开始查找其值为 x 的节点*/
    p=L->next;
    while(p!=NULL && p->data!=x)
    {
        q=p;                 /*查找时，p 指向链表上的一个节点，q 指向该节点之前一个节点*/
        p=p->next;
    }
    if(p!=NULL)            /*若找到该节点，则进行删除处理*/
```

```
        {
            q->next=p->next;
            free(p);
        }
    else
        printf("未找到! \n");
    }
}
//在第i个位置插入一个值为x的节点
void Insert (LinkList* &L,int i, int x)
{
    LinkList *s,*p;
    int j;
    s=(LinkList*)malloc(sizeof(LNode));        //生成一个新节点
    s->data=x;
    if(i==0)                                   //如果i=0,则将s所指节点插入到表头
    {
        s->next=L->next;
        L=s;
    }
    else
    {
        p=L;
        j=1;                                   //j用来记录节点个数
                                               //在单链表上查找第i个节点,由p所指向
        while(p!=NULL && j<i)
        {
            j++;
            p=p->next;
        }
        if(p!=NULL)                            //找到插入位置，则把新节点插入其后
        {
            s->next=p->next;
            p->next=s;
        }
        else
            printf("没有对应位置! \n");
    }
}


void main()
{
    LinkList *L;
    int i,x,n;
    printf("请输入要建立的链表节点个数:\n");
    scanf("%d",&n);
    CreateListR(L,n);                          /*建立链表，返回头指针*/
    DispList(L);                               /*输出全部节点*/
    printf("\n请输入要删除的节点的值:");
    scanf("%d", &x);                           /*输入要删除的节点数据*/
    Delete(L,x);                               /*删除后的头地址*/
    DispList(L);                               /*输出全部节点*/
```

```
    printf("\n 请输入要插入的节点的位置与值 3, 57 :");
    scanf("%d,%d",&i,&x);                        /*输入要插入的记录*/
    Insert (L,i,x);                              /*插入记录后的头地址*/
    DispList(L);                                 /*输出全部节点*/
}
```

【实验内容二】

3. 有序顺序表的合并。

已知顺序表 la 和 lb 中的数据元素按递增有序排列，将 la 和 lb 表中的数据元素，合并成为一个新的顺序表 lc。lc 中的数据元素按非递增有序排列，并且不破坏 la 表和 lb 表。

[实验说明]

在合并时，将 la 与 lb 对应元素从头进行比较，如果 la 的元素小就将该元素复制到 lc 表中，否则将 lb 表的元素复制到 lc 表。然后用那个被复制元素的表的下一个元素与另外的表的原来的元素进行比较。依此类推，直到某一个表没有元素就把另一个表剩下的所有元素都复制到 lc 表。

[参考程序]

```
int MergeQL(SeqList la,SeqList lb,SeqList &lc)
{
    int i,j,k;
    if (la.length+1 + lb.length+1>MaxSize)
    {
        printf("\nlc 的空间不够!\n");
        return 0;
    }
    i=j=k=0;
    while(i<=la.length && j<=lb.length)
    {
        if (la.data[i]<=lb.data[j])
            lc.data[k++]=la.data[i++] ;
        else
            lc.data[k++]=lb.data[j++];
    }
/*  处理剩余部分 */
    while (i<=la.length)
        lc.data[k++]=la.data[i++];
    while (j<=lb.length)
        lc.data[k++]=lb.data[j++];
    lc.length=k-1;
    return 1;
}
```

4. 构造两个带有表头节点的有序单链表 La、Lb，编写程序实现将 La、Lb 合并成一个有序单链表 Lc。

[程序说明]

程序需要 3 个指针：pa、pb、pc，其中 pa，pb 分别指向 La 表与 Lb 表中当前待比较插入的节点，pc 指向 Lc 表中当前最后一个节点。依次扫描 La 和 Lb 中的元素，比较当前元素的值，将较小者链接到*pc 之后，如此重复直到 La 或 Lb 结束为止，再将另一个链表余下的内容链接到 pc 所指的节点之后。

[参考程序]

```c
//尾插法建立单链表
void CreateListR(LinkList *&L,int n)
{
    LinkList *s,*r;
    int i;
    L=(LinkList *)malloc(sizeof(LinkList));     /*创建头节点*/
    L->next=NULL;
    r=L;                           /*r 始终指向终端节点,开始时指向头节点*/
    for (i=0;i<n;i++)
    {
        s=(LinkList *)malloc(sizeof(LinkList));     /*创建新节点*/
        printf("\n 输入新节点的数据:\n");
        scanf("%d",&s->data);
        r->next=s;                    /*将*s 插入*r 之后*/
        r=s;
    }
    r->next=NULL;                 /*终端节点 next 域置为 NULL*/
}
//输出链表所有元素
void DispList(LinkList *L)
{
    LinkList *p=L->next;
    while (p!=NULL)
    {   printf("%d ",p->data);
        p=p->next;
    }
    printf("\n");
}
//对两个链表进行合并
void MergeLL(LinkList *La,LinkList *Lb,LinkList *&Lc)
{
    LinkList *pa,*pb,*pc;
    Lc=(LinkList *)malloc(sizeof(LinkList));     /*创建链表 Lc 的头节点*/
    Lc->next=NULL;
    pc=Lc;                         /*r 始终指向终端节点, 开始时指向头节点*/
    pa=La->next;
    pb=Lb->next;
    while(pa!=NULL && pb!=NULL)
    {
        if (pa->data<=pb->data)
        {
            pc->next=pa;
            pa=pa->next;
            pc=pc->next;
        }
        else
        {
            pc->next=pb;
            pb=pb->next;
```

```
            pc=pc->next;
        }
    }
/* 处理剩余部分 */
    if(pa!=NULL)
        pc->next=pa;
    else
        pc->next=pb;
}
```

【实验内容三】

5. 关于约瑟夫环问题。

[实验说明]

设有 N 个人围坐一圈，现从某个人开始报数，数到 M 的人出列，接着从出列的下一个人开始重新报数，数到 M 的人出列，如此下去，直到所有人都出列为止。试设计确定他们的出列次序序列的程序。

[提示]

选择单向循环链表作为存储结构模拟整个过程，并依次输出列的各人的编号。

程序运行之后，首先要求用户指定初始报数的下限值，$n<=30$，此题循环链表可不设头节点，而且必须注意空表和非空表的界限。

如 $n=8$，$m=4$ 时，若从第 1 个人开始报数，设每个人的编号依次为 1，2，3，…，则得到的出列次序为 4，8，5，2，1，3，7，6。

三、实验要求

按要求编写实验程序，将实验程序上机调试运行，给出输出的结果，并提交实验报告，写出调试运行程序的分析和体会。

实验 2 栈与队列的实现及应用

一、实验目的

1. 掌握栈和队列的顺序存储结构和链式存储结构，以便在实际背景下灵活运用。
2. 掌握栈和队列的特点，即先进后出与先进先出的原则。
3. 掌握栈和队列的基本操作实现方法。

二、实验内容

【实验内容一】

1. 编写一个程序实现顺序栈的各种基本运算。

(1) 初始化顺序栈；

(2) 判断栈空；

(3) 判断栈满；

(4) 入栈；

(5) 遍历顺序栈；

(6) 出栈；

(7) 取栈顶元素。

[实验说明]

对顺序栈的操作主要是对栈顶指针和以栈顶指针为下标的数组的操作，注意栈的状态。在入栈时栈不能为满，出栈时栈不能为空。

[参考程序]

```c
#include "stdio.h"
# define MAXSIZE 100
typedef int ElemType;
typedef struct
{
    ElemType data[MAXSIZE];
    int top;
}SeqStack;
//初始化顺序栈
void InitStack(SeqStack &s)
{
    s.top=-1;
}
//判断栈是否为空
int StackEmpty(SeqStack &s)
{
    if(s.top==-1)
        return 1;
    else
        return 0;
}
//判断栈是否满
int StackFull(SeqStack &s)
{
    if(s.top==MAXSIZE-1)
        return 1;
    else
        return 0;
}
//入栈
void Push(SeqStack &s,int x)
{
    if (StackFull(s))
    {
        printf("栈满!\n");
    }
    else
    {
        s.top++;
        s.data[s.top]=x;
    }
}
```

```
//遍历顺序栈
void Display(SeqStack s)
{
    if(s.top==-1)
        printf("栈空!\n");
    else
    {
        while(s.top!=-1)
        {
            printf("%d ",s.data[s.top]);
            s.top--;
        }
    }
}
//出栈
ElemType Pop(SeqStack &s)
{
    if(StackEmpty(s))
        return 0;
    else
        return s.data[s.top--];
}
//取栈顶元素
ElemType  StackTop(SeqStack s)
{
    if(StackEmpty(s))
        return 0;
    else
    {
        return s.data[s.top];   /*返回栈顶元素的值, 但不改变栈顶指针*/
    }
}

void main()
{
    int n,i,k,h,x1,x2,select=1;
    SeqStack S;
    printf("创建一个空栈!\n");
    InitStack(S);
    printf("输入栈里的元素个数:\n");
    scanf("%d",&n);
    for(i=0;i<n;i++)
    {
        printf("输入入栈元素值:\n");
        scanf("%d",&k);
        Push(S,k);
    }
    while(select)
    {
        printf("\n");
        printf("select 1:遍历顺序栈\n");
        printf("select 2:入栈\n");
```

```
        printf("select 3:出栈\n");
        printf("select 4:取栈顶元素\n");
        printf("select 0:退出\n");
        printf("请选择(1-4):\n");
        scanf("%d",&select);
        switch(select)
        {
            case 1:
                {
                    Display(S);
                    break;
                }

            case 2:
                {
                    printf("输入入栈元素值:\n");
                    scanf("%d",&h);
                    Push(S,h);
                    break;
                }

            case 3:
                {
                    x1=Pop(S);
                    printf("出栈元素=%d\n",x1);
                    break;
                }

            case 4:
                {
                    x2=StackTop(S);
                    printf("栈顶元素=%d",x2);
                    break;
                }
        }
    }
}
```

【实验内容二】

2．实现队列的链式表示。

(1) 初始化并建立链队列；

(2) 入链队列；

(3) 判断队列是否为空；

(4) 出链队列；

(5) 遍历链队列。

[实验说明]

链式队列就是限制只能通过队头指针删除，队尾指针插入数据元素。

[参考程序]

```c
//创建一个带头节点的空队:
 LQueue  *Init_LQueue()
{ LQueue *q;
  QNode *p;
 q=(LQueue *)malloc(sizeof(LQueue));        /*申请头尾指针节点*/
 p=(QNode *)malloc(sizeof(QNode));          /*申请链队头节点*/
 p->next=NULL;  q->front=q->rear=p;
 return q;
}
//入队
   void In_LQueue(LQueue *q , int  x)
{ QNode *p;
 p=(QNode *)malloc(sizeof(QNode));          /*申请新节点*/
 p->data=x;   p->next=NULL;
 q->rear->next=p;
 q->rear=p;
}
//算法10.6.3 判队空
  int  Empty_LQueue( LQueue *q)
       { if (q->front==q->rear)   return 1;
        else return 0;
       }
//出队
int Out_LQueue(LQueue *q , int  &x)
{
    QNode *p;
    if (Empty_LQueue(q) )
    {
        printf ("队空");
        return 0;
    }
 /*队空，出队失败*/
    else
    {
        p=q->front->next;
       q->front->next=p->next;
       x=p->data;/*队头元素放 x 中*/
       free(p);
       if (q->front->next==NULL)
            q->rear=q->front;
               /*只有一个元素时，出队后队空，此时还要修改队尾指针*/
       return 1;
     }
}

//遍历链队列函数
void Display(LQueue *q)
{
    QNode *p=q->front->next;
    while(p!=NULL)   /*利用条件判断是否到队尾*/
```

```
    {
        printf("%d ",p->data);
        p=p->next;
    }
}
```

3．利用栈实现数制转换，将十进制数转换为八进制数。

[实验说明]

取出十进制数的最低位，放到栈中，然后再取出倒数第 2 位，放到栈中，依此类推，直到取出所有位。最后把栈中所有数据都输出就是八进制表示。

[参考程序]

```
void InitStack(SeqStack &s)
{
    s.top=0;
}

int StackEmpty(SeqStack s)
{
    if(s.top==0)
        return 1;
    else
        return 0;
}

int StackFull(SeqStack s)
{
    if(s.top==MAXSIZE-1)
        return 1;
    else
        return 0;
}

void Push(SeqStack &s,int x)
{
    if(StackFull(s))
    {
        printf("栈满!\n");
        return ;
    }
    else
    {
        s.data[s.top]=x;
        s.top++;
    }
}

ElemType Pop(SeqStack &s)
{
    ElemType y;
    if(StackEmpty(s))
```

```
    {
        printf("栈空!\n");
        return 0;
    }
    else
    {
        s.top=s.top-1;
        y=s.data[s.top];
        return y;
    }
}

ElemType StackTop(SeqStack &s)
{
    if(StackEmpty(s))
        return 0;
    else
        return s.data[s.top];
}
//进制转换
void Dec_to_Ocx (int N)                /* n 是非负的十进制整数，输出等值的八进制数*/
{
    SeqStack S;                        /*定义一个顺序栈*/
    ElemType x;
    InitStack(S);                      /*初始化栈*/
    int n=N;
    if(N<0)
    {
        printf("\n 出错，必须是正数。");
        return;
    }
    if(!N)
        Push(S,0);
    while(N)                           /*自右向左产生八进制的各位数字，并将其进栈*/
    {
        Push(S,N%8);                   /*余数入栈 */
        N=N/8;                         /*商作为被除数*/
    }
    printf("十进制数  %d  转换为八进制数:0",n);
    while(!StackEmpty(S))              /*栈非空时退栈输出*/
    {
        x=Pop(S);
        printf("%d",x);
    }
    printf("\n");
}
```

【实验内容三】

4. 算术表达式求值。

[实验说明]

对算术表达式求值要求实现以下功能。

(1) 从键盘接收算术表达式，以"#"表示结束，并将其放到内存中。

(2) 输出算术表达式的值。

(3) 为了简化起见，规定操作数只限于正整数，操作符只能是+、−、*、/、^，并用"#"表示表达式结束。

[提示]

转换过程包括用下面的算法读入中缀表达式的操作数、操作符和括号：

(1) 初始化一个空堆栈，将结果字符串变量置空。从左到右读入中缀表达式，每次一个字符。

(2) 如果字符是操作数，将它添加到结果字符串。

(3) 如果字符是个操作符，弹出(pop)操作符，直至遇见开括号、优先级较低的操作符或者同一优先级的右结合符号。把这个操作符压入(push)堆栈。如果字符是个开括号，把它压入堆栈。如果字符是个闭括号，在遇见开括号前，弹出所有操作符，然后把它们添加到结果字符串。

(4) 如果到达输入字符串的末尾，弹出所有操作符并添加到结果字符串。

三、实验要求

按要求编写实验程序，将实验程序上机调试运行，输入测试数据，并给出输出的结果，最后，提交实验报告，写出调试运行程序的分析和体会。

实验 3　二叉树的存储与遍历

一、实验目的

1. 掌握二叉树的非线性和递归性特点。
2. 掌握二叉树的存储结构。
3. 掌握二叉树的遍历(递归和非递归方式)操作的实现方法。

二、实验内容

【实验内容一】

1. 建立链式存储二叉树并遍历该二叉树。

[实验说明]

(1) 采用链式存储结构建立二叉树，并按先序输入二叉树的节点序列。例如，建立如图 11.1 所示的二叉树。

建立时按先序输入的节点序列为

abc000de0f00g00

(2) 二叉树的建立、先序遍历、中序遍历、后序遍历均采用递归方式实现。

(3) 主函数中设计一个选项菜单，可选择执行建立二叉树，先序、中序、后序遍历二叉树。

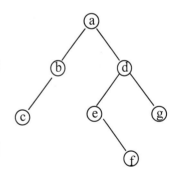

图 11.1　二叉树

[参考程序]

```
#include <stdio.h>
#include <malloc.h>
#define MaxSize 100
```

```
typedef int ElemType;
typedef struct node
{
    ElemType data;                              /*数据元素*/
    struct node *lchild;                        /*指向左孩子节点*/
    struct node *rchild;                        /*指向右孩子节点*/
} BiTNode,*BiTree;
//创建二叉树
void CreateBinTree(BiTree &T)
{                                               /*以加入节点的先序序列输入，构造二叉链表*/
    int i;
    scanf("%d",&i);
    if(i==0)
        T=NULL;                                 /*读入 0 时将相应节点置空*/
    else
    {
        T=(BiTree)malloc(sizeof(BiTNode));      /*生成节点空间*/
        T->data=i;
        CreateBinTree(T->lchild);               /*构造二叉树的左子树*/
        CreateBinTree(T->rchild );              /*构造二叉树的右子树*/
    }
}


void Inorder(BiTree T)
{                                               /*中序遍历二叉树*/
    if(T)
    {
        Inorder(T->lchild);                     /*中序遍历二叉树的左子树*/
        printf("%3d",T->data);                  /*访问节点的数据*/
        Inorder(T->rchild);                     /*中序遍历二叉树的右子树*/
    }
}
void Preorder(BiTree T)
{                                               /*先序遍历二叉树*/
    if(T)
    {
        printf("%3d",T->data);                  /*访问节点的数据*/
        Preorder(T->lchild);                    /*先序遍历二叉树的左子树*/
        Preorder(T->rchild);                    /*先序遍历二叉树的右子树*/
    }
}
void Postorder(BiTree T)
{                                               /*后序遍历二叉树*/
    if(T)
    {
        Postorder(T->lchild);                   /*后序遍历二叉树的左子树*/
        Postorder(T->rchild);                   /*后序遍历二叉树的右子树*/
        printf("%3d",T->data);                  /*访问节点的数据*/
    }
}

void main()
```

```
{
    BiTree T;
    char ch1,ch2;
    printf("\n 欢迎进入二叉树基本操作测试程序，请选择：\n");
    ch1='y';
    while(ch1=='y'||ch1=='Y')
    {
        printf("\nA----------------二叉树建立");
        printf("\nB----------------先序遍历");
        printf("\nC----------------中序遍历");
        printf("\nD----------------后序遍历"),
        printf("\nE----------------退出\n");
        scanf("\n%c", &ch2);
        switch(ch2)
        {
            case 'a':
            case 'A':
                printf("请输入按先序建立二叉树的节点序列：\n");
                CreateBinTree(T);
                break;
            case 'b':
            case 'B':
                printf("该二叉树的先序遍历序列为\n");
                Preorder(T);
                break;
            case 'c':
            case 'C':
                printf("该二叉树的中序遍历序列为\n");
                Inorder(T);
                break;
            case 'd':
            case 'D':
                printf("该二叉树的后序遍历序列为：\n");
                Postorder(T);
                break;
            case 'e':
            case 'E':
                ch1='n';
                break;
            default:
                printf("输入无效，请重新选择需要的操作：\n");
        }
    }
}
```

【实验内容二】

2. 用栈实现二叉树先序遍历的非递归程序。

[实验说明]

(1) 非递归遍历二叉树的程序中，要用栈来保存遍历经过的路径，才能访问到二叉树的每一个节点。先序遍历二叉树的顺序是"根、左、右"，所以，在对二叉树进行先序遍历时，从二叉树的根节点开始，在沿左子树向前走的过程中，将所遇节点进栈，并退栈访问之，并将其左、右子树进栈，当前进到最左端无法再走下去时，则退回，按退回的顺序进入其右子树进行遍历，如此重复，直到树中的所有节点都访问完毕为止。

(2) 题 1.所示的二叉树，先序非递归方式遍历该二叉树时栈的变化如下：

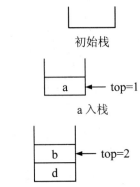

初始栈

a 入栈

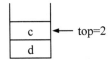

a 退栈并访问 a，其左、右子树 d、b 入栈

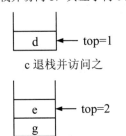

b 退栈并访问 b，其左子树 c 入栈

c 退栈并访问之

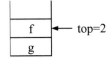

d 退栈并访问 d，其左、右子树 g、e 入栈

e 退栈并访问 e，其右子树 f 入栈

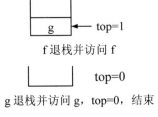

f 退栈并访问 f

g 退栈并访问 g，top=0，结束

[参考程序]

```
void InitStack(SeqStack &s)
{
    s.top=0;
}
```

```
int StackEmpty(SeqStack s)
{
    if(s.top==0)
        return 1;
    else
        return 0;
}

int StackFull(SeqStack s)
{
    if(s.top==MAXSIZE-1)
        return 1;
    else
        return 0;
}

void Push(SeqStack &s,BiTree x)
{
    if(StackFull(s))
    {
        printf("栈满!\n");
        return ;
    }
    else
    {
        s.data[s.top]=x;
        s.top++;
    }
}

BiTree Pop(SeqStack &s)
{
    BiTree y;
    if(StackEmpty(s))
    {
        printf("栈空!\n");
        return 0;
    }
    else
    {
        s.top=s.top-1;
        y=s.data[s.top];
        return y;
    }
}

BiTree StackTop(SeqStack s)
{
    if(StackEmpty(s))
        return 0;
    else
```

```
            return s.data[s.top-1];
}

//创建二叉树
void CreateBinTree(BiTree &T)
{                                      /*以加入节点的先序序列输入，构造二叉链表*/
    int i;
    scanf("%d",&i);
    if(i==0)
        T=NULL;                        /*读入0时将相应节点置空*/
    else
    {
        T=(BiTree)malloc(sizeof(BiTNode));   /*生成节点空间*/
        T->data=i;
        CreateBinTree(T->lchild);            /*构造二叉树的左子树*/
        CreateBinTree(T->rchild );           /*构造二叉树的右子树*/
    }
}

void PreorderN(BiTree T)
{                                      /*先序遍历二叉树的非递归算法*/
    SeqStack S;
    BiTree p;
    InitStack(S);
    Push(S,T);                         /*根节点进栈*/
    while(!StackEmpty(S))
    {
        while(p=StackTop(S))
        {
            printf("%3d",p->data);     /*访问入栈节点的数据域*/
            Push(S,p->lchild);         /*向左走到尽头*/
        }
        p=Pop(S);                      /*空指针退栈*/
        if(!StackEmpty(S))             /*若栈不空，弹出一个节点，即退回一个节点*/
        {
            p=Pop(S);
            Push(S,p->rchild);         /*将退回节点的右子树入栈*/
        }
    }
}
```

【实验内容三】

3. 哈夫曼编\译码器。

[实验说明]

(1) 初始化，键盘输入字符集大小 n，n 个字符和 n 个权植，建立哈夫曼树。

(2) 编码，利用建好的 huffman 树生成 huffman 编码；

(3) 输出编码；

(4) 译码功能。

三、实验要求

参考给出的参考程序编写实验程序，并扩充一些功能，将实验程序上机调试运行，给出输出的结果，最后提交实验报告，写出调试运行程序的分析和体会。

实验 4　图的存储与遍历

一、实验目的

1. 掌握图的非线性结构的特点。
2. 掌握图的邻接矩阵和邻接表的存储结构。
3. 掌握基于图的两种常用存储结构下的深度优先搜索(DFS)和广度优先搜索操作的实现。

二、实验内容

【实验内容一】

1. 完成无向图用邻接矩阵存储的深度优先搜索程序。

[实验说明]

(1) 用邻接矩阵表示图，除了要用一个二维数组存储用于表示顶点间相邻关系的邻接矩阵外，还需用一个一维数组来存储顶点信息，另外还有图的顶点数和边数。为了反映用邻接矩阵所表示的图的全面信息，可以采用以下结构：

```
#define MAX 10
typedef struct
{
    char vexs[MAX];
    int edges[MAX][MAX];
    int n,e;
}Mgraph;
```

(2) 图的深度优先搜索可以通过递归调用来实现，其调用过程可描述如下：

```
DFS (Vi)
访问 Vi 节点;
visited[i]=true;
对所有与 Vi 相邻接的顶点 j
if visited[j]=False then DFS(Vj);
visited[]是一个布尔型标志数组，用以标志一个节点是否被访问过
```

[参考程序]

```
#include<stdio.h>
#define MAX 10
typedef enum{FALSE,TRUE} Boolean;
typedef struct
{
    char vexs[MAX];
```

```
    int edges[MAX][MAX];
    int n,e;
}Mgraph;
Boolean visited[MAX];
void CreateMGraph(Mgraph &G)
{/*建立无向图 G 的邻接矩阵存储*/
 int i,j,k;
 printf("请输入顶点数和边数(输入格式为:顶点数,边数):\n");
 scanf("%d,%d",&(G.n),&(G.e));          /*输入顶点数和边数*/
 getchar();
 printf("请输入顶点信息(输入格式为:顶点号<CR>):\n");
  for (i=0;i<G.n;i++)
    {
     scanf("%c",&(G.vexs[i]));          /*输入顶点信息，建立顶点表*/
     getchar();
    }
 for (i=0;i<G.n;i++)
     for (j=0;j<G.n;j++)
         G.edges[i][j]=0;               /*初始化邻接矩阵*/
 printf("请输入每条边对应的两个顶点的序号(输入格式为:i,j):\n");
 for (k=0;k<G.e;k++)
    {
     scanf("%d,%d",&i,&j);              /*输入 e 条边，建立邻接矩阵*/
     G.edges[i][j]=1;
     G.edges[j][i]=1;
    }
}


//输出邻接矩阵
void OutPut(Mgraph &G)
{
 int i,j;
 for (i=0;i<G.n;i++)
     printf("%c ",G.vexs[i]);
 printf("\n");
 for (i=0;i<G.n;i++)
    {
     for (j=0;j<G.n;j++)
          printf("%d ",G.edges[i][j]);
     printf("\n");
    }

}
void DFSM(Mgraph &G, int i)
{                                 /*以 Vi 为出发点,对邻接矩阵存储的图 G 进行 DFS 搜索*/
    int j;
    printf("访问顶点:%d\n",i);
    visited[i]=TRUE;              /*访问顶点 Vi*/
    for(j=0;j<G.n;j++)            /*依次搜索 Vi 的邻接点*/
        if(G.edges[i][j]==1 && !visited[j])
            DFSM(G,j);
}
```

```
void DFSTRAVERSE(Mgraph &G)
{                            /*深度优先搜索邻接矩阵存储的图G*/
    int i;
    for(i=0;i<G.n;i++)
        visited[i]=FALSE;
    for(i=0;i<G.n;i++)
        if(!visited[i])
            DFSM(G,i);
}
void main()
{
    Mgraph G;
    CreateMGraph(G);
    OutPut(G);
    DFSTRAVERSE(G);
}
```

【实验内容二】

2．完成无向图用邻接表的广度优先搜索程序。

[实验说明]

(1) 广度优先搜索是一种分层的搜索过程，当访问图中某指定起始点后，由 V_0 出发访问与它相邻的所有顶点 w_1，w_2…，然后再访问 w_1，w_2…等各顶点的相邻顶点，如此做下去，直到所有的顶点均被访问过为止。当然访问过程中已被访问过的顶点则不重复访问。为此程序中设置了一个访问标志数组 visited[MAX]。

(2) 广度优先搜索不是递归过程，过程中需借一个队列 Q[MAX]，其队头指针为 front，队尾指针为 rear。

[参考程序]

```
Boolean visited[MAX];
void CreateALGraph(ALGraph &G)
{                            /*建立邻接表存储*/
    EdgeNode *S;
    int i,j,k;
    printf("请输入图的顶点数与边数：\n");
    scanf("%d,%d",&G.n,&G.e);
    printf("请输入%d 个顶点(char):\n",G.n);
    for(i=0;i<G.n;i++)
    {
        scanf("\n%c",&G.adjlist[i].vertex);
        G.adjlist[i].firstedge=NULL;
    }                        /*建立有n 个顶点的顶点表*/
    printf("请输入%d 条边:\n",G.e);
    for(k=0;k<G.e;k++)           /*建立边表*/
    {
        scanf("%d,%d",&i,&j);    /*读入边(vi,vj)的顶点对应序号*/
        S=(EdgeNode *)malloc(sizeof(EdgeNode));
        S->adjvex=j;             /*生成新边表节点 S*/
        S->next=G.adjlist[i].firstedge;
        G.adjlist[i].firstedge=S;
    }
```

```
}
int Q[MAX];
void BfsTraverseAL(ALGraph &G,int v)
{
int front=-1,rear=0;
EdgeNode *p;
visited[v]=TRUE;
printf("%d",v);
Q[rear]=v;                              /*初始顶点入队*/
while(front!=rear)                      /*队列不为空*/
{
  front=front+1;
  v=Q[front];                           /*按访问次序出队列*/
  p=G.adjlist[v].firstedge;             /*找 v 的邻接顶点*/
  while(p!=NULL)
  {
    if (visited[p->adjvex]==0)
    {
    visited[p->adjvex]=TRUE;
    printf("%d",p->adjvex);
    rear=rear+1;
    Q[rear]=p->adjvex;
    }
    p=p->next;
  }
}
}
```

【实验内容三】

3. 最短路径。

[实验说明]

假设以一个带权有向图表示某一区域的公交线路网，图中顶点代表一些区域中的重要场所，弧代表已有的公交线路，弧上的权表示该线路上的票价(或搭乘所需时间)，试设计一个交通指南系统，指导前来咨询者以最低的票价或最少的时间从区域中的某一场所到达另一场所。

[提示]

该问题可归结为一个求带权有向图中顶点间最短路径的问题。分别建立以票价为权或以搭乘时间为权的图的邻接矩阵，以 Floyd 算法来求最短路径及其路径长度。

三、实验要求

在深入理解图的遍历算法基础上，按要求编写实验程序，将实验程序上机调试运行，给出输出的结果，并提交实验报告，写出调试运行程序的分析和体会。

实验 5　排　　序

一、实验目的

1. 掌握常用的排序方法，并能用高级语言实现排序算法。

2．深刻理解排序的定义和各种排序方法的特点，并能加以灵活运用。

3．了解各种方法的排序过程及依据的原则，并掌握各种排序方法时间复杂度的分析方法。

三、实验内容

【实验内容一】

1．实现冒泡、直接插入、选择排序和快速排序，并比较各种排序算法的运行速度。

[实验说明]

(1) 采用顺序表存放待排序的记录，设关键字类型为整型。

(2) 设计一个菜单，以菜单方式选择上述排序方法。

(3) 程序执行时，能按趟输出排序的结果。

[参考程序]

```
#include<stdio.h>
#define N 10
#define FALSE 0
#define TRUE 1
typedef int KeyType;              /*记录关键字为整型数据*/
typedef char InfoType;            /*记录其他数据，设为字符型，本程序未用该数据项*/
typedef struct
{
        KeyType key;              /*关键字项*/
        InfoType otherinfo;       /*其他数据项*/
}RecType;                         /*定义的记录类型*/
typedef RecType Seqlist[N+1];     /*定义的顺序表类型*/
int m,num;                        /*全局变量 m 存储输出的是第几趟结果*/
                                  /*num 存储递归调用的次数*/
Seqlist R;                        /*记录待排序的 10 个数*/
void Insertsort();
void Bubblesort();
void Selectsort();
void main()
{
        Seqlist S;
        int i;
        char ch1,ch2;
        printf("请输入 10 个待排序的数据：(每两个数据间用空格隔开)\n");
        for(i=1;i<=N;i++)
            scanf("%d",&S[i].key);
        ch1='y';
        while(ch1=='y'||ch1=='Y')
        {
            printf("***************菜单***************\n");
            printf("请选择下列操作：\n");
            printf("1---------更新待排序数据----------\n");
            printf("2---------直接插入排序----------\n");
            printf("3---------冒泡排序----------\n");
            printf("4---------直接选择排序----------\n");
            printf("5---------退出----------\n");
            printf("请选择操作类别：\n");
```

```
            scanf("\n%c",&ch2);
            switch(ch2)
            {
            case '1':
                printf("请输入更新待排序数据：\n");
                for(i=1;i<=N;i++)
                    scanf("%d",&S[i].key);
                break;
            case '2':
                printf("请输入要输出第几趟结果：\n");
                scanf("%d",&m);
                for(i=1;i<=N;i++)
                    R[i].key=S[i].key;
                Insertsort();
                break;
            case '3':
                printf("请输入要输出第几趟结果：\n");
                scanf("%d",&m);
                for(i=1;i<=N;i++)
                    R[i].key=S[i].key;
                Bubblesort();
                break;
            case '4':
                printf("请输入要输出第几趟结果：\n");
                scanf("%d",&m);
                for(i=1;i<=N;i++)
                    R[i].key=S[i].key;
                Selectsort();
                break;
            case '5':
                ch1='n';
                break;
            default:
                ch1='n';

            }
        }
}
void Insertsort()
{                       /*对顺序表中记录按递增序列进行插入排序*/
        int i,j,k;
        for(i=2;i<=N;i++)
        {
            if(R[i].key<R[i-1].key)
            {
                R[0]=R[i];
                j=i-1;
                while(R[0].key<R[j].key)
                {   /*从右向左在有序区R[1...i-1]中查找R[i]的插入位置*/
                    R[j+1]=R[j];
                    j--;
                }
```

```
                    R[j+1]=R[0];
                }
            if(i-1==m)
            {
                printf("第%d 趟的结果是：\n",m);
                for(k=1;k<=N;k++)
                    printf("%5d",R[k].key);
                printf("\n");
                printf("请输入还要输出第几趟结果，不想输出时请输入 0：\n");
                scanf("%d",&m);
            }
        }
        if(m!=0)
        {
            printf("最终排序结果是：\n");
            for(k=1;k<=N;k++)
                printf("%5d",R[k].key);
            printf("\n");
        }
}
void Bubblesort()
{       /*R[1...N]是待排序的文件，采用自下向上扫描对 R 做冒泡排序*/
        int i,j,k;
        int exchange;
        for(i=1;i<N;i++)
        {   /*最多做 N-1 趟排序*/
            exchange=FALSE;
            for(j=N-1;j>=i;j--)
            {
                if (R[j+1].key<R[j].key)
                {
                    R[0]=R[j+1];
                    R[j+1]=R[j];
                    R[j]=R[0];
                    exchange=TRUE;
                }
            }
            if(i==m)
            {
                printf("第%d 趟的结果是：\n",m);
                for(k=1;k<=N;k++)
                    printf("%5d",R[k].key);
                printf("\n");
                printf("请输入还要输出第几趟结果，不想输出时请输入 0：\n");
                scanf("%d",&m);
            }
            if((!exchange)||(m==0))
                break;
        }
        if(m!=0)
        {
            printf("最终排序结果是：\n");
```

```
            for(k=1;k<=N;k++)
                printf("%5d",R[k].key);
            printf("\n");
        }
}

void Selectsort()
{
        int i,j,k,h;
        for(i=1;i<N;i++)
        {
            h=i;
            for(j=i+1;j<=N;j++)
            {
                if(R[j].key<R[h].key)
                    h=j;
            }
            if(h!=i)
            {
                R[0]=R[i];
                R[i]=R[h];
                R[h]=R[0];
            }
            if(i==m)
            {
                printf("第%d趟的结果是：\n",m);
                for(k=1;k<=N;k++)
                    printf("%5d",R[k].key);
                printf("\n");
                printf("请输入还要输出第几趟结果,不想输出时请输入0：\n");
                scanf("%d",&m);
            }
        }
        if(m!=0)
        {
            printf("最终排序结果是：\n");
            for(k=1;k<=N;k++)
                printf("%5d",R[k].key);
            printf("\n");
        }
}
```

【实验内容二】

2. 实现快速、希尔排序和堆排序，并比较各种排序算法的运行速度。

[实验说明]

(1) 采用顺序表存放待排序的记录，设关键字类型为整型。

(2) 设计一个菜单，以菜单方式选择上述排序方法。

```
//快速排序算法
void QuickSort (Seqlist &R, int s, int t)
{
```

```
        int i=s, j=t;
        if (i<j)
        {
            R[0] =R[i];                         /*R[0]作为局部工作变量暂存选出的数据*/
            do
            {
                while( i<j && R[j].key >=R[0].key)
                    j--;
                if (i<j)
                {
                    R[i]=R[j];
                    i++;
                }
                while (i<j && R[i].key <=R[0].key)
                    i++;
                if (i<j)
                {
                    R[j]=R[i];
                    j--;
                }
            }while (i<j);
        R[i]=R[0];
        QuickSort(R,s,j-1);                     /*递归处理前一部分*/
        QuickSort(R,j+1,t);                     /*递归处理后一部分*/
        }
}


//希尔排序算法
void ShellSort(Seqlist &R, int n)    /*希尔排序算法*/
{
    int i,j,gap;
    gap=n/2;                                /*增量置初值*/
    while (gap>0)
    {    for (i=gap;i<=n;i++)               /*对所有相隔gap位置的所有元素组进行排序*/
        {    R[0]=R[i];
            j=i-gap;
            while (j>=1 && R[0].key<R[j].key)/*对相隔gap位置的元素组进行排序*/
            {    R[j+gap]=R[j];
                j=j-gap;
            }
            R[j+gap]=R[0];
            j=j-gap;
        }
        gap=gap/2;                          /*减小增量*/
    }
}
//构建堆(筛选)算法
void Sift (Seqlist &R, int v, int n)
{
    int i,j;
    i=v;
    j=2*i;                          /*j为i的左儿子节点下标*/
```

```
        R[0]=R[i];                    /*将待筛数据暂存于R[0]中*/
        while (j<=n)
        {
            if (j<n && R[j].key<R[j+1].key)
                j++;                  /*如右儿子数据较左儿子大，将j改为右儿子下标*/
            if (R[0].key<R[j].key)
            {
                R[i]=R[j];
                i=j;
                j=2*i;                /*如待筛数据小于其儿子数据，则与其儿子数据互换*/
            }
            else
                j=n+1;                /*筛选完成，令j=n+1，以便终止循环*/
        }
        R[i]=R[0];                    /*被筛节点数据放入最终位置*/
}
//堆排序算法
void HeapSort (Seqlist &R, int n)
{
    int i;
    for (i=n/2; i>=1; i--)
        Sift (R, i, n);              /*初始建堆*/
    for (i=n; i>=2; i--)
        {                            /*进行n-1次循环，完成堆排序*/
        R[0]=R[i];                   /*将第1个元素同当前区间内最后一个元素互换*/
        R[i]=R[1];
        R[1]=R[0];
        Sift (R, 1, i-1);            /*筛选R[1]节点，得到(i-1)个节点的堆*/
        }
}
```

【实验内容三】

3．统计成绩，给出 n 个学生的考试成绩表，每条信息由姓名和分数组成，试用堆排序算法。

[实验说明]

(1) 按分数高低次序，打印出每个学生在考试中获得的名次，分数相同的为同一名次；

(2) 按名次列出每个学生的姓名与分数。

三、实验要求

按要求编写实验程序，将实验程序上机调试运行，给出各种排序方法输出的结果，并提交实验报告，写出调试运行程序的分析和体会。

实验 6 查　　找

一、实验目的

1．掌握查找的不同方法，并能用高级语言实现查找算法。

2．熟练掌握顺序表的查找方法和有序顺序表的折半查找算法以及静态查找树的构造方法和查找算法。

　　3．掌握二叉排序树的生成、插入、删除、输出运算。

二、实验内容

【实验内容一】

　　1．顺序表的顺序查找。

[实验说明]

　　使用该算法要求依次对顺序表的每一个元素从最后元素位置与目标元素进行比较，如果到第 1 个元素还是没有匹配，说明没有找到，否则就是找到并返回当前的元素位置。

```c
#include <stdio.h>
#define KEYTYPE    int
#define MAXSIZE    100
typedef struct
{
    KEYTYPE  key;
}SSELEMENT;

typedef struct
{ SSELEMENT  r[MAXSIZE];
    int    len;
}SSTABLE;

int seq_search(KEYTYPE k,  SSTABLE  st)
{/*顺序表上查找元素*/
    int  j;

    j = st.len;                    /*顺序表元素个数*/
    st.r[0].key = k;               /*st->r[0]单元作为监视哨*/
    while(st.r[j].key != k)
        j--;                       /*顺序表从后向前查找*/
    return  j;                     /*j=0, 找不到; j<>0 找到*/
}

void main( )
{
    SSTABLE   a;
    int  i, j, k;
    printf("请输入顺序表元素(整型量), 用空格分开, -99 为结束标志 : ");
    j = 0;
    k = 1;
    i = 0;
    scanf("%d",&i);
    while (i != -99)
    {
        j++;
        a.r[k].key = i;
        k++;
        scanf("%d",&i);
```

```
    }/*输入顺序表元素*/
    a.len = j;
    printf("\n 顺序表元素列表显示 : ");
    for (i = 1; i<=a.len; i++)
        printf("%d ",a.r[i].key);
    printf("\n");
    printf("\n 输入待查元素关键字 : ");
    scanf("%d",&i);
    k = seq_search(i, a);
    if (k == 0)
        printf("表中待查元素不存在\n\n");
    else
        printf("表中待查元素存在,为第%d 个元素\n",k );
}
```

2. 有序顺序表的二分查找的递归算法。

[实验说明]

有序顺序表的二分查找的递归算法需要找到中间的元素位置，并用该位置上的元素与目标数据进行比较。如果比目标元素小则递归查找前半区，否则递归查找后半区。

```
#include <stdio.h>
#define  KEYTYPE    int
#define  MAXSIZE    100
typedef  struct
{
    KEYTYPE  key;
}SSELEMENT;

typedef  struct
{
    SSELEMENT  r[MAXSIZE];
    int    len;
}SSTABLE;

int search_bin(SSTABLE &st,KEYTYPE k, int low,  int high)
{                          /*有序表上二分法查找,递归算法*/
    int  mid;
    mid = -1;
    if(low <= high)          /*low 表示当前表中第 1 个元素所在下标*/
                             /*high 表示当前表中最后一个元素所在下标*/
    {
        mid = (low +high)/2;    /*mid 表示当前表中中间一个元素所在下标*/
        if(st.r[mid].key < k)
            mid = search_bin(st, k,mid + 1,high);        /*二分法递归查找*/
        else if(st.r[mid].key > k)
            mid = search_bin(st,k,low,high - 1);
    }
return mid;                    /*mid = -1 查找不成功; mid!=-1 查找成功*/
}

void main( )
{
```

```
    SSTABLE  a;
    int  i, j, k;
    printf("请输入有序表元素，元素为整型量(从小到大输入)，用空格分开，-99 为结束标志：
");
    j = 0;
    k = 1;
    i = 0;
    scanf("%d",&i);
    while (i != -99)
    {
        j++;
        a.r[k].key = i;
        k++;
        scanf("%d",&i);
    }/*输入有序表元素*/
    a.len = j;
    printf("\n有序表元素列表显示：");
    for (i = 1; i<=a.len; i++)
        printf("%d ",a.r[i]);
    printf("\n");
    printf("\n输入待查元素关键字：");
    scanf("%d",&i);
    k = search_bin(a,i, 1, a.len);
    if (k == -1)
        printf("表中待查元素不存在\n\n");
    else
        printf("表中待查元素存在,为第%d 个元素\n",k);
}
```

【实验内容二】

3. 在用拉链法解决冲突的散列表上插入元素。

[实验说明]

首先使用拉链法建立散列表，在建立时当遇到冲突时就在该位置上插入一个节点并存入数据元素。建好散列表后，在插入元素时首先利用散列函数算出位置，并在当前链表中查找。如果找到就不插入，否则建立节点并插入到当前链表的表头。

[参考程序]

```
void creat_hash(HASH  *HTC[])
{ /*建立开散列表*/
  HASH  *p;
  int  i, j;
  scanf("%d",&i);                    /*输入开散列表元素关键字值*/
  while (i != -99)
  {
    j = i % 13;                      /*散列函数：ADD(rec(key)) = key MOD 13*/
    p = (HASH *) malloc(sizeof(HASH));    /*生成节点，挂入开散列表中*/
    p->next = HTC[j];
    p->key = i;
    HTC[j] = p;
    scanf("%d",&i);
```

```
    }
}
                                        /*输入开散列表元素关键字值*/

void print_hash(HASH  *HTC[])
{/*显示开散列表 */
    int i;
    HASH  *p;
    for(i =0; i < 13; i++)
    {
        if(HTC[i] == NULL)
            printf("   %3d | ^ \n",i);
        else
        {
            p = HTC[i];
            printf("   %3d | ->",i);
            while(p != NULL)
            {
                printf("%5d ->",p->key);
                p = p->next;
            }
            printf("\n");
        }
    }
}


int search_hash(HASH  *HTC[], int k)
{/*开散列表中查找元素*/
    HASH  *p;
    int j;
    j = k % 13;                     /*散列函数：ADD(rec(key)) = key MOD 13*/
    p = HTC[j];
    if(p != NULL)                   /*开散列表中查找元素*/
    {
        while((p->key != k)&&(p->next != NULL))
            p = p->next;
        if (p->key == k)
            return 1;               /*查找成功，返回 1*/
        else
            return 0;               /*查找不成功，返回 0*/
    }
    else
        return 0;
}

void insert_hash(HASH  *HTC[], int  i)
{/*元素插入散列表中*/
    HASH  *p;
    int  j;
    j = i % 13;                         /*散列函数：ADD(rec(key)) = key MOD 13*/
    p = (HASH *) malloc(sizeof(HASH));    /*生成节点，挂入开散列表中*/
    p->next = HTC[j];
```

```
    p->key = i;
    HTC[j] = p;
}
```

【实验内容三】

4．应用二叉排序树算法操作。

[实验说明]

已知一个个数为 12 的数据元素序列为{Dec，Feb，Nov，Oct，June，Sept，Aug，Apr，May，July，Jan，Mar}，要求：

(1) 按各数据元素的顺序(字母大小顺序)构造一棵二叉排序数，并按顺序打印排序结果。

(2) 查找数据"Sept"是否存在。

[提示]

在二叉排序树中进行查找，可以利用二叉排序树的特点，首先从根开始进行比较，如果相等则表示找到；如果小于根则在左子树查找，否则在右子树中查找。

三、实验要求

按要求编写实验程序，将实验程序上机调试运行，深入了解各种查找方法的查找过程，给出各种查找方法输出的结果，并提交实验报告，写出调试运行程序的分析和体会。

附录 习题与练习解答

第1章 习题与练习解答

一、选择题答案

1～7：B C C B B D C

二、基本知识题答案

1. 名词解释答案

数据：一切能够由计算机接受和处理的对象。

数据项：数据的不可分割的最小单位，在有些场合下，数据项又称为字段或域。

数据元素：数据的基本单位，在程序中作为一个整体加以考虑和处理，也称为元素、顶点或记录。它可以由若干个数据项组成。

数据结构：数据之间的相互关系，即数据的组织形式，它包括数据的逻辑结构、数据的存储结构和数据的运算三个方面的内容。

数据逻辑结构：数据元素之间的逻辑关系，是从逻辑上描述数据，与数据的存储无关，独立于计算机。

数据物理结构：数据元素及其关系在计算机存储器内的表示，是数据的逻辑结构用计算机语言的实现，是依赖于计算机语言的。

算法：对特定问题求解步骤的一种描述。它是一个有穷的规则序列，这些规则决定了解决某一特定问题的一系列运算。由此问题相关的一定输入，计算机依照这些规则进行计算和处理，经过有限的计算步骤后能得到一定的输出。

算法的时间复杂性：是该算法的时间耗费，它是该算法所求解问题规模 n 的函数。当 n 趋向无穷大时，我们把时间复杂性 $T(n)$ 的数量级称为算法的渐进时间复杂性。

2. 答：对算法进行分析的目的有两个。第 1 个目的是可以从解决同一问题的不同算法中区分相对优劣，选出较为适用的一种。第 2 个目的是有助于设计人员考虑对现有算法进行改进或设计出新的算法。

3. 答：算法的最坏时间复杂性是研究各种输入中运算最慢的一种情况下的运算时间；平均时间复杂性是研究同样的 n 值时各种可能的输入，取它们运算时间的平均值。

4. 答：评价好的算法有 4 个方面。一是算法的正确性；二是算法的易读性；三是算法的健壮性；四是算法的时空效率(运行)。

5. 答：对算法 A1 和 A2 的时间复杂度 $T1$ 和 $T2$ 取对数，得 $n\log2$ 和 $2\log n$。显然，算法 A2 好于算法 A1。

三、答案

1. 答：该程序段的时间复杂性为 $T(n)=O(n)$。
2. 答：该程序段的时间复杂性 $T(n)=O(\log_{10}n)$。

3．答：该程序段的时间复杂性 $T(n)=O(n^2)$。

4．答：该程序段的时间复杂性为 $T(n)=O(n)$。

第2章　习题与练习解答

一、选择题答案

1～5：A　B　B　B　C

6～10：A　D　C　B　B

二、基本知识题答案

1．答：链式存储结构克服了顺序存储结构的三个弱点。首先，插入、删除不需移动元素，只需修改指针，时间复杂度为 $O(1)$；其次，不需要预先分配空间，可根据需要动态申请空间；其三，表容量只受可用内存空间的限制。其缺点是因为指针增加了空间开销，当空间不允许时，就不能克服顺序存储的缺点。

2．答：采用链式存储结构，它根据实际需要申请内存空间，而当不需要时又可将不用节点空间返还给系统。在链式存储结构中插入和删除操作不需要移动元素。

3．答：顺序表用节点物理位置的相邻性来反映节点间的逻辑关系，其优点：节省存储、随机存取，当表长变化较小、主要操作是进行查找时，宜采用顺序表。链表用附加的指针来反映节点间的逻辑关系，插入和删除操作相对比较方便，当表长变化较大，主要操作是进行插入和删除时，宜采用链表。

4．答：双链表比单链表多增加了一个指针域以指向节点的直接前趋，它是一种对称结构，因此在已知某个节点之前或之后插入一个新节点、删除该节点或其直接后继都同样方便，操作的时间复杂度为 $O(1)$；而单链表是单向结构，对于找一个节点的直接前趋的操作要从开始节点找起，其时间复杂度为 $O(n)$。

5．答：由于对表的操作常常在表的两端进行，所以对单循环链表，当知道尾指针 rear 后，其另一端的头指针是 rear->next->next(表中带头节点)。这会使操作变得更加容易。

6．答：s->prior=p;s->next=p->next;p->next->prior=s;p->next=s;

7．答：s->next=p->next;p->next=s;temp=p->data;p->data=s->data;s->data=temp;

8．答：多项式 $A(x)$ 用链表表示如下：

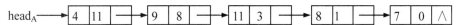

三、算法设计题答案

1．解：将该线性表逆序可以通过将 $A[0]$ 与 $A[n-1]$、$A[1]$ 与 $A[n-2]$…两两交换来完成。注意互相交换的 $A[i]$ 与 $A[j]$ 的数组下标的关系 $i+j=n-1$，i 从 0 到 $n/2-1$ 变化。实现本题功能的函数如下：

```
void Reverse(int A[],int n)
{
    int  i,j,temp;
    for(i=0;i<=n/2-1;i++)
    {
        j=n-1-i;
```

```
        temp=A[i];
        A[i]=A[j];
        A[j]=temp;
    }
}
```

2. 解：依次遍历 A 中的元素，比较当前的元素值，大于 0 者赋给 B，小于或等于 0 者赋给 C。

```
void Sqlit(SeqList A, SeqList &B, SeqList &C)
{
    int i,j=0,k=0;
    for(i=0;i<A.n;i++)
        if(A.data[i]>0)
        {
            B.data[j++]=A.data[i];
            (B.n)++;
        }
        else
        {
            C.data[k++]=A.data[i];
            (C.n)++;
        }
}
```

3. 解： #define N 30

```
typedef struCt SeqList
{ int data[N];                    /*用来存放数据元素*/
int n;                            /*用来记录数据元素的个数*/
}SeqList;
void Delik(SeqList &A,int i,int k)
{
    int j;
    if (i+k>A.n)                  /*大于数组长度*/
        printf("超出数组下界！");
    else
        for(j=i-1;j<i+k-1;j++)
            {
                A.data[j]=A.data[j+k];
                (A.n)--;
            }
}
```

4. 解：由于顺序表的插入与删除操作需要大量的元素移动，所用时间多，这里采用先将 A：$(a_1,a_2,\cdots,a_m,b_1,b_2,\cdots,b_n)$ 的所有元素逆置，即使之变成 A：$(b_n,\cdots,b_2,b_1,a_m,\cdots,a_2,a_1)$，然后将 $(b_n,\cdots,b_2,b_1)$ 逆置为 $(b_1,b_2,\cdots,b_n)$，将 $(a_m,\cdots,a_2,a_1)$ 逆置为 $(a_1,a_2,\cdots,a_m)$，这样就得到最终的程序结果。

```
void Invert(int A[],int low,int high)  /*将数组元素逆置*/
{
int m=(high-low+1)/2,i;
int temp;
for(i=0;i<m;i++)
```

```
    {
        temp=A[low+i];
        A[low+i]=A[high-i];
        A[high-i]=temp;
    }
}
```

5. 解：本题的算法思想：要使节点互换而指针不变，只要将两个节点的数据进行交换即可。实现本题功能的函数如下：

```
typedef int ElemType;
typedef struCt LNode          /*定义单链表节点类型*/
{
    ElemType data;
    struCt LNode *next;       /*指向后继节点*/
} LinkList;

void ExChange(LinkList *&head,int i,int n)
{
    LinkList *p,*q;
    int data,j;
    if(i>n)
      printf("error!\n");
    else
    {
        p=head;
        for(j=1;j<i;j++)
        {
            p=p->next;
            q=p->next;
        }
        data=q->data;
        q->data=p->data;
        p->data=data;
    }
}
```

6. 解：实现本题功能的函数如下。

```
void SearCh(LinkList *head,int x)
{
  LinkList *p;
  p=head;
  while(p->data!=x && p!=NULL)
    p=p->next;
  if(p!=NULL)
    printf("找到! \n");
  else
    printf("未找到! \n");
}
```

7. 解：本题的算法思想：先找到值为 x 的节点*p 和它的前趋节点*q，要删除*q，只需把
*p 的值 x 放到*q 的值域中，再删除节点*p 即可。实现本题功能的函数如下：

```
void Delete(LinkList *&head,int x)
{
    LinkList *p, *q;
    q=head;
    p=head->next;
    while((p!=NULL) && (p->data!=x))
    {
        q=p;
        p=p->next;
    }
    if(p==NULL)
        printf("未找到x! \n");
    else if(q==head)
        printf("x 为第一个节点，无前趋! \n");
    else
    {
        q->data=x;
        q->next=p->next;
        free(p);
    }
}
```

8. 解：实现本题功能的函数如下。

```
void Del_Length(LinkList * &head,int i,int length)
{
    LinkList *p, *q;
    int j;
    if(i==1)
        for(j=1;j<=length;j++)           /*删除前 k 个元素*/
        {
            p=head;                      /*p 指向要删除的节点*/
            head=head->next;
            free(p);
        }
    else
    {
        p=head;
        for(j=1;j<=i-2;j++)
            p=p->next;                   /*p 指向要删除的节点的前一个节点*/
        for(j=1;j<=length;j++)
        {
            q=p->next;                   /*q 指向要删除的节点*/
            p->next=q->next;
            free(q);
        }
    }
}
```

9．解：实现本题功能的算法如下。

```
void DisCreate( LinkList *A, LinkList *&B, LinkList *&C )
{
    LinkList *p, *r;
    B=A;
    C=(LinkList *)malloC(sizeof(LinkList));
    C->next=NULL;
    p=A->next;
    B->next=NULL;
    while(p!=NULL)
    {
        r=p->next;
        if (p->data<0)
        {
            p->next=B->next;
            B->next=p;
        }
        else
        {
            p->next=C->next;
            C->next=p;
        }
        p=r;
    }
}
```

10．解：本题的算法思想：依次查找原单链表(其头指针为 head1)中的每个节点，对每个节点复制一个新节点并链接到新的单链表(其头指针为 head2)中。实现本题功能的函数如下：

```
void Copy( LinkList *head1, LinkList *&head2 )
{
    LinkList *p, *q, *s;
    head2=(LinkList *)malloC(sizeof(LinkList));
    q=head2;
    q->data=head1->data;
    p=head1->next;
    while(p!=NULL)
    {
        s=(LinkList *)malloC(sizeof(LinkList));
        s->data=p->data;
        q->next=s;
        q=s;
        p=p->next;
    }
    q->next=NULL;
}
```

11．解：本题的算法思想：在原单链表一半处将其分开，第 5 个节点的 next 域置为空，为第 1 个单链表的表尾。第 2 个单链表的表头指针指向原单链表的第 6 个节点。实现本题功能的函数如下，函数返回生成的第 2 个单链表的表头指针，第 1 个单链表仍然使用原单链表的表头指针。

```
LinkList *Divide( LinkList *head1 )
{
    LinkList *head2,*prior;
    head2=head1;
    for(int i=1;i<=5;i++)
    {
        prior=head2;
        head2=head2->next;
    }
    prior->next=NULL;
    return head2;
}
```

12. 解：本题的算法思想：将第 1 个链表中的所有偶数序号的节点删除，同时把这些节点链接起来构成第 2 个单链表。实现本题功能的函数如下：

```
void Split(LinkList *head1, LinkList *&head2 )
{
    LinkList *temp, *odd, *even;
    odd=head1;
    head2=head1->next;
    temp=head2;
    while(odd!=NULL && odd->next!=NULL)
    {
        even=odd->next;              /* even 指向偶数序号的节点*/
        odd->next= even ->next;
        temp->next= even;
        temp= even;
        odd=odd->next;               /*odd 指向奇数序号的节点*/
    }
    even ->next=NULL;
}
```

13. 解：本题的算法思想：因为是单循环链表，所以只要另设一指针 q 指向 p 用来帮助判断是否已经遍历一遍即可。实现本题功能的函数如下：

```
void Travel(LinkList *p)
{
    LinkList *q=p;
    while(q->next!=p)
    {
        printf("%4d",q->data);
        q=q->next;
    }
    printf("%4d",q->data);
}
```

14. 解：本题的算法思想：从头到尾扫描该循环链表，将第 1 个节点的 next 域置为 NULL，将第 2 个节点的 next 域指向第 1 个节点，如此直至最后一个节点，便用 head 指向它。由于是循环链表，所以判定最后一个节点时不能用 p->next=NULL 作为条件，而是用 q 指向第 1 个节点，以 p!=q 作为条件。实现本题功能的函数如下：

```
void Ivert(LinkList *&head)
{
    LinkList *p, *q, *r;
    p=head;
    q=p->next;                       /*q指向链表第2个节点*/
    while(p!=q)
    {
        r=q;
        while(r->next !=p)
            r=r->next;
        p->next=r;                   /*节点的next逆向*/
        p=p->next;
    }
    q->next=head;
}
```

15．解：能。本题的算法思想：从 p 开始沿着 next 向右扫描直至遇到开始节点即可遍历整个链表。实现本题功能的函数如下：

```
typedef int ElemType;
typedef struCt DLNode                /*定义双链表节点类型*/
{
    ElemType data;
    struCt DLNode *prior,*next;       /*指向前驱，后继节点*/
} DLinkList;

void Travellist(DLinkList *p)
{
    DLinkList *q;
    q=p;
    while(q!=p->prior)
    {
        printf("%4d",q->data);
        q=q->next;
    }
    printf("%4d",q->data);
}
```

16．解：实现本题功能的算法如下。

```
void DeletePre(DLinkList *p)
{
    DLinkList *pre,*q;
    pre=p->prior;
    q=pre->prior;
    if(pre==p)
        printf("p节点无前趋！\n");
    else
    {
        q->next=pre->next;
        p->prior=pre->prior;
        free(pre);
```

```
    }
}
```

17. 解：实现本题功能的算法如下。

```
void ExChange(LinkList *&head,LinkList *p)
{
    LinkList *q, *pre;
    q=head->next;
    pre=head;
    while(q!=NULL && q!=p)
    {
        pre=q;
        q=q->next;
    }
    if(p->next==NULL)
        printf("p 无后继节点\n");
    else
    {
        q=p->next;
        pre->next=q;
        p->next=q->next;
        q->next=p;
    }
}
```

18. 解：实现本题功能的算法如下。

```
void MiniValue(LinkList *&la)
{
    int t;
    LinkList *p, *pre, *u;
    p=la;
    pre=p;
    while(p->next!=NULL)
    {
        if((p->next->data) < (pre->data))
            pre=p->next;
        p=p->next;
    }
    printf("最小值=%d\n",pre->data);
    if(pre->data%2!=0)
    {
        if(pre->next!=NULL)
        {
            t= pre->data;
            pre->data=pre->next->data;
            pre->next->data=t;
        }
    }
    else
        if(pre->next!=NULL)
        {
```

```
            u=pre->next;
            pre->next=u->next;
            free(u);
        }
    }
```

19．解：本题的算法思想：先建立一个待插入的节点，然后依次与链表中的各节点的数据域比较大小，找到插入该节点的位置，然后插入该节点。实现本题功能的函数如下：

```
void Insert(LinkList *&head,int x)
{
  LinkList *s, *p, *q;
  s=(LinkList *)malloC(sizeof(LinkList));         /*建立一个待插入的节点*/
  s->data=x;
  s->next=NULL;
  if(head==NULL||x<head->data)          /*若单链表为空或 x 小于第 1 个节点 data 域*/
  {
    s->next=head;                        /*插入到表头后面*/
    head=s;
  }
  else
  {
    q=head;
    p=q->next;
    while(p!=NULL && x>p->data)
    {
      q=p;
      p=p->next;
    }
    s->next=p;                          /*插入节点*/
        q->next=s;
  }
}
```

第 3 章 习题与练习解答

一、选择题

1～5：B A C A D

6～11：C C D C A B

二、基本知识题答案

1．答：栈是限定在表的一端进行插入或删除操作的线性表；队列是元素的添加在表的一端进行，而元素的删除在表的另一端进行的线性表；栈的特点是后进先出，队列的特点是先进先出。

2．答：栈和队列都是线性表，但是是受限的线性表，对插入、删除运算加以限制。栈是只允许在一端进行插入、删除运算，是后进先出表；而队列是只允许在一端进行插入、另一端进行删除运算，是先进先出表。

3. 答：栈的入栈、出栈操作均在栈顶进行，栈顶指针指向栈顶元素处。入栈操作先将栈顶指针加 1，然后将入栈元素放到栈顶指针所指示的位置上。出栈操作先从栈顶指针指向位置取值，然后将栈顶指针减 1。

4. 答：在循环队列中，设队首指针指向队首元素，队尾指针指向队尾元素后的一个空闲元素。在队列不满时，可执行入队操作，此时先送值到队尾指针指向的空闲元素，队尾指针再加 1(要取模)。在队列不空时，可执行出队操作，此时先从队首指针指向处取值，队首指针再减 1(要取模)。

5. 答：栈结构主要应用在下列三个方面：①算术表达式的求值；②子程序的调用与返回；③递归函数的求值。

队列结构主要应用在需要"排队"的事件中如操作系统中的作业调度等。

三、算法设计题答案

1. 解：用 top 表示栈顶指针，top 为 0 时表示栈为空。如果栈不空，则从 stack[0]开始存放元素。实现本题功能的函数如下。

入栈算法：

```
#define N 100
void push(int stack[],int &top, int x[],int length)
{
    int i;
    if((top+length)>N)                  /*N 为堆栈的大小*/
        printf("上溢出\n");
    else
    {
        for(i=0;i<length;i++)
            stack[top++]=x[i];
    }
}
```

出栈算法：

```
void Pop(int stack[],int &top, int x[],int length)
{
    int i;
    if(top==0)
        printf("为空栈\n");
    else
    {
        for(i=length-1;i>=0;i--)
            x[i]=stack[--top];
    }
}
```

2. 解：设表达式在字符数组 a[ ]中，使用一堆栈 s 来帮助判断。实现本题功能的函数如下。

```
#define N 100
typedef struct
{
    char data[N];
    int top;
```

```
} SepStack;
int CorreCt(char a[ ])
{
    int i;
    SepStack s;
    for(i=0;i<strlen(a);i++)        /*strlen()为求串长度*/
        if(a[i]=='(')
            Push(s,'(');
        else if (a[i]==')')
        {
            if(Empty(s))            /*判断串是否为空*/
                return 0;
            else
                Pop(s);             /*需要对原有的出栈函数进行调整*/
        }
        if(Empty(s))
            return 1;               /*配对正确*/
        else
            return 0;               /*配对错误*/
}
```

3．解：实现本题功能的函数如下。

```
#define N 100
typedef struct
{
    int data[N];
    int front,rear;                 /*队首和队尾指针*/
} SqQueue;
void Travel(SqQueue SQ)
{
  int i;
  for(i=SQ.front;i<=SQ.rear;i++)
  {
    printf("%4d",SQ.data[i]);
  }
}
```

4．解：用一个循环数组 Queue[0，n−1]表示该循环队列，头指针为 front，计数器 count 用来记录队列中节点的个数。

```
#define N 100
typedef struct
{
    int data[N];
    int front,rear;                 /*队首和队尾指针*/
    int Count;
} SqQueue;
```

入队算法如下：

```
void EnQueue(SqQueue SQ,int x)
{
  int temp;
```

```
  if(SQ.count==N)                /*N 为队列最大容量*/
    printf("队满\n");
  else
  {
   SQ.count++;
   temp = (SQ.front+SQ.count)%N;
   SQ.data[temp]=x;
  }
}
```

出队算法如下：

```
int DeQueue(SqQueue SQ)
{
  int x;
  if(SQ.count==0)
    printf("队空\n");
  else
  {
    x=SQ.data[SQ.front+1];
    SQ.front=(SQ.front+1)%N;
    SQ.count--;
    return x;
  }
}
```

5. 解：先退栈 st 中的所有元素，利用一个临时栈 tmpst 存放从 st 栈中退出的元素，最后的一个元素即为所求，然后将临时栈 tmpst 中的元素逐一出栈并进栈到 st 中，这样恢复 st 栈中原来的元素。

```
int Bottom(SepStack &st)
{
  int x,y;
  SepStack tmpst;
  while(!Empty(st))
  {
    x=Pop(st);
    Push(tmpst,x);
  }
  while(Empty(tmpst))
  {
    y=Pop(tmpst);
    Push(st,y);
  }
  return x;
}
```

6. 解：首先构造空顺序栈 S，然后将字符串中的前一半字符进栈，最后将栈中的字符出栈，且逐个与字符串中后半部分的字符进行比较。若字符全部相等，则判断字符串是"回文"，返回 1；如果有一个字符不相等，则判断字符串不是"回文"，返回 0；

```
    int Judge(char c[],int n)
{
```

```
        int i=0,k;
        char ch;
        SepStack s;
        s.top= -1;
        while(i<(n/2))
        {
                ch=c[i];
                Push(s,ch);
                i++;
        }
        if((n%2)==1)
                i++;
        k=1;
        while((i<n)&&(k==1))
        {
                ch=Pop(s);
                if(c[i]==ch)
                    i++;
                else
                    k=0;
        }
        if(k==1)
                return 1;
        else
                return 0;
}
```

7. 解:

```
int Gcd(int m,int n)                    //求正整数 m 和 n 的最大公因子的递归算法
{
    if(m<n)
        return(Gcd(n,m));               //若 m<n,则 m 和 n 互换
    if(n==0)
        return(m);
    else
        return(Gcd(n,m%n));
}
```

使用栈,消除递归的非递归算法如下:

```
int NAGcd(int m,int n)
{
    int s[MAX][2];                      //s 是栈,容量 MAX 足够大
    int top=1,t;
    s[top][0]=m;
    s[top][1]=n;
    while (s[top][1]!=0)
        if (s[top][0]<s[top][1])        //若 m<n,则交换两数
        {
            t=s[top][0]; s[top][0]=s[top][1]; s[top][1]=t;
        }
        else
```

```
        {
            t=s[top][0]%s[top][1]; top++; s[top][0]=s[top-1][1]; s[top][1]=t;
        }
        return(s[top][0]);
}
```

第4章　习题与练习解答

一、选择题答案

1~6：A B C D B B

二、基本知识题答案

1. 答：空串是指长度为零的串；空格串是指包含一个或多个空白字符" "(空格键)的字符串。

2. 答：B串是A串的子串，其起始点是A串的第9个字符。

3. 答：串是一种特殊的线性表，其特殊性体现在串的数据元素是一个字符。

4. 答：串的两种最基本的存储方式为顺序存储方式和链式存储方式。

5. 答：两个串相等的充分必要条件是两个串的长度相等且对应位置的字符相同。

三、算法设计题答案

1. 解：本题的算法思想：从头到尾扫描串，对于值为 ch 的元素采用移动的方式进行删除。

```
#define MAXSIZE 100
typedef struct
 {
    char  data[MAXSIZE];
    int   len;
 } SqString;
```

其函数如下：

```
void DelCh(SqString &r,char ch)
{
    int i,j;
    for(i=0;i<r.len;i++)
        if(r.data[i]==ch)
        {
            for(j=i;j<r.len;j++)
                r.data[j]=r.data[j+1];
            r.len=r.len-1;
        }
}
```

2. 解：本题的算法思想：先判定串中要删除的内容是否存在，若存在，则将 $i+j-1$ 之后的字符前移 j 个位置。其函数如下：

```
void DelSub(SqString &r,int i,int j)
{
    int k;
```

```
        if(i+j-1>r.len)
            printf("出界\n");
        else
        {
            for(k=i+j;k<=r.len;k++)
                r.data[k-j]=r.data[k];
            r.len=r.len-j;
        }
    }
```

3. 解：本题的算法思想：设两个变量分别指向串首及串尾，将它们所指的数据互换，然后将它们逐渐向中间移动直至相遇即可。实现本题功能的函数如下：

```
void Inverse(SqString &r)
{
    int i,j;
    char temp;
    i=0;
    j=r.len-1;
    while(i<j)
    {
        temp=r.data[i];
        r.data[i]=r.data[j];
        r.data[j]=temp;
        i++;
        j--;
    }
}
```

4. 解：本题采用的算法：逐一扫描 r 的每个节点，对于每个数据域为 c 的节点修改其元素值为 s。

```
typedef  struct NODE
{
char ch;
struct NODE *link;
}LinkString;
```

其对应的函数如下：

```
void Replace(LinkString *r)
{
    LinkString *p;
    p=r;
    while(p!=NULL)
    {
        if(p->ch=='c')
                p->ch='s';
        p=p->link;
    }
}
```

5. 解：实现本题功能的函数如下。

```
void Insert(LinkString *A,LinkString *B,int k)
{
    int i=1;
    LinkString *p,*q;
    p=A;
    while(i<k && p!=NULL)
    {
        p=p->link;
        i++;
    }
    if(p==NULL)
        printf("k值错! \n");
    else
    {
        q=B;
        while(q!=NULL)
            q=q->link;
        q->link=p->link;
        p->link=B;
    }
}
```

6. 解：实现本题功能的函数如下。

```
int StrCmp(SqString s,SqString t)
{
    int i,minlen;
    if (s.len<t.len)
      minlen=s.len;
    else
      minlen=t.len;
    i=0;
    while(i<=minlen)
    {
        if (s.data[i]<t.data[i])
          return (-1);
        else if (s.data[i]>t.data[i])
          return (1);
        else
          i++;
    }
    if (s.len==t.len)
        return (0);
    else if (s.len<t.len)
        return (-1);
    else
        return (1);
}
```

7. 解：实现本题功能的函数如下。

```
int Pattern_index(SqString &subs,SqString s)
{
  int i,j,k;
  for(i=0;i<s.len;i++)
  {
  for(j=i,k=0;(s.data[j]==subs.data[k])||(subs.data[k]=='?');j++,k++)
  if(subs.data[k+1]=='\0')
    return(i+1);
  }
  return(-1);
}
```

8. 解：用字符数组 s 接受用户输入的字符串。设 head 指向当前发现的最长等值子串的串头，max 记录此子串的长度。对 s 进行扫描，若发现新的等值子串，用 count 变量统计其长度，若它的长度大于原有的 max，则对 head 和 max 进行更新。重复上述过程直到 s 末尾。算法如下：

```
void Eqsubstring ()
{
    int i,j,k,head,max,count;
    char s[ MaxSize ];
    printf ("输入字符串：");
    for ( k=0;  ;k++)
      {
        scanf (" %c ",&s[k]);
        if (s[k]== '!' ) break;
      }
    for (i=0,j=1,head=0,max=1;s[i]!= '!' && s[j]!= '!' ; i = j , j++)
    {
      count=1;
      while ( s[i]==s[j] )
      {
        j++;
        count++;
      }
      if (count>max )
      {
        head=i;
        max=count;
      }
    }
    if (max>1 )
    {
      printf ("最大等值子串：");
      for (k=head;k< (head+max) ;k++)
        printf (" %c ",s[k]);
    }
    else
      printf("无等值子串");
    printf (" \n ");
}
```

第 5 章　习题与练习解答

一、选择题答案

1～7：B　A　B　C　D　A　C

二、基本知识题答案

1．答：假设稀疏矩阵 A 有 t 个非零元素，加上行数 mu、列数 nu 和非零元素个数 tu(也算一个三元组)，共占用三元组表 LTMA 的 $3(t+1)$ 个存储单元，用二维数组存储时占用 $m*n$ 个单元，只有当 $3(t+1)<m*n$ 时，用 LTMA 表示 A 才能节省空间。

2．答：特殊矩阵指值相同的元素或零元素在矩阵中的分布有一定规律，因此可以对非零元素分配单元(对值相同的元素只分配一个单元)，将非零元素存储在向量中，元素的下标 i 和 j 和该元素在向量中的下标有一定规律，可以用简单公式表示，仍具有随机存取功能。而稀疏矩阵是指非零元素和矩阵容量相比很小($t<<m*n$)，且分布没有规律。用十字链表做存储结构自然失去了随机存取的功能，即使用三元组表的顺序存储结构，存取下标为 i 和 j 的元素时，要扫描三元组表，下标不同的元素，存取时间也不同，最好情况下存取时间为 $O(1)$，最差情况下是 $O(n)$，因此也失去了随机存取的功能。

3．答：数组是具有相同性质的数据元素的集合，同时每个元素又有唯一的下标限定，可以说数组是值和下标偶对的有限集合。n 维数组中的每个元素，处于 n 个关系之中，每个关系都是线性的，且 n 维数组可以看做其元素是 $n-1$ 维数组的一个线性表。广义表中的元素，可以是原子，也可以是子表，即广义表是原子或子表的有限序列，满足线性结构的特性：在非空线性结构中，只有一个称为"第 1 个"的元素，只有一个成为"最后一个"的元素，第 1 元素有后继而没有前驱，最后一个元素有前驱而没有后继，其余每个元素有唯一前驱和唯一后继。从这个意义上说，广义表属于线性结构。

4．答：线性表中的元素可以是各种各样的，但必须具有相同性质，属于同一数据对象。广义表中的元素可以是原子，也可以是子表。

三、算法设计题答案

1．解：扫描 A 的前一半数组元素，将 $A[i]$ 与 $A[n-i-1]$ 进行交换。算法如下：

```
void Reverse(int A[],int n)
{
    int i,tmp;
    for(i=0;i<n/2;i++)
    {
        tmp=A[i];
        A[i]=A[n-i-1];
        A[n-i-1]=tmp;
    }
}
```

2．解：

```
int AddSPM(SPMatrix A)
{
    int n,sum=0;
```

```
    for(n=0;n<A.tu;n++)
        if(A.data[n].i==A.data[n].j)
            sum=sum+A.data[n].v;
    return sum;

}
```

3. 解：

```
#define M 3
#define N 4
#define S ((M)>(N)?(M):(N))           /*矩阵行列较大者*/
typedef struct NODE
{
    int  row, col;                    /*行号，列号*/
    struct NODE *down , *right;       /*向右和向下的指针*/
    union
    {
        int  v;
        struct NODE  *next;
    }v_next;
}MNode,*MLink;
MLink hd[S+1];
void DelNode(MLink L,int i,int j)
{
    int m,n;
    MLink p,q;
    p=hd[i]->right;
    while(p->right!=hd[i]->right)
        if(p->col!=j)
        {q=p;p=p->right;}
    if(p->right==hd[i]->right)
        printf("该元素不存在! \n");
    else
            q->right=p->right;
    p=hd[j]->down;
    while(p->down!=hd[i]->down)
        if(p->row!=i)
        {q=p;p=p->down;}
    if(p->down==hd[i]->down)
        printf("该元素不存在! \n");
    else
            q->down=p->down;
    free(p);

}
```

第 6 章　习题与练习解答

一、选择题答案

　　1～5: A B B C C

　　2～10: B A C C B

11～15：D D B C B

二、基本知识题答案

1. 答：(1)A 是根节点。

　　　　(2)D、H、I、J、F、G 是叶子节点。

　　　　(3)B 是 E 的父节点。

　　　　(4)H、I、J 是 E 的子孙节点。

　　　　(5)D 是 E 的兄弟节点，B 是 C 的兄弟节点。

　　　　(6)B 的层数是 2，I 的层数是 4。

　　　　(7)树的深度是 4。

　　　　(8)以节点 G 为根的子树的深度是 1。

　　　　(9)树的度是 3。

2. 答：3 个节点的树为

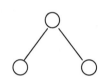 

3 个节点的二叉树为

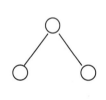 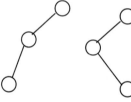 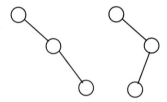

3. 答：高度为 h 的完全二叉树至少有 2^{h-1} 个节点，最多有 $2^{h}-1$ 个节点。

4. 答：该二叉树的顺序存储为

0	1	2	3	4	5	5	7	8	9	10	11	12	13	14	15
9	1	2	3	4		5	6	7				8			9

该二叉树的链式存储为

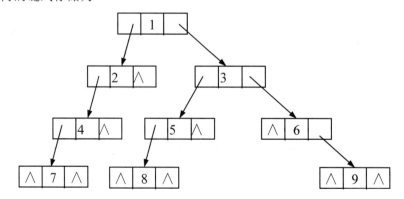

5. 答：先序遍历序列：1、2、4、7、3、5、8、6、9。

　　　　中序遍历序列：7、4、2、1、8、5、3、6、9。

　　　　后序遍历序列：7、4、2、8、5、9、6、3、1。

6. 答：

(1)　　　　　　　　　　　　　　　　　　(2)

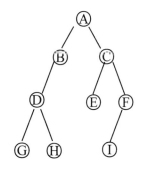 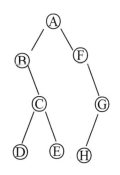

7. 答：先序遍历序列：A、B、D、E、F、C、G。

　　　　中序遍历序列：D、F、E、B、A、G、C。

　　　　后序遍历序列：F、E、D、B、G、C、A。

8. 答：二叉排序树为

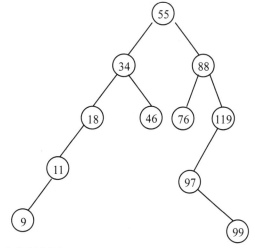

9. 答：本题对应的哈夫曼树为

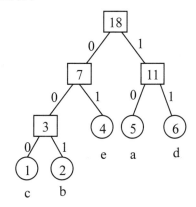

各字符对应的哈夫曼编码为

a: 10, b: 001, C: 000, d: 11, e: 01。

10. 建立二叉排序树并计算平衡因子如下图：

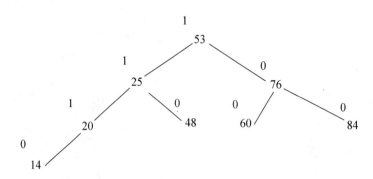

由于树中所有节点的平衡因子的绝对值均小于1，故这是一棵平衡二叉树。

三、算法设计题答案

1. 解：求二叉树节点总数的算法如下。

```
int CountNode(BiTree t,int num)              /*num 初值为0*/
{
    if(t!=NULL)
    {
        num++;
        num=CountNode(t->lChild,num);
        num=CountNode(t->rChild,num);
    }
    return num;
}
```

求二叉树叶子节点总数的算法如下：

```
int CountLeaf(BiTree t,int num)              /*num 初值为0*/
{
    if(t!=NULL)
    {
        if(t->lChild==NULL && t->rChild==NULL)
            num++;
        num=CountLeaf(t->lChild,num);
        num=CountLeaf(t->rChild,num);
    }
    return num;
}
```

2. 解：本题可以用先序、中序和后序遍历中的任意一种遍历，只要将遍历算法中的访问根节点改为判断其值是否等于 x 即可。下面是用中序遍历求解的算法，函数返回值为 x 节点的地址，若没有找到则返回空。

```
BiTree Search(BiTree t, int x,BiTree p)      /*p 的初值为 NULL*/
{
    if(t!=NULL)
```

```
    {
        p=Search(t->lChild, x, p);
        if(t->data==x)
            p=t;                              /*找到 x 的地址放在 p 中*/
        p=Search(t->rChild, x, p);
    }
    return p;
}
```

3. 解：这是一个递归算法，如下。

```
void Create(BiTree &t, int tree[ ], int i)
{
    if(t!=NULL)
    {
        tree[i]=t->data;
        Create(t->lChild, tree, 2*i);
        Create(t->rChild, tree, 2*i+1);
    }
}
```

4. 解：按中序序列遍历二叉排序树即按递增次序遍历。递增打印二叉排序树各元素值的函数如下。

```
void Inorder(BiTree &t)
{
    if(t!=NULL)
    {
        Inorder(t->lChild);
        printf("%d", t->data);
        Inorder(t->rChild);
    }
}
```

5. 解：在中序线索二叉树中进行非递归中序遍历，只要从头节点出发，反复找到节点的后继，直至结束即可。在中序线索二叉树中求节点后继的算法如下。

```
BiThrTree Succ(BiThrTree p)
{
    BiThrTree q;
    if(p->rtag==1)
        return (p->rchild);
    else
    {
        q=p->rchild;
        while(q->ltag==0)
                q=q->lchild;
        return(q);
    }
}
```

由此得到中序遍历线索二叉树的非递归算法如下：

```
void ThInorder (BiThrTree p)
{
    if(p!=NULL)
    {
        while(p->ltag==0)
            p=p->lchild;
        do{
            printf("%d", p->data);
            p=Succ(p);
        }while(p!=NULL);
    }
}
```

6. 解：在后序序列中，若节点 p 有右子女，则右子女是其前驱，若无右子女而有左子女，则左子女是其前驱。若节点 p 左右子女均无，设其中序左线索指向某祖先节点 f(p 是 f 右子树中按中序遍历的第 1 个节点)，若 f 有左子女，则其左子女是节点 p 在后序下的前驱；若 f 无左子女，则顺其前驱找双亲的双亲，一直继续到双亲有左子女(这时左子女是 p 的前驱)。还有一种情况，若 p 是中序遍历的第 1 个节点，节点 p 在中序和后序下均无前驱。

算法如下：

```
BiThrTree PostPre (BiThrTree t, BiThrTree p)
{
    BiThrTree q;
    if (p->rtag==0)
        q=p->rchild;          /*若p有右子女，则右子女是其后序前驱*/
    else if (p->ltag==0)
        q=p->lchild;          /*若p无右子女而有左子女，则左子女是其后序前驱。*/
    else if(p->lchild==NULL)
        q=NULL;               /*p是中序序列第1节点，无后序前驱*/
    else                      /*顺左线索向上找p的祖先，若存在，再找祖先的左子女*/
    {
        while(p->ltag==1 && p->lchild!=NULL)
            p=p->lchild;
        if(p->ltag==0)
            q=p->lchild;      /*p节点的祖先的左子女是其后序前驱*/
        else
            q=NULL;           /*仅右单枝树(p是叶子)，已上到根节点，p节点无后序前驱*/
    }
    return(q);
}
```

7. 解：二叉树是递归定义的，其运算最好采取递归方式。
算法如下：

```
int Height(BiTree t)            /*求二叉树t的深度*/
{
    int hl, hr;
    if (t==NULL)
        return(0);
    else
```

```
        {
            hl=Height(t->lchild);
            hr=Height(t->rchild);
            if(hl>hr)
                return (hl+1);
            else
                return (hr+1);
        }
}
```

8. 解：二叉树顺序存储，是按完全二叉树的格式存储，利用完全二叉树双亲节点与子女节点编号间的关系，求下标为 i 和 j 的两节点的双亲，双亲的双亲，等等，直至找到最近的公共祖先。

算法如下：

```
void Ancestor(int A[ ], int n, int i, int j)
/*二叉树顺序存储在数组A[1..n]中，本算法求下标分别为i和j的节点的最近公共祖先节点的值。*/
{
    if(i>n || j>n)
        printf("无效的i或j!\n");
    while(i!=j)
        if (i>j)
            i=i/2;                  /*下标为i的节点的双亲节点的下标*/
        else
            j=j/2;                  /*下标为j的节点的双亲节点的下标*/
        printf("所查节点的最近公共祖先的下标是%d，值是%d", i, A[i]);   /*设元素类型整型。*/
}
```

9. 解：叶子节点只有在遍历中才能知道，这里使用中序递归遍历。设置前驱节点指针 pre，初始为空。第 1 个叶子节点由指针 head 指向，遍历到叶子节点时，就将它前驱的 right 指针指向它，最后一个叶子节点的 right 为空。

算法如下：

```
void InOrder(BiTree &t,BiTree &head,BiTree &pre)
/*中序遍历二叉树bt，将叶子节点从左到右链成一个单链表，表头指针为head*/
{
    if(t)
    {
        InOrder(t->lchild,head,pre);               /*中序遍历左子树*/
        if(t->lchild==NULL && t->rchild==NULL)     /*叶子节点*/
            if(pre==NULL)
            {
                head=t;
                pre=t;
            }                                      /*处理第1个叶子节点*/
            else
            {
                pre->rchild=t;
                pre=t;
            }                                      /*将叶子节点链入链表*/
        InOrder(t->rchild,head,pre);               /*中序遍历左子树*/
```

```
            pre->rchild=NULL;                              /*设置链表尾*/
        }
    }
```

10. 解：若使新插入的叶子节点 S 成为 T 右子树中序序列的第 1 个节点，则应在 T 的右子树中最左面的节点(设为 p)处插入，使 S 成为节点 p 的左子女。则 S 的前驱是 T，后继是 p。算法如下：

```
void ThrTreeInsert(BiThrTree T, BiThrTree S)
/*在中序线索二叉树 T 的右子树上插入节点 S，使 S 成为 T 右子树中序遍历第 1 个节点*/
{
    BiThrTree p;
    p=T->rchild;                    /*用 p 去指向 T 的右子树中最左面的节点*/
    while(p->ltag==0)
        p=p->lchild;
    S->ltag=1;
    S->rtag=1;                      /*S 是叶子，其左右标记均为 1*/
    S->lchild=T;
    S->rchild=p;                    /*S 的前驱是根节点 T，后继是节点 p*/
    p->lchild=S;
    p->ltag=0;                      /*将 p 的左子女指向 S，并修改左标志为 0*/
}
```

第 7 章　习题与练习解答

一、选择题答案

1~5：A、D、(B、D)、B、B

6~10：C、(A、B)、B、A、B

11~15：A、B、A、A、D

二、基本知识题答案

1. 答：图是比树更为复杂的一种非线性数据结构，在图结构中，每个节点都可以和其他任何节点相连接。

无向图：对于一个图 G，若边集合 $E(G)$ 为无向边的集合，则称该图为无向图。

有向图：对于一个图 G，若边集合 $E(G)$ 为有向边的集合，则称该图为有向图。

子图：设有两个图 $G=(V, E)$ 和 $G'=(V', E')$，若 $V(G')$ 是 $V(G)$ 的子集，即 $V(G') \subseteq V(G)$，且 $E(G')$ 是 $E(G)$ 的子集，即 $E(G') \subseteq E(G)$，则称 G' 是 G 的子图。

网络：有些图，对应每条边有一个相应的数值，这个数值称做该边的权。边上带权的图称为带权图，也称为网络。

2. 答：顶点的度：图中与每个顶点相连的边数，称做该顶点的度。

路径：在一个图中，若从某顶点 V_p 出发，沿一些边经过顶点 V_1，V_2，…，V_m 到达 V_q，则称顶点序列 $(V_p$，V_1，V_2，V_3，…，V_m，$V_q)$ 为从 V_p 到 V_q 的路径。

连通图：在无向图中，若从顶点 V_i 到顶点 V_j 之间有路径，则称此二顶点是连通的。如果图中任意一对顶点都是连通的，则称此图为连通图，否则为非连通图。

非连通图的连通分量：非连通图的每一个连通的部分称做连通分量。

3. 答：图 G 所对应的邻接矩阵如下。

$$A = \begin{array}{c}\begin{array}{ccccc}1 & 2 & 3 & 4 & 5\end{array}\\\left[\begin{array}{ccccc}0 & 1 & 0 & 1 & 0\\1 & 0 & 1 & 0 & 1\\0 & 1 & 0 & 1 & 0\\1 & 0 & 1 & 0 & 1\\0 & 1 & 0 & 1 & 0\end{array}\right]\begin{array}{c}1\\2\\3\\4\\5\end{array}\end{array}$$

图 G 所对应的邻接表如下：

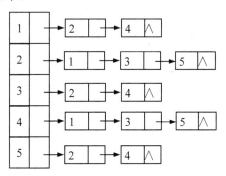

4. 答：(A)所对应的无向图如图(a)所示，(B)所对应的有向图如图(b)所示。

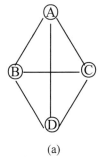

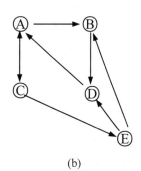

(a)　　　　　　　　　　　　　　　　　(b)

5. 答：深度优先搜索得到的顶点访问序列：0、1、3、7、8、4、9、5、6、2；
　　　广度优先搜索得到的顶点访问序列：0、1、2、3、4、5、6、7、8、9。

6. 答：该图的最小生成树如下。

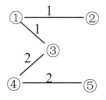

7. 答：该有向图的拓扑排序序列为 3、1、4、5、2、6。

三、算法设计题答案

1. 解：该图对应的邻接表如下。

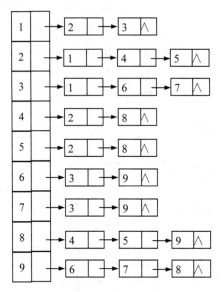

深度优先算法：

```
void Dfs(ALGraph &G,int v);
int visited[MaxVerNum];   //记录顶点是否被访问
void DfsTraverseAL(ALGraph &G)
{
   int i;
   for(i=0;i<G.n;i++)
      visited[i]=0;  /*给 visited 数组赋初值*/
   for(i=0;i<G.n;i++)
      if(!visited[i])
          Dfs(G,i);
}
//从顶点出发进行深度优先遍历的递归算法如下:
void Dfs(ALGraph &G,int v)
{
   EdgeNode *p;
   visited[v]=1;
   printf("%d",v);
   p=G.adjlist[v].firstedge;
   while(p!=NULL)
    {
        if(visited[p->adjvex]==0)
        Dfs(G,p->adjvex);
              /*从 v 的未访问过的邻接点出发进行深度优先搜索*/
        p=p->next;
    }
}
```

2. 解：该图对应的邻接矩阵如下。

$$A = \begin{array}{c} \\ \\ \\ \\ \\ \\ \\ \\ \\ \end{array} \begin{bmatrix} 0 & 1 & 1 & 0 & 0 & 0 & 0 & 0 & 0 \\ 1 & 0 & 0 & 1 & 1 & 0 & 0 & 0 & 0 \\ 1 & 0 & 0 & 0 & 0 & 1 & 1 & 0 & 0 \\ 0 & 1 & 0 & 0 & 0 & 0 & 0 & 1 & 0 \\ 0 & 1 & 0 & 0 & 0 & 0 & 0 & 1 & 0 \\ 0 & 0 & 1 & 0 & 0 & 0 & 0 & 0 & 1 \\ 0 & 0 & 1 & 0 & 0 & 0 & 0 & 0 & 1 \\ 0 & 0 & 0 & 1 & 1 & 0 & 0 & 0 & 1 \\ 0 & 0 & 0 & 0 & 0 & 1 & 1 & 1 & 0 \end{bmatrix} \begin{array}{c} 1 \\ 2 \\ 3 \\ 4 \\ 5 \\ 6 \\ 7 \\ 8 \\ 9 \end{array}$$

$$\begin{array}{ccccccccc} 1 & 2 & 3 & 4 & 5 & 6 & 7 & 8 & 9 \end{array}$$

广度优先算法：

```
void Bfs(Mgragh MG, int v)            /*以 v 为出发点，对图进行 Bfs 遍历*/
{
    int i,j;
    SqQueue SQ;
    InitQueue(SQ);                    /*初始化队列*/
    printf("%d", v);
    visited[v]=1;
    EnQueue(SQ, v);                   /*入队*/
    while(!QueueEmpty(SQ))            /*判断队列是否为空*/
    {
        i=DeQueue(SQ);               /*出队*/
        for(j=0;j<MaxVertexNum;j++)
            if(MG.edges[i][j]==1 && !visited[j])
            {
                printf("%d",j);
                visited[j]=1;
                EnQueue(SQ,j);
            }
    }
}

void BfsGraph(Mgragh MG,int n)        /*广度优先遍历整个图*/
{
    int i;
    for(i=0;i<n;i++)
        visited[i]=0;
    for(i=0;i<n;i++)
        if(!visited[i])
            Bfs(MG,i);
}
```

3. 解：实现本题功能的算法如下：

```
void CreateALGraph(ALGraph &AG)
{
    int i, s, d;
```

```
        EdgeNode *p;
        printf("请输入节点数(n)和边数(e):\n");
        scanf("%d,%d", &AG.n, &AG.e);
        for(i=0; i<AG.n; i++)
        {
            printf("\n请输入第%d 个顶点信息:", i+1);
            scanf("%C", &AG.adjlist[i].vertex);
            getchar ( );
            AG.adjlist[i].firstedge=NULL;
        }
        for (i=1; i<=AG.e; i++)
        {
            printf("\n 请输入第%d 条边起点序号，终点序号(请先在图上给每个顶点标上序号,以
0 开始): ", i);
            scanf("%d,%d", &s, &d);
            p=(EdgeNode*)malloC( sizeof ( EdgeNode) );
            p->adjvex=d;
            p->next=AG.adjlist[s].firstedge;
            AG.adjlist[s].firstedge=p;
        }
    }
```

4. 解：实现本题功能的算法如下。

```
    void DelEdge(ALGraph &AG, int s, int e)      /*删除无向连通图的一条边,起点为 s,终点
为 e.*/
    {
        EdgeNode *p,*q;
        p=q=AG.adjlist[s].firstedge;
        if(p->adjvex==e)
            {
                q=p->next;
                AG.adjlist[s].firstedge=q;
                free(p);
            }
        else
            while(p!=NULL)
            {
                if(p->adjvex==e)
                {
                    q->next=p->next;
                    AG.adjlist[s].firstedge=q;
                    free(p);
                    break;
                }
                else
                {
                    q=p;
                    p=p->next;
                }
```

```
        }
    if(p==NULL)
      {
            printf("无此边,请确认您的输入正确!\n");
            return;
      }
    p=q=AG.adjlist[e].firstedge;
    if(p->adjvex==s)
      {
            q=p->next;
            AG.adjlist[e].firstedge=q;
            free(p);
      }
    else
        while(p!=NULL)
        {
            if(p->adjvex==s)
            {
                q->next=p->next;
                AG.adjlist[e].firstedge=q;
                free(p);
                break;
            }
            else
            {
                q=p;
                p=p->next;
            }
        }
}
```

5. 解：实现本题功能的算法如下。

```
int CountInD(ALGraph AG, int v)     /*求有向图中某点的入度*/
{
    int  i,count=0;
    EdgeNode * p;
    for(i=0;i<MaxVerNum;i++)
    {
        if(i!=v-1)
        {
            p=AG.adjlist[i].firstedge;
            while(p!=NULL)
            {
                if(p->adjvex==v-1)
                {
                    count++;
                    break;
                }
                else
                    p=p->next;
            }
```

```
        }
    }
    return count;
}
```

6. 解：实现本题功能的算法如下。

(1)

```
/*建立有向图的邻接表*/
void CreateALGraph(ALGraph &AG)
{/*建立有向图的邻接表存储*/
    int i,j,k;
    EdgeNode *s;
    printf("请输入顶点数和弧数(输入格式为:顶点数,弧数):\n");
    scanf("%d,%d",&(AG.n),&(AG.e));              /*读入顶点数和弧数*/
    getchar();
    printf("请输入顶点信息(输入格式为:顶点号<CR>):\n");
    for (i=0;i<AG.n;i++)                          /*建立有 n 个顶点的顶点表*/
      {
        scanf("%C",&(AG.adjlist[i].vertex));      /*读入顶点信息*/
        getchar();
        AG.adjlist[i].firstedge=NULL;             /*顶点的弧表头指针设为空*/
      }
    printf("请输入弧的信息(输入格式为:i,j):\n");
    for (k=0;k<AG.e;k++)                          /*建立边表*/
      {
        scanf("%d,%d",&i,&j);                     /*读入弧(Vi,Vj)的顶点对应序号
*/
        s=(EdgeNode*)malloC(sizeof(EdgeNode));    /*生成新边表节点 s*/
        s->adjvex=j;                              /*邻接点序号为 j*/
        s->next=AG.adjlist[i].firstedge;  /*将新弧表节点 s 插入到顶点 Vi 的弧表头部*/
        AG.adjlist[i].firstedge=s;
      }
}
```

(2)

```
void Dfs(ALGraph &AG, int v,int &num)
{
    EdgeNode *p;
    visited [v]=1;
    num++;
    if(num==AG.n)
    {
        printf("%d 是有向图的根。\n",v); num=0;
    }
    p=AG.adjlist[v].firstedge;
    while (p)
        if (visited[p->adjvex]==0)
        {
            Dfs (AG,p->adjvex,num);
```

```
                p=p->next;
            }
        else
                p=p->next;
}

void  JudgeRoot(ALGraph AG,int num)
 {
    static int i,j;
    for (i=0;i<AG.n;i++ )
    {
        num=0;
        for(j=0;j<AG.n;j++)
            visited[j]=0;
        Dfs(AG,i,num);
    }
 }
```

7. 解：有 n 个顶点的无向图 G 是一棵树的条件为，G 必须是有 $2(n-1)$ 条边的连通图(注意：无向图的一条边算作两条边。)

实现本题功能的算法如下：

```
void Dfs(ALGraph AG, int v, int visited[ ] )  /*以 v 为出发点，对图进行 Dfs 遍历*/
{
    EdgeNode *p;
    visited[v]=1;
    printf("%d ", v);
    p=AG.adjlist[v].firstedge;
    while(p!=NULL)
    {
        if(visited[p->adjvex]==0)
            Dfs(AG, p->adjvex,visited);
        p=p->next;
    }
}
int ConneCt(ALGraph AG)
{
    int i,flag=1;
    int visited[MaxVerNum];
    for (i=0; i<AG.n; i++)
      visited[i]=0;
    Dfs(AG, 0, visited);
    for(i=0;i<AG.n;i++)
        if(visited[i]==0)
            {flag=0;break;}
    return flag;
}
```

8. 解：采用遍历方式判断无向图 G 是否连通。这里用 Dfs 算法，先给 visited[]数组置初值 0，然后从 0 顶点开始遍历该图。之后，判断 visited[]的值，若有顶点 i 的 visited[i]为 0，则该图是不连通的；连通分量个数增 1。如此检查完所有的顶点。

实现本题功能的算法如下：

```
void Dfs(ALGraph AG, int v, int visited[ ] )   /*以v为出发点，对图进行Dfs遍历*/
{
    EdgeNode *p;
    visited[v]=1;
    printf("%d ", v);
    p=AG.adjlist[v].firstedge;
    while(p!=NULL)
    {
        if(visited[p->adjvex]==0)
            Dfs(AG, p->adjvex,visited);
        p=p->next;
    }
}

int Getnum(ALGraph AG)
{
    int i,n=1;
    int visited[MaxVerNum];
    for (i=0; i<MaxVerNum; i++)
        visited[i]=0;
    Dfs(AG, 0, visited);
    for (i=0; i<AG.n; i++)
        if(visited[i]==0)
        {
            n++;
            Dfs(AG, i, visited);
        }
    return n;
}
```

第8章　习题与练习解答

一、选择题答案

　　1～5：C、C、D、C、D

　　2～10：C、A、A、C、A

　　11～15：(C、B)、B、B、D、D

二、基本知识题答案

　　1. 答：

　　(1) 排序：将一组杂乱无序的数据按一定的规律顺次排列起来称做排序。

　　(2) 内部排序：数据存储在内存中，并在内存中加以处理的排序方法称做内部排序。

　　(3) 堆：堆是一个完全二叉树，它的每个节点对应于原始数据的一个元素，且规定如果一个节点有儿子节点，此节点数据必须大于或等于其儿子节点数据。

　　(4) 稳定排序：一种排序方法，若排序后具有相同关键字的记录仍维持原来的相对次序，则称之为稳定的，否则称为不稳定的。

2. 答：

(1) 采用堆排序最好。

因为以上几种算法中，快速排序、归并排序和基数排序都是在排序结束后才能确定数据元素的全部顺序，而无法知道排序过程中部分元素的有序性。堆排序则每次输出一个最大(或最小)的元素，然后对堆进行调整，保证堆顶的元素总是余下元素中最大(或最小)的。根据题意，只要选取前 10 个最大的元素，故采用堆排序方法是合适的。

(2) 两个基本操作：比较两个关键字的大小、改变指向记录的指针或移动记录本身。

3. 答：采用冒泡排序法排序时的各趟结果如下。

初始：17，25，55，43，3，32，78，67，91

第 1 趟：17，25，43，3，32，55，67，78，91

第 2 趟：17，25，3，32，43，55，67，78，91

第 3 趟：17，3，25，32，43，55，67，78，91

第 4 趟：3，17，25，32，43，55，67，78，91

第 5 趟：3，17，25，32，43，55，67，78，91

第 5 趟无元素交换，排序结束。

4. 答：采用快速排序法排序时的各趟结果如下。

初始：491，77，572，16，996，101，863，258，689，325

第 1 趟：[325，77，258，16，101]　491　[863，996，689，572]

第 2 趟：[101，77，258，16]　325，491　[863，996，689，572]

第 3 趟：[16，77]　101　[258]　325，491　[863，996，689，572]

第 4 趟：16　[77]　101　[258]　325，491　[863，996，689，572]

第 5 趟：16，77，101　[258]　325，491　[863，996，689，572]

第 6 趟：16，77，101，258，325，491　[863，996，689，572]

第 7 趟：16，77，101，258，325，491　[572，689]　863　[996]

第 8 趟：16，77，101，258，325，491，572　[689]　863　[996]

第 9 趟：16，77，101，258，325，491，572，689，863　[996]

第 10 趟：16，77，101，258，325，491，572，689，863，996

采用堆排序法排序时各趟的结果如下图所示：

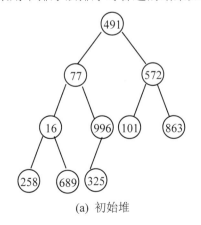

(a) 初始堆

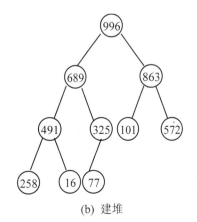

(b) 建堆

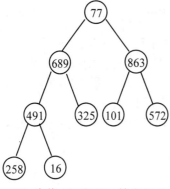

(C) 交换 996 和 77，输出 996

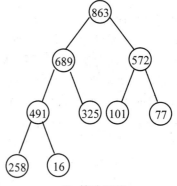

(d) 筛选调整

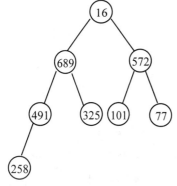

(e) 交换 863 和 16，输出 863

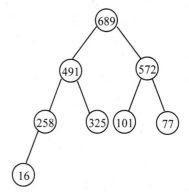

(f) 筛选调整

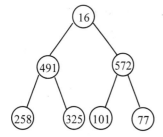

(g) 交换 689 和 16，输出 689

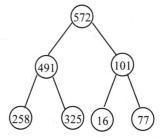

(h) 筛选调整

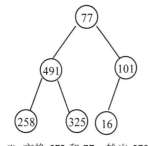

(i) 交换 572 和 77，输出 572

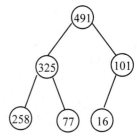

(j) 筛选调整

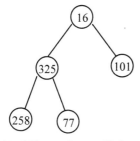

(k) 交换 491 和 16，输出 491

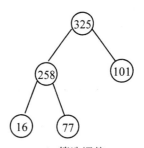

(l) 筛选调整

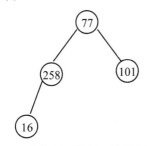

(m) 交换 325 和 77，输出 325

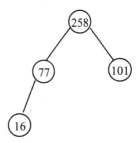

(n) 筛选调整

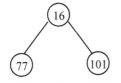

(o) 交换 258 和 16，输出 258

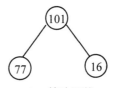

(p) 筛选调整

(q) 交换 101 和 16，输出 101

(r) 筛选调整

(s) 交换 77 和 16，输出 77

(t) 输出 16

采用基数排序法排序时各趟的结果如下。

初始：491，77，572，16，996，101，863，258，689，325

第 1 趟(按个位排序)：491，101，572，863，352，16，996，77，258，689

第 2 趟(按十位排序)：101，16，352，258，863，572，77，689，491，996

第 3 趟(按百位排序)：16，77，101，258，352，491，572，689，863，996

5. 答：采用插入排序法排序时各趟的结果如下。

初始：(86)，94，138，62，41，54，18，32

第 1 趟：(86，94)，138，62，41，54，18，32

第 2 趟：(86，94，138)，62，41，54，18，32

第 3 趟：(62，86，94，138)，41，54，18，32

第 4 趟：(41，62，86，94，138)，54，18，32

第5趟：(41，54，62，86，94，138)，18，32

第6趟：(18，41，54，62，86，94，138)，32

第7趟：(18，32，41，54，62，86，94，138)

6. 答：采用归并排序法排序时各趟的结果如下。

初始：27，35，11，9，18，30，3，23，35，20

第1趟：[27，35] [9，11] [18，30] [3，23] [20，35]

第2趟：[9，11，27，35] [3，18，23，30] [20，35]

第3趟：[9，11，27，35] [3，18，20，23，30，35]

第4趟：[3，9，11，18，20，23，27，30，35，35]

7. 答：

在内部排序方法中，一趟排序后只有简单选择排序和冒泡排序可以选出一个最大(或最小)元素，并加入到已有的有序子序列中，但要比较 $n-1$ 次。选次大元素要再比较 $n-2$ 次，其时间复杂度是 $O(n^2)$。从 10 000 个元素中选 10 个元素不能使用这种方法。而快速排序、插入排序、归并排序、基数排序等时间性能好的排序，都要等到最后才能确定各元素位置。只有堆排序，在未结束全部排序前，可以有部分排序结果。建立堆后，堆顶元素就是最大(或最小，视大堆或小堆而定)元素，然后，调堆又选出次大(小)元素。凡要求在 n 个元素中选出 $k(k \ll n$, $k>2)$ 个最大(或最小)元素，一般均使用堆排序。因为堆排序建堆比较次数至多不超过 $4n$，对深度为 k 的堆，在调堆算法中进行的关键字的比较次数至多为 $2(k-1)$ 次，且辅助空间为 $O(1)$。

三、算法设计题答案

1. 解：本题的算法思想：设置两个变量分别指向表的首尾，它们分别向中间移动，如果指向表首的遇到正整数并且指向表尾的遇到负整数则互相交换，然后继续移动直至两者相遇。实现本题功能的算法如下：

```
void Part(int array[ ], int n)
{
    int i,j;
    i=1;
    j=n;
    while(i<j)
    {
        while(i<j && array[i]<0)
            i++;
        while(i<j && array[j]>0)
            j--;
        if(i<j)
        {
            array[0]=array[i];
            array[i]=array[j];
            array[j]=array[0];
        }
    }
}
```

2. 解：实现本题功能的算法如下。

```
void InsertSort(LinkList *&head)      /*直接插入排序算法*/
```

```
{
    LinkList *p,*q,*s,*pre;
    pre=s=q=head;
    p=head->next;                        /*p 指向待插入的元素*/
    while(p!=NULL)
    {

        if(p->key >= q->key)             /*插到表首*/
        {
            p=p->next;q=q->next;

        }
        else
        {
            while(s!=q&&s->key<p->key)
                {pre=s;s=s->next;}
            if(s==head)
            {
                q->next=p->next;
                p->next=s;
                head=p;
                p=q->next;
                pre=s=head;
            }
            else
            {
                q->next=p->next;
                pre->next=p;
                p->next=s;
                pre=s=head;
                p=q->next;
            }
        }
    }
}
```

3. 解：实现本题功能的算法如下。

```
void DbubbleSort(SeqList r,int n)
{
    int i,j,flag;
    flag=1;
    i=1;
    while(flag!=0)
    {
        flag=0;
        for(j=i;j<n-i;j++)
        {
            if(r[j].key>r[j+1].key)
            {
                flag=1;
                r[0]=r[j];
```

```
                        r[j]=r[j+1];
                        r[j+1]=r[0];
                }
        }
        for(j=n-i;j>i;j--)
        {
                if(r[j].key<r[j-1].key)
                {
                        flag=1;
                        r[0]=r[j];
                        r[j]=r[j-1];
                        r[j-1]=r[0];
                }
        }
    i++;
    }
}
```

4. 解：实现本题功能的算法如下。

```
void Sort(int A[],int B[],int n)
{
    int i;
    for(i=0;i<n;i++)
        B[A[i]]=A[i];
}
```

5. 解：实现本题功能的算法如下。

```
void SelectSort(RecType R[ ], int n)
{
     int i, k, j;
     for(i=1; i<n; i++)                    /*选择第 i 大的记录，并交换到位*/
     {
      k=i;                                 /*假定第 i 个元素的关键字最大*/
      for(j=i+1;j<n;j++)                   /*找最大元素的下标*/
          if(R[j].score>R[k].score)
           k=j;
      if(i!=k)                             /*与第 i 个记录交换*/
       {
           R[0]=R[i];
           R[i]=R[k];
           R[k]=R[0];
       }
     }
     for(i=1; i<n; i++)                    /*输出成绩*/
     {
        printf("%d ", R[i].num);
        printf("%3.1f  ", R[i].score);
        if(i%10==0)
            printf("\n");
     }
}
```

第 9 章 习题与练习解答

一、选择题答案

1～5：D、B、B、(C、C)、C

6～10：C、D、C、(A、C)、B

11～15：D、D、(D、C)、D、C

二、基本知识题答案

1. 答：

(1) 查找：查找又称为查询或检索，是在一批记录中依照某个域的指定域值，找出相应记录的操作。

(2) 树状查找：将原始数据表示成二叉排序树，树的每个节点对应一个记录，利用此二叉排序树进行类似于二分查找方法的数据查找，这种查找方法称为树状查找。

(3) 散列函数：根据关键字求存储地址的函数称为散列(HASH)函数。

(4) 两个不同的关键字，其散列函数值相同，被映射到同一个表位置上的现象称为冲突。

2. 答：查找 f 的过程如下。

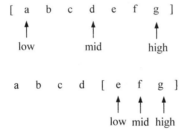

查找成功，找到 $k=f$ 值。

查找 g 的过程如下：

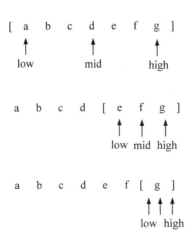

查找成功，找到 $k=g$ 值。

查找 h 的过程如下：

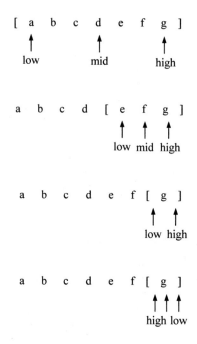

查找不成功。

3. 答：

顺序查找法：表中元素可以任意存放。查找成功的平均查找长度为 $(n+1)/2$。

二分查找法：表中元素必须以关键字的值递增或递减的形式存放且只能以顺序表的形式存放。查找成功的平均查找长度为 $\log_2(n+1)-1$。

分块查找法：表中每块内的元素可以任意存放，但块与块之间必须按关键字的大小递增或递减地存放，即前一块内所有元素的关键字不能大(或小)于后一块内任意一个元素的关键字。若用顺序查找确定所在块，平均查找长度为 $1/2(n/s+s)+1$；若用二分查找法确定所在块，平均查找长度为 $\log_2(n/s+1)+s/2$。

4. 答：采用二次探测法处理冲突的散列表如下。

0	1	2	3	4	5	6	7	8	9	10	11	12	13
	60		37	15	27	50	73		49	10			

5. 答：由题意，可得

$H(113) = 113 \% 13 = 9$

$H(12) = 12 \% 13 = 12$

$H(180) = 180 \% 13 = 11$

$H(138) = 138 \% 13 = 8$

$H(92) = 92 \% 13 = 1$

H(67) = 67 % 13 =2

H(94) = 94% 13 =3

H(134) = 134% 13 =4

H(252) = 252 % 13 =5

H(6) = 6% 13 =6

H(70) = 70 % 13 =5

H(323) = 323% 13 =11

H(60) = 60 % 13 =8

链接表法的散列表如下图所示。

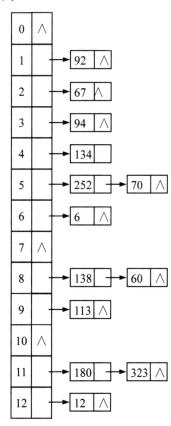

6. 答：线性探测法的散列表如下图所示。

0	1	2	3	4	5	6	7	8	9
49	1	79	37	56	5	27	65	83	

链接表法的散列表如下图所示。

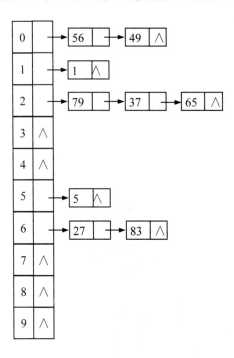

三、算法设计题

1. 解：实现本题功能的算法如下。如果查找成功，则返回指向关键字为 x 的节点的指针，否则返回 NULL。

```
LinkList *SqSearch(LinkList *head,int x)
{
    LinkList *p=head;
    while(p!=NULL)
        if(x>p->key)
            p=p->next;
        else if(x==p->key)
            return p;
        else
        {
            p=NULL;
            return p;
        }
}
```

虽然链表中的节点是按递增顺序排列的，但是其存储结构为单链表，查找节点时只能从头指针开始逐步进行搜索，不能用折半查找。

2. 解：采用顺序存储结构的算法如下，设记录存储在线性表的 $1 \sim n$ 单元中。如果查找成功，返回关键字为 k 的记录在线性表中的位置，如果失败则返回 0。

```
int SeqSearch(SeqList r,int n,int k)
{
    int i;
    i=1;
    while((r[i].key!=k) && (i<=n))
        i++;
```

```
        if(i<=n)
        {
            r[0]=r[i];
            r[i]=r[i-1];
            r[i-1]=r[i];
            i--;
            return(i);
        }
        else
            return(0);
    }
```

采用链式存储结构的算法如下。如果查找成功,则返回指向关键字为 k 的节点的指针,否则返回 NULL。

```
LinkList *LinkSearCh(LinkList *head, int k)
{
        LinkList *p, *q;
        int x;
        if(head->key==k)
      return(head);
        else
         {
            p=head;
            q=head->next;
            while(q!=NULL && q->key!=k)
            {
                p=q;
                q=q->next;
            }
            if(q!=NULL)
            {
                x=p->key;
                p->key=q->key;
                q->key=x;
                q=p;
            }
            return(q);
         }
}
```

3. 解:本题的算法思想:首先计算要删除的关键字为 k 的记录所在的位置,将其置为空(即删除),然后利用线性探测法查找是否有与 k 发生冲突而存储到下一地址的记录,如果有则将记录移到原来 k 所在的位置,直至表中没有与 k 冲突的记录为止。实现本题功能的算法如下:

```
void Delete(SeqList r,int n,int k)
{
    int h,h0,h1,count=0;
    h=k%n;
    while(r[h].key!=k && r[h].key!=NULL && count++<n)
        h=(h+1)%n;
    if(r[h].key==k)
```

```
    {
        r[h].key=NULL;
        h0=h;
        h1=(h+1)%n;
        while(h1!=h)
        {
            count=0;
            while(r[h1].key%n!=k%n && r[h1].key!=NULL && count++<n)
                h1=(h1+1)%n;
            if(r[h1].key%n==k%n)
                r[h0].key=r[h1].key;              /*需要把r[h1]所有数据传给r[h0]*/
            r[h1].key=NULL;
            h0=h1;
            h1=(h1+1)%n;
        }
    }
}
```

4. 解：本题的算法思想：先计算地址 H(R.key)，如果没有冲突，则直接填入；否则利用线性探测法求出下一地址，直至找到一个为 0 的地址，然后填入。实现本题功能的函数如下。

```
void Insert(record H[],int m,record R)
    {
        int i;
        i=R.key;
        if(H[i].key==NULL)
            H[i]=R;
        else
        {
            while(H[i].key!=NULL)
            {
                i=(i+1)%m;
            }
            H[i]=R;
        }
    }
```

5. 解：实现本题功能的函数如下。

```
typedef struct node                          /*节点类型*/
{
    KeyType key;                             /*关键字项*/
    struct node *lchild,*rchild;             /*左右孩子指针*/
}BSTNode;
typedef BSTNode *BSTree;
void Delete(BSTree t, BSTree p)
    /* 在二叉排序树t中，删除f所指节点的右孩子(由p所指向)的算法*/
{
    BSTree q, s;
    if(p->lChild==NULL)
        {p->rChild=p->rChild;free(p);}       /*p无左子女*/
    else              /*用p左子树中的最大值代替p节点的值*/
        {
```

```
                q=p->lChild;
                s=q;
                while(q->rChild)
                {s=q;q=q->rChild;}            /*查p左子树中序序列最右节点*/
                 if(s==p->lChild)             /*p左子树的根节点无右子女*/
                     {p->key=s->key; p->lChild=s->lChild; free(s);}
                 else
                     {p->key=q->key; s->rChild=q->lChild; free(q);}
            }
    }
```

6. 实现本题功能的函数如下。

```
typedef int KeyType;                        /*关键字类型设为整型*/
typedef struct node                         /*节点类型*/
{
    KeyType  key;                           /*关键字项*/
    int count;                              /*计数项*/
    struct node *lChild,*rChild;            /*左右孩子指针*/
}BSTNode;
void Search_InsertX(BSTree t, int X)
```
/*在二叉排序树 t 中查找值为 X 的节点, 若查到, 则其节点的 Count 域值增 1, 否则, 将其插入到二
叉排序树中。*/
```
    {
      BSTree p, f;
      p=t;
      while(p!=NULL && p->key!=X)            /*查找值为 X 的节点, f 指向当前节点的双亲*/
         {
            f=p;
            if(p->key<X)
               p=p->rChild;
            else
               p=p->lChild;
         }
      if(!p)                                 /*没查找到值为 x 的节点, 插入该节点*/
         {
          p=(BSTree)malloc(sizeof (BSTNode));
          p->key=X;
          p->lChild=NULL;
          p->rChild=NULL;
          if(f->key>X)
            f->lChild=p;
          else
            f->rChild=p;
      }
      else
         p->count++;                         /*查询成功, 值域为 X 的节点的 Count 增 1。*/
    }
```

第10章 习题与练习解答

一、基本知识题

1. 答:

(1) 正确性。

(2) 运算工作量。

(3) 所占空间量。

(4) 简单性。

2. 答:

算法复杂性是算法运行所需要的计算机资源的量,需要的时间资源的量称为时间复杂性,需要的空间资源的量称为空间复杂性。

3. 答:

设 $f(n)$ 和 $g(n)$ 是定义在正数集上的正函数。如果存在正的常数 C 和自然数 n_0,使得当 $n \geq n_0$ 时有 $f(n) \leq C*g(n)$。则称函数 $f(n)$ 当 n 充分大时上有界,且 $g(n)$ 是它的一个上界,记为 $f(n)=O(g(n))$。对于足够大的 n,这样表示很方便。按照大 O 的定义,容易证明它有如下运算规则。

(1) $O(f)+O(g)=O(\max(f, g))$;

(2) $O(f)+ O(g)=O(f+g)$;

(3) $O(f) \cdot O(g)=O(f \cdot g)$;

(4) 如果 $g(n)=O(f(n))$,则 $O(f)+O(g)=O(f)$;

(5) $O(Cf(n))=O(f(n))$,其中 C 是一个正的常数;

(6) $f=O(f)$;

4. 答:函数的递归和执行动态分配函数。

5. 答:分治法也称为分割解决法,其基本思想是把一个规模为 n 的问题分成两个或多个较小的与原问题类型相同的子问题,通过对子问题的求解,并把子问题的解合并起来从而构造出整个问题的解,即对问题分而治之。如果子问题的规模仍然相当大,可以对此子问题重复地应用分治策略。

6. 答:分治法一般的算法设计模式如下。

```
Divide-and-conquer(P)
 if |P|≤n0
 return(ADHOC(P))
 将 P 分解为较小的子问题 P[1] , P[2] , …, P[k]
 for (i=1;i<=k;i++)
    y[i]=Divide-and-conquer(P[i])        /*递归解决 P[i]*/
    T=MERGE(y[1], y[2], …, y[k])         /*合并子问题*/
  return(T)
```

其中|P|表示问题 P 的规模;$n0$ 为一阈值,表示当问题 P 的规模不超过 $n0$ 时,问题已容易直接解出,不必再继续分解。ADHOC(P)是该分治法中的基本子算法,用于直接解小规模的问题 P。因此,当 P 的规模不超过 $n0$ 时,直接用算法 ADHOC(P)求解。算法 MERGE(y[1], y[2]，…，y[k])是该分治法中的合并子算法，用于将 P 的子问题 P[1]，P[2]，…，P[k]的相应的解 y[1]，y[2]，…，y[k]合并为 P 的解。

7．答：贪心法基本思想是从问题的某一个初始解出发逐步逼近给定的目标，以尽可能快地求得更好的解。当某算法中的某一步不能再继续前进时，算法停止，得到问题的一个解。

例如，商店在给顾客找零时假设有 4 种硬币，它们的面值分别为 1 角、5 分、2 分和 1 分。现要找给某顾客 3 角 7 分钱，这时，售货员几乎不假思索地拿出 3 个 1 角、1 个 5 分和 1 个 2 分的硬币交给顾客。显而易见，售货员不仅能很快决定要拿哪些硬币，而且与其他找法相比，拿出的硬币的个数肯定是最少的。

在这里，售货员实际使用了这样的算法：首先选出一个面值不超过 3 角 7 分的最大硬币(1 角)，然后从 3 角 7 分中减去 1 角，剩下 2 角 7 分再选出一个不超过 2 角 7 分的最大硬币(另一个 1 角)，如此下去，直到找足 3 角 7 分。

8．答：有些问题常常在分解时会产生大量的子问题，同时子问题界限不清，互相交叉，因而可能重复多次解同一个子问题。解决这种重复的方法：可以在得到每个子问题的解(包括其子子问题的解)时，把解保留在一个表格中，遇到相同的子问题时，就从表中找出来直接使用。这种方法就是动态规划法。

9．答：动态规划法设计算法的一般步骤如下。

(1) 分段：将原问题分解为若干个相互重叠的子问题；

(2) 分析：分析问题是否满足最优性原理，找出动态规划函数的递推式；

(3) 求解：利用递推式自底向上计算，实现动态规划过程。

动态规划法利用问题的最优性原理，以自底向上的方式从子问题的最优解逐步构造出整个问题的最优解。

10．答：回溯方法设计的基本步骤如下。

(1) 定义一个解空间，它包含问题的解。

(2) 用适于搜索的方式组织该空间。

(3) 用深度优先法搜索该空间，利用限界函数避免移动到不可能产生解的子空间。

11．答：利用分支定界算法对问题的解空间树进行搜索，它的搜索过程如下：

(1) 产生当前扩展节点的所有孩子节点；

(2) 在产生的孩子节点中，抛弃那些不可能产生可行解(或最优解)的节点；

(3) 将其余的孩子节点加入活节点表；

(4) 从活节点表中选择下一个活节点作为新的扩展节点。

如此循环，直至找到问题的可行解(最优解)或活节点表为空。

二、算法设计题

1．答：利用贪婪算法进行拓扑排序时，算法按照从左到右的步骤构造拓扑序列，每一步在排好的序列中加入一个顶点。选择顶点的贪婪准则：从剩下的顶点中选择顶点 w，使得 w 不存在入边(v, w)，其中顶点 v 不在已排好的序列结构中出现。

拓扑排序的贪婪算法代码描述如下：

```
设 n 是有向图的顶点数
设 V 是一个空序列
while(true) {
设 w 不存在入边(v,w)，其中顶点 v 不在 V 中
```

```
如果没有这样的 w, break
把 w 添加到 V 的尾部
}
if(V 中的顶点数少于 n) 算法失败
else V 是一个拓扑序列
```

2. 答：$[x_1,\cdots,x_8] = [1,0,1,1,0,1,1,1]$, $\Sigma x_i = 6$

实现代码如下：

```
template <class T>
int ContainerLoading( int x[], T w[], T c, int n )
{
int *t = new int[n+1];
IndirectSort(w, t, n);
for( int i=1; i<=n; i++)
x[i] = 0;
for(i=1; i<=n && w[t[i]]<=c; i++){
x[t[i]] = 1;
c -= w[t[i]];
}
delete []t;
}
```

算法 loading 的主要计算量在于将集装箱依其重量从小到大排序，故算法所需的计算时间为 $O(n\log n)$。

3. 答：按照分而治之的方法，对大整数分解如下：

将 n 位二进制数 X 和 Y 都分为两段，每段长 $n/2$ 位(为简单起见，假设 n 是 2 的幂)，如下图所示：

$$X=ab$$
$$Y=cd$$

其中，a、b 分别为 X 的高位和低位，c、d 分别为 Y 的高位和低位。

则有：

$$X = a\, 2^{n/2} + b$$
$$Y = c\, 2^{n/2} + d$$
$$XY = ac\, 2^n + (ad+bc)\, 2^{n/2} + bd$$

为了降低时间复杂度，必须减少乘法的次数。

(1) $XY = ac\, 2^n + ((a-c)(b-d)+ac+bd)\, 2^{n/2} + bd$

(2) $XY = ac\, 2^n + ((a+c)(b+d)-ac-bd)\, 2^{n/2} + bd$

4. 答：容易证明，如果一个给定装载问题有解，则采用下面的策略可得到最优装载方案。

(1) 首先将第 1 艘轮船尽可能装满；

(2) 将剩余的集装箱装上第 2 艘轮船。

将第 1 艘轮船尽可能装满等价于选取全体集装箱的一个子集，使该子集中集装箱重量之和最接近 c_1。由此可知，装载问题等价于以下特殊的 0~1 背包问题。

$$\max \sum_{i=1}^{n} w_i x_i$$

$$s.t. \sum_{i=1}^{n} w_i x_i \leqslant c_1$$

$$x_i \in \{0,1\}, 1 \leqslant i \leqslant n$$

用回溯法设计解装载问题的 $O(2^n)$ 计算时间算法。在某些情况下，该算法优于动态规划算法。

解空间：子集树如下图。

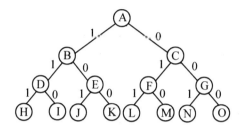

可行性约束函数(选择当前元素)：

$$\sum_{i=1}^{n} w_i x_i \leqslant c_1$$

上界函数(不选择当前元素)：当前载重量 cw+剩余集装箱的重量 r>当前最优载重量 $bestw$。

5. 答：应用动态规划法用 A_{ij} 表示从 A_i 到 A_j 的乘积，即 $A[i:j]$。考察计算 $A[i:j]$ 的最优计算次序。设这个计算次序在矩阵 A_k 和 A_{k+1} 之间将矩阵链断开，$i \leqslant k < j$，则其相应的完全加括号方式为

$$(A_i A_{i+1} \cdots A_k)(A_{k+1} A_{k+2} \cdots A_j)$$

计算量：$A[i:k]$ 的计算量加上 $A[k+1:j]$ 的计算量，再加上 $A[i:k]$ 和 $A[k+1:j]$ 相乘的计算量。

特征：计算 $A[i:j]$ 的最优次序所包含的计算矩阵子链 $A[i:k]$ 和 $A[k+1:j]$ 的次序也是最优的。

矩阵连乘计算次序问题的最优解包含着其子问题的最优解。这种性质称为最优子结构性质。问题的最优子结构性质是该问题可用动态规划算法求解的显著特征。

建立递归关系：设计算 $A[i:j]$，$1 \leqslant i \leqslant j \leqslant n$，所需要的最少数乘次数为 $m[i, j]$，则原问题的最优值为 $m[1, n]$。

当 $i=j$ 时，$A[i:j]=A_i$，因此，$m[i, i]=0$，$i=1,2,\ldots,n$；

当 $i<j$ 时，$m[i, j]=m[i, k]+m[k+1, j]+p_{i-1}p_k p_j$

可以递归地定义 $m[i, j]$ 为 $m[i,j] = \begin{cases} 0 & i = j \\ \min\limits_{i \leqslant k < j}\{m[i,k] + m[k+1, j] + p_{i-1} p_k p_j\} & i < j \end{cases}$

计算最优值

对于 $1 \leqslant i \leqslant j \leqslant n$，不同的有序对 (i, j) 对应于不同的子问题。因此，不同子问题的个数最多只有

$$\binom{n}{2} + n = \Theta(n^2)$$

由此可见，在递归计算时，许多子问题被重复计算多次。这也是该问题可用动态规划算法求解的又一显著特征。用动态规划算法解此问题，可依据其递归式以自底向上的方式进行计算。在计算过程中，保存已解决的子问题答案。每个子问题只计算一次，而在后面需要时

只要简单查一下，就可避免大量的重复计算，最终得到多项式时间的算法。

6．解：使用 FIFO 分枝定界，初试时取(1，1)为 E-节点并且活动队列为空。迷宫的位置(1，1)被置为 1，以免再次返回到这个位置。(1，1)被扩充，他的相邻节点(1，2)和(2，1)加入到队列中。为避免再次回到这两个位置，将位置(1，2)和(2，1)置为本 1。此时迷宫如：

> 1 1 0
> 1 1 1
> 0 0 0

(1，1)点将被删除。节点(1，2)从队列中移出并被扩充。检查它的 3 个相邻节点，只有(1，3)是可以的，加入队列，并把相应的迷宫位置置为 1，所得的迷宫状态如下：

> 1 1 1
> 1 1 1
> 0 0 0

(1，2)被删除，(2，1)被取出，当此节点被展开时，节点(3，1)被加入到队列中，(3，1)位置被置为 1，节点(2，1)被删除，所得图：

> 1 1 1
> 1 1 1
> 1 0 0

此时队列中包含(1，3)和(3，1)两个节点。随后节点(1，3)变成下一个 E-节点。由于此节点不能到达任何新的节点，所以此节点被删除。节点(3，1)成为新的 E-节点，将队列清空。节点(3，1)展开，(3，2)被加入到队列中，而(3，1)被删除。(3，2)变为新的 E 节点，展开此节点后，到达(3，3)，迷宫的出口。

7．解：马在某个方格，可以在一步内到达的不同位置最多有 8 个。如用二维数组 board[ ][ ] 表示棋盘，其元素记录马经过该位置时的步骤号。对马的 8 种可能走法(称为着法)设定一个顺序，如当前位置在棋盘的(i, j)方格，下一个可能的位置依次为$(i+2, j+1)$、$(i+1, j+2)$、$(i-1, j+2)$、$(i-2, j+1)$、$(i-2, j-1)$、$(i-1, j-2)$、$(i+1, j-2)$、$(i+2, j-1)$，实际可以走的位置仅限于还未走过的和不越出边界的那些位置。为便于程序的统一处理，引入两个数组，分别存储各种可能的走法对当前位置的纵横增量。

> 4 3
> 5 2
> 马
> 6 1
> 7 0

对于本题，一般可以采用回溯法，这里采用贪婪法，其选择下一出口的贪婪标准是在那些允许走的位置中，选择出口最少的那个位置。如马的当前位置(i, j)只有 3 个出口，它们的位置是$(i+2, j+1)$、$(i-2, j+1)$和$(i-1, j-2)$，若分别走到这些位置，这 3 个位置又分别会有不同的出口，假定这 3 个位置的出口个数分别为 4、2、3，则程序就选择让马走向$(i-2, j+1)$位置。

由于程序采用的是贪婪法，整个找解过程是一直向前，没有回溯，所以能非常快地找到解。但是，对于某些开始位置，实际上有解，而该算法不能找到解。对于找不到解的情况，程序只要改变 8 种可能出口的选择顺序，就能找到解。改变出口选择顺序，就是改变有相同出口时的选择标准。以下程序考虑到这种情况，引入变量 start，用于控制 8 种可能着法的选择顺序。开始时为 0，当不能找到解时，就让 start 增 1，重新找解。

8．解：可以采用贪恋算法来选取物体的序列：每次从剩下的物体序列中选取 P_i 作为最大的物体放进背包。这样做，虽然物体增长最快，但是背包的装载量下降得也很快，加入背包的 P_i 的个数少了，不一定能使这个目标函数达到最大值。因此，除了考虑目标函数的增量之外，还应考虑背包装载量消耗的速度。根据这个想法可将每次选取的 **P_i/w_i** 最大的物体放进背包。

9．解：将矩阵 **D** 对角线以上的元素从小到大排列为

$$d_{13}, d_{15}, d_{24}, d_{25}, d_{45}, d_{35}, d_{34} \cdots$$

去掉其中最小的 5 个求和得

$$d_{13} + d_{15} + d_{24} + d_{25} + d_{45} = 14$$

用

$$^{(1)}\begin{bmatrix} d_{13} & d_{15} & d_{24} & d_{25} & d_{45} \\ & & 14 & & \end{bmatrix} \qquad 表示$$

要构成一个回路，每个顶点的下标在回路的所有边中各出现两次。(1)中 5 出现了 3 次，若用 d_{35} 代替 d_{15} 则

$$d_{13} + d_{35} + d_{24} + d_{25} + d_{45} = 21$$

即

$$^{(2)}\begin{bmatrix} d_{13} & d_{35} & d_{24} & d_{25} & d_{45} \\ & & 21 & & \end{bmatrix}$$

搜索过程可以表示如下图：

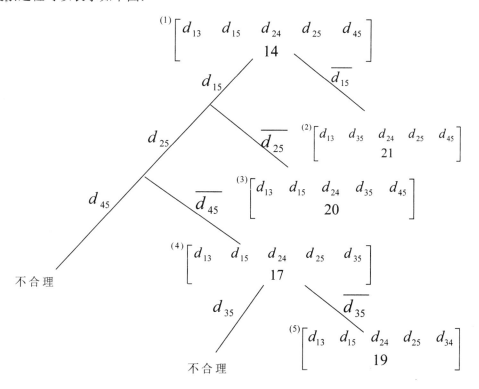

参 考 文 献

[1] Robert L.Kruse. 数据结构与程序设计 C 语言描述[M]. 北京：清华大学出版社，2001.

[2] Mark Allen Weiss. 数据结构与算法分析：C++描述[M]. 3 版. 北京：人民邮电出版社，2007.

[3] 佟维. 实用数据结构[M]. 北京：科学出版社，2001.

[4] 耿国华. 数据结构——C 语言描述[M]. 西安：西安电子科技大学出版社，2002.

[5] 严蔚敏，吴伟民. 数据结构(C 语言版)[M]. 北京：清华大学出版社，2002.

[6] 严蔚敏. 数据结构题集(C 语言版)[M]. 北京：清华大学出版社，2001.

[7] 李春葆. 数据结构(C 语言篇)——习题与解析(修订版)[M]. 北京：清华大学出版社，2002.

[8] 张乃孝. 算法与数据结构——C 语言描述[M]. 北京：高等教育出版社，2002.

北京大学出版社本科计算机系列实用规划教材

序号	标准书号	书　名	主　编	定价
1	978-7-301-15063-4	计算机网络基础与应用	刘远生	32.00
2	978-7-301-15250-8	汇编语言程序设计	张光长	28.00
3	978-7-301-15064-1	网络安全技术	骆耀祖	30.00
4	978-7-301-15584-4	数据结构与算法	佟伟光	32.00
5	978-7-301-10511-5	离散数学	段禅伦	28.00
6	7-301-10457-X	线性代数	陈付贵	20.00
7	7-301-10510-X	概率论与数理统计	陈荣江	26.00
8	978-7-301-10503-0	Visual Basic 程序设计	闵联营	22.00
9	978-7-301-10456-9	多媒体技术及应用	张正兰	30.00
10	978-7-301-10466-8	C++程序设计	刘天印	33.00
11	978-7-301-10467-5	C++程序设计实验指导与习题解答	李　兰	20.00
12	978-7-301-10505-4	Visual C++程序设计教程与上机指导	高志伟	25.00
13	978-7-301-10462-0	XML 实用教程	丁跃潮	26.00
14	978-7-301-10463-7	计算机网络系统集成	斯桃枝	22.00
15	978-7-301-10465-1	单片机原理及应用教程	范立南	30.00
16	7-5038-4421-3	ASP .NET 网络编程实用教程(C#版)	崔良海	31.00
17	7-5038-4427-2	C 语言程序设计	赵建锋	25.00
18	7-5038-4420-5	Delphi 程序设计基础教程	张世明	37.00
19	7-5038-4417-5	SQL Server 数据库设计与管理	姜　力	31.00
20	978-7-5038-4424-9	大学计算机基础	贾丽娟	34.00
21	978-7-5038-4430-0	计算机科学与技术导论	王昆仑	30.00
22	7-5038-4418-3	计算机网络应用实例教程	魏　峥	25.00
23	7-5038-4415-9	面向对象程序设计	冷英男	28.00
24	978-7-5038-4429-4	软件工程	赵春刚	22.00
25	7-5038-4431-0	数据结构(C++版)	秦　锋	28.00
26	978-7-5038-4423-2	微机应用基础	吕晓燕	33.00
27	7-5038-4426-4	微型计算机原理与接口技术	刘彦文	26.00
28	7-5038-4425-6	办公自动化教程	钱　俊	30.00
29	7-5038-4419-1	Java 语言程序设计实用教程	董迎红	33.00
30	7-5038-4428-0	计算机图形技术	龚声蓉	28.00
31	978-7-301-11501-5	计算机软件技术基础	高　巍	25.00
32	978-7-301-11500-8	计算机组装与维护使用教程	崔明远	33.00
33	978-7-301-12174-0	Visual FoxPro 实用教程	马秀峰	29.00
34	978-7-301-11500-8	管理信息系统实用教程	杨月江	27.00
35	978-7-301-11445-2	Photoshop CS 实用教程	张　瑾	28.00
36	978-7-301-12378-2	ASP .NET 课程设计指导	潘志红	35.00(附 1CD)

序号	标准书号	书　名	主　编	定价
37	978-7-301-12394-2	C# .NET 课程设计指导	龚自霞	32.00(附 1CD)
38	978-7-301-13259-3	VisualBasic .NET 课程设计指导	潘志红	30.00(附 1CD)
39	978-7-301-12371-3	网络工程实用教程	汪新民	34.00
40	978-7-301-14132-8	J2EE 课程设计指导	王立丰	32.00
41	978-7-301-13585-3	计算机专业英语	张　勇	30.00
42	978-7-301-13684-3	单片机原理及应用	王新颖	25.00
43	978-7-301-14505-0	Visual C++程序设计案例教程	张荣梅	30.00
44	978-7-301-14259-2	多媒体技术应用案例教程	李　建	30.00
45	978-7-301-14503-6	ASP .NET 动态网页设计案例教程(Visual Basic .NET 版)	江　红	35.00
46	978-7-301-14504-3	C++面向对象与 Visual C++程序设计案例教程	黄贤英	35.00
47	978-7-301-14506-7	Photoshop CS3 案例教程	李建芳	34.00
48	978-7-301-14510-4	C++程序设计基础案例教程	于永彦	33.00
49	978-7-301-14942-3	ASP .NET 网络应用案例教程(C# .NET 版)	张登辉	33.00
50	978-7-301-12377-5	计算机硬件技术基础	石　磊	26.00

电子书(PDF 版)、电子课件和相关教学资源下载地址：http://www.pup6.com/ebook.htm，欢迎下载。